A Águia Solitária

Outras obras da autora publicadas pela Record

Acidente
Agora e sempre
Álbum de família
Amar de novo
Um amor conquistado
Amor sem igual
O anel de noivado
Ânsia de viver
O apelo do amor
Asas
O brilho da estrela
O brilho de sua luz
Caleidoscópio
Casa forte
A casa na rua Esperança
O casamento
Cinco dias em Paris
Desaparecido
Um desconhecido
Desencontros
Doces momentos
Entrega especial
O fantasma
Final de verão
Forças irresistíveis
Galope de amor
Honra silenciosa
Imagem no espelho
Jóias
A jornada
Klone e eu
Um longo caminho para casa
Maldade
Meio amargo
Mensagem de Saigon
Mergulho no escuro
Momentos de paixão
Um mundo que mudou
Passageiros da ilusão
O preço do amor
O presente
O rancho
Recomeços
Relembrança
Segredo de uma promessa
Segredos de amor
Segredos do passado
Uma só vez na vida
Tudo pela vida
Vale a pena viver
A ventura de amar
Zoya

DANIELLE STEEL

A ÁGUIA SOLITÁRIA

Tradução de
NAUMIN AIZEN

EDITORA RECORD
RIO DE JANEIRO • SÃO PAULO
2004

CIP-Brasil. Catalogação-na-fonte
Sindicato Nacional dos Editores de Livros, RJ.

S826a Steel, Danielle, 1948-
A águia solitária / Danielle Steel; tradução de Naumin Aizen. – Rio de Janeiro: Record, 2004.
384p. :

Tradução de: Lone eagle
ISBN 85-01-06165-4

1. Romance americano. I. Aizen, Naumin, 1939- . II. Título.

CDD – 813
03-1675 CDU – 821.111(73)-3

Título original norte-americano:
LONE EAGLE

Foto de capa: Photodisc/Getty Images

Direitos exclusivos de publicação em língua portuguesa para o Brasil adquiridos pela
DISTRIBUIDORA RECORD DE SERVIÇOS DE IMPRENSA S.A.
Rua Argentina 171 – Rio de Janeiro, RJ – 20921-380 – Tel.: 2585-2000
que se reserva a propriedade literária desta tradução

Impresso no Brasil

ISBN 85-01-06165-4

PEDIDOS PELO REEMBOLSO POSTAL
Caixa Postal 23.052
Rio de Janeiro, RJ – 20922-970

Para meus bem-amados filhos,
Beatrix, Trevor, Todd, Nick,
Samantha, Victoria, Vanessa,
Maxx e Zara,
Vocês são as pessoas
mais maravilhosas do mundo,
e as melhores que conheço,
e amo vocês todos, de todo o coração.

Mamãe

mil anos, mil medos
mil prantos vertemos
um pelo outro,
como mariposa atraída
pela lâmpada,
jogo mortal,
crianças perdidas
buscando as mães;
e quando cantam os corações
a música traz
mágica inigualável,
o inverno frígido,
mãos ausentes a segurar
verão breve e ensolarado,
e nas manhãs de aconchego
junto a ti,
acalentados momentos
ternos, amorosos, divertidos:
dançamos, rimos, corremos, crescemos, ousamos,
demos importância mais do que qualquer pessoa
sequer soubesse ou entendesse,
cuidamos da luz tão viva,
do ajuste tão certo
e uma centena
de estações preciosas;
da mariposa
da lâmpada
                    da dança,
                    do estável;

depois, das asas rotas
e entesouradas coisas
em pedaços
à nossa volta,
todas;
do sonho
— o único
que tanto almejei
aqui ou além
nossas almas então
se mostrando vazias:
um milhão de anos
daqui pra frente,
meu coração
te guardará
para sempre.

PRÓLOGO

Dezembro de 1974

O TELEFONE TOCOU, em uma tarde de dezembro, com neve caindo, quase exatamente trinta e quatro anos após se conhecerem. Trinta e quatro anos. Anos extraordinários. Ela passara com ele exatamente dois terços da vida. Kate tinha cinqüenta e um anos, e Joe, sessenta e três. E apesar de tudo o que passara, para ela Joe ainda parecia e demonstrava ser jovem. Havia nele uma vibração, uma energia e uma força penetrante. Era como um meteoro, preso ao corpo e à alma de um homem, sempre empurrando, subindo vertiginosamente na direção de objetivos invisíveis. Ele tinha visão, talento e emoção como ninguém mais. Ela vira isso desde o momento em que se conheceram. Sempre soubera disso. Nem sempre compreendera, mas desde o primeiro instante, mesmo sem saber quem ele era, soubera-o diferente, importante e especial, e muito, muito verdadeiro.

Kate pressentira alguma coisa. Durante anos, ele fizera parte de sua alma. Houvera conflitos, explosões, picos e vales, cumes, amanheceres, poentes e tempos de paz. Ele para ela fora o Everest. O Máximo. O lugar que ela sempre quisera alcançar. Desde o início, ele fora o seu sonho. Fora o Céu e o Inferno, e, de vez em quando, entre um e outro, o Purgatório. Ele fora um gênio e um homem de extremos.

Cada um dera ao outro significado, cor e intensidade às vidas, e, às vezes, se aterrorizaram profundamente. Paz, aceitação e amor vieram com a idade e o tempo. As lições que aprenderam foram vencidas e obtidas com dificuldade.

Um foi do outro o maior desafio, um incorporando os piores temores do outro. E, no final, um cicatrizou o outro. Com o tempo, ajustaram-se como duas peças de um quebra-cabeça, sem arestas nem cicatrizes.

Nos trinta e quatro anos em que conviveram, descobriram algo que poucos conseguem. Haviam sido tumultuados e estimulantes e, de vez em quando, o tumulto fora ensurdecedor, mas ambos sabiam que isso era infinitamente raro. Fora uma dança mágica durante trinta e quatro anos, cujos passos não foram fáceis para nenhum dos dois aprender.

Joe era diferente, via o que nem todos conseguiam, e tinha pouca necessidade de viver entre outros homens. Era, de fato, mais feliz quando estava no seu canto. E, ao redor dele, criara um mundo fora do comum. Era um visionário que criara uma indústria, um império. Expandira o mundo. E, ao fazer isso, estendera os horizontes além do que imaginara. Fora compelido a construir, a quebrar barreiras, a constantemente ir além do que fora.

Joe estava há semanas na Califórnia quando naquela noite Kate recebeu o telefonema. Devia voltar daí a mais dois dias. Kate não estava aborrecida com ele, nunca mais se aborrecera com ele. Desaparecia e reaparecia. Como as estações ou o sol. Kate sabia que em qualquer lugar onde se encontrasse Joe nunca estava longe dela. Tudo o que interessava a Joe, além de Kate, eram os aviões. Os aviões eram, e sempre foram, parte integrante dele. Joe precisava deles e do que eles significavam, de certa forma mais do que precisava dela. Kate sabia disso e aceitava. Como sua alma ou seus olhos, Kate amava os aviões como parte dele. Tudo fazia parte do mosaico maravilhoso que era Joe.

Nesse dia, Kate escrevia em um diário, contente por estar no silêncio da casa tranqüila, enquanto o mundo lá fora se cobria de neve que acabava de cair. Já estava escuro quando o telefone tocou às seis horas, e Kate ficou surpresa ao perceber como era tarde. Quando o telefone tocou e ela olhou o relógio de pulso, sorriu, tinha certeza de que era Joe. Kate parecia a mesma de sempre, ao mexer em um cacho de cabelo ruivo escuro, e pegou o fone. Sabia que logo iria ouvir

Capítulo 1

KATE JAMISON VIU JOE pela primeira vez em um baile de debutantes, em dezembro de 1940, três dias antes do Natal. Ela e os pais tinham vindo de Boston para passar a semana, fazer compras de Natal, visitar amigos e estar presentes ao baile. Kate era na verdade amiga da irmã mais moça da debutante. Aos dezessete anos, não era comum as jovens participarem do baile, mas Kate era tão fascinante em sua idade, que as anfitriãs resolveram incluí-la.

A amiga de Kate exultara, assim como ela própria. Era a mais bela festa a que fora, e o salão, quando entrara pelos braços do pai, estava repleto de pessoas notáveis. Chefes de Estado, importantes figuras políticas, senhoras idosas e mães de família e rapazes elegantes em número suficiente para formar um exército. Todos os nomes importantes da sociedade de Nova York lá estavam de plantão, além de vários da Filadélfia e de Boston. Havia setecentas pessoas falando, espalhadas pelos elegantes salões de recepção, no belo salão de baile cheio de espelhos e nos jardins. Havia centenas de garçons uniformizados servindo-os, e havia uma orquestra tanto no salão de baile como no pavilhão lá fora. Havia belas mulheres e homens elegantes, jóias e vestidos excepcionais, e os homens usavam gravata branca. A convidada de honra era uma menina encantadora, miúda e loura, usando um vestido confeccionado para ela por Schiaparelli. Este era o momento por que esperara a vida inteira, era apresentada à sociedade. Parecia uma boneca de porcelana na fila de recepção com os pais, e uma voz anunciava os nomes dos convidados à medida que entravam, com seus vestidos de baile e seus fraques.

Quando os Jamison chegaram à fila de recepção, Kate beijou a amiga e lhe agradeceu por tê-la convidado. Era o primeiro baile de debutantes a que ia, e por um momento as duas jovens pareciam o retrato de duas bailarinas pintado por Degas, pois uma e outra compartilhavam delicado contraste. A debutante era miúda e linda, com curvas suaves. A aparência de Kate era mais atraente, alta e magra, com cabelos ruivos e escuros que caíam, macios, até os ombros. Tinha pele de pêssego, enormes olhos azuis-escuros e um talhe perfeito. E, embora a debutante fosse contida e serena ao cumprimentar cada convidado, Kate parecia emanar eletricidade e energia. À medida que os pais apresentavam-na aos convidados, ela os olhava diretamente nos olhos e os fascinava com seu sorriso. Havia alguma coisa no modo como os olhava, e até mesmo a forma da boca que parecia querer dizer algo engraçado, algo importante, algo que se queria ouvir e lembrar. Tudo nela prometia emoção, como se a sua juventude fosse tão exuberante que tinha de compartilhá-la com todos.

Kate tinha algo de hipnotizante, como se viesse de um local diferente e se destinasse à grandeza. Nada tinha de comum, sobressaía-se em qualquer grupo, tanto pela aparência como pela inteligência e pelo charme. Em casa, sempre fora muito brincalhona e tivera idéias travessas, e, como filha única, divertia e distraía os pais. Nascera tarde, após vinte anos de casamento, e, quando bebê, o pai gostava de afirmar que bem valera a pena esperá-la e a mãe concordava com isso. Adoravam-na. Bem cedo, fora para eles o centro do mundo.

Os primeiros anos de Kate foram tranqüilos e sem compromissos. Nascida na riqueza, desde bebê conhecera apenas o bem-estar e a despreocupação. O pai, John Barrett, era herdeiro de ilustre família de Boston e se casara com Elizabeth Palmer, cuja fortuna era ainda maior que a dele. As famílias ficaram imensamente satisfeitas com o casamento. O pai de Kate era muito conhecido nos círculos bancários, pelo bom discernimento e investimentos prudentes. E, então, houve a quebradeira de 1929, que arrastou o pai de Kate e milhares como ele em uma gigantesca onda de destruição, desespero e prejuízo. Felizmente, a família de Elizabeth não achara prudente juntar as fortunas. Durante muito tempo, não tiveram filho, e a própria família de Elizabeth continuara a administrar a maior parte dos negócios financeiros. Por milagre, ela quase não foi tocada pelo *crack*.

John Barrett perdera toda a fortuna — mas apenas uma parte muito pequena da fortuna da mulher. Elizabeth fez tudo o que podia para tranqüilizar o marido e para ajudá-lo a tornar-se outra vez independente. Mas a vergonha que sentiu destruíra-o. Três dos seus clientes mais importantes e melhores amigos suicidaram-se após perderem suas fortunas, e John levara mais dois anos para ceder ao desespero. Kate mal o viu durante esse tempo. Ele trancou-se em um quarto de dormir no andar de cima, raras vezes via alguém e raramente saía. O banco fundado pela família, e que dirigira durante quase vinte anos, fechou as portas dois meses após a quebra. John tornara-se inacessível, afastado e solitário, e lhe dava alegria ver Kate, que tinha apenas seis anos, andando pelos aposentos, trazendo-lhe um pedaço de doce ou um desenho feito para ele. Como se sentisse a confusão em que o pai perdera-se, a menina instintivamente tentara atraí-lo outra vez à vida, mas em vão. De vez em quando, a filha encontrava a porta fechada, e com o tempo a mãe proibiu-a de ir ao andar de cima. Não queria que Kate visse o pai bêbado, despenteado, barbado, muitas vezes dormindo o dia inteiro. Essa visão iria dar medo à garota e partia o coração da mãe.

John Barrett suicidou-se quase dois anos depois, em setembro de 1931. Nessa época, era o único membro sobrevivente da família, e deixou a viúva e uma filha. A fortuna de Elizabeth ainda estava intacta, ela era no mundo uma das poucas pessoas felizes cuja vida não fora relativamente afetada pelo *crack*, até que perdera John.

Kate ainda se lembrava do exato momento em que a mãe lhe falou. Estava sentada no quarto, bebia uma xícara de chocolate quente e segurava a boneca preferida, e quando vira a mãe entrar no aposento, sabia que algo terrível tinha acontecido. Via apenas os olhos da mãe e ouvia apenas o tiquetaque do relógio do quarto, subitamente forte demais. A mãe não chorava ao lhe contar, falou-lhe calma e simplesmente que o pai de Kate tinha ido para o Céu viver com Deus. Disse que, nos últimos dois anos, ficara muito triste e que, agora, estava feliz com Deus. À medida que a mãe falava, Kate sentia que o mundo inteiro desabara sobre ela. Ela mal podia respirar, quando o chocolate lhe caiu das mãos e sujou a boneca. Sabia que, deste momento em diante, sua vida jamais seria a mesma.

Kate suportou solenemente o funeral do pai, e nada ouviu. Só lembrava que o pai os tinha deixado porque estava muito triste. As palavras das outras pessoas rodopiavam depois ao redor dela... *inconsolável... nunca se refez... deu um tiro... perdeu várias fortunas... boa coisa não fez também com o dinheiro de Elizabeth...*

Aparentemente, depois disso, nada mudara para elas, moravam na mesma casa, viam as mesmas pessoas. Kate ainda ia à mesma escola, e poucos dias depois da morte do pai, começou a terceira série.

Depois, durante meses, Kate sentiu-se confusa. O homem em quem confiara tanto e amara e venerara, e que evidentemente a adorara, deixara-as, sem aviso nem explicação, nem qualquer razão que a menina compreendesse. Só sabia e conseguia entender era que ele se fora e que tudo mudara de modo intenso. Um pedaço importante do seu mundo desaparecera. E a mãe ficara tão confusa nos primeiros meses que desaparecera totalmente da vida de Kate. A menina sentiu como se tivesse perdido os dois pais e não apenas um.

Com um amigo íntimo de ambos, o banqueiro Clarke Jamison, Elizabeth acertou o espólio de John. A fortuna dele, como a de Elizabeth, e os investimentos tinham sobrevivido ao *crack*. Clark era calmo, gentil e firme. A mulher morrera de tuberculose anos antes, não tinham filhos e Clarke nunca se casara de novo. Mas, nove meses depois da morte de John Barrett, pediu a Elizabeth que se casasse com ele. Casaram-se quatorze meses depois da morte de John, em cerimônia breve e íntima, a que estavam presentes eles próprios, o pastor e Kate, que assistia a tudo com os olhos arregalados e sérios. Tinha nove anos, na época.

Durante anos, tal decisão se mostrara sensata. Embora, em respeito ao falecido marido, não tenha admitido isso publicamente, Elizabeth foi ainda mais feliz com Clarke do que com John. Eram bem-ajustados, compartilhavam de interesses parecidos, e Clarke não foi apenas um bom marido para ela, mas um pai maravilhoso para Kate. Clarke adotou Kate, e ela o adotou. Adorava-a, protegia-a e, apesar de nunca ter falado sobre John, Clarke passou todos os anos seguintes tentando compensar o pai que Kate havia perdido. Clarke era calmo, firme e carinhoso, e se divertia com o espírito alegre e travesso que, por fim, reacendia em Kate. E após conversar com Elizabeth e Kate, adotou-a oficialmente aos dez anos. A princípio, Kate se inquietou por achar que seria desrespeito com o pai, mas, na manhã da adoção, confessou a Clarke que isso era o que mais queria no mundo. O pai desaparecera discretamente no momento em que as inquietações começaram, quando tinha seis anos. Clarke lhe proporcionou toda a estabilidade emocional de que precisava após a morte do pai. Ele nada lhe negava e estava sempre por perto dela de todas as formas imagináveis.

Por fim, todas as amigas pareciam esquecer que Clarke não era o pai de Kate, e, pouco depois, também a própria menina. Às vezes, em momentos raros, solenes, pensava no próprio pai tranqüilamente; agora, porém, ele parecia tão distante que ela mal se lembrava dele. Agora, quando se permitia, só se recordava da sensação de terror e abandono que sentira quando ele morreu. Mas, raramente, ou jamais, se permitia pensar nisso. A porta que levava a esse pedaço da vida estava fechada, e ela preferia que permanecesse assim.

Não era da natureza de Kate viver no passado ou apegar-se à tristeza. Era o tipo de pessoa que parecia sempre impulsionada para a felicidade, e aonde quer que fosse a criava para os outros. O som da risada e o brilho da emoção criavam uma aura de alegria, para encanto de Clarke. Nunca falavam sobre o fato de Clarke a ter adotado. Era um capítulo encerrado na vida de Kate, e ela ficaria ofendida se alguém lhe falasse sobre isso. Ele agora era verdadeiramente seu pai de corpo e alma, não apenas no pensamento, mas em todo o seu ser. De todas as formas possíveis, Kate tornara-se filha de Clarke.

Clarke Jamison era um banqueiro muito respeitado em Boston. Vinha de família respeitável, estudara em Harvard e estava mais do que satisfeito com a vida. Sentia-se feliz por ter-se casado com

Elizabeth e adotado Kate. Em tudo o que dizia respeito à família, sua vida era um sucesso. E, com certeza aos olhos do mundo, também Elizabeth, a mãe de Kate, era feliz. Tinha tudo o que queria da vida, um marido que amava e uma filha que adorava. Kate aparecera na vida dos pais pouco depois de Elizabeth completar quarenta anos. Fora sua maior alegria. Todas as suas esperanças repousaram em Kate, queria tudo de maravilhoso para ela. E apesar da energia e personalidade exuberantes de Kate, Elizabeth vira que tinha modos impecáveis e porte surpreendente. E ao casar-se com Clarke, após o trauma do suicídio de John, Elizabeth e Clarke tratavam Kate como um pequeno adulto. Compartilhavam tudo com ela, e viajavam freqüentemente ao exterior. Sempre a levavam com eles.

Aos dezessete anos, Kate acompanhara-os à Europa todos os verões, e no ano anterior fora com eles a Cingapura e Hong Kong. Viajara mais que a maioria das moças de sua idade, e ao passar por entre os convidados mais parecia uma adulta que uma jovem. Era algo que no mesmo instante se percebia nela. Sabia-se imediatamente que Kate era feliz e totalmente à vontade. Podia falar com qualquer um, ir a qualquer lugar, fazer quase tudo. Nada amedrontava ou aterrorizava Kate. A vida a animava, e ela o demonstrava.

O vestido que Kate estava usando no baile de debutantes em Nova York fora encomendado em Paris, na primavera anterior. Era totalmente diferente dos vestidos que as outras jovens trajavam. A maioria usava vestidos de baile em cores fortes ou em tons pastel. Ninguém, é claro, usava branco, em respeito à convidada de honra. E todas pareciam graciosas e lindas. Mas Kate parecia mais que isso, era elegante e surpreendente. Mesmo aos dezessete anos, em tudo mais parecia ser uma mulher do que uma jovem. Não de uma maneira ofensiva, mas parecia transpirar uma espécie de discreta sofisticação. O vestido não tinha babados, nem saia longa, nem franzidos, nem enfeites supérfluos. O vestido em cetim azul-gelo era cortado em diagonal e parecia ondular sobre ela como água, como se fosse uma segunda pele, e as alças que o seguravam ao ombro eram um pouquinho mais grossas que linhas de costura. Exibia seu talhe perfeito; os brincos de água-marinha e diamantes que usava eram da mãe e, antes dela, tinham sido da avó. Faiscavam enquanto apareciam e desapareciam atrás dos cabelos longos e ruivos. Kate quase não tinha maquiagem, apenas um pouco de pó. O vestido era da cor do céu gelado de inverno, e a pele tinha a cor e a maciez do rosa mais pálido. Os lábios, vermelhos e brilhantes, atraíam o olhar do interlocutor, ao rir e sorrir.

O pai provocava-a enquanto saíam da fila de recepção, e ela ria, tendo apoiada no braço dele uma das mãos vestida com elegante luva branca. A mãe, bem atrás, parecia parar a cada cinco segundos para conversar com amigas. Em poucos minutos, Kate avistou a irmã da debutante que a convidara à festa, de pé no meio de um grupo de jovens, e Kate deixou o pai para se juntar a eles. Prometeram encontrar-se mais tarde, no salão de baile, e Clarke Jamison, orgulhoso, acompanhara a filha com os olhos, enquanto ela se aproximava dos jovens elegantes, e, sem Kate perceber, viu que todas as cabeças se voltaram. Ela era uma jovem estonteante. Em questão de segundos, Clarke viu todos eles rindo e conversando e todos os rapazes a rodeá-la. Onde quer que estivesse, tudo quanto fizesse, ele nunca se preocupava com Kate. Todos amavam-na e ela imediatamente atraía a todos. O que Elizabeth queria para Kate era encontrar um rapaz condizente com quem se casasse em poucos anos.

Elizabeth fora feliz com Clarke durante quase dez anos e queria o mesmo destino para a filha. Mas Clarke era insistente. Queria que Kate primeiro se preparasse, e foi fácil convencê-la. Era muito inteligente para não tirar vantagem desse fato, apesar de ele não esperar que ela fosse trabalhar assim que saísse da escola. Mas, para Clarke, Kate deveria ter todas as vantagens possíveis e tinha certeza de que isso lhe iria servir. Ela se candidatara às universidades durante todo o inverno, e, no ano seguinte, quando tivesse dezoito anos, iria para uma delas. Isso animava-a e se candidatara a Wellesley, Radcliffe, Vassar, Barnard e algumas outras que a agradavam menos. E, por causa da história do pai em Harvard, Radcliffe era sua primeira escolha.

Kate foi com os outros, dos salões de recepção ao salão de baile. Conversava com as moças que conhecia, e foi apresentada a dúzias de rapazes. Parecia perfeitamente à vontade ao falar com as moças e os rapazes, e parecia haver um grupo dos últimos a segui-la a cada passo. Achavam divertidas suas histórias, notável a sua maneira pessoal e, quando a dança começou, sempre a tiravam para dançar. Nunca parecia terminar uma dança com o mesmo homem com quem começara. Era uma noite resplandecente, e Kate se divertia muito. E, como sempre, a atenção que lhe davam não era para a sua inteligência. Kate divertia-se, mas era muito retraída.

Kate estava no bufê quando o viu pela primeira vez. Ela conversava com uma moça que entrara para Wellesley e lhe contava tudo como era. Kate a ouvia com atenção, quando levantou o olhar e o encarou. Ela não sabia por quê, mas nele havia algo de hipnotizador. Era alto, tinha ombros largos, cabelos louro-ruivos e um rosto que parecia talhado com formão. E era bem mais velho que os rapazes que dançavam com ela. Ela desconfiou que ele tinha pouco menos de trinta anos, parou totalmente de escutar a moça de Wellesley e, fascinada, prestou atenção em Joe Allbright, enquanto ele punha no prato duas costeletas de cordeiro. Como os outros homens, usava gravata branca, e parecia admirável, elegante, mas havia algo de constrangido em seu aspecto, e tudo nele dava a entender que preferia estar em algum outro lugar. Kate o olhava tentando se encaminhar para o bufê; ele parecia quase desajeitado, como uma gigantesca ave cujas asas tinham sido inesperadamente cortadas e só desejasse fugir dali.

Afinal, Joe estava a apenas alguns centímetros de Kate, enquanto segurava um prato quase cheio, e sentiu que a moça o olhava. Do alto, com ar grave, os olhares se encontraram. Por um minuto, parou de movimentar-se, e quando Kate sorriu-lhe, Joe quase esqueceu que estava segurando o prato. Nunca vira alguém como ela, tão bonita ou tão vibrante. Havia algo de fascinante nela, assim como ficar perto de algo muito brilhante e muito próximo, ou examinar algo sob uma luz muito clara. Em questão de segundos, Joe afastou o olhar. Baixou os olhos, mas não se afastou dela. Percebeu que não podia de modo algum mexer-se, estava preso onde se encontrava, e em um instante olhava-a outra vez.

— Esse jantar não parece bastante para um homem do seu tamanho — disse ela, sorrindo.

Ela não era tímida, e Joe gostava disso. Desde garoto, achava difícil falar com pessoas. E, adulto, era homem de poucas palavras.

— Jantei antes de vir — explicou ele.

Ficara de fora da mesa de caviar, evitara a enorme variedade de ostras trazidas para a ocasião, e se satisfizera com as duas costeletas de cordeiro, um pãozinho e manteiga, e uns poucos camarões. Era o bastante. E Kate podia ver pela casaca que ele era muito magro. Não assentava tão perfeitamente como deveria, e a moça desconfiou que fora emprestada para a ocasião, e estava certa. Era uma peça de roupa de que nunca precisara em seu guarda-roupa, e ele não esperava usá-la novamente. Tomara-a emprestada de um amigo. Ao dizer que não tinha fraque, fizera o máximo possível para fugir do convite. E, depois, sentira-se obrigado a vir quando o amigo conseguira o fraque para ele. Mas, exceto o rápido encontro com Kate, ele teria dado tudo para não estar ali.

— Não parece muito feliz por estar aqui — retrucou ela alto o suficiente para ele ouvir.

Falou com um sorriso meigo e ar simpático, e Joe deu um sorriso, sentindo admiração por ela.

— Como adivinhou?

— Parece que você queria esconder o seu prato em algum lugar e fugir. Odeia festas? — perguntou, falando com facilidade. A moça de Wellesley conversava com outra pessoa e saiu dali. Ambos pareciam estar sozinhos no meio de centenas de pessoas, redemoinhavam e pareciam esquecidos de todos os outros.

— Sim, queria esconder o prato. Ou pensava fazer isso. Nunca estive em uma festa como essa.

— Nem eu — disse ela, com honestidade.

Mas, no seu caso, não era devido à preferência ou falta de ocasião, mas à idade. Porém Joe não tinha como saber. Ela parecia tão descontraída e tão madura que, se alguém perguntasse, Joe podia imaginar que Kate tivesse vinte e pouquinhos anos, quase da sua idade.

— Bonita, a festa, não? — perguntou Kate, lançando um olhar ao redor e, depois, voltando a ele.

E Joe sorriu, a festa era bonita, mas não pensava assim. Desde que chegara, só pensava em quantas pessoas havia ali, como estava quente e cheio de gente, e quantas outras coisas preferia estar fazendo. E agora, ao olhá-la, não estava certo de que a festa fora uma perda total de tempo, como supunha ser a princípio.

— Bonita — respondeu, enquanto reparava na cor dos olhos dela.

Eram da mesma cor que os seus, um azul-escuro quase safira.

— E você também — continuou, inesperadamente.

O elogio e a forma como a olhava eram tão diretos, que significaram para Kate mais que todas as palavras gentis das dúzias de rapazes que lhe faziam a corte. E, no entanto, visivelmente dez anos mais jovens, eram de longe mais sociais que ele.

— Você tem olhos lindos — afirmou, fascinado.

Eram tão claros, sinceros e vivos. Kate parecia não ter medo de nada. Ambos tinham isso em comum, mas de formas muito diferentes. Ao contrário, esta noite foi uma das poucas coisas que o aterrorizaram. Joe preferia ter arriscado a vida, como muitas vezes fazia, a enfrentar um grupo de pessoas como este. Estava lá havia menos de uma hora quando a conhecera, e a festa já o irritara, e queria ir logo embora. Esperava o seu amigo para dizer-lhe que podiam retirar-se.

— Obrigada. Me chamo Kate Jamison — apresentou-se. Joe passou o prato para a mão esquerda e estendeu-lhe a direita.

— Joe Allbright. Quer comer algo? — Foi direto, claro e seco, ao falar.

Disse apenas o que sentia necessidade. Nunca fora de palavras floreadas. E Kate ainda não apanhara um prato no bufê. Enquanto concordava com a cabeça, Joe lhe trouxe um. Kate tirou muito pouco, algumas verduras e um pedaço pequeno de frango. Não tinha fome, estivera alvoroçada demais a noite toda para comer. Sem nada dizer, Joe levou o prato dela, e se encaminharam para uma das mesas onde outras pessoas jantavam, e encontraram dois lugares. Sentaramse em silêncio, e enquanto arrumava um garfo, ele a olhava, querendo saber por que ela o ajudara. Qualquer que fosse a razão, melhoraria bastante a noite dele. E a dela.

— Conhece muita gente aqui? — perguntou, olhando apenas para Kate.

Kate beliscava a comida, enquanto sorria para Joe.

— Algumas. Meus pais conhecem mais do que eu — explicou, surpresa por se sentir tão constrangida com ele.

Para ela, isso era fora do comum, mas era como se tudo o que dissera tivesse importância, e como se estivesse ouvindo cada inflexão de sua voz. Estar com ele não a fazia sentir-se leve, dócil, tal como com outros homens. Com ele havia algo surpreendentemente intenso. Era como se todas as afetações e subterfúgios fossem arrancados, e o que restasse fosse muito verdadeiro.

— Seus pais estão aqui? — parecia interessado, enquanto comia um dos camarões.

— Sim. Em algum lugar. Não os vejo há horas — Kate sabia que não os veria por várias outras.

A mãe vivia enfiada pelos cantos com algumas amigas íntimas, entretendo-se a noite toda sem dançar. E o pai de Kate sempre ficava perto de Elizabeth.

— Viemos de Boston para a festa — Kate estimulou a conversa. Joe concordou com a cabeça.

— Vocês moram lá? — perguntou, olhando-a com atenção.

Havia algo nela que o hipnotizava. Não tinha certeza se era a forma como falava, ou a forma como o olhava. Parecia calma, inteligente e interessada no que ele falava. Joe não se sentia à vontade com as pessoas lhe dando muita atenção. E, além da sua inteligência e portes, tinha aparência delicada. Adorava olhá-la apenas.

— Sim. Você é de Nova York? — perguntou Kate, largando o frango.

Não sentia fome, a noite estava emocionante demais para se afligir com comida. Preferia conversar.

— De origem, não. Sou de Minnesota. Moro aqui desde o ano passado. Mas vivi em vários lugares. New Jersey, Chicago. Passei dois anos na Alemanha. Vou para a Califórnia depois do princípio do ano. Vou aonde haja pista de pouso.

Parecia esperar que Kate compreendesse isso, e ela o olhava, muito interessada.

— Você voa?

Pela primeira vez, Joe parecia se divertir, sincero, com a pergunta de Kate, e estava visivelmente descontraído ao responder-lhe.

— Acho que sim. Já voou em um avião, Kate?

Pela primeira vez, dizia o nome dela, e Kate gostou da forma como soou. Fez isso parecer pessoal, e ela adorou que Joe se lembrasse. Parecia o tipo de homem que com pouquíssimo esforço esquecia os nomes e qualquer outra coisa que não lhe interessasse. Ele, porém, ficara fascinado por ela e parecia reparar em tudo nela.

— Fomos à Califórnia no ano passado, para tomar um navio para Hong Kong. Em geral, viajamos de trem ou de navio.

— Parece que você fez algumas viagens. Por que foi a Hong Kong?

— Fui com meus pais. Fomos a Hong Kong e Cingapura, mas, antes, só íamos à Europa.

A mãe cuidou para que falasse italiano e francês, e tivesse rudimentos de alemão. Os pais achavam que isso seria útil. O pai pensava que ela fosse casar-se com um diplomata. Seria uma perfeita mulher de embaixador e, inconscientemente, Elizabeth preparava-a para isso.

— Você é piloto? — perguntou ela de olhos arregalados, que, por sua vez, lhe traíam a juventude.

— Sim, sou.

— De companhia aérea?

Kate achava-o tanto misterioso como interessante, e viu-o quando descruzou as pernas compridas e, por um momento, se recostou na cadeira. Era como nenhum outro rapaz que conhecera, e queria saber mais sobre ele. Nada tinha do refinamento óbvio dos rapazes que conhecia, e ao mesmo tempo havia nele alguma coisa de imensamente mundano. E, por toda a timidez de Joe, Kate sentia muita confiança nele, como se ele soubesse tomar conta de si mesmo, em qualquer lugar, em qualquer época, em qualquer circunstância. Havia nele uma sofisticação latente, inata, e Kate conseguia com facilidade imaginá-lo voando em um avião. Para ela, parecia muito romântico e forte.

— Não, não vôo por uma companhia aérea — explicou. — Testo aviões e os projeto para que tenham alta velocidade e autonomia de vôo.

Era muito mais complicado que isso, mas era o que tinha a dizer-lhe.

— Quantos anos você tem, Joe?

— Vinte e nove. Quase trinta. Vôo desde os dezesseis. Eu estava pensando se você gostaria de algum dia voar comigo. Mas imagino que seus pais não gostem.

— Minha mãe não iria gostar. Mas meu pai iria achar divertido. Vive o tempo todo falando de Lindbergh.

— Talvez algum dia eu possa ensinar você a voar — retrucou ele, os olhos cheios de sonhos.

Antes, nunca ensinara uma menina a voar, apesar de conhecer muitas mulheres pilotos. Ele e Amelia Earhart tinham sido bons amigos até que, três anos antes, ela desaparecera, e ele voara várias vezes com a amiga de Charles, Edna Gardner Whyte, que Joe achava quase tão impressionante quanto Charles. Sete anos antes, ela realizara seu primeiro vôo ousado sem instrutor, e passara a treinar pilotos militares. Era muito amiga de Joe.

— Costuma ir a Boston? — perguntou Kate, esperançosa.

— De vez em quando, vou ver amigos em Cape Cod. No ano passado, fiquei com eles. Mas, nos próximos meses, vou ficar na Califórnia. Quando voltar, posso lhe telefonar. Quem sabe o seu pai também queira nos acompanhar.

— Vai adorar — respondeu ela, entusiasmada.

Para Kate, parecia uma idéia excelente. Só pensava, nesse momento, em como convencer a mãe. Mas quem tinha certeza de que ele iria de fato lhe telefonar? Talvez não.

— Estuda? — perguntou Joe, com expressão de curiosidade.

Kate fez que sim com a cabeça.

Joe parara a educação formal aos vinte anos, e foi com os aviões que obtivera o restante da formação, depois que Lindbergh acolhera-o sob suas asas.

— Vou à universidade no outono — respondeu ela.

— Sabe onde?

— Estou esperando resposta. Quero ir para Radcliffe, meu pai foi para Harvard. Se pudesse, também iria para lá. Mas Radcliffe é muito fechada. Mamãe quer que eu vá para Vassar, onde estudou. Também me candidatei para lá. Mas não gosto muito da idéia. Acho que de qualquer maneira preferia ficar em Boston. Ou talvez em Barnard, aqui em Nova York. Também gosto de Nova York. Gosta daqui?

— Não tenho certeza. Sou do interior.

Quando Joe disse isso, Kate não pôde concordar. As raízes dele estavam lá, mas algo nele sugeria que superara a vida de interior mais do que imaginava. Ele fazia parte de um mundo muito maior, mas ainda não percebera isso.

Ainda conversavam sobre as virtudes de Boston e Nova York, quando o pai de Kate se aproximou, e a moça o apresentou a Joe.

— Acho que estou monopolizando a sua filha — explicou, parecendo ansioso.

Tinha medo de que Clarke Jamison fosse ficar aborrecido por causa da idade de Kate, mas fora tão fácil conversar com ela. Estavam sentados juntos por quase duas horas, quando o pai aparecera.

— Não é culpa sua — respondeu o pai, cordial. — Kate é boa companhia. Fiquei curioso para saber onde ela se encontrava, mas posso ver que estava em boas mãos.

Joe lhe parecia inteligente e educado, e, quando soube seu nome, ficou evidentemente surpreso. Clarke o conhecia pelo que lera nos jornais, que era um ás da aviação muito conhecido, e ficou curioso para saber como conhecera Kate, e se a filha sabia quem ele era. Junto com Lindbergh, Joe era um dos melhores, se bem que menos famoso, mas não tanto. Clarke sabia que ele vencera competições de aviação no famoso P-51 Mustang de Dutch Kindelberger.

— Joe se ofereceu para algum dia voar conosco. Você acha que mamãe vai ter um ataque?

— Acho que sim — o pai ria —, mas talvez eu possa conversar com ela.

E se dirigiu a Joe:

— Muito gentil da sua parte oferecer o vôo, Sr. Allbright. Sou grande admirador seu, sei que o senhor recentemente quebrou um verdadeiro recorde.

Joe pareceu desconcertado com o elogio de Clarke Jamison, mas satisfeito por ele o conhecer. Ao contrário de Charles, Joe conseguiu evitar a notoriedade sempre que pôde, mas estava ficando cada vez mais difícil depois das recentes proezas.

— Foi um vôo magnífico. Tentei levar Charles comigo, mas estava ocupado em Washington, com o Comitê Consultivo Nacional de Aeronáutica.

Clarke fez que sim com a cabeça, impressionado, e seguiu-se animada discussão sobre a guerra na Europa, quando a mãe de Kate se juntou a eles. Falou-lhes que estava ficando tarde, e que ela queria ir para casa. Logo depois, Clarke o apresentou à esposa. Ele parecia tímido, mas muito educado. E era óbvio que estavam prontos para ir embora. Sem hesitar um momento, enquanto se encaminhavam para a porta, Clarke entregou a Joe o seu cartão de visita.

— Telefone-nos sempre que for a Boston — pediu, hospitaleiro. Joe lhe agradeceu. — Veremos se você vai se lembrar do que nos ofereceu. Se não se lembrar, eu lembro.

E com isso piscou para Joe. O pai pareceu gostar bastante de Joe. Um instante depois, Joe apertou a mão do pai de Kate, e informou que iria tentar se encontrar com Charles. Sabia que, como seu mentor não gostava de festas tanto quanto ele, talvez estivesse escondido em algum canto, e que seria difícil achar alguém na multidão. Ainda havia pelo menos quinhentas pessoas, andando lá fora entre a casa e a tenda aquecida. E após desejar boa noite à mãe, Joe se dirigiu a Kate:

— Gostei de jantarmos juntos — informou, com olhos que penetravam nos dela. — Espero ver você de novo algum dia.

Falava de modo sincero, e Kate sorriu. De todas as pessoas que conhecera nessa noite, ele era o único que a impressionara. Havia nele algo muito verdadeiro e notável, e, no fim da noite, Kate tinha certeza de ter conhecido um homem fora do comum.

— Boa sorte na Califórnia — Kate disse, suave, perguntando a si mesma se seus caminhos se cruzariam outra vez. Não estava certa de que Joe iria telefonar. Ele não parecia ser desse tipo. Tinha seu mundo próprio, sua paixão própria, muito sucesso na sua atividade, e era improvável que ele fosse ao encalço de uma moça de dezessete anos. Em verdade, estava quase certa, depois de conversar com ele, que não iria procurá-la.

— Obrigado — respondeu. — Espero que entre para Radcliffe. Tenho certeza que sim. Vão ficar felizes por você entrar para lá, não importa se o seu pai esteve em Harvard ou não.

Depois, Joe lhe apertou a mão, e desta vez foi ela quem baixou os olhos por causa da intensidade do olhar dele. Foi como se a estivesse examinando em todos os detalhes, para esculpi-la de memória. Foi uma sensação estranha, mas, da forma como ele fez, Kate sentiu-se atraída por uma força impossível de resistir.

— Obrigada — sussurrou.

E, então, com um cumprimento leve e estranho em sua direção, Joe se virou e desapareceu na multidão para procurar Charles.

— Que homem extraordinário — exclamou Clarke, com admiração. Saíam devagar e buscavam os casacos na porta. — Vocês sabem quem é ele?

Clarke, então, continuou a citar a Kate e à mãe as proezas excepcionais de Joe e os recordes que ele quebrara no ano anterior. Parecia conhecer todos eles.

Ao entrarem no carro, Kate olhou pela janela, pensando no tempo que passara conversando com Joe. Os recordes que quebrara nada significavam para ela, apesar de o admirar, e se deu conta de que Joe era importante e consumado na atmosfera rarefeita em que vivia. Mas foi o próprio jeito dele que a atraiu. Seu poder, sua força, sua gentileza, até mesmo sua falta de jeito tocaram-na de uma forma que ninguém antes conseguira. Kate sabia, nesse momento, sem dúvida, que Joe se apoderara de algum pedaço seu, e o que a afligia, enquanto olhava pela janela, era não ter a menor idéia de que o veria novamente.

Capítulo 2

APÓS O RESPLANDECENTE BAILE de debutantes no Natal, como Kate suspeitara, não teve de notícias de Joe Allbright. Apesar do cartão de visita que o pai dera a ele, Joe não telefonara. Kate lia sobre ele e fazia questão de procurar notícias sobre ele, e via seu nome nos jornais e mesmo nos cinejornais, quando de tempos em tempos vencia competições. Quebrara vários recordes na Califórnia, e fora elogiado pelo último avião que projetara com a ajuda de Dutch Kindelberger, mas estava em seu próprio mundo, longe do dela, e sem dúvida alguma a esquecera.

Ele parecia fazer parte de outra realidade, a anos-luz da dela. E agora tinha certeza de que nunca mais o veria. Para o resto da vida, leria sobre Joe e se lembraria das horas que passaram conversando, uma noite, quando jovem.

Em abril, foi aceita em Radcliffe, e os pais ficaram boquiabertos, assim como ela. A guerra não ia bem na Europa, e os pais viviam conversando sobre o conflito. O pai ainda insistia em que Roosevelt não permitiria que os Estados Unidos se envolvessem, mas, apesar disso, relatos do que lá acontecia a estavam perturbando, e dois dos rapazes que conhecia foram para a Inglaterra e se juntaram à RAF. O Eixo começara uma contra-ofensiva na África do Norte, e o general Rommel vencia implacavelmente batalhas no comando dos

Afrikakorps. Na Europa, a Alemanha invadira a Iugoslávia e a Grécia, e a Itália declarara guerra à Iugoslávia. E, em Londres, havia cerca de duzentas pessoas sendo mortas por dia, em ataques da Luftwaffe.

Em conseqüência, os pais e Kate não podiam mais ir à Europa no verão; assim, pelo segundo ano, passaram o verão inteiro em Cape Cod. Tinham casa lá, e Kate sempre gostara do lugar. Neste verão, estava particularmente alvoroçada, porque, no outono, iria para a universidade. E a mãe estava feliz porque a filha não iria para longe de casa. Cambridge ficava do outro lado do rio, e Kate e a mãe deixaram tudo pronto antes de partir para Cape Cod, onde planejavam ficar até o Dia do Trabalho. E Clarke, como sempre, iria até lá nos fins de semana.

Era um verão de tênis, festas e longas caminhadas na praia com amigos. Kate nadou todos os dias no oceano, e conheceu dois rapazes, um muito agradável, que ia para Dartmouth no outono, e outro, que ia cursar o penúltimo ano da universidade, em Yale. Eram saudáveis, com mentes inteligentes e bons valores. E um grande grupo deles jogava tudo, de golfe a croqué e *badminton* na praia, e a maior parte dos rapazes jogava uma pelada, enquanto as garotas assistiam. Era um verão longo e tranqüilo, e as notícias da Europa, a cada dia mais preocupantes, proporcionavam as únicas sombras escuras.

Os alemães tomaram Creta, e havia luta pesada na África do Norte e no Oriente Médio. Britânicos e italianos tinham batalhas aéreas sobre Malta. E, no fim de junho, os alemães invadiram a Rússia, tomando-a totalmente de surpresa. E, um mês depois, o Japão entrou na Indochina. Era um verão de batalhas ferozes e más notícias pelo mundo inteiro.

Quando Kate não pensava na guerra, lembrava-se de que ia para Radcliffe. Faltavam dias apenas, e ela ficava ainda mais alvoroçada do que aparentava. Uma porção de amigas do secundário optou por não ir para a universidade. Kate era mais a exceção do que a regra. Duas amigas suas se casaram após a formatura, e mais três anunciaram que ficariam noivas nesse verão. Aos dezoito, ela já se sentia solteirona. Em um ano, a maioria delas teria filhos, e ainda mais amigas se casariam. Ela, porém, concordava com o pai, queria ir à universidade, apesar de ainda não ter resolvido em que área iria estudar.

Se o mundo fosse diferente, talvez gostasse de estudar direito. Seria, no entanto, um sacrifício enorme. Sabia que, se escolhesse a profissão de advogada, era improvável poder casar-se. Era uma escolha que se tinha de fazer, e o direito como profissão não fazia parte do mundo feminino. Kate ia estudar alguma coisa como literatura ou história, com aulas de italiano ou francês. Se nada mais acontecesse, sempre poderia ensinar. Mas, além de direito, não havia outras profissões que a fascinassem. E o pai e a mãe tinham certeza de que ela iria se casar assim que terminasse a escola. Seria interessante Kate fazer a universidade enquanto esperava o homem certo.

O nome de Joe veio à baila depois que o conheceu, uma ou duas vezes nos meses seguintes, não como pretendente, mas como algo novo ou importante que alcançara. O pai se interessou ainda mais por ele agora que o conhecera, e fez Kate se lembrar dele mais de uma vez. Ela, no entanto, não precisava de estímulo, nunca o esquecera, nem tivera notícias dele. Era apenas uma pessoa muito interessante que conhecera, e, ao fim, a fascinação que sentiu por ele começara a perder a importância. Suas outras ocupações, como a universidade e as amizades, eram muito mais reais.

Foi no último fim de semana do verão, o fim de semana do Dia do Trabalho,* que ela e os pais foram a uma festa a que compareciam todos os anos, em geral após voltarem da viagem de verão. Era um churrasco oferecido pelos vizinhos de Cape Cod. Todos na região iam, havia crianças, velhos e famílias, e os anfitriões faziam uma fogueira enorme na praia. Kate estava em um grupo de colegas, tostando *marshmallows* e salsichas, quando deu um passo atrás, afastando-se da fogueira, e pisou em alguém que não via. Virou-se para pedir desculpas. Ela estava de *short* e pés descalços. E, ao procurar a vítima, viu, estupefata, que pisara em Joe Allbright. Mal o avistou, apenas arregalou os olhos sem conseguir falar, enquanto agarrava um espetinho com *marshmallows* em chamas e ele dava um largo sorriso.

---

*Nos Estados Unidos, o Dia do Trabalho é comemorado na primeira segunda-feira de setembro. (*N. do E.*)

— Preste atenção, antes de pôr fogo em alguém.

— O que está fazendo aqui?

— Esperando um *marshmallow* — respondeu Joe. — Os seus parece que tostaram demais.

Os *marshmallows* estavam virando cinza no espeto, enquanto Kate olhava Joe, sem conseguir acreditar que ele estava ali. O rapaz parecia feliz, e, de calças cáqui e suéter, parecia uma criança. E de pés também descalços.

— Quando voltou da Califórnia? — perguntou Kate, sentindo novamente uma comunicação instantânea com ele.

Era como se fossem velhos amigos, e ambos pareciam, de súbito, esquecer as pessoas que os acompanhavam. Kate estivera em um grupo de jovens, e Joe fora a Cape com um velho amigo.

— Não voltei da Califórnia — sorriu, obviamente contente por terem se encontrado. — Ainda estou lá, acho que até o fim do ano. Fico uns poucos dias por aqui. Eu ia telefonar para seu pai na terça-feira, e confirmar meu oferecimento. Está na universidade?

— Começo na semana que vem.

Kate mal podia prestar atenção no que Joe falava. Parecia bronzeado e bonito, os cabelos mais louros, e Kate conseguia ver como os ombros dele estavam mais fortes no suéter, em vez do fraque emprestado. Joe até parecia ter melhor aparência do que ela se lembrava, e, subitamente, sentiu-se muda diante dele, tão diferente dela. E, para Kate, Joe, com os braços compridos e os pés ligeiramente nervosos, parecia uma gigantesca ave terrestre. Mas, agora, o rapaz parecia muito mais à vontade. Pensara muitas vezes nela, e este era um cenário mais fácil para ele. E, enquanto conversavam, Kate ainda segurava o espeto com os *marshmallows*, que, agora, além de queimados, também estavam frios. Com um gesto suave, Joe lhe pegou o espeto e o atirou no fogo.

— Já comeu? — perguntou, assumindo o controle da situação.

— Só *marshmallows* — respondeu ela, com um sorriso tímido.

Joe estava próximo e sua mão roçou levemente na dela.

— Antes do jantar? Que vergonha! Que tal uma salsicha?

Ela concordou com a cabeça. Joe procurou alcançar um espeto, tirou duas salsichas de uma bandeja e enfiou-as nele. E, depois, colocou-o na fogueira.

— O que tem feito desde o Natal? — quis saber, interessado.

— Formei-me. Entrei para Radcliffe. Foi só.

Kate sabia tudo o que Joe fizera ou, no mínimo, os recordes que quebrara. Lera sobre ele nos jornais, e o pai lhe falava muito sobre o rapaz.

— Que bom. Eu sabia que ia entrar para Radcliffe. Me sinto orgulhoso — declarou. Kate ficou ruborizada.

Mas, felizmente, escureceu enquanto estavam na praia, pisando na areia branca, fina e fria.

Para Kate, Joe parecia mais confiante do que oito meses antes. Ou talvez sentisse isso porque já se conheciam. O que ela não sabia é que ele pensara nela muitas vezes, com tanta freqüência que já eram amigos em pensamento. Ele tinha um modo de fazer as cenas e situações e pessoas passarem pela cabeça, como um filme, até se tornarem familiares para ele.

— Já dirige? — perguntou, sorrindo.

— Papai diz que sou péssima motorista, mas acho que, na verdade, sou bem razoável. Sou melhor que mamãe. Ela vive o tempo todo batendo com o carro — contou Kate, também sorrindo.

— Então, talvez você esteja pronta para as lições de vôo. Vamos ver isso quando eu voltar novamente ao Leste. No fim do ano, vou me mudar para New Jersey, para executar um projeto com Charles Lindbergh. Mas, antes, tenho de terminar o que estou fazendo na Califórnia.

Ela não sabia a razão, mas ficava palpitando ao ouvir que Joe estava voltando para o Leste. E sabia que era tolice, que não havia razão para pensar que Joe iria revê-la. Era um homem de trinta anos, e muito bem-sucedido em seu próprio setor. Ela, apenas uma universitária, e nem isso ainda. Desta vez, sabendo quem era ele, ficou mais impressionada que da primeira vez. E era ela quem se sentia tímida.

— Quando começa a universidade, Kate? — perguntou, parecendo falar com uma irmãzinha.

No entanto, como Kate, Joe era filho único. Tinham isso em comum. Pai e mãe morreram quando ele era bebê. Fora criado por primos da mãe, que logo admitiram não gostar dele, e Joe não lhes tinha afeto.

— Tenho de ir embora na terça-feira desta semana — respondeu Kate à pergunta de Joe.

— Que emocionante — exclamou ele, entregando-lhe uma salsicha.

— Não é tão emocionante como o que você vem fazendo. Venho acompanhando você pelos jornais.

Joe sorriu quando Kate falou isso, envaidecido porque ela se lembrara dele. Um pensava no outro freqüentemente, mas teria sido inoportuno admitir.

— Papai é seu maior fã.

Joe ainda se recordava de como Clarke, ao conhecê-lo, havia se interessado por ele, pois já conhecia um bocado de coisas a seu respeito. Diferente de Kate, que o considerara uma pessoa atraente, e não fizera idéia de que Joe era um herói.

Terminaram de comer as salsichas e se sentaram em um tronco para beber café e tomar sorvete. Serviam-no em casquinhas, e o de Kate pingava enquanto Joe estava sentado, observava-a e bebia o café aos golinhos. Adorava olhá-la, era tão bonita, tão jovem e tão cheia de energia e vida. Era como um puro-sangue, belo e jovem, saltando, empinando e jogando os cabelos ruivos escuros e compridos por sobre os ombros. Antes, nunca desconfiara que iria conhecer alguém como ela. As mulheres que conhecera há anos eram muito mais simples e mais apagadas. Kate era como uma estrela brilhante e clara nos céus, e não conseguia tirar os olhos dela.

— Quer dar um passeio? — perguntou, afinal, depois que Kate limpou a sujeira do sorvete.

Kate concordou com a cabeça, sorrindo.

Por algum tempo, andaram tranqüilos pela areia, com uma lua quase cheia, brilhando clara na água. Conseguiam ver tudo na praia e caminhavam lado a lado, bem próximos um do outro, calados.

Pouco depois, Joe levantou o olhar para o céu e, depois, baixou-o para Kate, sorrindo.

— Adoro voar em noites como a de hoje. Acho que você também gostaria. É como se fosse ficar um pouquinho de tempo próximo de Deus, é tão calmo.

Joe partilhava com Kate o que para ele tinha mais importância. Ao voar à noite, por uma ou duas vezes, pensava nela, e não pudera deixar de pensar em como teria sido agradável tê-la em sua companhia. E, depois, pensava consigo mesmo que estava doido. Ela não passava de uma criança e, se a encontrasse novamente, talvez nem se recordasse dele. Kate, porém, se lembrava dele, e sentiam-se como velhos amigos. Parecia como uma dádiva do destino que se encontrassem outra vez. E, apesar do que lhe dissera, não estava certo de ter coragem de telefonar ao pai de Kate, e se apoiara nisso. Para Joe, encontrá-la no churrasco resolvera o problema.

— O que fez você se apaixonar por vôo? — perguntou, quando começaram a andar mais devagar.

A noite estava linda e quente, e a areia parecia cetim sob os pés.

— Não sei. Sempre gostei de aviões, mesmo quando criança. Queria fugir... ou subir bem mais alto que o mundo, para que ninguém pudesse me tocar.

— Do que fugia? — Kate quis saber, terna.

— Das pessoas. Coisas desagradáveis que me aconteceram, e eu me sentia mal com essas pessoas.

Joe jamais conhecera os pais, e os primos que passaram a tomar conta dele quando os pais morreram foram cruéis. Não havia afeição alguma entre eles. Sempre o fizeram sentir-se como um intruso. Quando tinha dezesseis, afastou-se deles. Se pudesse, ter-se-ia afastado antes.

— Sempre gostei de ficar sozinho. E gosto de máquinas. Todas as pecinhas que fazem as máquinas funcionar, e os detalhes de engenharia. Voar é como mágica, junta tudo isso, e, logo depois, você está no Céu, rumo ao firmamento.

— Você torna tudo maravilhoso — completou Kate. Os dois pararam e se sentaram na areia.

Tinham andado uma distância considerável e estavam cansados.

— É maravilhoso, Kate. É tudo o que eu sempre quis ser e fazer quando crescesse. Não consigo acreditar que, agora, me pagam para fazer isso.

— Por isso, é óbvio, você é ótimo no que faz.

Por um momento, Joe baixou a cabeça, humilde, e Kate se comoveu com o que viu e percebeu nele.

— Algum dia, você vai gostar de voar comigo. Não vou pôr medo em você, prometo.

— Você não me põe medo — replicou Kate.

Joe estava bem próximo dela, e esse fato assustava-o mais do que a Kate. O que mais o assustava eram os próprios sentimentos. Ela despertava-lhe interesse. E apenas o fato de Kate estar próxima dele o atraía como ímã. Era doze anos mais velho que Kate, e ela era de família rica, de posição considerável, e ia para Radcliffe.

Joe não pertencia ao mundo de Kate e sabia disso. Mas não era esse mundo que o fazia sentir atração por ela, era o que ela era, e como ele se sentia à vontade com a moça. Jamais conhecera mulher alguma assim. Nem mesmo as da idade dele. Em toda a sua vida, saíra com muitas mulheres, a maioria delas fazendo ponto nas pistas de pouso, ou com meninas que conhecia por meio de outros pilotos, em geral irmãs deles. Mas nunca tivera nada em comum com nenhuma. Houve apenas uma mulher por quem se interessara seriamente, e que se casou com outro, porque, dissera, Joe não tinha tempo para passar com ela. Joe não conseguia imaginar Kate sozinha, era cheia de vida, auto-suficiente demais, e era isso que o atraía. Mesmo aos dezoito anos, era uma pessoa completa. Pelo que via, não havia peças faltando, nenhuma carência que ele precisasse suprir e que não pudesse, nem expectativas nem censuras. Kate era o que era e, como um cometa, tinha trajetória própria, e Joe só queria vê-la voar.

Kate lhe contou que desejava poder freqüentar a faculdade de Direito, mas que teve de desistir do sonho, porque não era uma profissão apropriada para uma mulher.

— Que tolice! — exclamou ele. — Se é o que deseja fazer, por que não fazer?

— Meus pais não querem. Querem que eu vá à universidade, mas esperam que me case.

— Por que não fazer as duas coisas? Ser advogada e casar-se?

Para Joe, isso era sensato; ela, no entanto, só fez que sim com a cabeça, e seus cabelos rodopiaram-lhe ao redor, como uma cortina ruiva escura. Dava-lhe um quê de sensual, a que Joe resistia. Teve sorte, porque Kate nem percebeu que o atraía. Ela achou-o apenas amigo e agradável.

— Conhece algum homem que deixe a mulher exercer advocacia? Qualquer um com quem eu me casasse iria querer-me em casa e tendo filhos.

As coisas eram assim, e ambos sabiam disso.

— Tem com quem se casar, Kate? — ele quis saber, com algo mais do que um simples interesse.

Talvez ela tivesse encontrado alguém após o Natal, ou o conhecera antes. Joe não sabia muita coisa sobre Kate.

— Não — respondeu ela com simplicidade. — Não tenho.

— Então, por que se preocupar com isso? Por que não fazer o que quer até encontrar o homem certo? Você se preocupa com uma profissão que ainda não tem. Pode ser que encontre alguém simpático na faculdade de Direito.

E, depois, fez-lhe uma pergunta. Ao estender as pernas, elas mal se tocavam; ele, porém, não tentou segurar-lhe a mão ou pôr um braço ao redor dela.

— O casamento é tão importante assim?

Joe, aos trinta anos, pensava diferente. E ela, aos dezoito, parecia ter a vida inteira para o casamento e ter bebês. Era estranho ouvi-la falar assim, como conseqüência do que escolhera, quase como conseqüência inevitável do que Kate sentia por alguém. Joe perguntava-se se era assim que os pais de Kate pensavam sobre esse assunto. Era fora do comum, com certeza. Mas, ao contrário da maioria das mulheres, que lhe pareciam mais sub-reptícias, Kate era mais liberal a esse respeito.

— Acho que o casamento é importante — respondeu ela, séria. — Todos dizem que é. E acho que, para mim, algum dia será. Agora, mal posso imaginar. Não tenho pressa. Sinto-me feliz por ir, antes, à universidade.

Para ela, era um adiamento, uma prorrogação dos planos que a mãe lhe fazia.

— Nem quero pensar nisso durante quatro anos, e até lá ninguém sabe o que vai acontecer.

— Você poderia fugir e se juntar ao circo — ele atalhou, querendo ajudar.

Kate riu, deitada na areia, a cabeça recostada em um dos braços atrás da cabeça. Enquanto contemplava-a ao luar, Joe pensou nunca ter visto alguém tão linda. Lembrou-se da idade dele e que Kate não passava de uma criança. Mas, deitada assim, a moça não parecia uma criança, era bem mulher. Por um momento, afastou os olhos, para recobrar a compostura. Kate não tinha a mais remota suspeita do que lhe ia no pensamento.

— Acho que gostaria de estar no circo — ela prosseguiu, ainda com a cabeça recostada. Joe observava o céu à noite. — Quando menina, achava espetaculares as fantasias do circo. E os cavalos. Sempre adorei os cavalos. Os leões e os tigres me davam medo.

— Também me davam medo. Só uma vez vi o circo, em Minneapolis. Achei-o muito barulhento. E detestei os palhaços, não os achei engraçados.

Ambos eram tão parecidos que Kate sorriu. Ela imaginava-o um garotinho sério, aterrorizado por toda a ação. E os palhaços também para ela sempre pareceram sem graça. Como ele, preferia a sutileza. Eram diferentes, tendo muitas coisas em comum. E sempre, sob a superfície, essa atração irresistível, magnética.

— Jamais gostei dos cheiros no circo, mas acho que seria divertido viver com esse pessoal. Teria sempre alguém com quem conversar.

Joe riu ao ouvir isso, e virou-se para olhá-la. Gostar de pessoas parecia típico do pouco que ele a conhecia. A naturalidade de Kate com as pessoas era uma das muitas coisas que exerciam atração nele. Joe nunca tivera esse dom, e o admirava nela. Mas, em Kate, era algo natural, instintivo e integral.

— Não posso pensar em nada pior. É por isso que gosto tanto de voar. Enquanto estou no ar e longe do solo, não tenho ninguém com quem falar. Em terra, tem sempre alguém querendo falar alguma coisa comigo ou me tem por perto para falar. É cansativo.

Na verdade, ao falar isso, havia uma expressão de pena nos olhos de Joe. Havia momentos em que a conversa era de fato dolorosa para ele. Perguntava-se a si mesmo se essa peculiaridade era própria dos pilotos. Fizera vários vôos longos com Charles, quando literalmente um não falara uma única palavra ao outro e se sentiram à vontade com isso. Afinal só se falaram depois que aterrissaram e abriram a porta da cabina. Fora para ambos um vôo perfeito. Mas Joe não conseguia imaginar Kate sentada em silêncio, durante oito horas.

— Para mim, as pessoas são muito cansativas. Esperam muito de você. Entendem mal o que você diz e torcem as suas palavras. De certa forma, complicam tudo ao invés de simplificar.

Havia nele um discernimento interessante.

— É assim que você gosta das coisas? — perguntou Kate. — Calado e simples?

Em resposta, Joe fez que sim com a cabeça. Odiava complicações. E sabia que era assim que a maior parte das pessoas se comportava, complicando, mas ele não.

— Também gosto das coisas simples — concordou ela, pensando no que ele acabara de lhe explicar. — Mas não consigo ficar calada. Gosto de falar, de pessoas, de música... e, algumas vezes, de algazarra. Quando criança, às vezes odiava a casa de meus pais, porque era muito quieta. Meus pais eram mais velhos e bem sossegados, e eu não tinha ninguém com quem conversar. Era como se eles sempre esperassem que eu fosse adulta, só que pequena. Queria ser criança, sujar-me e fazer algazarra e quebrar coisas e desarrumar os cabelos. Nunca havia nada desarrumado em nossa casa. Tudo era sempre tão certinho. Era difícil viver assim.

Joe não conseguia imaginar isso. Vivera em caos total em casa dos primos, onde tudo era uma confusão permanente, a casa sempre imunda, e eles nunca se preocupavam com os filhos. Quando pequenas, as crianças constantemente choravam e, quando mais velhas, discutiam sempre em voz alta. Ele não fora feliz até sair daquela casa. Viviam sempre lhe dizendo que estava errado, que dava muito trabalho e ameaçavam mandá-lo para outros primos. Ele não se ligara a ninguém, sempre tivera medo de que o mandassem embora, não havia vínculo algum entre eles. E fora sempre assim, com outros homens e mesmo com mulheres, em especial com mulheres. Joe era mais feliz quando vivia no seu canto.

— Você tem a vida que todos querem, Kate. O problema é que ninguém sabe o que seria se a tivessem. Sob certos aspectos, imagino que pudesse ser tirânica.

Kate pintara um quadro de rigidez e perfeição. Mas era também um ambiente que lhe era proporcionado por pessoas que a amavam. Ela, no entanto, aguardava ansiosamente a ida para a universidade e para fugir deles. Aguardava, ansiosa.

— Se tivesse filhos, como iria fazer? O que seria diferente?

Era uma pergunta interessante, que a fez parar um minuto para pensar.

— Acho que os amaria muito e os deixaria ser o que são, não quem eu queria que fossem. Não gostaria que fossem como eu, mas como eles. E os deixaria fazer mais do que quisessem. Como você. Se quisessem voar, eu deixaria. Não iria me preocupar com o perigo ou com a loucura, nem iria lhes dizer que voar não é adequado e que teriam de fazer o que eu esperava. Acho que os pais não têm o direito de fazer isso, para forçar os filhos a seguir o modelo que eles querem.

É evidente que Kate desejava ardentemente liberdade. Era o que Joe quisera, também, toda a sua vida. Não houvera obstáculos fortes o bastante para prendê-lo. Teria rebentado qualquer corrente, qualquer vínculo, qualquer coisa que o prendesse. Queria e necessitava de liberdade, para sobreviver. Sabia que era algo a que nunca poderia renunciar, por alguém ou por alguma coisa.

— Para mim, talvez fosse mais fácil não ter pais.

Foi então que Joe lhe contou que, quando tinha seis meses de vida, os pais haviam morrido em um acidente de carro, e fora viver com os primos.

— Foram bons para você? — perguntou Kate, olhando-o, triste.

— Em verdade, não. Eu tinha de fazer os trabalhos domésticos e cuidar dos filhos. Era apenas outra boca para alimentar. E quando houve a Depressão, ficaram felizes quando fui embora. Isso iria facilitar tudo para eles. Nunca tinham dinheiro.

E Kate sempre conhecera luxo, segurança e conforto. A Depressão não atingira financeiramente a sua família, ou pelo menos a sua mãe. Kate só conhecera uma existência segura, totalmente protegida. Nem mesmo podia imaginar como fora a vida de Joe. Para ele, voar significava liberdade. Ela nunca a tivera, nem mesmo ansiara por ela. Tudo o que quisera fora apenas um pouco mais de liberdade de movimentos do que os pais lhe davam. Kate não tinha a mesma necessidade de liberdade que Joe.

— Quer ter filhos algum dia? — ela perguntou.

Kate pensava como isso se ajustaria ao projeto de vida de Joe, ou se não tinha importância. Joe tinha idade bastante para no mínimo ter pensado nisso.

— Não sei. Não penso muito nisso, se é que pensei. Acho que não tenho o sonho de ser pai. Nunca vou ser pai, estou muito ocupado voando. E os filhos precisam do pai. Talvez eu seja mais feliz sem filhos. Se os tiver, vou viver sempre pensando no que não fiz por eles, e vou me sentir mal com isso.

— Quer se casar?

Kate se sentia fascinada por ele, jamais conhecera ninguém como Joe, tão honesto, nem mesmo vagamente. Tinham isso em comum. Falavam o que lhes ia na mente e no coração, sem medo do que os outros pensassem deles. Era raro Joe se abrir, como fez com Kate, mas nada tinha a esconder, nem a desculpar-se com ela. Joe não deixara escombros em seu rastro, nem jamais ferira alguém, que soubesse. Mesmo com a garota por quem se interessara, que o deixara, não terminaram sentindo raiva. Fora embora quando se deu conta de que Joe simplesmente não podia fazer-lhe companhia. Havia, para ele, outras coisas mais importantes, mas ele jamais lhe escondera isso.

— Jamais conheci uma mulher que aceite o que faço, pois todas se sentem infelizes. Acho que, para a maior parte das pessoas, o vôo é uma espécie de vida solitária. Não sei como Charles consegue se arranjar, é casado, mas não está muito em casa. Acho que Anne se ocupa com os filhos. Ela é uma excelente mulher — e sofreu incrivelmente.

O coração de Kate batia forte.

— Talvez eu ache alguém como ela — sorria para Kate —, mas não é provável. Ela é uma em um milhão. Não sei, não sei se fui feito para o casamento. Você tem que fazer o que quer na vida, e ser o que é. Você não pode se forçar a ser alguém que não é. Não dá certo. É quando as pessoas se ferem. É ruim. Não vou fazer isso a ninguém, nem a mim mesmo. Preciso fazer o que estou fazendo e ser quem sou.

Ao ouvi-lo, Kate achou que deveria ir para a faculdade de Direito. Ele, porém, sabia o quanto os pais dela ficariam contrariados. Ele fazia o que queria no mundo, e sempre fizera. Não tinha ninguém a dar satisfações, ou a agradar, apenas a si mesmo. A vida de Kate era totalmente diferente. Ela carregava nos ombros o fardo de todas as esperanças e sonhos dos pais, e nunca faria nada para feri-los, nem desapontá-los. Não podia fazer isso com eles. Especialmente, depois do que o pai lhes fizera.

Por algum tempo, sentaram-se em silêncio, descontraindo-se, um sentindo prazer com a companhia do outro e pensando no que haviam falado. Era tudo tão honesto, tão sincero. Não havia artifício nem falsa aparência, e ambos eram tão diferentes, como as vidas de cada um deles fora, um sendo muito atraído pelo outro. Eram como os lados opostos da mesma moeda.

Ao virar-se para falar novamente com ela, estendida tranqüila na areia, contemplando a lua, Joe foi o primeiro a falar. Nem ousara deitar-se ao lado dela, por temer o que sentiria. Era melhor ficarem um pouco distantes. Era a primeira vez que sentia isso, mas a atração por Kate era tão forte quanto as marés, e Joe sabia disso, ao sentar-se perto dela.

— Acho que devíamos voltar. Não quero que seus pais se preocupem ou mandem a polícia atrás de mim. Talvez pensem que você foi seqüestrada.

Kate fez que sim com a cabeça e sentou-se devagar. Não dissera a ninguém aonde ia, nem com quem, mas sabia que várias pessoas a haviam visto ausentar-se. Não tinha certeza se tinham reconhecido Joe afastando-se com ela, mas nada tinha a explicar, nem se afligira ao sair nem achara os pais para comunicar-lhes. Receara que o pai quisesse vir com eles. Não que duvidasse de Joe, mas é que Clarke gostava muito do rapaz.

Joe deu-lhe a mão e ajudou-a a levantar-se, e caminharam de volta, calados, até a fogueira, que podiam ver na praia, lá ao longe, bem ao longe. Kate ficou surpresa com a distância que haviam andado, mas, ao lado dele, fora fácil. No meio do caminho, Kate enfiara uma mão em seu braço, e ele apertou o braço contra o corpo e sorriu. Kate seria uma ótima amiga, mas Joe, para seu desespero, queria mais do que isso. Ele, porém, não iria permitir que isso acontecesse, nem cederia aos seus sentimentos. Não poderia. E, aos seus olhos, Kate merecia mais do que ele. Com todo o seu desembaraço e beleza, Kate parecia fora do seu alcance.

Levaram meia hora para voltar à festa, e ficaram surpresos de que ninguém lhes sentira a falta, nem mesmo haviam percebido a saída dos dois.

— Acho que podíamos ficar lá por mais tempo — disse Kate, sorrindo.

Joe trouxe para Kate uma caneca de café e para ele um copo de vinho. Raramente bebia, porque vivia voando. Mas tinha certeza de que não iria voar nessa noite.

Joe sabia não poder mantê-la por mais tempo afastada da festa. Não tinha certeza de conseguir confiar nele mesmo. O que sentia pela moça era forte e confuso demais, e ficou mais tranqüilo quando os pais de Kate vieram buscá-la, porque já iam embora. Clarke Jamison ficou feliz por ver Joe.

— Que surpresa agradável, Sr. Allbright. Quando voltou da Califórnia?

— Ontem — Joe sorriu, apertando a mão do pai de Kate. — Estou aqui só por uns dias. Eu ia lhe telefonar.

— Espero que sim. Espero um dia destes voar com você. Talvez da próxima vez que voltar aqui.

— É promessa — garantiu ele.

Achava-os pessoas muito simpáticas. Deixaram Kate sozinha com ele por alguns minutos, para despedir-se, e foram agradecer aos anfitriões, que eram velhos amigos. E, depois, Joe falou a Kate, tenso.

Havia alguma coisa em que estivera pensando a noite toda e que gostaria de perguntar-lhe. Não estava certo se deveria ou se ela teria tempo depois que começassem as aulas em Radcliffe. Mas resolveu fazer-lhe a pergunta, já confessara a si mesmo que seria mais seguro para ambos, que parecia delírio. Mas, acima de tudo, não queria enganá-la, nem tentar mais do que poderia suportar. Sentia-se grato agora pela distância entre eles, pelo menos fisicamente.

— Kate — mais uma vez, Joe parecia tímido, quando a moça o olhou —, que tal me escrever de vez em quando? Eu gostaria de saber notícias suas.

— Gostaria? — perguntou Kate, parecendo surpresa.

Depois de tudo o que Joe afirmara, que não queria casar-se nem ter filhos, Kate sabia que ele não lhe estava importunando. Tinha quase certeza de que Joe só queria a amizade dela. Por um lado, isso tornava-a segura; por outro, sentia-se desapontada. Sentia forte atração por Joe. E ele nada falara que indicasse corresponder a tais sentimentos. Só de falar com ele, Kate imaginava que Joe fosse mestre em dissimular o que sentia.

— Gostaria de saber o que você vai fazer — explicou ele, afável.

Isso era uma forma de ele fingir não sentir a perturbação que Kate causava. Mas não sabia como demonstrar isso, pelo menos não para Kate.

— Vou lhe falar tudo sobre as minhas provas de vôo na Califórnia, se não for enfadonho demais.

— Adoraria.

Joe rabiscou seu endereço em um pedaço de papel e o entregou a Kate.

— Não sou bem um escritor, mas vou fazer o possível. Gostaria de manter contato e saber como vai na universidade.

De qualquer forma, Joe parecia mais um velho amigo ou um tio, tudo menos um pretendente ou um marido em potencial. Fora muito honesto com ela, ou assim ela pensava. Mas havia algumas coisas que deixara de falar-lhe, como a atração que sentia por ela e como temia isso. Se não se contivesse, poderia perdê-la, e só queria que jamais deixasse isso acontecer. Se pudesse canalizar seus sentimentos para a amizade, não haveria risco nem perigo para ambos. Mas, não importa o que iria acontecer, não queria perdê-la. Desta vez, queria manter-se em contato com ela.

— Você tem o cartão de visita de papai com o nosso endereço de casa. Assim que eu souber, mando-lhe meu endereço em Radcliffe.

— Me escreva assim que tiver o endereço.

Isso queria dizer que Joe teria notícias de Kate assim que voltasse à Califórnia, exatamente o que queria. Ainda não partira e já estava ansioso por saber mais sobre ela. Era uma situação aterrorizadora, da qual no entanto não conseguia afastar-se. Ela o atraía como uma luz na escuridão, um lugar quente que desejava estivesse próximo.

— Boa viagem de volta — animou Kate.

A moça hesitou por um instante, quando os olhos de ambos se encontraram e se fixaram e, mesmo sem nada falar, disseram muitas coisas — tudo o que Joe queria. Fosse como fosse, jamais conseguia achar a palavra certa.

Uns poucos minutos depois, Kate andava pelas dunas para encontrar os pais, e desapareceu de vista, enquanto Joe a observava. Kate parou no alto e acenou para ele, e Joe acenou de volta. A última visão que Kate teve de Joe foi ele, de pé, os olhos fixos nela, com expressão séria. E, depois que ela se foi, Joe caminhou pela praia, de volta, devagar, novamente sozinho.

Capítulo 3

AS PRIMEIRAS SEMANAS na universidade foram agitadas para Kate. Tinha livros a comprar, aulas a assistir, professores a conhecer, um conselheiro com quem preparar o horário e a casa cheia de moças com quem se familiarizar. Foi uma adaptação enorme para ela, mas, em poucos dias, estava adorando tudo. Nem mesmo queria ir para casa nos fins de semana, muito por causa do desânimo que a mãe lhe provocava. Mas, ao menos, tentava se esforçar por telefonar-lhe de tempo em tempos.

Kate já estava na universidade havia três semanas quando por fim escreveu a Joe. Não que antes não tivesse tempo, mas quisera esperar algumas histórias interessantes para contar. E, em uma tarde de domingo, quando se sentou à escrivaninha, Kate tinha bastante histórias sobre a universidade. Escreveu-lhe sobre as outras moças, os professores, as aulas, a comida. Nunca fora feliz na vida como em Radcliffe. Era sua primeira experiência com liberdade, e estava adorando.

Não lhe falou dos rapazes de Harvard que conhecera na semana anterior, pareceu-lhe inadequado e era algo que não queria partilhar com Joe. Havia um calouro, Andy Scott, de que Kate gostava muito, mas perdia a importância comparado a Joe, que se tornara seu modelo de perfeição masculina. Ninguém era tão alto ou tão elegante, ou tão forte, ou tão interessante, ou tão completo, ou tão notável. Era impossível compará-lo a alguém, e Andy parecia água para vinho, quando comparado a Joe Allbright. Mas a companhia do rapaz era divertida, e ele era o capitão do time de natação de Harvard, e impressionava as outras calouras.

Fora isso, Kate contava a Joe tudo o que fazia, e como se sentia feliz. Sua carta, quando ele a recebeu, era exaltadamente emocionada, efusiva e entusiasmada, tudo o que ele adorava nela. Assim que recebeu a carta, Joe se sentou e a respondeu, contando-lhe sobre seus mais recentes projetos, e a solução a um problema que antes parecia não ter. Narrou-lhe os últimos testes de vôo. Mas evitou falar-lhe de um rapaz que morrera no dia anterior, em um teste em Nevada. Ele próprio fora escalado para fazer o vôo, mas pedira para ser substituído a fim de ir a um encontro. Era Joe quem tivera de telefonar à mulher do rapaz, e ainda se sentia deprimido por causa disso. Ele, no entanto, escrevia a carta leve, cheia de novidades e emoção, o máximo que pôde concentrar-se. E, ao terminá-la, ficou frustrado. A carta dele parecia tão idiota comparada à dela, seu talento com as palavras era muito menos fluente. Mas, de qualquer forma, enviou-lhe a carta, e perguntava-se a si mesmo quanto tempo Kate levaria para respondê-la.

Kate recebeu a carta de Joe exatamente dez dias após enviar a sua, e no fim de semana sentou-se para responder-lhe. Desfizera um encontro com Andy Scott, para ficar no quarto e escrever a Joe uma carta longa e cheia de novidades, e todas as suas companheiras de quarto disseram-lhe estar louca por desmarcar com Andy. Mas seu coração já se comprometera com o aviador que se encontrava na Califórnia. Não lhes disse quem era ele, nem mesmo falou sobre ele. Disse apenas que era um amigo, e informou a Andy que estava com dor de cabeça. E nada na carta demonstrava ter Kate apenas sentimentos de amizade por Joe. Ela nada deixava escapar e com palavras bonitas lhe pintava alguns retratos divertidos. Ao ler a carta, Joe se sentou à escrivaninha, rindo alto. A descrição da vida universitária era muito alegre. Kate tinha jeito para ver e descrever os elementos mais fantásticos de quase todas as situações. E Joe adorava ter notícias dela.

As cartas de ambos foram e vieram todo o outono, e foram ficando mais sérias enquanto a guerra continuava a piorar na Europa. Trocavam opiniões e ansiedade, e Kate respeitava os pontos de vista dele sobre a situação. Joe continuava a acreditar que os Estados Unidos entrariam na guerra a qualquer momento, e pensava ir à Inglaterra novamente para atender à RAF. Contava que Charles fora a Washington para encontrar-se com Henry Ford, que partilhava com ele do mesmo ponto de vista sobre a guerra. E, depois, esforçara-se, no mínimo, para ser engraçado, como Kate fora com ele. Começava a passar os dias à espera das cartas de Kate e a ficar ansioso para que elas chegassem.

Foi dois meses depois, na terça-feira antes do fim de semana do Dia de Ação de Graças, que Kate recebeu um telefonema na casa em que vivia no campus, e pensou que fosse dos pais. Ia para casa no dia seguinte, e talvez a mãe quisesse saber a que horas esperá-la. Os pais teriam convidados para o Dia de Ação de Graças e o fim de semana seria movimentado. Kate tomara uma rápida xícara de café com Andy, um dia antes, e ele lhe contara estar indo para casa em Nova York para passar o Dia de Ação de Graças, mas que, de lá, lhe telefonaria. Kate jantara com ele uma ou duas vezes nos últimos dois meses, mas não passara disso. Kate estava de longe muito mais interessada pela troca de cartas com Joe do que pela universidade. Joe era muito mais estimulante do que qualquer outro homem que conhecera.

— Alô? — atendeu, esperando ouvir a voz da mãe. Ficou surpresa ao ouvir Joe em uma ligação da Califórnia, extraordinariamente clara. A moça que atendera o telefonema falara com a telefonista, mas não se preocupara em dizer a Kate que a chamada era interurbana e não da sua mãe. Era a primeira vez que Joe lhe telefonava.

— Que surpresa! — afirmou ela, ruborizando muito.

Felizmente Joe não podia ver que ela corava.

— Feliz Dia de Ação de Graças, Joe.

— O mesmo para você, Kate. Como é que vai na universidade?

Joe citou uma história chocante que Kate lhe contara, e ambos riram. Ela, no entanto, ficou surpresa ao sentir que estava nervosa ao falar com ele. As cartas que trocavam tornaram-nos mais vulneráveis e inconscientemente mais sinceros um com o outro, e agora era estranho falar com ele.

— Está tudo bem. Amanhã vou até em casa. Na verdade, pensei que fosse mamãe. Vou ficar em casa todo fim de semana.

Kate já lhe escrevera isso, mas era algo a falar no silêncio da conversa telefônica.

— Sei.

No final, Joe estava tão nervoso como Kate. Sentia-se novamente um garoto, apesar de todos os esforços de parecer confiante.

— Estou telefonando para ver se você gostaria de jantar.

Prendeu a respiração enquanto esperava pela resposta de Kate.

— Jantar? — De súbito, não sabia o que dizer. — Onde?... Quando? Você vem à Califórnia? — Sentiu-se ofegante ao perguntar.

— Na verdade, já estou aqui. Esta viagem surgiu na última hora. Charles está na cidade, e eu precisava de um conselho dele. Vou jantar com ele hoje à noite, e eu podia sair de Nova York algum dia desta semana.

Na verdade, poderia ter esperado o conselho do mentor, mas quisera uma desculpa para vir à Costa Leste, e a achara com facilidade. Declarava que isso não queria dizer nada, vinha apenas ver uma amiga e que, se ela estivesse muito ocupada para vê-lo, voltaria para a Califórnia. Ele, no entanto, não lhe falara que viria para o Leste porque pensara ser mais conveniente se já estivesse lá, ao telefonar-lhe. Fora uma manobra inteligente e eficaz, mas, em verdade, desnecessária. Ela ficaria emocionada ao vê-lo, e tentaria manter a voz firme e natural, ao responder.

— Quando quer vir? Gostaria de ver você.

Era a voz de uma amiga, não de uma mulher que o adorava. Ambos estavam representando bem os seus papéis, embora com certo grau de desafio. Isto era novo para ele e também para ela. Ela nunca tivera um homem adulto no seu encalço, e, antes, Joe nunca tivera por ninguém estes sentimentos apavorantes e desconhecidos.

— Posso ver você a qualquer momento que quiser — explicou ele, livre e acessível.

Kate pensou nisso por um instante. Não tinha certeza de que faria a coisa certa, nem como a mãe se sentiria, mas achou que o pai ficaria satisfeito, e então resolveu arriscar:

— Gostaria de passar conosco o Dia de Ação de Graças?

Kate prendeu a respiração depois de lhe perguntar, e houve uma pausa breve do outro lado. Joe pareceu tão surpreso com o seu convite, tal como ela ficara a ouvi-lo.

— Tem certeza de que seus pais não vão ficar aborrecidos?

Joe não queria ser intruso ou causar algum problema. Mas não pensava passar o Dia de Ação de Graças com os Lindbergh ou com ninguém mais. Estava acostumado a passá-lo sozinho.

— Tenho certeza — afirmou, corajosa.

Rezava para que a mãe não ficasse muito zangada. Mas haveria outros convidados e, embora fosse tímido, Joe seria mais uma pessoa interessante durante o jantar.

— Vai conseguir estar aqui?

— Gostaria muito. Posso voar na quinta de manhã. A que horas vocês jantam?

Kate sabia que as visitas haviam sido convidadas para as cinco da tarde, e jantariam às sete.

— Os outros convidados vão chegar às cinco, mas pode chegar mais cedo, se precisar.

Kate não queria que Joe ficasse andando à toa no aeroporto a tarde toda, à espera da hora do jantar.

— Às cinco é perfeito — respondeu ele.

Joe chegaria às seis da manhã, caso Kate lhe pedisse. Não sabia por que, mas estava ansioso por vê-la. Depois de anos de solidão emocional, sentia-se surdo, mudo e cego aos próprios sentimentos.

— É muito formal? — perguntou ele, repentina e nervosamente.

Não queria ir de terno, se todos vestissem *smoking*. Se precisasse de um, teria de pedir emprestado a Charles.

— Não, papai em geral veste terno escuro, mas fica bem irritado. Pode vestir o que houver trazido.

— Ótimo, vou usar minha roupa de voar — provocou, e Kate riu.

— Quero ver — acrescentou ela.

— Pode ser que neste fim de semana a gente arrume um vôo curto para você e seu pai.

— Não fale nada a mamãe. Vai se engasgar com o peru e vai fazer você ir embora no meio do jantar.

— Não vou falar nada. Vejo você na quinta.

Joe parecia bem à vontade quando Kate se despediu, mas, ao desligarem o telefone, ambos viram que as palmas das mãos suavam. Kate ainda tinha de avisar à mãe que Joe iria jantar.

Na tarde do dia seguinte, ao chegar em casa, Kate encontrou a mãe verificando a louça na cozinha, e teve cuidado ao falar com ela sobre o assunto. A mãe era conhecida pela bela mesa que arrumava e pelos esmerados arranjos de flores. E estava distraída quando Kate entrou na cozinha, tentando avaliar o humor da mãe.

— Olá, mamãe. Precisa de ajuda?

A mãe olhou por sobre o ombro, surpresa. Kate era sempre a primeira a escapar quando sabia que a mãe precisava de ajuda na cozinha. Vivia dizendo que as tarefas domésticas aborreciam-na e eram humilhantes.

— Você foi expulsa da universidade? — perguntou a mãe, com ar divertido. — Se está se oferecendo para me ajudar a verificar a porcelana, deve ter feito algo realmente terrível. Que houve de desagradável?

— Será que não posso ficar mais madura, agora que estou na universidade? — perguntou Kate, imperativa.

A mãe fez de conta que pensava sobre isso por um instante.

— É possível, mas muito improvável. Você está lá há três meses, Kate. A maturidade começa a acontecer no primeiro ano da universidade e só acaba de se desenvolver quase no final do curso.

— Ótimo. Está me dizendo que, após me formar, vou de fato querer verificar a porcelana?

— Absolutamente. Em especial se fizer isso para o seu marido — replicou a mãe, com firmeza

— Mamãe... está bem, está bem. Era só uma piada.

Kate tinha ar inocente, enquanto encarava a mãe.

— Matou um peru?

— Não, convidei uma pessoa amiga que não tem casa para jantar. Não é que não tenha casa, não tem família.

Parecia razoável a ambas a forma como Kate falou essa frase.

— Como você é generosa, querida. Uma das moças que mora com você em Radcliffe?

— É da Califórnia — respondeu Kate, vagamente, tentando abrandar a mãe antes de lhe informar.

— É perfeitamente compreensível que ela não possa ir para casa. É evidente que você pode convidá-la. Teremos dezoito pessoas para jantar aqui, e há bastante lugar à mesa.

— Obrigada, mamãe — retrucou Kate, ao saber que havia lugar para Joe. — Por falar nisso, não é uma moça.

Prendeu a respiração e esperou.

— É um rapaz? — A mãe parecia surpresa.

— Mais ou menos.

— De Harvard?

A mãe parecia sinceramente satisfeita. Adorava a idéia de Kate namorar um rapaz de Harvard, e era a primeira vez que ouvia falar dele. E apenas três meses depois de iniciar-se o ano letivo.

— Não é de Harvard. — Kate deu um banho de água gelada. — É Joe Allbright.

Houve uma pausa longa, enquanto a mãe a olhava, cheia de perguntas.

— O piloto? Como teve notícias dele?

— Telefonou-me inesperadamente, ontem. Veio visitar os Lindbergh e nada tinha para fazer no Dia de Ação de Graças.

— Não é um pouco estranho que ele tenha telefonado? — A mãe parecia suspeitar.

— É.

Kate não lhe falou sobre as cartas, era difícil explicar por que o convidara para o Dia de Ação de Graças. Nem mesmo sabia a razão, mas o convidara. E agora tinha de achar um motivo plausível para explicar.

— Ele lhe telefonou antes?

— Não, não — conseguiu responder, honesta.

A mãe não perguntou se Joe já lhe escrevera.

— Acho que ele gosta do papai, e talvez esteja só. Acho que não tem família. Não sei por que me telefonou, mas, quando disse que não tinha planos para o Dia de Ação de Graças, senti pena dele. Achei que você e o papai não se importariam. É o espírito do Dia de Ação de Graças — explicou alegre, servindo-se de uma cenoura que tirou do refrigerador.

Mas a mãe não aceitou totalmente a explicação, conhecia a filha muito bem, apesar de nunca tê-la visto assim. Mas, aos cinqüenta e oito anos, não esquecera de tudo o que se sente ao ser cortejada por um homem mais velho, quando se é jovem ou se sofre uma derrota. Mas algo em Joe Allbright a preocupava. Era tão distante, tão arredio e, ao mesmo tempo, tão intenso. Era o tipo de homem que, se pusesse toda a atenção em você, poderia ser esmagador. E embora Kate não entendesse desse assunto, por não ter experiência, a mãe tinha, e, por isso precisamente, se preocupava.

— Não me importo se Joe vier jantar — disse Elizabeth Jamison, honesta —, mas me preocupo muito se ele estiver importunando você. É bem mais velho e não é o tipo de pessoa por quem você possa se apaixonar.

Como determinar tais assuntos, como por quem se apaixonar e por quem não se apaixonar? E como pode alguém controlar isso? Kate, no entanto, apenas respondia que sim com a cabeça.

— Não estou apaixonada por ele, mamãe. Ele vem apenas comer peru.

— Muitas vezes é assim que as coisas começam, com amizade e com intimidade demais — avisou Elizabeth.

— Ele vive na Califórnia — Kate informou.

— Isso me deixa mais tranqüila. Está bem. Vou contar ao seu pai. Ele vai ficar contente, detesto dizer. Mas juro que se Joe se oferecer para levar seu pai com ele em algum vôo perigoso, vou colocar arsênico no seu recheio de peru. E você pode lhe contar isso.

— Obrigada, mamãe. — Kate sorriu, indo embora da cozinha, desinteressada.

— Pensei que vocês fossem me ajudar — falou alto a mãe, antes que a porta da cozinha se fechasse.

— Tenho de entregar uma dissertação na segunda, e preciso me apressar — gritou Kate.

A mãe não estava enganada. A expressão de Kate, depois que Elizabeth permitira a vinda de Joe, deixou-a apavorada. Elizabeth tivera a mesma expressão apenas uma vez, quando um amigo do seu pai cortejara-a em segredo e deixara-a de coração partido, mas, felizmente, os pais haviam descoberto e interpuseram a sua autoridade antes que algo de ruim lhe acontecesse. E, apenas uma semana mais tarde, Elizabeth conhecera o pai de Kate. Agora, porém, a mãe estava preocupada com Kate e Joe Allbright. Nessa noite, mais tarde, estava calma ao falar a Clarke, no quarto de dormir. Informou-lhe que Joe viria para o jantar do Dia de Ação de Graças, mas Clarke não partilhava dos seus temores em relação ao rapaz.

— Joe vem apenas jantar, Elizabeth. É um homem interessante. Não é louco o bastante para perseguir uma moça de dezoito anos. É um sujeito bonitão, que pode ter qualquer mulher que queira.

— Acho você ingênuo — ela afirmou, sensata. — Ela é bonita e acho que está fascinada por ele. Joe é uma figura muito romântica. Metade das mulheres neste país se sentiria feliz ao correr atrás de Charles Lindbergh, e tenho certeza de que algumas tentaram. Joe tem o mesmo tipo de mística e charme. Todo esse alheamento e o fato de ser piloto fazem-no parecer a uma moça jovem uma figura romântica.

— Tem medo de que Kate o esteja perseguindo?

O pai parecia surpreso. Kate parecia ter boa cabeça, e a mãe não lhe reconhecia o mérito.

— Possivelmente. De fato. Estou mais preocupada de que ele possa estar perseguindo Kate. Por que ele telefonou para ela na universidade e não para você no escritório?

— Sem dúvida, concordo com você, ela é muito mais atraente do que eu. Mas Kate é uma moça sensível, e ele parece ser um cavalheiro.

— E se eles se apaixonarem?

— Poderia haver coisas piores. Ele não é casado. É respeitado. Na verdade, muito. Tem um trabalho. E não é banqueiro em Boston. Mas podia ser. Kate pode conhecer um homem que não seja médico, nem advogado, nem banqueiro. Poderia conhecer um oriental ou um príncipe indiano, ou mesmo um francês ou, pior ainda, um alemão, em Harvard, e poderia acabar morando em outros países. Não podemos prender Kate em casa para sempre. E se Joe Allbright vier a ser o escolhido, se a fizer feliz e se for bom para ela, aceito. É um bom homem, Elizabeth, e honestamente não acho que vá acontecer.

— E se ele morrer em um desastre de avião e a deixar viúva com uma casa cheia de bebês? — quis saber a mãe, parecendo aterrorizada.

O pai sorriu.

— E se ela se casar com um rapaz que trabalha no banco e for atropelado na rua por um bonde? Pior ainda, e se ele a maltratar ou se ela se casar com ele só para nos agradar. Prefiro que Kate se case com alguém que a ame de fato — replicou Clarke à mulher.

Mas Elizabeth parecia ainda mais transtornada.

— Acha que Joe está apaixonado por ela? — perguntou Elizabeth.

— Não, não acho. Acho que talvez ele seja um sujeito solitário sem lugar aonde ir no Dia de Ação de Graças, e nossa filha sinta pena dele. Não acho que estejam apaixonados.

— Foi o que Kate falou, que sentia pena dele.

— Viu? Preste atenção às minhas palavras — ele esclareceu, rodeando Elizabeth com os braços. — Você está se preocupando por nada. Ela é uma boa menina, tem um bom coração, como a mãe dela.

Elizabeth suspirou e tentou convencer-se de que Clarke estava certo, mas, no dia seguinte, quando Joe apareceu, Kate não parecia ter pena dele. Mostrava-se animada, bonita e alvoroçada ao vê-lo. E Joe parecia deslumbrado ao seguir Kate até a sala de jantar e ao sentar-se ao lado dela. E quando, durante o jantar, Clarke puxou conversa com ele e insistiu em falar sobre seus aviões, Kate olhou-o, parecendo aborrecida. Elizabeth, que observava tudo, convenceu-se ao ver os olhares de naturalidade e admiração que ambos trocavam e confirmou a impressão de que ambos se conheciam melhor do que afirmavam.

As cartas haviam criado entre ambos alguma naturalidade, impossível de esconder dos pais, e Kate não tentava disfarçar. Era óbvio que ela e Joe eram amigos e que também um atraía o outro. Mas Elizabeth também tinha de admitir, ao menos para ela, que Joe era inteligente, bem-educado e encantador e que tratava Kate com atenção e respeito. Nele, porém, havia alguma coisa desanimadora, oculta e quase assustadora, como se Joe tivesse sido magoado em algum momento da vida, e, em alguma parte do corpo, fora gravemente ferido. Sob certos aspectos, mesmo cordial, Joe parecia inatingível.

E quando Joe falou dos vôos, foi com tal paixão que Elizabeth não conseguiu deixar de duvidar se o amor dele por avião era algo com que uma mulher pudesse competir. Queria acreditar que Joe era um bom homem, mas não necessariamente o homem certo para Kate. Liz achou que Joe não tinha as qualidades essenciais para um bom marido. A vida dele, cheia de perigos e riscos, não era bem o que desejava para a filha. Desejava que tivesse uma vida tranqüila, feliz, com um homem em cuja vida o maior perigo que corresse fosse apenas pôr os pés fora de casa para apanhar o jornal da manhã. Elizabeth, durante toda a vida, protegera Kate de perigos, de danos, de doenças, de sofrimentos, mas, receava agora, de uma coisa não a pôde salvaguardar — sofrimentos profundos. Kate tivera-os bastantes quando o pai morrera. E Elizabeth sabia que, se Joe e Kate se apaixonassem, não haveria jeito de proteger a filha. Joe era por demais sedutor e por demais empolgante. A sua reserva era atraente e fazia com que lhe estendessem a mão para amparálo na muralha que construíra ao seu redor. E Elizabeth conseguia ver Kate fazendo isso durante o jantar. Esforçava-se ao máximo para que Joe se sentisse à vontade e falasse.

Kate queria que ele se sentisse como se estivesse em casa. Nem mesmo percebia que fazia isso. E enquanto Elizabeth os olhava, sabia que o pior já acontecera. Mais do que a própria Kate percebesse, a mãe sentia que a filha já o amava. Liz não tinha certeza do que Joe sentia pela filha. Atração com certeza, e uma espécie de atração magnética difícil de resistir, mas o que resultaria daí, ninguém sabia, nem mesmo Joe, neste momento. Elizabeth considerava como certo que não importa o que sentia por Kate, Joe tentava resistir, mas não conseguia.

E ao sair da mesa de jantar, o marido lhe cochichou, tranqüilizador, enquanto lhe passava um braço ao redor dos ombros:

— Vê, são apenas amigos... eu lhe disse...

Era evidente que ele não viu o que ela tinha visto.

— Por que pensa assim? — perguntou Elizabeth.

— Veja-os, estão conversando como velhos amigos. Ele a trata como uma criança a maior parte do tempo. Implica com ela, como um irmão com a irmã menor.

— Os dois estão apaixonados — replicou Elizabeth, afastando-se por um instante dos outros.

Haviam tido um agradável grupo de amigos para jantar, e Joe entrosara-se bem. Não foi a sua conversa na mesa de jantar que a interessara, mas as intenções dele para com Kate.

— Você é uma romântica incurável, meu amor — replicou Clarke, beijando-a.

— Não, infelizmente não sou — respondeu ela, sensata. — Estou sendo cínica ou talvez apenas realista. Não quero que Joe fira Kate, e ele pode feri-la. E muito. Não quero que isso aconteça a Kate.

— Nem eu. Joe não faria isso a Kate. É um cavalheiro.

— Não tenho certeza disso, e, seja como for, ele é homem. E uma pessoa muito romântica. Acho que Joe está tão fascinado por Kate quanto ela por ele, mas há algo nele que o faz parecer ferido. Não gosta de falar da família, e os pais morreram quando era bebê. Só Deus sabe o que lhe aconteceu em criança, e as cicatrizes profundas que não se vêem. E por que ainda não se casou?

Eram perguntas normais para um pai ou mãe fazer, mas Clarke ainda achava que Elizabeth estava preocupada demais.

— Joe vive ocupado. — Clarke tranqüilizou-a, enquanto entravam na sala de jantar para juntar-se aos convidados.

Kate e Joe estavam sentados a um canto, mergulhados em uma conversa, e quando a mãe os viu, nem precisou perguntar. Não se lembravam de ninguém mais na sala, e Joe agia como se apenas ela estivesse ali, Kate fazia o mesmo. Já era tarde demais. Tudo o que Elizabeth podia fazer era rezar.

Capítulo 4

NA SEXTA-FEIRA, após o Dia de Ação de Graças, Joe apanhou Kate em casa e passou a tarde com ela. Foram passear em Boston Garden, e depois foram tomar chá no Ritz. Kate fez Joe se divertir o tempo inteiro com histórias da viagem a Cingapura e Hong Kong, e, depois, com suas aventuras na Europa. Qualquer um que tivesse voado com ele não o teria reconhecido. Estava mais falante do que em toda a sua vida, e passaram a tarde inteira rindo.

Nessa noite, levou-a a jantar, e depois foram ao cinema. Assistiram a *Cidadão Kane* e ambos adoraram o filme. Era quase meia-noite quando a levou em casa, e Kate estava bocejando quando lhe desejou boa noite.

— Diverti-me muitíssimo.

Joe baixou os olhos, com fisionomia de prazer.

— Eu também, Kate.

Parecia que ia dizer-lhe alguma coisa mais, porém não o fez. Logo depois, Kate entrou e se encontrou com a mãe no alto da escada. Acabara de ir à cozinha para verificar alguma coisa.

— Divertiu-se? — perguntou a mãe, tentando não parecer preocupada.

Queria saber o que Joe lhe dissera ou fizera, se a beijara ou lhe fizera algo que não devia. Ela, porém, estava seguindo as sugestões do marido, e não pressionou Kate para que falasse.

— Diverti-me à beça, mamãe — respondeu Kate.

Kate adorara estar com Joe, mais do que já pensara gostar da companhia de alguém. Era difícil acreditar que esta era apenas a quarta vez que ela o vira. Mas a troca de cartas nos últimos três meses tornara-os infinitamente mais íntimos. Sentiam-se como velhos amigos, e Kate não sentira a diferença de idade entre eles. Às vezes, ele parecia mais uma criança do que um adulto.

— Vai vê-lo amanhã?

Kate poderia ter-lhe mentido, mas não quis, e respondeu que sim com a cabeça.

— Levou você para voar, levou?

— Claro que não — respondeu Kate.

O dia inteiro ele nem falara em levá-la a voar. Ia voltar à Califórnia, no domingo.

A mãe, então, desejou-lhe boa noite, e Kate foi para seu quarto, pensativa. Tinha uma porção de coisas em que refletir, entender o que sentia em relação a Joe. Ou talvez nada fosse importante, porque ele nada lhe dissera sentir além de amizade por ela. Não houvera sugestão clara de que havia romance, apenas a forte atração entre eles.

Na manhã seguinte, quando Kate ia à cozinha apanhar algo para comer, ouviu o telefone tocar no vestíbulo. Era um dia glorioso de outono, cedo, os pais ainda dormiam. Era pouco depois das oito, e Kate nem imaginava quem estaria telefonando a essa hora. E para sua surpresa, ao atender, era Joe.

— Acordei você? — perguntou ele, parecendo preocupado e um pouco desconcertado.

Tivera certo medo de que a mãe dela atendesse ao telefonema, e se sentiu mais calmo ao ouvir Kate.

— Não, estava de pé. Ia apanhar alguma coisa para comer — respondeu ela, no vestíbulo, de penhoar.

Planejavam almoçar nesse dia, e ela presumia que ele estivesse telefonando para dizer-lhe a que horas viria apanhá-la. No entanto, era um pouco cedo, e Kate estava contente por ser ela a atender o telefone. A mãe teria ficado irritada.

— Que bonito dia, não? — comentou Joe, dando a impressão de que tinha alguma coisa a mais no pensamento. — Te... tenho... uma espécie de surpresa preparada para você... Acho que é alguma coisa que pode agradar a você... pelo menos espero que agrade.

Joe parecia uma criança que acabou de ganhar uma bicicleta nova, e Kate sorria, ao ouvi-lo.

— Quando vier aqui em casa, vai trazer a surpresa com você?

Kate não tinha idéia do que era, mas ele fez parecer emocionante. Joe hesitou antes de responder.

— Estava pensando em fazer uma surpresa para você. É um pouco difícil levá-la até aí. Está tudo bem?

Joe só queria que Kate respondesse que sim. Significava o mundo para ele. Era o presente que ele mais queria lhe oferecer, mais que qualquer outra coisa. O melhor e o único presente que ele tinha. O pai teria suspeitado do que era, mas Kate nem tinha idéia.

— É de despertar a curiosidade — respondeu ela, com um sorriso largo, enquanto passava a mão pelos longos cabelos ruivos. — Quando vou ver essa surpresa?

Começava a pensar que poderia ser um carro novo, mas não havia razão para ele comprar um, novo, na Costa Leste, se ainda vivia na Califórnia. Ela, porém, conseguiu sentir na voz de Joe esse tipo de vibração que em geral os homens têm pelas máquinas e carros exóticos.

— Que tal se eu apanhar você dentro de uma hora? — perguntou ofegante. — Pode ficar pronta até lá?

— Claro.

Kate não sabia se os pais iriam acordar, mas poderia deixar-lhes um bilhete, dizendo que saíra mais cedo que o combinado. A mãe já sabia que iria almoçar com Joe.

— Pego você às nove — concluiu, rápido. — ...E, Kate... agasalhe-se.

Kate perguntou-se se iam passear em algum lugar, mas não importa aonde fossem, ela lhe garantiu que vestiria um casaco pesado.

Uma hora depois, Kate esperava do lado de fora da casa, com um casaco de baeta, um gorro de lã e um cachecol que usava na universidade, quando Joe chegou de táxi para apanhá-la.

— Que graça você está — exclamou, sorrindo.

Kate calçava mocassins e meias de lã, e um saiote plissado e uma suéter de *cashmere* que há anos não vestia. E, claro, um colar de pérolas. Era o tipo de complemento que usava todos os dias, para ir às aulas.

— Está bem agasalhada? — perguntou Joe, preocupado. Kate respondeu que sim com a cabeça, rindo.

De súbito, Kate pensou que iriam patinar no gelo. E, então, ouviu Joe dizer ao motorista do táxi para levá-los a um subúrbio nos arredores da cidade.

— O que é que há lá? — perguntou, parecendo surpresa.

— Você vai ver.

E, então, instintivamente, Kate sabia. Nem lhe ocorrera que Joe a levaria para ver o seu avião.

Kate nada pediu-lhe e a conversa foi fácil no caminho. Joe contou-lhe que gostara dos dois últimos dias e que quisera fazer alguma coisa especial para ela. E, pelos olhos dele, a moça sabia que lhe mostrar seu avião era o que de melhor podia fazer. Pelas cartas de Joe, já sabia que se sentia muito orgulhoso do avião, desenhado pelo próprio Joe, e que Charles Lindbergh ajudara a construir. Kate só lamentava não ter trazido o pai. Mesmo a mãe não poderia opor-se a apenas verem o avião. Pouco depois, chegaram a Hanscom Field, pequeno aeroporto particular, além dos limites de Boston. Havia muitos hangares pequenos e uma longa e estreita pista de pouso. E um Lockheed Vega, pequeno e vermelho, estava pousando assim que saíram do táxi.

Joe pagou ao motorista. Ao segurar a mão de Kate e ao levá-la rápido ao hangar mais próximo, parecia uma criança no Natal. Fê-la entrar e a conduziu por uma porta lateral, e Kate ficou boquiaberta ao ver o aviãozinho bonito em que Joe bateu, leve e carinhoso, e abriu a porta para mostrar-lhe a cabine, enquanto sorria, exultante.

— Joe, é magnífico!

Kate nada conhecia de aviões, e o único vôo que fizera fora em avião comercial com os pais. Mas, pela primeira vez, sentiu um arrepio só de olhar o avião e saber que fora desenhado por Joe. Era uma bela máquina.

Joe deu-lhe a mão para que entrasse na cabine e passou meia hora mostrando-lhe o avião e explicando-lhe como tudo funcionava. Nunca antes explicara tantas coisas a uma pessoa que nada sabia e estava surpreso por ela aprender tão rápido e por ficar tão entusiasmada. Kate ouvia-o embevecida e se lembrava de quase tudo o que ele dizia. Só se confundiu com dois mostradores, e era um erro que muitos pilotos jovens faziam ao ter os primeiros conhecimentos. Joe sentia como se portas e janelas se abrissem ao redor dele enquanto lhe falava, e mostrava-lhe novas perspectivas de um mundo com que jamais sonhara. Partilhar isso com Kate era até mais emocionante para ele do que para ela. Joe adorava tudo isso, e ficava contente ao ver a expressão atenta nos olhos de Kate ao devorar cada palavra e os mais minuciosos detalhes.

Uma hora mais tarde Joe perguntou a Kate se gostaria de voar com ele por uns poucos minutos, só para ver como o avião fica longe do chão. Joe não pensara levá-la em um vôo, mas, por ser grande o interesse dela, isso era mais que tentador, e Kate não vacilou:

— Agora?

Estava tão surpresa e tão alvoroçada quanto Joe. O vôo era de fato o melhor presente que o rapaz poderia dar-lhe. Gostava de apenas ficar perto dele, ao lado do pequeno avião. Com todos os seus modos calados e constrangimento ocasional, em terra firme, quando Joe estava pertinho de um avião era como se ele fosse abrir as asas e voar a grande altura.

— Eu iria adorar, Joe. Podemos?

Quando Joe foi falar com um rapaz sobre o vôo que ia fazer e voltou um minuto mais tarde, com fisionomia de satisfação e sorriso largo, todas as advertências e conselhos da mãe foram logo esquecidos.

Era um avião pequeno, mas ainda assim de tamanho respeitável, e, graças a algumas das adaptações que Lindbergh ajudara-o a fazer, era possível voar a grande distância. Foi fácil pôr em funcionamento o motor, e passaram devagar pela bocarra aberta do hangar. E, em poucos minutos, estavam deslizando pela pista, depois de Joe verificar o necessário e lhe dizer o que estava fazendo. Ele ia levantar vôo por apenas alguns minutos, para que Kate pudesse sentir a emoção, e quando se elevaram do solo, Joe imediatamente pensou em algo que antes não lhe tinha ocorrido.

— Você fica enjoada com a altura, Kate?

A moça riu e respondeu que não com a cabeça. Joe não se sentiu surpreso. Suspeitava que ela não era do tipo de moça que sentia enjôo, e isso também o agradava. Se enjoasse, prejudicaria tudo.

— Nunca. Você vai virar de cabeça para baixo?

Kate parecia querer ficar assim, e Joe ria. Nunca ele se sentira tão próximo da moça como neste momento, voando juntos. Era como um sonho.

— Espero que não. Acho que vamos deixar isso para a próxima vez — ele explicou, enquanto ganhavam altitude.

Joe era tudo aquilo que Kate sempre achara dele, orgulhoso, calado, forte, infinitamente capaz, com total controle sobre a máquina que construíra e senhor dos céus. Ela jamais conhecera alguém que lhe parecesse tão poderoso ou tão mágico. Era como se Joe houvesse nascido para isto, e Kate sentia que não havia alguém que pudesse fazer melhor que ele, nem mesmo Charles Lindbergh. Joe era tudo com que ela sonhara ou sentira admiração, e o rapaz personificava tudo aquilo que a mãe não queria que Kate visse nele. Era vigor, força, liberdade e alegria. Joe parecia um pássaro orgulhoso precipitando-se no campo, e quando finalmente aterrissaram uma hora mais tarde tudo o que Kate queria era levantar vôo mais uma vez. Nunca em sua vida fora tão feliz, nem se divertira tanto, nem gostara tanto de alguém como de Joe. Era como se quisessem passar juntos esse instante e criassem entre eles um vínculo imediato.

— Meu Deus, Joe, foi perfeito! Obrigada — exclamou Kate quando Joe parou o avião e desligou o motor. Voar era o que ele fazia de melhor, e nascera para isso. E partilhara isso com ela. Foi para ambos quase uma profunda experiência religiosa. Joe olhou-a tranqüilo e por um longo momento nada falou. Ficou sentado, a observá-la.

— Que bom que você gostou, Kate — murmurou. Joe sabia que se Kate não tivesse gostado do vôo, ele ficaria desapontado.

Kate, entretanto, gostara. E agora Joe sentia que quaisquer barreiras haviam se desfeito entre eles. Nunca em sua vida Joe sentira-se tão próximo de outro ser humano.

— Não gostei, Joe. Adorei — respondeu ela, séria.

Estar no céu com ele só a fez sentir-se mais próxima não só de Joe, mas de Deus.

— Que bom que você gostou, Kate — replicou Joe, terno. — Gostaria de aprender a voar?

— Gostaria — retrucou ela, com os olhos brilhando, dançando ao encará-lo. — Muito obrigada... — E então se lembrou de algo. — Não fale nada à mamãe. Ela mataria a mim... a você... ou talvez a nós dois. Prometi que não voaria.

Kate, contudo, não conseguira deixar de voar, nem quisera. Fora para ela uma experiência profundamente instigante, voar e vê-lo em seu hábitat natural. Joe era o homem mais eletrizante que conhecera. No mundo, não havia mais ninguém como ele. Sua habilidade, e apenas ela, afastara-o de todos, e isso tornara-o mais atraente. O que Kate vira era exatamente o que deixara Charles Lindbergh impressionado com Joe, quando conheceram-se, ele ainda menino. Voar estava na alma de Joe. Era uma ave rara e mais alguma coisa. Nenhum dos dois ficara desapontado com os acontecimentos da manhã, longe disso. Depois de desligar o motor, Joe olhou-a, com orgulho.

— Você é uma ótima co-piloto.

Kate soubera o que perguntar, o que dizer e quando ficar calada e com ele sentira a alegria simples e a beleza do céu.

— Em um dos próximos dias, quando eu tiver tempo, vou ensinar você a voar.

Joe, com senso inato, fazia o vôo parecer fácil e também sabia como explicar as noções básicas de forma compreensível. Mas ficara particularmente impressionado com o instinto de Kate.

— Gostaria que pudéssemos passar o dia aqui — sugeriu ela, ansiosa, pensativa. Joe parecia satisfeito ao dar as mãos a Kate para sair do avião.

— Eu também. Mas a sua mãe me cortaria a cabeça, se soubesse que voei com você durante uma hora, Kate. É mais seguro que dirigir um carro, mas não tenho certeza de que ela concordaria comigo.

Ambos sabiam que não.

Voltaram para a cidade, em silêncio, e foram almoçar na Union Oyster House. E assim que se sentaram, Kate só conseguia falar do vôo rápido, da facilidade e da perícia impressionantes de Joe e da beleza do avião. Para ela, fora a forma perfeita de conhecê-lo. E, no restaurante, Joe parecia calmo e novamente calado. No avião, mais parecia um pássaro, voando a grande altura, por um minuto, sem esforço, no céu, e no instante seguinte, em terra, caminhava desajeitado. Fora do avião, era um homem diferente. Joe era piloto nato, o homem de muita perícia que Kate percebera ser desde o início e que a atraíra demasiadamente.

Mas quando se sentaram para almoçar e ela lhe contou histórias de Radcliffe, Joe começou a se descontrair outra vez. Kate tinha uma maneira irresistível de desembaraçá-lo e fazê-lo se sentir ainda mais à vontade com ele agora do que quando ela o vira em seu próprio mundo. Era o que ele quisera lhe mostrar desde o começo, e agora ele sentia que ela compreendia, não o quanto voar significava para ele, mas quem ele era.

E enquanto ela arrancava observações de Joe, ele se descontraía e deixava outra vez cair suas defesas. Era uma das muitas coisas que Joe gostava nela. Mesmo quando ele próprio não podia fazer, ela o ajudava a alcançar e abrir-se com ela, não importa se se sentisse muito tímido. Era como baixar a ponte levadiça sobre o fosso para o castelo. Kate facilitava o processo, e Joe adorava isso nela.

Havia tantas coisas que Joe gostava nela que algumas vezes isso o deixava aterrorizado. Não tinha idéia do que fazer. Kate era jovem demais para ele se envolver com ela e a família de Kate era mais do que um pouquinho assustadora. Tinha pais sensíveis e atenciosos, que não iam deixar que nada acontecesse a ela e não tinham intenção de deixá-la ter liberdade demais. Ele, no entanto, não queria tirar-lhe nada. Queria apenas estar com ela e se aquecer na luz que ela irradiava e no calor que transpirava. Às vezes, quando sentado ao lado dela, sentia-se como um lagarto em uma pedra, apanhando a luz do sol. Ela o fazia sentir-se feliz e aquecido e tranqüilo. Mas, às vezes, mesmo tais sentimentos pareciam-lhe perigosos. Ele não queria ser vulnerável a ela. Seria então fácil demais para causar danos. Não analisara isso, sabia disso no seu íntimo. Pensava consigo que se ela fosse mais velha, poderia ter sido diferente. Era uma menina de dezoito anos, e ele tinha trinta, não importa o quanto gostara de voar com ela. Apesar de toda a sua resistência, e as muralhas que ele construíra pelos anos afora, o tempo que ambos passaram no seu avião, nessa manhã, fora mágico para os dois.

O último dia passado juntos correra rápido demais. Voltaram, por um momento, à casa de Kate e jogaram cartas na biblioteca. Ela lhe ensinou a jogar dados. Foi surpreendentemente boa neles e, na verdade, derrotou-o por duas vezes, o que a deixou contentíssima. Bateu palmas e parecia uma criança rindo. E nessa noite Joe a levou para jantar. Tiveram um fim de semana muito agradável, e quando ele lhe deu boa noite, não tinha idéia de quando a veria novamente. Planejava voltar a Nova York no Natal, mas ele e Charles Lindbergh tinham muito trabalho a fazer, no projeto de um novo motor. Joe sabia que seria difícil conciliar o tempo com Charles. Estava muito ocupado fazendo e comparecendo a palestras para o movimento America First. E Joe também tinha muita coisa a fazer. Pelo menos nos primeiros meses, duvidava que teria tempo para vir a Boston. E vacilava em pedir a Kate para que fosse vê-lo. Pedir-lhe para visitá-lo parecia abuso demais, e ele não achava que os pais dela autorizariam.

Kate parecia mais tranqüila que o costume quando Joe se despediu. Estavam nos degraus da escada, na frente da casa, e pela primeira vez em três dias, ele parecia outra vez dolorosamente desamparado.

— Cuide-se, Kate — pediu, baixando a vista para os sapatos, sem olhar para a moça.

Kate sorriu, enquanto o olhava. Queria lhe tocar o queixo e forçá-lo a olhá-la, mas não o fez. Sabia que se esperasse mais um pouco, ele novamente encontraria o seu olhar atento. E, em outro instante, encontrou-o.

— Obrigada por me levar no vôo — sussurrou.

Era um segredo que agora partilhavam.

— Boa viagem de volta à Califórnia. Quanto tempo vai levar?

— Umas dezoito horas, dependendo do tempo. Há uma tempestade lá pelo Centro-Oeste, por isso tenho de voar bem pelo Sul, pelo Texas. Vou lhe telefonar assim que chegar.

— Gostaria — murmurou ela.

Seus olhos estavam cheios de todas as coisas que não tinham dito um ao outro, e que ela ainda não estava certa de ter entendido, e do novo vínculo que tinham formado em seu avião. Kate ainda assim não tinha idéia do que Joe sentia por ela, no mínimo era um afeto fraternal. Ela estava quase certa de que a única coisa que o trouxera a Boston era amizade. Ele não indicava nada mais do que isso, e agora nada mesmo. Algumas vezes Joe era paternal com ela. E, no entanto, sempre parecera haver entre eles algo mais profundo e mais misterioso. Ela não estava certa de estar imaginando ou se havia algo mais que ambos temiam.

— Vou escrever-lhe — prometeu ela.

Joe adorava receber as cartas de Kate. A complexidade delas e o jeito com que escrevia assombravam-no. Eram quase como pequenas histórias, e mais freqüentemente ou lhe tocavam o coração ou faziam-no rir.

— Vou tentar ver você no Natal. Mas Charles e eu vamos estar muito ocupados — explicou Joe.

Kate pensava que teria sido melhor oferecer-se para ir vê-lo, mas nem se atrevera. Sabia que os pais ficariam profundamente transtornados com isso. A mãe já estava preocupada porque ela passara tempo demais na companhia dele no Dia de Ação de Graças, e até Joe sentia isso. Ele não queria instigar isso e magoá-los.

— Cuide-se, Joe. Voe em segurança — desejou Kate em um tom de óbvia preocupação.

Isso o deixou comovido. Kate parecia tão meiga ao dizer tais palavras.

— Você também, e não seja reprovada na universidade — provocou.

Kate riu. E, depois, com um tapinha divertido no ombro dela, Joe abriu a porta da frente para ela com a chave e desceu rápido as escadas e lhe acenou da calçada. Era como se tivesse de fugir dela antes que fizesse algo que sabia não poder. Kate sorriu ao atravessar a porta da frente, e ao fechá-la, sentiu-se calma.

Foram três dias extraordinários com ele, foram momentos de cordialidade, despreocupação e amizade. E a surpresa de voar com ele. Pensava, enquanto subia devagar a escada, que se sentia satisfeita por tê-lo conhecido. Algum dia ela falaria aos filhos sobre ele. E não havia dúvida ao pensar nisso, os filhos não seriam dele. A vida de Joe já estava cheia, de aviões e vôos e provas de vôo e motores. Nela não havia lugar para uma mulher, muito menos para uma esposa e filhos. Ele lhe dissera isso em Cape Cod no fim do verão e mais outra vez no fim de semana. As pessoas eram um sacrifício que ele estava disposto a fazer, no interesse de sua paixão por voar e pelos aviões. Tinha pouquíssimo tempo a dar a qualquer pessoa, repetia, e Kate podia ver isso. Mas, ao mesmo tempo, uma parte sua, primitiva e íntima, não aceitava isso ou acreditava nisso. Como podia estar disposto a largar a possibilidade de formar uma família por causa dos aviões? Mas não cabia a ela perguntar-lhe sobre isso, e Kate sabia disso. Tinha de acatar o que ele dizia. E disse a si mesma que o que ela sentia por ele ou que imaginasse que ele sentisse por ela era apenas ilusão. Era nada mais que um sonho.

No domingo, antes que Kate voltasse para a universidade, a mãe nada lhe falou sobre ele. Resolvera seguir o conselho do marido e esperar para ver o que acontecia. Talvez ele tivesse razão, e Joe deixaria de importunar a filha. Talvez fosse apenas uma amizade muito fora do comum entre um adulto e uma jovem. Assim esperava. Mas não importa o que Clarke lhe dissera, nada a convencera.

E já na universidade, após voltar de casa, Kate não sabia por que, mas estava inquieta. As colegas foram chegando uma a uma, e contavam o que haviam feito no feriado do Dia de Ação de Graças. Algumas tinham ido para a casa de amigas, outras para as da família. Batia papo com amigas, mas a nenhuma contou sobre a visita de Joe. Era difícil explicar, e ninguém acreditaria que ela e Joe não estavam namorando. Sabia que não podia mais dizer isso com convicção. Sally

Tuttle foi uma que finalmente lhe perguntou sobre o homem que lhe telefonou da Califórnia.

— Está na universidade lá? É seu namorado?

Sally sentia curiosidade sobre ele, mas Kate foi evasiva e evitou o seu olhar.

— Não, apenas um amigo. Está trabalhando lá.

— Parecia simpático no telefone.

Kate respondeu que sim com a cabeça.

— Se vier a Boston, vou apresentá-lo a você.

E, depois, foram se preparar para as aulas do dia seguinte. Uma das meninas voltou do fim de semana com a família, em Connecticut, e participou que ficara noiva no Dia de Ação de Graças. Isso fez Kate se sentir, e insistiu que não sentiu, ainda mais desconfortável. Ela se apaixonara por um homem doze anos mais velho, que não quereria casar. Ele nem mesmo sabia que ela se apaixonara por ele. Era realmente ridículo. Nessa noite, quando foi para a cama, se convencera de que estava sendo incrivelmente obtusa, e se não fosse cautelosa, ela o aborreceria e perderia toda a amizade dele, e Joe nunca mais a levaria novamente no seu avião. E Kate não queria que isso acontecesse. Ela ainda esperava que Joe algum dia a ensinasse a voar.

Muito para seu espanto, no dia seguinte, Joe telefonou.

Disse que acabara de pousar no aeroporto. Tivera um vôo difícil, tivera de colocar combustível por três vezes e voara no meio de duas nevascas. Tivera mesmo de aterrissar por algum tempo, por causa de granizo, em Waynoka, Oklahoma. Kate pensou que ele estivesse exausto, pois a viagem levara vinte e duas horas.

— Foi muito amável por me telefonar — afirmou, parecendo surpresa e satisfeita.

Não esperara ter notícias dele e isso a deixou confusa, mas suspeitava que ele estava sendo apenas amável. O que disse a seguir confirmou. Parecia indiferente e sem entusiasmo.

— Não queria preocupar você. Como está a universidade?

— Está bem.

Kate na verdade se sentia triste desde que ele partira, e ficara aborrecida por causa disso. Não havia razão para ficar apegada a Joe

Não ofereceu estímulo algum e nada fizera para iludi-la. Aos seus olhos, era como se apaixonar pelo governador, ou pelo presidente, ou por alguma alta autoridade. A única diferença era que ela e Joe eram amigos, e ela gostava muito da sua companhia, era difícil não se enganar no prazer de estar com ele. E ela vira um lado seu que poucas pessoas tinham visto, lá no alto, no céu. Ela não tinha idéia do que também despertara nele.

— Não posso esperar até as férias de Natal.

Para Kate era como se o seu excitamento fosse causado pelos feriados e não pelo fato de que ia se mudar para a Costa Leste novamente, para trabalhar com Charles Lindbergh. Ela, porém, gostava de saber que ele estaria mais próximo. E ela se perguntava se os pais a deixariam viajar a Nova York para vê-lo, talvez se uma de suas amigas fosse com ela. Mas nada falou a Joe sobre isso. Sabia instintivamente que se falasse com ele, ficaria horrorizado.

— Vou lhe telefonar dentro de alguns dias — explicou ele, parecendo esgotado.

Estava cansadíssimo, querendo dormir após um vôo dificílimo de vinte e duas horas, atravessando o país.

— Não é muito caro? Talvez seja melhor escrevermos cartas.

— Posso lhe telefonar de vez em quando — explicou ele, cauteloso —, a não ser que você não queira.

Joe parecia incerto por causa do vôo e não tão descontraído como durante o fim de semana. Sua falta de jeito parecia mais pronunciada quando telefonava. Telefonar a Kate era para ele um grande passo.

— Quero, sim — respondeu Kate, rápida. — Só não quero lhe custar muito dinheiro.

— Não se preocupe com isso.

Era, afinal de contas, mais barato que um jantar. Ele a levara a alguns lugares muito requintados, o que era raro para ele. Tão raro quanto inexistente. Punha cada centavo que ganhava no desenvolvimento de novos motores e novos aviões. Mas, para Kate, Joe quis fazer alguma coisa especial. Ela merecia. E sua voz parecia rouca no outro lado da linha.

— Kate?

Ela esperou, mas ele nada mais disse até que Kate respondesse. Era como se Joe quisesse ter certeza que ela o estava ouvindo, antes que ela respondesse.

— Sim?

Subitamente, Kate ficou ofegante, não sabendo o que viria a seguir, mas sentindo que havia alguma coisa de frágil nele.

— Você sempre vai me responder? Adoro suas cartas.

Kate sorriu então, sem saber ao certo se estava desapontada ou aliviada. Joe parecera sério demais quando disse o nome dela, exatamente no momento em que estava angustiada. Parecia que ia dizer alguma coisa importante. Foi importante para ele, mas não o que Kate desejava ou esperava.

— Claro que vou — ela o tranqüilizou. — Tenho provas na semana que vem.

— Eu também — riu.

Tinha provas de vôo marcadas para a semana inteira. Algumas delas seriam bem perigosas, mas ele queria fazê-las sozinho antes de ir embora da Califórnia, por isso, nada falou a Kate.

— Nas próximas semanas, vou estar bem atolado, mas, quando puder, lhe telefono.

Um momento depois, Joe desligou, e Kate voltou para o quarto a fim de estudar, tentando não pensar demais nele.

Kate estivera se perguntando sobre algo durante todo o fim de semana. Nada falara a Joe, mas os pais iam lhe dar uma festa enorme no Copley Plaza. Ia ser apresentada às debutantes, e a sua festa seria encantadora, porém não tão grande quanto aquela em que conhecera Joe. Ela ainda não ousara entabular o assunto, embora estivesse pensando em perguntar aos pais se poderia convidá-lo. Não tinha certeza de que ele poderia vir, mas no mínimo queria convidá-lo e esperava que viesse. Sabia que seria muito mais divertido para ela se Joe viesse, só que a mãe ficara tão nervosa com relação a Joe, que Kate não queria forçar. Havia tempo. Faltavam mais de três semanas, e Joe estava na Califórnia. E ela tinha certeza de que, quando voltasse, seu calendário social ainda não estaria cheio.

Uma semana depois, aproximava-se o dia do baile. No domingo, na hora do almoço, ela estava falando ao telefone com a mãe, sobre o baile, desfazendo algumas dúvidas, quando uma das moças da casa chegou correndo ao vestíbulo, gritando. Kate ficou certa de que alguma coisa terrível lhe acontecera, alguma notícia de casa, talvez um dos seus pais tivesse morrido. Dizia alguma ininteligível, enquanto Kate continuava a ouvir a mãe falar. Kate tinha uma longa lista de perguntas sobre bolos de *hors-d'oeuvres*, e as dimensões exatas da pista de dança. Seu vestido estava pronto desde outubro. Tinha um corpete liso de cetim branco e saia de tule, e Kate nele parecia inacreditável. E por cima dos ombros havia um véu de tule branco, através do qual se vislumbrava o corpete. Ia pentear os cabelos ruivos escuros puxados formando um coque bem-feito, como uma bailarina de Degas. Como a costureira dissera, ao ver Kate com admiração, tudo que precisava era de sapatos com os dedos aparecendo. O pensamento de Kate estava fervilhando de detalhes próprios de mocinhas, quando começou a ouvir as pessoas gritando umas com as outras. Um grupo de moças estava para sair da casa para almoçar, quando começou a gritaria inexplicável.

— Que é que você disse, mamãe? — Kate pediu para repetir a pergunta.

Havia tanto barulho na casa que Kate mal pode escutar.

— Eu disse... oh, meu Deus... o quê?... é verdade? Clarke!

Ouviu a mãe começar a gritar e não sabia o que acontecera.

— Aconteceu alguma coisa com o papai? Mamãe, o que aconteceu?

Seu coração começou a bater com força. Então, subitamente, ao olhar ao redor, reparou que muitas moças no vestíbulo também estavam chorando. Foi aí que se deu conta, nada houvera com o pai, algo de terrível acontecera.

— Mamãe, o que está acontecendo? Você sabe?

— Seu pai estava ouvindo o rádio.

Ele estava de pé na cozinha, sem acreditar, dizendo algo inacreditável para ela. Uma nação inteira estava chocada como eles estavam.

— Pearl Harbor foi bombardeada pelos japoneses, há meia hora. Vários navios foram afundados, e muitos homens mortos e feridos. Meu Deus, isto é terrível.

Enquanto Kate olhava o vestíbulo na direção dos quartos, via que a casa inteira estava um caos. Kate ouviu rádios em todos os quartos e também sons seguidos de choros e gritos. Muitas moças perceberam que os pais e irmãos e noivos e namorados subitamente estavam correndo risco. Não havia forma de o país ficar por mais tempo fora da guerra. Os japoneses a trouxeram até bem pertinho, e, apesar de todas as promessas anteriores, o presidente Roosevelt teria de tomar alguma providência radical com relação a isso. Kate desligou, rápida, o telefone, e voltou para o quarto a fim de ouvir o que as pessoas estavam falando sobre as notícias.

Todos estavam em silêncio, as lágrimas escorrendo pelas faces, enquanto ouviam as notícias. Uma das moças da casa era do Havaí, e Kate sabia que havia duas japonesas num quarto do andar de cima. Ela nem mesmo podia imaginar o que estavam sentindo, apanhadas em armadilha em um país estrangeiro, tão distante de casa.

Foi mais tarde, nessa noite, quando Kate finalmente retornou a ligação da mãe, e já então todos tinham ouvido o rádio o dia inteiro. Era inconcebível e fácil de acreditar que dentro de muito pouco tempo os jovens da nação seriam enviados para longe, para lutar nessa guerra. E só Deus sabia quantos deles iriam sobreviver.

O casal Jamison, ao ouvir as notícias, descobriu que ambos agradeciam por não ter um filho. Em cidades e cidadezinhas e em todos os lugarejos atrasados, rapazes enfrentavam o fato de que teriam de largar as famílias para defender a pátria. Não se conseguia imaginar isso, e havia considerável preocupação que os japoneses atacassem outra vez. Todos estavam certos de que o próximo ataque seria na Califórnia, e havia um pandemônio se espalhando por ali.

O general-de-divisão Joseph Stilwell apressara a ação e se fazia todo o possível para proteger as cidades da Costa Oeste. Construíam-se abrigos antiaéreos, organizavam-se equipes médicas. Havia um estado geral de terror controlado. Mesmo em Boston, as pessoas estavam apavoradas. Os pais de Kate lhe pediram que voltasse para casa, e ela disse que iria no dia seguinte, mas queria esperar e ver o que se falava na universidade. Não queria apenas ir embora.

Todas as aulas foram canceladas e as moças foram para casa, até depois das férias de Natal. Todas ficaram desesperadas por voltar aonde viviam e ficar com suas famílias. E quando Kate estava arrumando as malas na manhã depois do ataque, Joe lhe telefonou. Levara muito tempo para completar a ligação, pois todas as linhas estavam ocupadas. Todas as moças estavam telefonando para casa. Já então os Estados Unidos declararam guerra ao Japão. O Japão declarara guerra aos Estados Unidos e à Grã-Bretanha, que, por sua vez, declarara guerra ao Japão.

— Notícias não muito boas, hem, Kate? — declarou Joe, surpreendentemente calmo.

— Bem apavorante. O que está acontecendo por aí?

Joe estava muito mais próximo do Havaí.

— É o que alguém chamou de pânico, ninguém quer admitir abertamente que está aterrorizado, mas está, e talvez com boa razão. É difícil saber o que os japoneses vão fazer agora. Está-se falando em internar os japoneses nos estados do Oeste. Nem posso imaginar o que vão fazer na Califórnia.

— E você, Joe? — perguntou Kate, preocupada.

Joe já estivera várias vezes na Inglaterra para assessorar a RAF nos dois últimos anos, era fácil agora fazer uma idéia do que iria acontecer. Com os Estados Unidos também entrando na guerra na Europa, era provável que ele fosse mandado para lá. E caso não fosse, ele se envolveria na guerra contra o Japão. Mas em qualquer dos casos, iria para algum lugar pilotar aviões. Ele era exatamente o tipo de homem que queriam, e não era difícil achá-lo.

— Vou voar para o Leste amanhã. Não posso terminar o meu trabalho aqui. Querem que eu esteja em Washington o mais cedo possível. Então, vão me dar ordens.

Recebera um telefonema do Ministério da Guerra. E Kate estava certa, ele viajaria dentro em pouco.

— Não sei quanto tempo vou ficar lá. Se puder, vou tentar dar uma chegada em Boston para ver você antes de ir embora, se me derem bastante tempo. Se não...

Sua voz desapareceu, tudo agora tinha ficado no ar. Não apenas para eles, mas para todo o país. Uma nação de homens estava para ser enviada para a guerra.

— Posso me encontrar com você em Washington para lhe dizer adeus. — Ofereceu-se espontaneamente, percebendo que não precisava mais se preocupar com o que os pais pensariam.

Se ele ia partir, ela queria vê-lo. Era só isso em que podia pensar, ao ouvi-lo, e tentava expulsar o pânico. Sentia medo só de pensar que ele seria enviado para a guerra.

— Não faça nada até eu lhe telefonar. Podem me mandar para Nova York por alguns dias. Depende se vão querer que eu faça instrução aqui, antes de eu partir, ou vá direto de Washington para a Inglaterra e faça instrução lá.

Já suspeitava que seria para lá. A única pergunta era quando iria.

— Prefiro ir à Inglaterra que ao Japão.

Haviam lhe falado sobre isso nessa manhã, pelo telefone, e ele tinha dito que iria para onde o mandassem.

— Faço votos para que você não vá a lugar algum — replicou, triste.

Kate só conseguia pensar sobre onde estavam agora todos os rapazes que conhecia, aqueles com quem crescera e fora à universidade, e as moças que eram irmãs e namoradas deles. Era a ruína para todos e muitas amigas de Kate já estavam casadas e iniciando famílias. As vidas de todos seriam despedaçadas, não apenas a dela e a de Joe e das pessoas que conhecia, mas as de uma nação inteira. Não havia como esconder que muitos deles não voltariam. Era como se uma mortalha cobrisse tudo agora. As pessoas falavam e sussurravam e choravam, e todos estavam aterrorizados com o que poderia acontecer a seguir. Havia um boato de que todas as cidades da Costa Leste seriam atacadas por submarinos alemães. Ninguém no país inteiro se sentia seguro desde o minuto em que se soube as notícias do ataque no Havaí.

— Você vai ficar na universidade ou na casa dos seus pais?

Queria saber onde encontrá-la. Seria apenas uma questão de horas até que tivesse de partir. Queria saber onde Kate estaria, caso pudesse vê-la. Havia uma possibilidade de ele não ter tempo, mas desejava pelo menos uns poucos minutos com ela.

— Vou hoje à tarde para a casa dos meus pais. Não vamos ficar aqui até as férias de Natal.

Mas este ano o Natal iria ser sombrio.

— Vou começar a voar para o Leste dentro de uma ou duas horas. Tenho de estar amanhã em Washington. Não gosto de deixar tudo aqui pela metade.

Ele, porém, não tinha alternativa, não tinha outra opção. Era o que todo o país estava fazendo. Em todos os lugares, os homens estavam largando tudo e indo para a guerra.

— E o tempo está bom para você voar?

Kate parecia ainda mais preocupada. Joe queria lhe prometer que tudo ficaria ótimo, mas não podia. Apenas o fato de falar com ele a confortava. Havia alguma coisa sólida e sensível e tranqüila com ele. Ele não sentia a histeria que todos os outros sentiam. Parecia uma ilha de calmaria em um mar turbulento, que era muito o estilo de Joe.

— O tempo está bom lá fora — disse. — Não tenho certeza de como estará quando formos mais para leste. — Joe ia viajar com outros dois homens. — Agora, tenho de ir até em casa e fazer a mala, Kate. Vamos partir dentro de duas horas. Quando puder, lhe telefono.

— Vou ficar em casa, esperando.

Não havia a possibilidade de enganos. Todos os esforços e sentimentos de Kate se manifestavam para que o visse antes de viajar além-mar, fosse em qualquer direção. Subitamente, passara o tempo de fingir que não se importava. Ela se importava. Muito.

Todas as moças se despediam com lágrimas, à medida que uma a uma voltavam para suas casas, em lugares variados, e algumas tinham uma longa viagem a fazer. A moça do Havaí ia para casa com uma amiga da Califórnia, mas os pais não queriam que voltasse a Honolulu, caso os japoneses atacassem novamente. Milhares de homens morreram e foram feridos em Pearl Harbor, junto com muitos civis.

As moças do Japão tinham de se apresentar ao consulado japonês em Boston. Sentiam-se mais aterrorizadas do que as outras, e não tinham idéia do que lhes poderia acontecer. Não tinham como entrar em contato com os pais e não sabiam como nem se chegariam em casa.

Kate chegou tarde nessa noite, e quando entrou, os pais a esperavam. Estavam apavorados e angustiados. O rádio estava constantemente ligado, e todos sabiam que era apenas uma questão de horas ou dias para que as tropas americanas começassem a lutar.

— Soube notícias de Joe? — perguntou-lhe o pai, assim que pôs a mala de mão no vestíbulo da frente.

Clarke mandara um motorista ajudá-la a transportar a bagagem. Não queria abandonar a mãe de Kate. Elizabeth parecia pálida e nervosa. O pai estava impressionado com a serenidade de Kate. Parecia surpreendentemente calma e respondia com a cabeça quando lhe perguntavam sobre Joe.

— Amanhã vai a Washington. Ainda não sabe para onde vão mandá-lo.

O pai, em resposta, fazia que sim com a cabeça, e a mãe olhava-a preocupada, mas não fez comentário sobre Joe. Kate e Joe pareciam estar em comunicação freqüente, mas confessadamente em circunstâncias fora do comum. Liz não conseguia pensar em com que freqüência se telefonavam antes.

Nessa noite jantaram na cozinha, com o rádio ligado e ninguém falava nada. A comida ficou intata e fria nos pratos e, no fim, Kate ajudou a mãe a limpar a mesa, e jogou na lata de lixo a comida toda que raspou dos pratos cheios. Foi uma longa noite para Kate, deitada na cama, pensando em Joe e na distância que pilotara até o Leste, e se ela conseguiria vê-lo antes que fosse mandado para a guerra.

Foi no dia seguinte, quase ao meio-dia, que ele lhe telefonou. Acabara de pousar em Washington, D.C., no Bolling Fielle Airport.

— Quis que você soubesse que cheguei a salvo.

Kate ficou calma ao ouvi-lo, mas nenhum deles conseguiu explicar por que Joe sentiu necessidade de telefonar. Isto era definitivamente mais do que amizade, mas não queriam falar sobre isso. Não precisavam, nem mesmo admitiam um ao outro. Era óbvio que ele se sentia unido a ela de alguma forma silenciosa, secreta, que não estavam dispostos a confessar com palavras.

— Vou agora ao Ministério da Guerra. Mais tarde lhe telefono, Kate.

— Vou ficar aqui.

Ele estava lhe dando notícia de qualquer movimento seu. O telefone tocou novamente quatro horas depois. Fora instruído quanto aos objetivos de vôo a tarde toda e lhe deram ordens e missão. Fora feito capitão da Força Aérea do Exército, e iria voar com a RAF em missão de combate. Em dois dias ia partir de Nova York para Londres. Seria treinado, em protocolo militar e em formação de vôo, na Inglaterra. Já fizera bastante em espetáculos aéreos e era excepcionalmente bom nisso. Nessa tarde, o presidente Roosevelt anunciara à nação que os Estados Unidos entraram oficialmente na guerra na Europa.

— Pronto, garota! Vou-me embora daqui, em dois dias. Mas vou para um lugar muito respeitável.

Ia para East Anglia Oriental e lá estivera antes de visitar a RAF. Dentro de duas semanas, esperavam que ele estivesse voando em missões de combate. Pensar nisso deixava Kate apavorada, em particular porque quando os alemães percebessem que Joe se juntara ao esforço de guerra aliado iriam em busca dele. Com a sua reputação de ás da aviação, era o tipo de piloto que queriam eliminar, e Kate sabia que fariam todo o possível para abatê-lo. Ele corria um perigo maior que os outros, e só de saber disso o estômago se revoltava. Era insuportável que ele se fosse, só Deus sabia por quanto tempo, e estar em perigo em quase todos os momentos. Kate nem mesmo conseguia começar a imaginar como ia viver sabendo disso, sem notícias dele. Para ele, ia ser importante telefonar-lhe. Mas ainda tinham dois dias, e ele podia passar com ela o máximo desse tempo. Ambos já tinham pensado que ele passaria a maior parte do tempo antes que voasse para a Europa. Em questão de horas, tudo entre eles mudara. A desculpa de amizade já começara a desaparecer e seu relacionamento já começara a evoluir para alguma coisa mais. À medida que o tempo passava, Joe tinha de arranjar uniformes e mais documentos, e no dia seguinte partiria de Washington. Iria voar na manhã seguinte, às seis horas. Para ter certeza de que não iria perder o avião, tinha de estar de volta a Nova York à meia-noite. Eram dez da manhã quando tomou o avião de Washington para Boston, e quase uma hora quando aterrissou. Seu avião para Nova York era às dez daquela noite. Eles tinham exatamente nove horas para passar juntos. Jovens casais por todo o país estavam enfrentando o mesmo dilema. Alguns se casaram no pouco tempo que lhes restava, outros foram para hotéis a fim de achar um pouco de conforto. Outros se sentaram apenas em estações de trem ou em cafés ou em bancos de parque na temperatura congelante. Tudo o que queriam era partilhar os últimos momentos de liberdade e de paz, e ficar juntos. E, ao pensar neles, a mãe de Kate se sentia ainda mais pesarosa pelas mães que estavam dizendo adeus aos filhos. Não conseguia imaginar nada pior.

Kate estava esperando Joe quando aterrissou no East Boston Airport. Saiu do avião com ar sério e vestia um uniforme do exército, novo em folha, que se ajustava a ele com perfeição. E parecia ainda mais elegante do que ele estivera em sua casa, no Dia de Ação de Graças. Sorria ao atravessar a pista de pouso e ao se aproximar dela. Ele agia como se nada estivesse errado, e desta vez quando se aproximou dela, pôs um braço ao redor dos ombros.

— Tudo bem, Kate. Descontraia-se. Tudo vai terminar bem. — Joe viu no mesmo instante como Kate estava apavorada por ele. — Sou uma pessoa que vai saber o que fazer lá. Voar é voar.

Kate logo se lembrou da extraordinária desenvoltura e destreza quando voara com ele há apenas duas semanas. Ambos sabiam, porém, que, normalmente, quando voava, ninguém tentava abatê-lo. Apesar do que ele disse para abrandar os temores de Kate, desta vez tudo ia ser diferente.

— O que é que vamos fazer hoje? — perguntou ele, como se fosse um dia comum e ambos não tivessem de se despedir em menos de nove horas. Casais no país todo estavam passando suas últimas horas juntos, assim como eles.

— Quer ir para minha casa? — ela quis saber, parecendo confusa.

Os minutos lhes fugiam e quase antes de começarem a fugir, o último dia juntos terminaria e ele iria embora. Kate conseguia sentir um arrepio de medo só de pensar. Não estava ciente disso, mas não se sentia tão aterrorizada ou desolada desde que o pai morrera.

— Por que não vamos almoçar? Depois, podemos ir para sua casa. Quero me despedir dos seus pais.

Kate achou que parecia muito respeitoso da parte dele. E até a mãe parara de aborrecê-la abertamente querendo saber as intenções dele. Seja lá o que Elizabeth Jamison sentia por ele, guardava para si, e Kate lhe era grata por isso. Todos se sentiam angustiados por Joe, e por milhões de outros rapazes.

Joe levou-a para almoçar no Locke-Ober's, e apesar do salão elegante e da comida fina, Kate mal conseguia comer. Tudo que conseguia pensar não era no local em que estavam agora, mas para onde ele iria em questão de horas. O esforço para terem uma refeição civilizada era desperdiçado essencialmente por ela.

Voltaram para a casa de Kate às três horas. A mãe estava sentada na sala de estar, ouvindo rádio, como agora sempre fazia, e o pai ainda não voltara do escritório. Sentaram-se e por algum tempo conversaram com Elizabeth e ouviram as notícias. Às quatro horas, o pai chegou, e apertou as mãos de Joe, enquanto lhe dava tapinhas no ombro de um modo paternal. Seus olhos pareciam dizer tudo, e nenhum deles achava palavra para exprimir o que estavam sentindo. Após uns poucos instantes, Clarke levou Elizabeth para o andar de cima, para deixar os jovens sozinhos. Tinham muito no que pensar, Clarke sentiu, sem que se preocupassem em entreter os pais de Kate. E tanto Kate quanto Joe se sentiram gratos por ficar juntos algum tempo. Estava fora de cogitação levá-la ao seu quarto de dormir, para apenas se ficar à vontade e conversar. Não importa como se comportassem, a impropriedade da ação teria ofendido a mãe, e Kate nem tentou sugerir isso. Em vez disso, sentaram-se tranqüilos no sofá na sala de estar, um conversando com o outro, e tentando não pensar nos minutos que escoavam.

— Vou lhe escrever, Kate. Todos os dias, se puder — prometeu.

Havia uma infinidade de coisas nos olhos dele e parecia agitado. Mas não tentou explicar em que estava pensando, e Kate tinha receio de perguntar. Ainda não tinha idéia do que ele sentia em relação a ela, se tinham se tornado apenas bons amigos ou se havia alguma coisa mais. Para Kate, era muito o que sentia por ele. Percebia agora que estivera apaixonada por Joe há meses, mas não ousara afirmar isso a ele. Acontecera em algum momento durante a troca de cartas desde setembro e, ao vê-lo no Dia de Ação de Graças, tudo se confirmara para ela. Mas, desde então, vinha lutando contra. Não tinha idéia de Joe corresponder a esse sentimento, e teria sido impróprio perguntar-lhe. Mesmo Kate, com todo o seu modo de ser corajoso, não teria coragem de agir assim. Tinha apenas de continuar com o que sabia e com o que sentia, e se sentir muito feliz porque, por alguma razão, ele queria passar essas últimas horas com ela. Porém ela também se lembrava de que Joe não tinha ninguém com quem ficar. Além dos primos, que não via há anos, não tinha mais parentes nem namorada. A única pessoa que parecia se preocupar com ele era Charles Lindbergh. Além deles, Joe era sozinho no mundo. E quisera ficar com ela.

Ocorrera-lhe, enquanto se sentavam um bem perto do outro no sofá, conversando serenos, que ele não precisava ter vindo a Boston. Viera apenas porque queria vê-la, e que ficara próximo a ela, desde que souberam as novidades, quando houvera o ataque a Pearl Harbor.

Kate lhe contou, sentados ali, que os pais cancelaram a festa de sua apresentação à sociedade. Ainda não lhe falara sobre ela, mas pretendia. Não quisera parecer ansiosa demais, mas, agora, era irrelevante. Todos os três Jamison haviam concordado que teria sido de péssimo gosto dar um festão e, de qualquer maneira, não haveria muitos rapazes.

— Agora, isso realmente não era importante — ela explicou a Joe, enquanto ele concordava com a cabeça.

— Iria ser uma festa como aquela em que nos conhecemos no ano passado? — perguntou ele, com interesse. Era um excelente assunto para aturdi-la.

Kate parecia tão triste que feriu o coração de Joe. Percebeu mais que nunca que fora feliz ao conhecê-la. Quase não fora ao baile com Charles Lindbergh no ano passado. E o fato é que fora obviamente o destino de ambos.

Kate sorriu ao ouvi-lo perguntar sobre a festa cancelada.

— Não tão elegante como aquela.

Seria no Copley, para cerca de duzentas pessoas. Houvera setecentas pessoas no baile em que se conheceram, com bastante caviar e champanha para suprir uma cidade inteira por um ano.

— Estou contente que meus pais a cancelaram — afirmou Kate.

Pensar em Joe na Inglaterra, arriscando a vida todos os dias, era toda a sua preocupação agora. Já se apresentara como voluntária à Cruz Vermelha, para ajudar em qualquer esforço de guerra que organizassem nas próximas semanas. E Elizabeth também se oferecera como voluntária junto com a filha.

— Vai voltar à universidade, não? — perguntou ele, e Kate concordou com a cabeça.

Sentaram-se calmos e conversaram durante horas, e, depois de algum tempo, a mãe lhes trouxe dois pratos de comida. Não chamou os jovens para que se reunissem a eles na cozinha. Clarke achava que deviam ficar sozinhos e, apesar de tudo, Elizabeth concordou com ele. Queria tornar fácil as coisas para ambos. Tinham bastante angústia em suas vidas, sem acrescentar a ela responsabilidades sociais. E Joe se levantou e lhe agradeceu a refeição que lhes trouxera. Mas, sentados um perto do outro, mal conseguiam comer, e finalmente virou-se para Kate, e pôs os dois pratos sobre a mesa, e pegou a mão dela nas suas. Lágrimas caíam dos olhos dela, antes que Joe conseguisse falar alguma coisa.

— Não chore, Kate — disse, docemente.

Era uma coisa com que ele jamais conseguira conviver, mas, neste momento, não a censurava. Havia lágrimas derramadas em todas as salas de estar do país.

— Tudo vai ficar bem. Enquanto estiver no avião, tenho sete vidas.

Nos anos de aviação, escapara de alguns desastres inacreditáveis.

— E se precisar de oito vidas? — ela quis saber, enquanto lágrimas lhe escorriam pelas faces.

Quisera ser tão valente e, subitamente, achara que não conseguiria. Não conseguiria suportar o pensamento de que alguma coisa aconteceria a Joe. A mãe estava certa. Kate estava apaixonada por ele.

— Terei vinte vidas, se for o que preciso. Pode confiar nisso.

Mas ambos sabiam que esta era uma promessa que poderia não ser capaz de cumprir, razão por que ele nada fizera de insensato com ela, antes de ir embora.

Joe não tinha intenção de deixar uma viúva de dezoito anos. Ela era digna de coisa melhor que isso, e se ele não conseguisse lhe dar o melhor, alguém conseguiria. Joe queria deixar com que em sua ausência se sentisse livre para ir no encalço de qualquer um que ela quisesse. Kate só conseguia pensar em Joe. Era tarde demais para se poupar. Já estava muito mais ligada a ele do que qualquer um deles pensava. Enquanto estavam sentados no sofá, lado a lado, com o braço dele ao redor dela, Kate se virou para Joe e lhe disse que o amava. E quando ele baixou o olhar, houve um silêncio, longo, doloroso. Havia um sofrimento enorme nos olhos dela. E Joe não tinha idéia da perda que ela tivera em criança. Kate nunca falara a ninguém do suicídio do pai, e, pelo que Joe sabia, Clarke era o único pai que Kate sempre tivera. Mas, subitamente, para Kate, esta perda fez renascer as perdas do passado, e transformou a ida dele para a guerra em algo muito pior.

Tentara com todas as forças resistir às marés do amor de Kate, mas também ao seu próprio.

— Não quero que você se sinta presa a mim, se alguma coisa acontecer. Você significa muito para mim, significa desde o dia em que a conheci. Jamais conheci alguém como você. Mas não seria justo de minha parte fazê-la me prometer, ou esperar alguma coisa de você, ou lhe pedir para me esperar. Sempre há uma chance de que eu possa não voltar, e nunca quis que você sentisse que me deve alguma coisa. Você nada me deve. Quero que você se sinta à vontade para fazer o que quiser enquanto eu não estiver aqui. Seja lá o que um sentiu pelo outro, com ou sem palavras, foi mais do que bastante para mim desde que nos conhecemos, e vou levar comigo.

Joe a puxou para mais perto dele, e a apertou tão firme que Kate pôde sentir o coração dele batendo, mas não a beijou. Por uma fração de segundo, Kate se sentiu desapontada. Queria que ele dissesse que a amava. Esta poderia ser a última chance de ambos, por um longo tempo ao menos, ou pior ainda, a única que tiveram.

— Eu te amo — repetiu Kate, de modo claro e simples. — Quero que saiba para que possa levar com você. Não quero que tenha dúvidas enquanto estiver sentado nas trincheiras.

Ele, porém, ergueu uma sobrancelha, diante da sugestão de Kate.

— Trincheiras? A infantaria é que fica nas trincheiras. Vou voar no alto do céu, derrotando alemães. E, à noite, vou dormir em minha cama quentinha. Não vai ser tão ruim como pensa, Kate. Vai ser para algumas pessoas, para mim não. Os pilotos de avião de caça são um considerável grupo de elite — reafirmou.

Assim como Lindbergh, Joe era considerado elite, o que no mínimo era um alívio para ele.

O tempo voou insuportavelmente, e antes que percebessem era hora de ir para o aeroporto. Era uma noite fria, clara, e Joe a levou ao aeroporto consigo, em um táxi. O pai de Kate se ofereceu para levá-los de carro, mas Joe preferiu ir de táxi. E Kate quis ir sozinha com Joe.

Havia pessoas remoinhando em todos os lugares do aeroporto, e meninos de uniforme estavam sem dormir desde a noite anterior. Mesmo para Kate, todos pareciam bebês. Eram meninos de dezoito, dezenove anos, e nem pareciam ter idade para se afastar das mães. Alguns deles antes nunca haviam se afastado de casa.

Seus últimos minutos juntos foram torturantemente dolorosos. Kate estava tentando conter as lágrimas em vão e até Joe parecia tenso. Tudo era tão intoleravelmente emocional para ambos. Nenhum deles tinha qualquer idéia se voltariam a se rever, ou quando. Sabiam que a guerra ia durar anos, e tudo o que Kate conseguia fazer era esperar que não. Foi finalmente um alívio quando Joe teve de entrar no avião. Um não tinha deixado ao outro nada a se falar, e Kate estava começando a apegar-se a ele em desespero. Não queria que Joe fosse embora, queria que nada acontecesse a ele, não queria perder o único homem que já amara.

— Eu te amo — sussurrou, outra vez.

Joe parecia dolorido. Não era isso o que ele quisera quando veio passar o dia com Kate. De certa forma sentiu que haviam feito um pacto de silêncio de não dizer um ao outro esse tipo de coisa, porém Kate não obedecia a ele. Não conseguia. Não podia deixá-lo ir-se sem lhe dizer que o amava. Em sua opinião, Joe tinha o direito de saber. Até então, quaisquer que fossem seus sentimentos por ela, ou quão forte fosse sua atração por ele, ele fora capaz de se enganar que eram apenas bons amigos. Mas agora não se podia esconder o fato de que não era isso. Era muito mais, não importa como ele tentara mostrar tenazmente que não eram.

As palavras de Kate foram seu presente final para ele, a única coisa que tinha para lhe dar de algum real valor. E elas trouxeram a realidade para ambos. Por apenas uma fração de segundo, Joe sentira sua própria vulnerabilidade, e vislumbrou a possibilidade que talvez nunca mais lhe viesse dessa forma. Subitamente, quando Joe a olhou, sentiu-se agradecido por todos os instantes que tinham partilhado. Sabia que nunca encontraria outra mulher como ela, com tanto ardor e alegria e emoção, e não importa onde ele estivesse, sempre se lembraria dela. Tudo que tivesse antes que se separassem eram estes momentos a partilhar.

E quando chamaram seu vôo pela última vez, Joe se curvou e a beijou, de pé, no aeroporto, com os braços ao redor dela. Era tarde demais para deter as marés. Ele estivera brincando consigo mesmo, ele sabia, se pensava que poderia virá-los na direção oposta ou contê-los. Os sentimentos de um e de outro eram inevitáveis com o passar do tempo. Tudo quanto tivesse acontecido entre eles, ambos sabiam sem promessas nem palavras, que era algo muito raro, e não alguma coisa que um e outro poderia ter mudado, ou achado novamente.

— Cuide-se — disse ele, rouco, em um sussurro.

— Eu te amo — repetiu ela, novamente.

Ao repetir a frase, ela o olhava bem no olho, e ele concordou com a cabeça, incapaz de dizer a frase, apesar de tudo que sentia por ela. Era uma frase que descrevia sentimentos de que fugia há trinta anos.

Joe a puxou para perto e a beijou novamente, e sabia que tinham de se separar. Tinha de entrar no vôo. Reuniu todas as forças, afastou-se dela e parou por um último instante no portão. Ela ainda o olhava e havia lágrimas rolando devagar pela sua face. Joe começou a se virar, parou e olhou para trás, para ela, por um último instante. E, então, pouco antes de ser tarde demais, berrou de volta para ela:

— Eu te amo, Kate!

Ela o ouviu e o viu acenar. E enquanto Kate ria através das lágrimas, ele desapareceu no portão.

Capítulo 5

NAQUELE ANO, O NATAL foi sombrio para todos. Duas semanas e meia após Pearl Harbor, o mundo ainda refletia o choque. Os filhos da América haviam começado a ir para a guerra, e haviam embarcado para a Europa e para o Pacífico. Nomes de lugares que ninguém ouvira antes estavam subitamente nos lábios de todos, e Kate ficou um pouco mais aliviada ao saber que Joe encontrava-se na Inglaterra. Da única carta que até então recebera dele, a sua vida parecia razoavelmente civilizada.

Joe estava baseado em Swinderby. Contava-lhe apenas os seus afazeres, os permitidos pelos censores. A maior parte da carta exprimia a preocupação com ela, e lhe falava sobre as pessoas que conhecera. Descrevia a região rural e como os ingleses eram afáveis. Mas não lhe falou que a amava. Dissera-o uma única vez, mas ficaria constrangido de escrever-lhe isso.

Era óbvio para os pais de Kate que a filha estava apaixonada por Joe, e só confortava-lhes a impressão de que ele também a amava. Mas, em suas conversas particulares com Clarke, Elizabeth Jamison ainda afirmava ter sérias preocupações. Agora, eram maiores ainda, porque, se algo lhe acontecesse, temia que Kate ficasse de luto por ele para sempre. Joe seria um homem difícil de esquecer.

— Deus me perdoe por dizer isso — Clarke exclamou, apreensivo —, mas, se algo lhe acontecer, Kate vai se refazer, Liz. Aconteceu a outras mulheres antes dela. Só espero que não aconteça.

Não era a guerra que preocupava Elizabeth, era algo muito mais sério que sentia em Joe, desde o momento em que o conhecera, e ainda não achava as palavras para falar a Clarke. Sentia que Joe não era capaz de deixar alguém entrar em sua vida, ou amar ou entregar-se totalmente. Estava sempre fugindo de alguma coisa. E sua paixão pelos aviões que projetava e em que voava, e pelo mundo que se abria para ele, era uma forma de fugir da vida. Elizabeth não estava totalmente certa de que Joe, mesmo sobrevivendo à guerra, faria Kate feliz.

O que também sentia era uma união muda e a fascinação profunda, quase hipnótica, que ambos tinham um pelo outro. Eram totalmente opostos, cada um como o lado escuro e o lado claro do outro. Mas o que a mãe de Kate sentia, mas jamais conseguia explicar, é que ambos eram perigosos um para o outro. Elizabeth nem sabia por que o fato de Kate amá-lo apavorava-a, mas era como sentia.

Chegou a data da festa de debutantes de Kate, que fora cancelada, e a moça não ficara realmente triste. A festa não a deixara motivada, parecia que a aceitara por causa dos pais. E, nessa noite, ao sentar-se em casa lendo um livro para a universidade, ficou surpresa com o telefonema de Andy Scott. Quase todos os rapazes que conhecia ou estavam indo para o recrutamento ou já tinham ido embora ou estavam se aprontando para partir. Mas Andy já lhe explicara, várias semanas antes, que desde criança tinha um sopro no coração. Isso não o tolhia em nada, mas, em tempo de guerra, tornava-o incapaz para o Exército. Ficara transtornado, e tentara demover todos no Exército, mas foram categóricos ao recusá-lo. Falou a Kate que queria publicar um anúncio, explicando às pessoas por que não estava de uniforme e por que ainda estava em casa. Sentia-se como um traidor ficando em casa com as mulheres. Ainda muito transtornado, telefonou a Kate, e conversaram por algum tempo. Queria levá-la a jantar, porém ela, se saísse, sentir-se-ia mal. Pareceria desleal a Joe, por ele estar na Inglaterra. Explicou a Andy a razão e lhe disse que não podia sair para jantar. O rapaz tentou convencê-la para que de qualquer forma fossem a um cinema. Kate, no entanto, não estava com disposição. Nunca haviam sido mais do que companheiros, mas Kate sabia por amigos comuns que Andy era doido por ela. E desde que chegara a Radcliffe no outono, o rapaz tentava iniciar algo.

— Acho que você podia sair — replicara a mãe, com firmeza, após perguntar a Kate sobre o telefonema de Andy. — Você não pode ficar em casa para sempre. A guerra pode durar muito tempo.

E nada fora decidido com Joe. Ele não a pedira em casamento, não estavam noivos, não haviam se comprometido. Apenas amavam-se. E a mãe se sentiria mais feliz se Kate saísse com Andy Scott.

— Não acho certo — objetara Kate, saindo do quarto com o livro.

Sabia que haveria uma guerra longa, se fosse ficar em casa indefinidamente com os pais, mas Kate não se importava.

— Kate não pode ficar sentada aqui, dia após dia e noite após noite — queixou-se Liz, mais tarde, ao marido. — Não há compromisso entre eles. Não se comprometeram, nem ficaram noivos.

— É um compromisso do coração, pelo que entendo — explicou o pai.

Clarke gostava de Joe e era solidário com a filha. Não tinha nenhuma das suspeitas da esposa para com Joe. Achava-o um grande sujeito.

— Não tenho certeza se Joe vai se comprometer — afirmou Liz, parecendo preocupada.

— Acho que Joe está sendo muito responsável, não quer torná-la uma viúva jovem. Acho que está fazendo o correto.

— Não acho que homens como ele assumam compromissos autênticos — insistiu Elizabeth. — É apaixonado demais pelos seus vôos. Tudo mais na sua vida vai sempre estar em segundo lugar. Nunca vai dar a Kate aquilo de que ela precisa. Sua paixão principal serão sempre os vôos — prognosticou, sombria.

Clarke sorriu.

— Isso não é necessariamente verdade. Veja Lindbergh. É casado e tem filhos.

— Quem é que sabe se a mulher dele é feliz? — perguntou, cética.

Mas, sem importar-se com o que eles pensavam, Kate continuou o que fazia. Ficou em casa com os pais durante todas as férias, e, ao voltar à universidade em janeiro, as outras moças pareciam tão infelizes como ela. Cinco delas tinham se casado antes que os namorados embarcassem, pelo menos uma dúzia delas ficara noiva, e as outras todas pareciam estar envolvidas com rapazes que muito em breve viajariam além-mar. A vida de todas elas girava em torno de fotografias e cartas, e isso fez lembrar a Kate que não recebera uma só foto de Joe. Porém, já recebera uma pilha enorme de cartas dele.

Dedicou-se aos estudos com atenção e via Andy de tempos em tempos. Ainda se negava a sair com ele em compromissos sociais, mas eram amigos, e ele veio visitá-la várias vezes em Radcliffe. Faziam longas caminhadas pelo campus e, depois, iam à cafeteria, e ele caçoava da elegância desses jantares. Mas enquanto tudo o que faziam era comer no campus, Kate não levava isso em conta como compromisso social nem achava estar sendo infiel a Joe. Andy julgava apenas que ela estava sendo tola, e tentava convencê-la de saírem.

— Por que não me deixa levar você a um lugar decente? — lastimava-se. Os dois estavam sentados a uma mesa de fundo, comendo um bolo de carne seco e um frango que quase não se podia mastigar. A cafeteria era famosa pela comida horrível que servia.

— Para mim, este lugar é decente. É ótimo — ela insistia.

— Ótimo? Você chama a isso ótimo?

Andy meteu um garfo no purê de batatas, que parecia grude de papel de parede, e o frango estava tão duro que Kate não conseguia comê-lo.

— Levo dois dias para me refazer da dor de estômago que tenho toda vez que janto com você.

No entanto, Kate só conseguia pensar nas rações de comida que Joe recebia na Inglaterra. Parecia-lhe revoltante se fosse a restaurantes caros com Andy, e ela nunca faria isso. Se quisesse passar tempo com ela, tinha apenas uma alternativa: comer na cafeteria da universidade. Ao contrário de Kate, que se recusava a sair com ele, Andy tinha uma vida social ativa. Era alto, moreno e bonito, e um dos poucos homens aceitáveis que ficara no campus e que não iria para a guerra. As moças praticamente faziam fila para sair com ele, e Andy só conseguia pensar na moça que desejava. Desejava Kate.

Andy era constante em visitá-la, e com o passar dos meses criaram um forte vínculo de amizade. Kate gostava muito dele, mas não sentia nenhuma das coisas que sentia por Joe. O que sentia por Andy era firme e cômodo, nada tinha do ardor, da paixão e da atração irresistível que sentia por Joe. Andy mais parecia um irmão. Jogavam tênis juntos várias vezes por semana, e finalmente, lá por volta da Páscoa, Kate deixou-o levá-la ao cinema, mas se sentia culpada. Foram ver *Rosa de Esperança*, com Greer Garson, e Kate chorou o filme inteiro.

Recebia cartas de Joe várias vezes por semana, e conseguia apenas saber que ele estava pilotando Spitfires em missões da RAF. Mas, enquanto as cartas continuavam a chegar, Kate sabia que Joe estava vivo e bem. Vivia sempre apavorada de poder ler no jornal que o avião dele fora abatido, e todas as manhãs as mãos tremiam ao abrir o jornal. Sabia que, por ser conhecido como era e por causa da sua sociedade com Charles Lindbergh, ela leria sobre isso antes que alguém conseguisse avisá-la. Mas, até agora, em suas cartas, Joe parecia estar animado e bem. Queixara-se amargamente do frio e da má comida durante todo o inverno na Inglaterra. E em maio escreveu que a primavera estava belíssima, informou que havia flores por todo lado e mesmo as pessoas mais pobres tinham jardins encantadores. Mas, desde que partira, nunca declarou que a amava.

No fim do ano, a RAF fez voar mil bombardeiros em uma só noite, atacando a cidade de Colônia. Joe nunca escreveu sobre isso, mas, quando Kate leu a notícia, tinha certeza de que ele estivera lá. Em junho, Andy formou-se em Harvard, três anos adiantado, em um programa acelerado e iria passar direto para a faculdade de Direito. Kate terminou a primeira série, compareceu à formatura de Andy e, no verão, foi trabalhar em tempo integral na Cruz Vermelha. Enrolava ataduras e dobrava roupas quentes a serem mandadas além-mar. Despachavam pacotes, providenciavam remédios e passavam grande parte do tempo fazendo pequenas coisas úteis. Não era um trabalho emocionante, mas parecia que ao menos ajudava alguma coisa no esforço de guerra. Mesmo em seu pequeno círculo de amigas já havia tragédias. Duas das moças em sua casa haviam perdido irmãos em navios torpedeados pelos alemães, e outra perdera dois. Uma de suas companheiras de quarto voltara para casa a fim de ajudar o pai a dirigir o negócio de família. Vários noivos haviam sido mortos e, das cinco moças que se casaram no Natal, uma já perdera o marido e voltara para casa. Era difícil não pensar nisso, quando se viam constantemente olhos tristes e rostos preocupados. Pensar que qualquer um poderia receber um telegrama do Ministério da Guerra desalentava o coração de todos.

Nesse verão, Andy trabalhava como voluntário em um hospital militar. Queria fazer alguma coisa que compensasse o fato de não ser capaz de ir para a guerra com os outros rapazes fisicamente aptos. E quando telefonava a Kate, contava-lhe histórias terríveis de homens feridos que via, e as experiências que lhe relatavam. Não teria admitido a ninguém, exceto talvez a Kate, mas, quando ouvia essas histórias, havia momentos em que se sentia feliz por não ser apto para ir à guerra. A maior parte dos homens que via havia estado na Europa, os feridos no Pacífico iam para hospitais na Costa Oeste para se recuperar. Muitos deles haviam perdido membros do corpo, olhos e rostos, haviam pisado em minas ou tinham estilhaços em seus corpos. E Andy informou que havia uma enfermaria inteira de homens que perderam a memória por causa de traumas sofridos. Só de pensar nisso, ambos ficavam horrorizados. E sabiam que, nos meses seguintes, podia piorar.

Depois de trabalhar para a Cruz Vermelha durante dois meses e meio, Kate foi para Cape Cod, passar os últimos dois meses do verão com os pais. Era um dos poucos lugares onde as coisas pareciam ser as mesmas de sempre. A comunidade era pequena e na maior parte consistia em pessoas mais velhas, assim a maioria dos rostos conhecidos com que ela crescera ainda vivia ali. Mas os netos não viriam visitá-los este ano, e a maior parte dos rapazes com quem Kate crescera não estava lá. Mas muitas das moças que conhecia estavam e, no Dia do Trabalho, seus vizinhos deram o churrasco de sempre. Kate foi com os pais à casa desses vizinhos. Não tinha, então, notícias de Joe há quase uma semana. As cartas que recebia haviam sido escritas semanas antes e algumas vezes chegavam em lotes. Ele poderia estar morto há semanas e ainda haveria a possibilidade de receber cartas dele. Sempre que pensava nisso, sentia um calafrio.

Há quase nove meses não via Joe, e isso começava a parecer sem fim. Falara com Andy umas duas vezes, desde que fora para Cape Cod. Ele estava passando a última semana de férias com os avós no Maine, depois de trabalhar três meses no hospital. Kate podia afirmar, após falar com ele, que, no fim do verão, ele amadurecera muito. Iria começar a Faculdade de Direito de Harvard, quando voltassem. Completaria os estudos preliminares em três anos em vez de quatro. Já que não podia ir à guerra, estava angustiado para começar a trabalhar. Para ele, parecia a decisão correta, em especial porque o pai era a pessoa principal da mais conhecida firma de direito de Nova York, e o esperavam de braços abertos.

Era difícil que Kate não pensasse em Joe, no churrasco, ao tostar *marshmallows*, ao lembrar-se de que o vira ali no ano anterior. Fora o início do romance. Pouco depois, começaram a corresponder-se e, depois, ela convidara-o para o jantar do Dia de Ação de Graças. Ela, porém, conseguia lembrar-se de quase todas as palavras que Joe dissera nessa noite enquanto caminhavam pela praia. Kate estava perdida em seus pensamentos, quando alguém, atrás dela, despertou-a do sonho. Ela estivera a milhares de quilômetros dali, pensando em Joe.

— Por que sempre queima os *marshmallows?* — perguntou a voz, enquanto Kate sentia um sobressalto, e depois voltou-se, rápido, para vê-lo.

Era Joe, bem ali, atrás deles, alto e magro e pálido, e um pouco mais velho. Sorria-lhe, e em uma fração de segundo ela atirou na areia o galho com os *marshmallows* queimados e Joe apertava os braços ao redor dela. Joe era a mais bela visão que Kate tivera.

— Oh, meu Deus... oh, meu Deus...

Kate mal conseguia imaginar o que Joe fazia ali, e, ao dar um passo atrás, viu que Joe estava inteiro, ou pelo menos não estava ferido.

— Que está fazendo aqui?

— Tenho uma licença de duas semanas. Tenho de fazer um relatório ao Ministério da Guerra na terça-feira. Acho que atingi minha cota de alemães, e me mandaram para casa para verificar como você está. Como vai, boneca?

Infinitamente melhor, agora que o via. Kate só conseguia pensar em como era feliz ao vê-lo. E Joe parecia tão feliz quanto ela. Não conseguia manter as mãos distantes dele, enquanto se apertavam bem juntos, um contra o corpo do outro. Ele acariciava-lhe os cabelos e conservava-a bem próxima e, daí a poucos minutos, beijava-a e apertava-a. Nem um nem outro se importava que os vissem. Kate estava feliz porque Joe estava vivo.

O pai avistou-os poucos minutos depois. A princípio, não conseguia imaginar quem era o homem alto, louro, de pé junto a Kate, e depois o viu beijá-la, e se deu conta de que era Joe, enquanto ia até eles, rápido, andando na areia.

Deu um abraço forte e apertado em Joe, e ficou radiante quando o rapaz lhe afagou os ombros.

— Quem bom vê-lo, Joe. Estávamos todos preocupados com você.

— Estou ótimo. Vocês deveriam ficar preocupados com os alemães. Estamos mandando todos eles pro inferno.

— Eles merecem — afirmou o pai de Kate, com firmeza.

— Estou fazendo isso só para vir pra casa — Joe exultou.

Era um homem feliz, e Kate parecia uma mulher contente. Não conseguia acreditar no que lhe acontecera. Era o término de longos meses de angústia à espera e rezando pela segurança dele. Para ambos, duas semanas pareciam um milagre. Kate só queria olhá-lo e prendê-lo. E desde que lhe fizera a surpresa não se afastara dela nem um centímetro. Joe queria ficar o mais próximo possível dela e lhe dizer segredos.

— Como vai tudo lá, filho? — perguntou Clarke em tom sério.

Kate afastara-se o bastante para ir ao encontro da mãe e lhe dizer que Joe voltara.

— Os ingleses estão tendo muitas dificuldades — informou Joe, honesto. — A custo, os alemães estão avançando bem no meio deles e jogando bombas em todas as cidades. É ótimo quando se sobrevive. Vamos derrotá-los, mas não vai ser fácil.

Nos últimos dois meses, as notícias da guerra foram desanimadoras. A Alemanha tomara Sebastopol e depois desfechara um ataque feroz e implacável contra Stalingrado. Rommel atacava os ingleses na África do Norte. E os australianos na Nova Guiné empenhavam-se em feroz combate contra os japoneses.

— Estou contente que você está bem — declarou Clarke a Joe.

Clarke sentia como se Joe fizesse parte da família, apesar de não haver compromisso nem de um nem de outro lado. E até mesmo Elizabeth parecia feliz, ao apressar o passo para vê-lo com Kate. Deu-lhe um beijo e um abraço apertado e lhe disse estar muito contente por ele estar bem. E Elizabeth sentia-se satisfeita, por amor à filha.

— Você perdeu peso, Joe — comentou Elizabeth, parecendo preocupada. Joe emagrecera muito, estava voando demais, trabalhando por longos períodos e comendo muito pouco. As provisões de comida que conseguiam eram poucas, Kate sabia pelas cartas.

— Está tudo bem? — perguntou Elizabeth a Joe.

Elizabeth lhe buscava os olhos, enquanto Joe respondia que sim com a cabeça.

— Agora estou aqui por duas semanas. Tenho de ir a Washington amanhã, por dois dias, mas vou voltar na quinta-feira. Depois disso, tenho mais dez dias. Queria ir a Boston.

Por motivos óbvios. E Kate sorriu, exultante.

— Ficaríamos felizes — respondeu Clarke, rápido. Olhou a mulher, e mesmo ela não conseguiu resistir ao olhar de pura alegria no rosto da filha.

— Gostaria de ficar conosco? — ofereceu Elizabeth. Kate sentiu-se muito feliz ao agradecer à mãe. Elizabeth sabia que não se pode lutar sempre contra a maré, em certo momento você tem de ir a favor dela. E se nada lhe aconteceu, Elizabeth não queria que Kate sentisse que os pais haviam feito tudo para separá-la de Joe. Parecia melhor que todos os envolvidos fossem generosos com relação a isso, desde que Kate nada fizesse de absurdo. A mãe pretendia conversar com ela sobre isso, agora que os via juntos. Afinal de contas, Joe era um homem de trinta e um anos, com necessidades e desejos que ultrapassavam de longe o que era bom para Kate. Mas, desde que se comportasse corretamente, Elizabeth queria que Joe ficasse com eles. A responsabilidade de como iriam se comportar era de Kate.

O restante da noite passou rápido, sem perceberem, e Joe foi embora depois da meia-noite, para chegar a Washington na manhã seguinte. Tinha de dirigir até Boston e, depois, tomar o trem para Washington. Não havia aviões a sua disposição. E, ao despedir-se de Kate, deu-lhe um beijo longo e forte, e lhe prometeu vê-la em Boston daí a três dias. Ela detestou o fato de ter de voltar à universidade enquanto Joe estivesse lá, mas os pais insistiram em que não podia acordar tarde. Deveria aproveitar melhor o tempo que tinham. Só lhe faziam uma concessão: Kate poder ficar em casa com Joe e eles, desde que fosse todos os dias às aulas.

— Eu mesmo vou levá-la à universidade, para ter certeza de que vai às aulas — prometeu-lhes Joe.

E, de súbito, Kate sentiu que tinha dois pais, não apenas um. Sempre houvera algo de muito paternal e protetor por parte de Joe, razão por que ela sentia-se tão tranqüila com ele. Havia um milhão de motivos para sentir-se assim e, ao despedir-se de Kate para dirigir de volta tarde da noite, Joe segurou-a firme durante um longo momento e lhe afirmou sentir muita falta dela e como a amava. Kate olhava-o e saboreava a frase. Não a ouvia há muito tempo.

— Eu também o amo. Fiquei muito preocupada com você.

Era muito mais do que conseguia lhe dizer.

— Vamos superar isso, amor. E, quando tudo acabar, vamos ficar juntos um bocado de tempo.

Não era o tipo de promessa que a mãe esperava, mas não se preocupava com ela. Estar com ele era o bastante.

Joe voltou de Washington em dois dias, mais cedo do que esperava e se hospedou na casa. Era amável, atencioso, educado, comportava-se bem e era muito respeitoso com Kate, o que agradava aos pais dela. Até a mãe ficou impressionada com o comportamento do rapaz. Só ainda não fizera, e que lhes daria mais prazer, era pedir a mão da filha em casamento.

Uma tarde, ao chegar mais cedo do escritório, Clarke encontrou Joe na cozinha fazendo esboços de um novo avião, e tocou no assunto delicadamente. Não havia como construí-lo agora, mas, quando a guerra terminasse, seria o avião dos seus sonhos. Já enchera vários cadernos com detalhes complicados.

Clarke enveredou para uma breve discussão sobre Charles Lindbergh, que ajudava Henry Ford a organizar a produção de um avião bombardeiro. Lindbergh quisera alistar-se nas forças armadas, mas Franklin Delano Roosevelt não aceitara. E o que ele fazia com Ford era valioso e importante para o esforço de guerra. No entanto, o público e a imprensa o criticavam, devido às posições políticas que tomara antes da guerra. Como todo o país, Clarke desapontara-se com suas afirmações em defesa dos princípios do partido America First. Fizeram-no parecer simpático aos alemães. E, como muitos outros, Clarke perdera muito do respeito que tivera por ele. Sempre vira Lindbergh como patriota, e lhe parecera falta de caráter e ingenuidade ficar impressionado pelos alemães, antes da guerra. Mas se redimira aos olhos de Clarke recentemente ao trabalhar de todas as formas possíveis para o esforço de guerra.

A conversa foi enveredando de Lindbergh para Kate, e Clarke não lhe perguntou diretamente, mas tornou óbvio a Joe que estava curioso, se não preocupado, sobre as intenções dele para com a filha. Joe não hesitou por um instante em lhe dizer que amava Kate. Era honesto e franco, e, embora parecesse constrangido ao lhe falar sobre o assunto, não fez rodeios nem deu resposta clara. Olhou as mãos durante um longo tempo, e voltou a olhar para Clarke. O pai de Kate gostou do que viu, como sempre gostara. Joe, até agora, nunca o desapontara. Joe era apenas um pouco lento, lento demais para o gosto da mãe de Kate, mas a moça não parecia se importar, e Clarke tinha de respeitar isso. Fossem quais fossem os sentimentos de um pelo outro, pareciam comover-se com o que queriam e tinham sentimentos ardentes um pelo outro. Enquanto Joe esteve em casa, ficaram inseparáveis e, obviamente, apaixonadíssimos.

— Não vou me casar com ela agora — explicou Joe, bruscamente. Contorceu-se ligeiramente na estreita cadeira de cozinha, como uma gigantesca ave pousada em um poleiro com as asas cruzadas. — Não seria correto. Se algo me acontecer por lá, Kate ficará viúva. — Clarke não quis dizer que, casada ou não, Kate de qualquer forma ficaria arruinada, ambos sabiam disso. Era muito jovem. E, aos dezenove anos, ele era o primeiro homem por quem se apaixonara e provavelmente o último, se a mãe conseguisse dele o que queria. Ela dissera a Clarke, na noite anterior, que pensava que eles ficariam noivos. Isso ao menos iria esclarecer as intenções dele e mostraria algum respeito por Kate.

— Não precisamos nos casar. Nós nos amamos. Não há mais ninguém. Não estou vendo ninguém, e não vou ver — explicou Joe a Clarke.

Joe não dissera isso a Kate, mas ela, por instinto, sabia. Confiava totalmente nele, e lhe desnudara o coração. Kate não tinha defesas nem muralha protetora ao seu redor, nada ocultava dele, que era precisamente o que preocupava a sua mãe. Elizabeth não estava certa se Joe fizera o mesmo e suspeitava que não. Clarke tinha bastante idade e era cauteloso bastante para ocultar alguma coisa de Joe. Na realidade, a questão era essa. Kate era muito mais jovem, mais ingênua, muito mais vulnerável e confiante.

— Você se vê tendo mais tarde uma vida estável? — perguntou Clarke, tranqüilo.

Foi esta a primeira pergunta do pai de Kate para saber o que Joe queria da vida. Nunca haviam conversado sobre isso antes da guerra.

— Acho que sim, seja lá o que for. Enquanto puder, vou voar por aí e construir aviões. Quando não puder mais, acho que vou sossegar. Nunca pensei muito nisso.

Não era uma proposta ou uma firme declaração de intenções. Era mais que um talvez. Joe levara muito tempo para amadurecer e, obviamente, não tinha profunda necessidade emocional de ter vida estável com alguém ou alguma coisa. Como afirmava a Kate, ele realmente nunca se preocupara com filhos. Apenas com aviões.

— É muito difícil se pensar no futuro, quando se põe a vida em risco todos os dias, várias vezes por dia. Quando se vive assim, na verdade nada mais importa.

Joe cumpria cerca de três missões por dia, e todas as vezes que levantava vôo, sabia que poderia não voltar. Era difícil pensar além disso. Na realidade, não queria. Só conseguia concentrar-se no que faziam e no significado de abater o inimigo. O resto não era importante. Nesses momentos, nem mesmo Kate. Ela era um luxo a que ele podia permitir-se após a realização das coisas importantes. Era como realmente pensava sobre a vida. Havia coisas que precisava fazer, e, depois de realizá-las, poderia viver ao seu lado. Ela, porém, tinha de esperá-lo até tomar conta dos negócios. E, agora mesmo, a guerra era negócio para ele.

— Eu amo Kate, Sr. Jamison — explicou Joe a Clarke.

Clarke lhe passou um copo de *bourbon*. Joe pegou-o e bebericou.

— Acha que Kate seria feliz com um sujeito como eu? Será que alguma mulher poderia ser? O mais importante para mim é voar. Sempre será. Ela tem de saber disso.

À sua maneira, Joe era um gênio, tinha excelentes idéias sobre engenharia aeronáutica e conhecia intimamente todas as pecinhas do seu motor. Podia voar em qualquer condição imaginável — e voava. Conhecia tudo o que havia para conhecer sobre aerodinâmica. Entendia um pouco menos sobre mulheres e Clarke começava a entender que era assim. A mãe de Kate havia sentido isso desde a primeira vez.

— Acho que Kate será feliz enquanto você lhe proporcionar uma vida estável e se preocupar com ela. Vai querer as mesmas coisas que afinal todas as mulheres desejam, um homem com quem possa contar, um bom lar e filhos. É o suficientemente básico.

Os luxos que pudessem lhe proporcionar ou lhe viessem por herança, menos amparo e estabilidade emocionais, e segurança, deveriam vir dele, se Joe pudesse lhe prover.

— Não acho isso tão complicado — afirmou Joe, corajoso, enquanto tomava um longo gole de *bourbon*.

— Às vezes, é mais complicado do que você pensa. As mulheres se transtornam com as coisas mais insignificantes. Você não pode jogá-las na mala do carro, como uma maleta de mão. Se você irritá-las ou não fizer o que querem, nada vai ser fácil.

Era uma recomendação sábia, e Clarke ainda não estava seguro de Joe estar preparado para ouvi-la.

— Você está certo. Nunca pensei nisso. Realmente, nunca pensei.

Joe torceu-se novamente na poltrona, e baixou o olhar. Examinava a bebida. Não encarou Clarke, ao falar um minuto depois:

— Não posso realmente pensar nisso agora. Por uma razão, é cedo demais. Kate e eu mal nos conhecemos, e, por outro lado, no momento só consigo pensar em matar alemães. Depois disso, quando a guerra terminar, vou poder pensar em que cor queremos o linóleo, e se vamos precisar de cortinas. Agora, nem casa temos ainda. Nenhum de nós está pronto para tomar grandes decisões.

Era algo razoável — e talvez verdadeiro — a dizer nesse momento, mas, seja como for, Clarke ficou desapontado. Esperara que Joe lhe pedisse a mão de Kate em casamento. E ele não dissera que não, mas reconhecera não estar pronto. Talvez fosse melhor ele ser honesto em relação a isto. Clarke pensou que, se Joe estivesse pronto para pedi-la em casamento, Kate teria vibrado. Aos dezenove anos, estava mais preparada para ter uma vida estável com Joe do que ele, aos trinta e um.

A vida de Joe até esse momento fora muito diferente. Voara ao redor do mundo, andara entre pistas de pouso, concentrando-se em vôos e no futuro da aviação. Tinha muitos sonhos com aviões, mas poucos se relacionavam com a vida diária. Na opinião de Clarke, Joe precisava, após a guerra, concentrar-se mais no que fazia em terra, em vez de olhar o tempo todo para o céu. De certa forma, Joe Allbright era um sonhador. A dúvida era: os seus sonhos incluíam Kate?

— Que foi que ele falou? — interrogou-o Elizabeth nessa noite, após darem boa-noite a Joe e a Kate e fecharem a porta do quarto de dormir.

Elizabeth lhe pedira para fazer a pergunta a Joe, se tivesse oportunidade. E, para agradá-la, Clarke chegara cedo do escritório para ter algum tempo de conversar com Joe, antes que Kate chegasse da universidade.

— Em poucas palavras, Joe afirmou não estar preparado. Ambos não estão preparados, foi exatamente o que Joe falou.

Clarke tentou não parecer desapontado demais, a fim de não transtornar a mulher.

— Se ele ainda estivesse preparado, Kate também ficaria — explicou Liz.

— Também acho. Mas não se pode forçá-lo, Joe está lutando na guerra e arriscando a vida todos os dias. É um pouco difícil convencê-lo de que precisa ficar noivo.

Já que Kate o amava tanto, Elizabeth e Clarke concordaram que precisavam fazer o que pudessem para ajudá-la. Gostariam de resolver tudo antes que Joe fosse novamente embora. Foi ótimo ele ter voltado por duas semanas, mas Clarke percebeu que, desta vez, não haveria noivado. Talvez mais tarde.

— Não acho que ele seja uma pessoa de vida estável, mas poderia ser, em atenção a Kate. Não tenho a menor dúvida de que a ama, e me afirmou isso. Acredito nele. Joe não estava brincando, é doido por ela. Mas também é doido pelos aviões.

Desde o início, era o que Elizabeth temia em Joe.

— E o que vai acontecer se ela ficar sentada durante toda a guerra à espera dele, e depois desse tempo Joe resolver que não quer ter vida estável? Kate terá perdido tempo e vai ficar inconsolável.

Era exatamente isso que Elizabeth não queria para a filha, e não havia como ter certeza de que não aconteceria. Mesmo que Joe se casasse com Kate, poderia morrer, e ela ficaria viúva, e ambos sabiam disso. Mas, nesse caso, talvez Kate pudesse ter um bebê. Seria, no mínimo, alguma coisa. Mas não era nada disso que desejavam para Kate. Desejavam-lhe um marido que a amasse, que quisesse estar ao seu lado e tivesse uma vida sólida, sossegada. Clarke começava a pensar que Joe sempre fora um pouquinho excêntrico. Era bastante talentoso para ser um tanto estranho. Clarke não tinha certeza de isso ser ruim, mas tornava as coisas um pouquinho mais difíceis. Todos precisavam ter paciência, e era o que ele afirmava a Elizabeth, enquanto lhe repetia a conversa.

— Joe disse a você que nunca irá se casar? — Liz estava em pânico em relação a isso. Mas Clarke estava tranqüilo.

— Não, não. Penso que ele algum dia vai se casar. Conheci outros homens como ele. Levam um pouco mais de tempo para ter juízo. — Clarke sorriu para a mulher. — Nem todos os cavalos são dóceis como os outros. E este é um cavalo um pouquinho selvagem. Seja apenas paciente. Pelo menos Kate não parece perturbada com isso.

— É o que me preocupa. Kate iria à lua com ele. Está totalmente apaixonada, e concordaria com qualquer coisa que ele quisesse. Não quero que minha filha viva em uma barraca, ao lado de uma pista de pouso, em algum aeroporto.

— Não acredito que isso venha a acontecer. Se for o caso, podemos lhes comprar uma casa.

— Não é a casa que me preocupa. O que me preocupa é quem vai viver nela e quem não vai viver.

— Joe vai morar lá — tranqüilizou-a ele, e acreditava no que dizia.

— Espero estar viva para ver — respondeu ela. Clarke beijou-a.

— De qualquer maneira, você ainda não é velha, meu amor.

Nos últimos dias, no entanto, Elizabeth sentia-se cansada e deprimida por estar chegando aos sessenta anos, e queria desesperadamente ver Kate sossegada e feliz. Mas a época era ruim. Estavam em guerra.

Kate no momento não se sentia infeliz, a não ser pelo fato de Joe estar longe, lutando na Inglaterra. Mas a mãe não sentia que o futuro de Kate estivesse de alguma forma assegurado. Joe era como uma ave selvagem e orgulhosa, e um espírito totalmente livre. E, para Liz, não se podia prever o que faria ao voltar. Liz, ao contrário de Clarke, não tinha tanta certeza de poder acreditar que Joe fosse casar com Kate.

Nessa noite Joe contou a conversa a Kate, que ficou contrariada.

— Que desagradável — afirmou, magoada.

Sentia que os pais tentavam forçá-lo a casar-se com ela, e Kate não queria isso. Só o queria se ele a quisesse, e se ele quisesse casar-se com ela.

— Por que papai fez isso? Parece querer forçar você a se casar comigo.

— Estão preocupados com você — explicou.

Joe compreendia, mas também ficava constrangido. Antes, nunca precisara explicar o que queria, aonde ia e o que pretendia.

— Seus pais têm as melhores intenções, Kate. Queriam o melhor para você e, talvez, também para mim. Na verdade, me sinto de certo modo lisonjeado. Não me mandaram sair da casa deles, nem me disseram que não sou bom o bastante para a filha deles, e poderiam ter dito. Queriam saber se penso ficar por aqui e se de fato amo você. E exatamente como você sabe, afirmei a seu pai que sim. Quando eu voltar da Inglaterra, vamos ter de resolver o restante. Só Deus sabe quando vai ser.

Kate, porém, não gostou dessa frase. Joe sempre fora bafejado pelo vento para pousar na pista mais agradável. Ela, no entanto, não queria discutir com ele sobre isso. O pai já fizera o bastante para um dia, e Kate estava de fato aborrecida com ele, apesar do bom temperamento de Joe. Kate sentiu-se satisfeita por ele não ter ficado contrariado com isso e não via razão para a conversa.

O tempo que haviam passado juntos em setembro de 1942 foi mágico. Kate ia à universidade todos os dias, e, depois, Joe ia encontrá-la. Passavam horas conversando e andando, sentando-se sob árvores e falando sobre a vida e todas as coisas que lhes interessavam. No caso de Joe, na maior parte do tempo, eram os aviões. Mas também havia outros assuntos, pessoas e lugares, e coisas que queriam fazer. Enfrentar a morte todos os dias tornava a vida ainda mais preciosa para ele. Passavam tardes ociosas, segurando-se as mãos e beijando-se, e já haviam concordado que iriam dormir juntos. À medida que os dias passavam, isso se tornava um desafio maior, porém os dois portavam-se bem. Joe não queria deixá-la viúva, se morresse, nem queria deixá-la grávida quando voltasse para a guerra. E se algum dia se casassem, Joe queria que fosse porque ambos resolveram e não por serem obrigados. E Kate concordava, apesar de uma parte sua quase desejar que, se alguma coisa lhe acontecesse, ela teria o bebê dele. Agora, tudo o que podiam fazer era acreditar no futuro. Não havia promessas, nem garantias, nem fatos seguros. Só havia esperanças, sonhos e o tempo que passavam juntos. O restante era totalmente desconhecido.

Quando afinal Joe partiu, estavam mais apaixonados que nunca, e se conheciam bem. Era como se um se ajustasse ao outro, como complemento perfeito. Eram diferentes, mas companheiros tão semelhantes que Kate convencera-se de que um nascera para o outro, e Joe não discordava. Ainda era muitas vezes desajeitado e tímido, calado de vez em quando, perdido nos próprios pensamentos, mas Kate conseguiu entender isso, e descobriu o carinho de todas as pequenas sutilezas e maneirismos do rapaz. E, agora, quando Joe partiu, ao beijá-la e ao lhe dizer que a amava, lágrimas lhe escorriam dos olhos. Prometeu lhe escrever assim que chegasse à Inglaterra. Antes de ir embora, esta foi a única promessa que Joe fez a Kate. E, para ela, foi o bastante.

Capítulo 6

A GUERRA ESQUENTOU em outubro desse ano, e algumas das notícias eram mais animadoras que antes. Os australianos e seus aliados expulsavam os japoneses da Nova Guiné, e pareciam enfraquecer em Guadalcanal. Os ingleses afinal também venciam as forças alemãs na África do Norte. E Stalingrado resistia aos alemães, embora fosse por um fio.

Joe voava em missões constantes, e o vôo sobre Gibraltar fez história. Ele e outros três pilotos de Spitfire derrubaram doze caças de mergulho Staka alemães, em antecipada missão de reconhecimento à campanha da gigantesca invasão dos aliados, a operação Torch. A missão fora enorme sucesso.

Joe foi condecorado e recebeu a Ilustre Cruz Voadora da Grã-Bretanha e voou de volta a Washington para receber do presidente a medalha da Ilustre Cruz Voadora dos Estados Unidos, e desta vez Kate fora avisada de que ele estaria de volta. Tomou o trem de Boston para Washington a fim de encontrá-lo, três dias antes do Natal. Tinha quarenta e oito horas antes que ele voltasse para a Inglaterra. Mais uma vez, porém, esse presente foi precioso para eles, e não o esperavam. O Ministério da Guerra hospedou-o em um hotel, e Kate reservou um pequeno quarto no mesmo andar. Foi com ele à cerimônia na Casa Branca, e o presidente lhe apertou a mão, e ela e Joe posaram para uma fotografia com ele. Tudo para Kate parecera coisa de cinema.

Depois, Joe levou-a a jantar, e Kate sorria, após encomendar a refeição. Ele ainda exibia a medalha. E estava mais bonito do que nunca.

— Ainda não consigo acreditar que você esteja aqui — disse Kate, radiante.

Joe era de fato um herói. A cerimônia fora para ela uma estranha mistura de felicidade e tristeza, ao perceber como Joe poderia ser facilmente morto. Tudo sobre a vida nestes dias parecia agridoce. Cada dia que vivia era uma dádiva, e quase todos os dias Kate ouvia falar de rapazes que morriam na Europa ou no Pacífico. As moças com que fora à universidade já haviam perdido os seus amados. Até agora, era feliz. Todos os dias prendia a respiração, rezando por Joe.

— Não posso acreditar que estou aqui — afirmou Joe, bebendo um gole de vinho. — E antes que eu perceba, vou estar novamente na Inglaterra congelando o meu traseiro.

Mas aqui, porque a guerra não estava tão próxima, tudo parecia mais alegre. Havia árvores de Natal em todo lugar, cantores de canções natalinas e crianças que riam enquanto esperavam Papai Noel. Ainda havia rostos felizes, em contraste com as pessoas sofridas, famintas e aterrorizadas. Mesmo as crianças, na Inglaterra, pareciam exaustas, todos estavam muito cansados das bombas e dos ataques aéreos. Em um piscar de olhos, casas desapareciam, perdiam-se amigos, morriam crianças. Na Inglaterra, nesses tempos, parecia quase impossível ser feliz. E, no entanto, as pessoas que Joe conhecia lá eram muito valentes.

Washington parecia um conto de fadas, para ele e para Kate. Após o jantar, caminharam de volta para o hotel, e conversaram na sala de estar em que transformaram o saguão. Sentaram-se ali durante horas, porque não queriam se afastar e ir para seus quartos. E à medida que o tempo passava, a sala de estar ficava cada vez mais fria, e Kate não achava correto ficarem conversando em qualquer um dos quartos no andar de cima. Os pais de Kate quiseram ir a Washington com ela, não apenas para acompanhá-la, mas para aplaudir Joe durante a cerimônia. Mas, afinal, não puderam ir. O pai tinha clientes importantes que vinham de Chicago, e Elizabeth precisava acompanhá-lo. Acreditavam nela sem restrições, e sabiam que Joe era responsável. Mas, por fim, Kate e Joe estavam sentados no saguão do hotel sentindo tanto frio que Joe sugeriu que se sentassem no seu quarto. Prometeu comportar-se, e as mãos de Kate estavam tão frias que ela mal podia mexê-las, e os dentes estalejavam. E, lá fora, nevava e havia um frio cortante.

Subiram a escada estreita que levava aos quartos. Era um hotel pequenino, e o preço do quarto era baratíssimo para os militares, razão por que o reservaram para Joe. O quarto de Kate era ligeiramente mais caro. Os quartos eram pequenos e decorados com simplicidade, mas por dois dias nenhum deles se importou. Tudo o que queriam era ver-se. Vê-lo fora o único presente de Natal que Kate desejara receber e não esperava ganhá-lo. Era a resposta a todas as suas orações. Sentira muitas saudades dele desde setembro. E sentia-se culpada por vê-lo. Havia milhares de mulheres que conhecia que não viam os irmãos ou noivos desde Pearl Harbor. E ela vira Joe duas vezes nos últimos quatro meses.

Talvez por causa do tamanho do quarto, ambos sentiam-se mais aquecidos do que no saguão. Em cada quarto, havia uma cama, uma cadeira, uma cômoda e uma pia, e havia um chuveiro e instalações sanitárias, no local em que já havia sido banheiro. O único lugar para pendurar roupas era atrás da porta, mas Kate estava feliz por ter banheiro próprio.

Depois de entrarem no quarto dele, Joe sentou-se na cama e Kate na cadeira. Joe abriu uma pequena garrafa de champanhe que comprara ao ir a Washington. Era para comemorar a sua condecoração, presa ao peito do uniforme.

Kate ainda não conseguia compreender que haviam estado na Casa Branca. A Sra. Roosevelt fora muito amável e era exatamente como Kate esperava. Por alguma razão, reparara que a primeira-dama tinha mãos lindas, e ficara hipnotizada por elas. Kate sabia que iria lembrar-se para sempre de todos os detalhes da tarde. Joe parecia um pouco mais indiferente em relação a isso, mas, durante anos, estivera em alguns lugares mais interessantes com Lindbergh, e outras coisas o impressionaram mais. Como vôos notáveis ou pilotos importantes. Mas, de qualquer maneira, agradava-lhe a decoração, apesar de pesaroso pelos homens que conhecia, que morreram durante as missões que pilotara. Preferia não receber a medalha e todos terem vindo com ele. Para Joe, era difícil festejar o acontecimento, ou ficar sinceramente emocionado com a medalha. Já havia perdido muitos amigos. Falavam sobre isso enquanto Joe segurava o champanhe.

A cadeira em que Kate estava sentada era muito desconfortável, e Joe convidou-a a sentar-se na cama com ele. Kate sabia que estavam brincando com a sorte, mas também sabia que um podia confiar no outro. Não iriam cometer nenhuma loucura só porque estavam sentados na cama de um quarto de hotel. E, sem hesitar, sentou-se ao lado dele, e continuaram a conversar. A sua taça de champanhe estava pela metade, e a de Joe, inteira. Nenhum dos dois era grande bebedor e, após alguns instantes, Kate falou que iria voltar para o seu quarto.

Antes que ela se levantasse, Joe beijou-a. Foi um beijo longo, demorado, repleto de toda a tristeza e todo o desejo que ambos tinham há tanto tempo, e da alegria que sentiam por estar juntos. Quando Joe parou de beijá-la, Kate estava sem fôlego, e ele também. De súbito, ambos sentiam-se como que famintos. Era como se todas as perdas do ano passado os houvessem finalmente alcançado, e não conseguissem mais resistir. Kate nunca se sentira tão dominada de desejo por ele, nem Joe por ela. Joe nem pensava nisso, ao fazê-la deitar-se na cama e ao beijá-la novamente, e com delicadeza estirou-se por cima dela, e, muito para surpresa de Kate, ela não o fez parar. Precisavam tomar fôlego e parar o que estavam fazendo antes de seguir adiante, ou não seriam capazes de parar e ambos sabiam disso. Joe lhe sussurrava roucamente ao lhe dizer como a amava e como a desejava. Mais do que nunca.

— Também te amo — sussurrou ela, sem fôlego.

Kate só queria beijá-lo e agarrá-lo e senti-lo por cima dela, e, sem pensar, começou a desabotoar o paletó dele. Queria sentir-lhe a pele e aninhar-se nele. Não conseguia mais resistir a ele, e Joe sabia que não poderia controlar-se por muito mais tempo.

— O que está fazendo? — sussurrou Joe, enquanto Kate lhe abria o paletó.

Kate começou a desabotoar a sua blusa. Em poucos segundos, Joe tinha os seus seios nas mãos, e se curvou para beijá-los. Kate gemeu quando Joe lhe tirou a blusa e, depois, o sutiã. Nisso, Kate lhe retirou o paletó, e ele, a camiseta, e ficou de peito nu. O odor das carnes de um no outro foi hipnótico.

— Amor... quer parar? — perguntou Joe.

Tentava conservar o domínio sobre a situação, mas perdia-o muito rápido. Só de olhá-la e senti-la próxima, Joe não conseguia mais pensar.

— Temos de parar — murmurou Kate entre os beijos dele. Mas Kate não queria parar. Não podia. Joe era tudo o que queria. Ambos haviam se controlado por muito tempo, e agora, subitamente, tudo o que ela queria era estar com ele. E quando começou a entregar-se a ele, Joe se afastou dela e olhou-a, com todo o controle que conseguia, porque a amava muito.

— Kate, ouça... se não quiser, não precisamos fazer isso.

Era o último esforço de Joe para protegê-la, mas, desta vez, Kate não queria resguardar-se. Só queria amá-lo e ser amada.

Kate queria fazer amor com Joe antes que ele fosse novamente embora. Depois da cerimônia desse dia, compreendera mais do que nunca como a vida era efêmera e passageira. Joe poderia nunca mais voltar e agora Kate queria fazer amor com ele. Joe beijou-a outra vez em resposta ao que Kate lhe dissera, e Joe delicadamente retirara as roupas que restavam em Kate e nele. Um momento depois, estavam deitados na cama, as roupas amontoadas no chão, ao lado. Com os dedos, Joe fazia carinhos suaves no corpo delicado de Kate, e a beijava em todos os lugares, saboreando o momento, o som e a sensação, enquanto Kate gemia sob seus lábios e dedos. Ela o beijava quando Joe penetrou-a, e só lhe doeu por um instante, e em poucos segundos Kate se abandonava totalmente. Ambos estavam tomados pela paixão, e Joe nunca amara ninguém como agora ou se entregara totalmente. Não se conteve e ficou quase aterrorizado ao sentir que desaparecera dentro dela, sua alma misturada à de Kate, seu corpo apaixonado pelo corpo dela. Fizeram amor durante muito tempo, e, ao fim, ambos estavam exaustos demais para movimentarem-se ou falarem. Foi Joe quem primeiro se mexeu, ao rolar com cuidado para o lado e ao contemplá-la com uma ternura que nunca sentira por outra mulher. Kate lhe abrira portas que jamais suspeitara existirem.

— Amo você, Kate — sussurrou Joe por entre os cabelos dela, fazendo-lhe carinho no rosto com um dedo preguiçoso.

Depois, Joe cobriu-a delicadamente com o cobertor. Ao sorrir para ele, Kate estava quase dormindo. Não sentia vergonha, nem pena, nem dor. Nunca em toda a sua vida fora tão feliz. Ela era sua, finalmente.

Nessa noite, Kate não voltou para o seu quarto, continuou com Joe, e ele aconchegou-se a ela na cama e ficou pertinho. Novamente fizeram amor. De manhã, foi Kate quem lhe estendeu a mão e, em poucos momentos, ambos se encontravam e se alçavam mais uma vez a novas alturas. Abriram-se novos espaços na vida dos dois e nasceram novas sensações. E quando Kate despertou e olhou-o, percebeu que um vínculo mais profundo se formara entre ambos. Sabia instintivamente que, para o resto de suas vidas, ela seria dele e ele estava para sempre entrelaçado a ela. Kate não sabia como dizer isso a Joe, mas sabia, assim que os dois entraram no chuveiro, que Joe pertencia a ela. A alma de Kate e a sua parte mais profunda eram de Joe.

Capítulo 7

DEIXAR JOE EM WASHINGTON foi ainda mais penoso desta vez do que quando ele a deixou em Boston, em setembro. Joe agora fazia parte dela e era ainda mais terno com ela. Como se sentisse que Kate era verdadeiramente dele, e tudo o que Joe queria era protegê-la. Pediu-lhe mil vezes que fosse cuidadosa ao voltar para casa, que cuidasse de si, que não fizesse tolice alguma. Queria ficar ali com ela, porém tinha de voltar à Inglaterra para suas missões.

E a separação foi angustiante para ambos. Pela primeira vez na vida, Joe não se conteve. Ao mesmo tempo que fora vulnerável, forte e exatamente como Kate, Joe entregara-se a ela. Não porque haviam dormido juntos, mas porque se responsabilizara por Kate. E agora ir embora era doloroso para ambos.

— Me escreva todos os dias. Kate, eu amo você — afirmou, antes de partir.

E, na Union Station, quando Joe a pôs no trem, que saiu vagaroso, Kate pensou que o coração fosse rebentar. Ele correu ao lado enquanto pôde, e depois ficou na plataforma dando adeus, enquanto Kate lhe acenava e lágrimas lhe escorriam pelo rosto. Não podia mais imaginar a vida sem Joe, e acreditava sinceramente que, se ele morresse agora, também morreria. Não queria viver uma hora mais que ele. E, quando o trem começou a afastar-se, isso lhe recordava outra vez a dor de perder o pai. Joe despertou nela sentimentos de amor que antes nunca sentira. E ao deixá-lo voltou a ter a sensação de perda que passara metade da vida tentando esquecer.

Ficou sentada, de olhos fechados, durante toda a viagem. Era véspera de Natal, e sabia que, antes de chegar em casa, Joe estaria em um avião que voava para a Inglaterra. Só estaria de volta a Boston tarde da noite, e sabia que os pais a estariam esperando. Ela, no entanto, mal podia falar, tão pesarosa estava quando saiu do trem e pegou um táxi. Não conseguia imaginar sobreviver sem ele. O que ele lhe dera, e permitira a ela lhe dar, foi a cola que os uniria para sempre. Fora a peça final do quebra-cabeça. Joe não a pedira em casamento, mas não precisava. Kate sentia, como Joe também sentia, que estavam unidos e se tornaram um só.

Nessa noite, os pais esperavam-na na sala de estar. Ao entrar em casa, a mãe viu o seu rosto. E percebeu que Elizabeth devia ter pensado que algo de terrível lhe acontecera. Desta vez, Kate perdera-o insuportavelmente. Sentia já tantas saudades de Joe, que mal conseguia imaginar esperar meses ou anos para vê-lo novamente, ou pior, que algo terrível lhe acontecesse. De súbito, tudo ficou diferente. Eles haviam derrubado as muralhas.

— Aconteceu algo errado? — perguntou a mãe, preocupada porque parecia que alguém morrera.

Kate sacudiu a cabeça e percebeu que algo morrera: a liberdade. Não era mais uma moça apaixonada por um homem. Fazia parte de um todo maior, e sentia como se não pudesse viver sem ele. Os dois últimos dias haviam mudado tudo para Kate.

— Não — respondeu Kate, em um tom baixo de voz, que não convencia.

— Tem certeza? Vocês discutiram antes de Joe viajar?

— Não, ele é maravilhoso — respondeu Kate, desfazendo-se em lágrimas. Kate caiu nos braços da mãe, enquanto o pai as olhava, parecendo preocupado. — E se ele for morto, mamãe?... e se ele nunca mais voltar?

De súbito, toda a paixão, todo o medo, toda a saudade, todos os sonhos, carências, emoções e desapontamentos se juntaram em uma explosão gigantesca, como uma bomba atirada nela por ele estar viajando e voltando à Inglaterra. Kate não conseguia suportar o pensamento de outra vez perder alguém que amava. Somente o temor a fez sentir-se criança.

— Só nos resta rezar para que ele volte, querida. É tudo o que podemos fazer. Joe é muito hábil, vai voltar. Você agora precisa ter coragem. — A mãe falava, delicada, olhando o marido por sobre o ombro de Kate, os olhos cheios de tristeza.

— Não quero ter coragem — soluçava Kate. — Quero que ele volte para casa. Quero que a guerra acabe logo.

Parecia uma criança, os pais sofriam por ela. Era terrível, mas metade do mundo enfrentava as mesmas angústias que Kate. Não era a única em sua dor. Na verdade, era mais feliz que a maioria. Outras já haviam perdido os homens que amavam, os filhos, os irmãos e os maridos. E, por enquanto, Kate ainda tinha Joe.

Por fim, Kate sentou-se no sofá com eles e foi acalmando-se. A mãe lhe deu um lenço, e o pai apertou-a entre os braços. Ambos estavam tristes. Nessa noite, depois de lhe fazer um carinho na cabeça, como se a filha fosse uma garotinha, a mãe foi para o seu quarto de dormir, onde estava o marido. Elizabeth fechou a porta, deu um suspiro e sentou-se à penteadeira.

— Não era exatamente isso que eu queria para ela — explicou Elizabeth, triste. — Não queria que Kate amasse Joe dessa forma. É tarde demais. Não estão noivos, não estão casados. Não têm compromisso. Nada têm. Apenas se amam.

— É muito, Liz. Talvez seja tudo de que precisam. Mesmo casados, isso não iria mantê-lo vivo. Está nas mãos de Deus. Pelo menos se amam.

— Se algo acontecer agora a Joe, Kate nunca vai se refazer, Clarke.

Elizabeth não contou a Clarke, mas, ao ver Kate chorar nessa noite, lembrara-se de como Kate ficara desolada quando o pai morreu.

— Kate está no mesmo barco que metade das mulheres deste país. Terá de se refazer, se algo lhe acontecer. É jovem. Ela vai se refazer.

— Espero que nunca tenha de enfrentar isso — concluiu a mãe, veemente.

Mas, na manhã seguinte, Kate sentia-se triste para o Natal. A mãe lhe dera um belo colar de safiras com brincos também de safira, e o pai oferecera-se para lhe comprar um carro de dois anos que vira, em perfeitas condições, se Kate melhorasse ao dirigir. Mas, com o racionamento de gasolina, teria pouca oportunidade para praticar, e Elizabeth não achava essa uma boa idéia. Kate comprara para cada um deles presentes encantadores. Mas, ao sentar-se, silenciosa, na ceia de Natal, sem poder dizer uma palavra, só conseguia pensar em Joe. Sabia que a essa hora ele já deveria estar de volta à Inglaterra, novamente pilotando missões de bombardeio.

Durante as semanas seguintes, os ânimos não se alteraram. A mãe ficou seriamente preocupada com Kate, e chegou a pensar em levá-la a um médico. Kate parecia cansada e pálida, sempre que vinha da universidade, em raras noites, nos fins de semana. Parecia não ter mais vida social, e Andy lhe telefonava várias vezes, lamentando que há muito não a via. Parecia querer apenas dormir e reler as cartas de Joe. Joe parecia deprimido na Inglaterra. Fora novamente bem difícil voltar, e as condições atmosféricas estavam péssimas. Tiveram de cancelar várias missões, e os pilotos ficaram insatisfeitos e entediados.

Foi no Dia dos Namorados que a mãe de Kate começou finalmente a ficar preocupada com a filha. No dia anterior Kate chegara para o jantar de domingo. Mal tocou na comida, parecia cansada e pálida, e chorava todas as vezes que falava em Joe. Depois que Kate se foi, Elizabeth falou a Clarke que queria levá-la ao médico.

— Ela se sente só — respondeu Clarke, encerrando. — Faz frio e está escuro, Kate está estudando muito na universidade. Vai ficar bem, Liz. Dê tempo ao tempo. Quem sabe Joe não vai conseguir outra licença.

Mas, em fevereiro de 1943, Joe continuava voando mais que sempre. Tomara parte no ataque noturno a Wilhelmshaven. Agia na maior parte dos ataques diurnos, porque os ingleses preferiam eles mesmos fazer os vôos noturnos. No entanto, foi chamado a voar com eles à noite, para bombardear Nuremberg.

Foi lá pelo final de fevereiro que Kate começou a ficar muito preocupada. Vira Joe oito semanas antes, e se antes suspeitara, no mês passado, tivera certeza. Estava grávida. Kate não tinha idéia do que fazer com relação a isso, e não queria contar aos pais. Conseguiu com uma das moças na universidade o nome de um médico em Mattapan, alegando que era para uma amiga, porém não podia lhe telefonar. Sabia que, se tivesse um bebê agora, ficaria desonrada. Teria de largar a universidade e todos se escandalizariam e, mesmo que os rapazes quisessem, não poderiam se casar com ela. Joe lhe dissera recentemente que não desejava voltar em uma próxima licença, e Kate não lhe informara por que havia lhe perguntado isso. Dissera-lhe apenas que sentia saudades dele. Kate, porém, jamais quis forçá-lo a se casar com ela, ou mesmo lhe pedir que se casasse. Também sabia que, se fizesse um aborto, e algo acontecesse a ele, nunca se perdoaria. Casada ou não, Kate queria o bebê. Em vez de se decidir sobre esse assunto, deixava o tempo passar e, por fim, sabia que era tarde demais para pôr fim à gravidez. Mas nem mesmo depois disso começara a pensar no que iria dizer aos pais, ou no constrangimento que sentiria ao explicar a situação na universidade.

Uma noite, Andy passou para vê-la na sala de jantar, e lhe perguntou se ficara resfriada. Muitos em Harvard haviam estado doentes, e ele pensava que Kate também: sentia náuseas muito fortes desde princípios de janeiro, e já era quase primeiro de março. Até então, Kate ainda nada resolvera sobre a gravidez, sabia não poder fazer de outra maneira, e na verdade a queria. Era o bebê de Joe. Kate iria esperar para contar aos pais até que não tivesse alternativa. Também imaginava que, se a gravidez aparecesse lá pela Páscoa, teria que largar a universidade. Gostaria de agüentar até junho, terminar o segundo ano e poder voltar à universidade no outono, pouco depois de ter o bebê. Mas, por volta de junho, quando começassem as férias, teria quase seis meses de gravidez, e não haveria como escondê-la. Cedo ou tarde, teria de enfrentar as conseqüências. O surpreendente era que a mãe de nada suspeitava. Se desconfiasse, Kate sabia, seria o inferno, e sabia que os pais não perdoariam Joe com facilidade.

Kate nada falara sobre isso a Joe, apesar de lhe escrever todos os dias. Refletira, e não quisera perturbá-lo ou irritá-lo. Joe precisava de muita sagacidade para voar em suas missões, e ela não queria distraí-lo. Portanto, estava enfrentando tudo sozinha, vomitando no chão do banheiro todas as manhãs e se arrastando para as aulas. Até as moças que viviam na casa perceberam que Kate dormia o tempo todo, e a encarregada lhe perguntara se precisava de um médico. Kate insistia estar bem, apenas estudando demais, mas as notas começavam a piorar, e os professores também perceberam isso. Sua vida estava rapidamente se tornando um pesadelo, e se apavorava com o que os pais iriam dizer, quando lhes dissesse que iria ter um bebê ilegítimo em setembro. Preocupava-se que o pai tentasse forçar Joe a se casar com ela, quando voltasse, mas Kate não o deixaria fazer isso. Sabia que Joe era um espírito livre e que fora muito claro em jamais querer ter filhos. Um dia poderia mudar de idéia e se apaixonar pelo bebê, mas Kate não deixaria que pusessem um revólver na cabeça dele para que se casasse com ela. Em meio a tantas preocupações, Kate só tinha certeza de uma coisa, ela o amava muito, e de outra coisa, queria o filho dele. Reconciliou-se com esse pensamento no princípio de março, e ficou um pouco alvoroçada com relação a ele. Era o seu segredo. Não contou a ninguém, nem planejava contar tão cedo.

— Então, o que está acontecendo nos últimos dias? — perguntou-lhe Andy uma tarde, ao passar por lá, vindo de Harvard. Para ele, o primeiro ano da faculdade de Direito estava sendo extremamente cansativo, e se sentia muito assoberbado. Os dois caminhavam devagar pelo Harvard Yard, enquanto Andy lhe falava, e os cabelos dele, longos, escorridos, bem-tratados e escuros encantavam todas as moças que passavam. Começavam a ficar desesperadas, e Andy chamava muito a atenção das estudantes de Radcliffe.

— Você é o queridinho das moças — provocou-o Kate. Andy deu um sorriso largo e belo. Tinha olhos grandes e escuros, cheios de cordialidade e generosidade.

— Diabos, alguém tem de cuidar dessas moças para os nossos rapazes uniformizados. É difícil, mas alguém tem de fazer isso.

Andy estava adorando estar em casa nestes dias e se refazendo da segunda categoria que havia recebido. Explicara muitas vezes não estar mais impressionado com isso. E houve vezes em que, em segredo, se sentira feliz por estar em casa.

— Você é desagradável, Andy Scott — reafirmou-lhe Kate.

Gostava da companhia de Andy e, nos últimos dois anos, haviam se tornado bons amigos. Nesse verão, ele iria novamente trabalhar no hospital. Kate se mostrara pouco inclinada quanto ao emprego de verão, porque, então, estaria mostrando a gravidez, e ninguém iria querer dar emprego a uma mãe solteira. Pensava ficar em casa em Cape Cod até ter o bebê. E dentro de poucas semanas iria comunicar a Radcliffe que, a partir da Páscoa, tiraria licença. Isso significava que não iria se formar com a sua turma. Mas, com sorte, perderia apenas um semestre. E, se a recebessem de volta, ela não teria grande recompensa por isso. Teria de lhes dizer por que estava tirando a licença. Não seria a primeira mãe solteira, e isso a apaziguara. Imaginava o que Joe pensaria disso quando descobrisse. Não iria lhe contar até a próxima vinda dele ao país, mesmo que significasse ter o filho sem que ele soubesse. E, agora, tão boa amiga de Andy, quase se arrependia de não lhe contar. Mas sabia não dever. E, ao ouvir, talvez o rapaz ficasse abalado. Às vezes, agora, Kate se preocupava que, após saber, Andy pudesse pensar mal dela. Mas era um preço que estava disposta a pagar.

— Então, o que vai fazer neste verão, Kate? Mais uma vez a Cruz Vermelha?

— Talvez — respondeu ela, distraída.

Andy, no entanto, não a percebeu aturdida. Parecia melhor do que em fevereiro, quando tentara convencê-la a ir ao um cinema com ele. Kate ia com ele de vez em quando, tão raramente que Andy desistira de pensar nela como namorada em potencial e, sim, como amiga. Ela, porém, tinha um exame escrito para o dia seguinte e não pôde sair com ele.

— Você não é brincadeira. Bem, pelo menos estou contente porque está com aspecto melhor. Na última vez que vi você, parecia à morte.

Na verdade, os enjôos começavam a diminuir, Kate estava grávida de quase três meses. Começava a ficar alvoroçada com o bebê, e esperava que fosse um menininho, igualzinho a Joe.

— Eu estava resfriada.

Andy acreditara nela desde o princípio. Não tinha razão para duvidar ou desconfiar de que estivesse grávida. Era a coisa mais remota que lhe poderia passar pela cabeça.

— Que bom que você está melhor. Termine o trabalho para podermos ir a um cinema na semana que vem — pediu Andy.

Subiu na bicicleta e acenou enquanto se afastava, os cabelos escuros agitados ao vento, e os olhos castanhos rindo para ela. Andy era um rapaz distinto, e ela começava a gostar dele.

Kate se perguntava às vezes, se Joe nunca tivesse existido, se tudo não teria sido diferente entre eles. Era difícil responder. Sentia forte afeto por Andy, mas nem podia imaginar sentir por ele o que sentia por Joe. Com relação a Andy havia algo terno, aconchegante e cordial, mas Kate eliminava qualquer arrebatamento e paixão que sentia por Joe. Sabia, porém, que, um dia, Andy seria excelente marido de alguém. Era responsável, carinhoso e decente, tudo que uma mulher procura em um homem. Ao contrário de Joe, que era desajeitado, confuso, brilhante e totalmente obsedado por aviões, e não desejava tomar juízo. Kate esperava nunca se apaixonar por um homem como Joe Allbright, que podia deixá-la sozinha com um bebê, sem mesmo serem casados. Sua vida, recentemente, tomara vários rumos inesperados. Mas o bebê crescia dentro dela, e nunca mais veria Joe.

De fato, Kate se sentia bem nesse fim de semana e não muito cansada como antes. Acabara o trabalho que precisava fazer, e em um dia recebera três cartas de Joe. Algumas vezes elas tendiam a chegar em grupos, dependia de como os censores as mandavam, após as liberarem, para terem certeza de que não revelavam importantes segredos de segurança, nem os locais das missões. As cartas de Joe nunca haviam tido problema. Escrevia sobre pessoas e o campo local, e o que sentia por ela, assuntos totalmente seguros.

Kate planejava ir em casa nesse fim de semana e no último minuto resolveu o contrário. Foi ao cinema com um grupo de amigas e, lá, viu Andy com uma moça que conhecia de uma das aulas. Era alta, loura, do Centro-Oeste, tinha largo sorriso e pernas compridas, e havia pouco se transferira de Wellesley. Quando a moça se virou para vestir o casaco de lã, Kate sorriu a Andy, que lhe devolveu uma careta. Kate e as moças com quem tinha ido ao cinema voltaram depois para casa de bicicleta. O melhor caminho passava pelo campus e Cambridge. Estavam quase em casa, quando um rapaz de bicicleta apareceu zunindo de lugar nenhum, cortou o grupo com um grito e um berro, e bateu em cheio em Kate, que foi jogada fora da bicicleta, caiu na calçada e por momentos ficou inconsciente. Quando as moças conseguiram pular fora das bicicletas, ela voltava a si, um pouco grogue. E o rapaz que a atingira estava de pé, perto dela, parecendo tomado de pânico e desorientado. Era óbvio que bebera.

— É maluco? — uma das moças gritou-lhe, enquanto outras duas a ajudavam a se levantar.

Machucara o braço e o quadril, caíra de rijo sobre as nádegas, mas nada parecera estar quebrado. Porém, ao mancar de volta para o quarto, só conseguira pensar no bebê. Nada falou a ninguém, mas, tão logo chegou em casa, foi direto para a cama, e uma das amigas lhe trouxe dois sacos de gelo para pôr sobre o braço e sobre o quadril.

— Está bem? — perguntou Diana, com sua pronúncia sulista, arrastada e lenta. — Esses rapazes do Norte certamente não têm educação!

Kate sorriu e lhe agradeceu os sacos de gelo, mas não eram o braço e o quadril que a preocupavam. Sentira cólicas nos últimos minutos e não sabia o que fazer. Pensou em ir à enfermaria, mas era muito longe para andar, e tinha medo de piorar tudo. Pensou que seria melhor ficar na cama. Ela com certeza sacudira muito o bebê. Mas, felizmente, tudo iria acalmar.

— Se precisar de qualquer coisa, me chame — pediu Diana ao deixar Kate.

E desceu ao andar de baixo para fumar um cigarro com um rapaz do MIT, que passara para visitá-la. E, quando voltou uma hora depois para examinar a amiga, Kate estava dormindo. Todos dormiam quando Kate acordou novamente às quatro da manhã. Estava angustiada, e quando se estendeu na cama para se sentir mais à vontade, viu que sangrava. Tentou ficar quieta, apesar da dor, pois não queria acordar as outras moças que dormiam perto dali. E quando foi ao banheiro, dobrou-se de dor. Kate não viu, mas deixou um rastro de sangue atrás dela, à medida que caminhava. Os braços e o quadril também doíam, desde o encontrão com a bicicleta, mas o que lhe doía mais era a barriga. Mal conseguia ficar de pé.

Fechou a porta do banheiro o mais silenciosamente que pôde, e acendeu a luz. Ao se olhar no espelho, viu que tudo da cintura para baixo estava coberto de sangue. Era uma hemorragia e sabia o que acontecia. Estava perdendo o bebê. Mas tinha medo de que, se chamasse alguém, pudesse ser expulsa da universidade ou pudessem chamar os pais. Não sabia quais as conseqüências, se a administração descobrisse que estava grávida. Para Kate, era certo que lhe pediriam para ir embora dali.

Não era assim que queria que tudo acontecesse. Não tinha idéia do que fazer, ou a quem chamar, ou o que iria acontecer. Mas não tinha tempo para pensar, as dores que a despertaram eram tão fortes que mal conseguia respirar. Era onda após onda de fortes contrações. Kate estava ajoelhada no chão, arfando sem ar, com sangue por todo lado, quando Diana, a moça sulista, entrou para beber água e a achou no chão.

— Ó meu Deus... Kate... o que aconteceu?

Kate parecia vítima de um assassino da machadinha. Diana só pensava que precisavam chamar um médico, uma ambulância, alguém, mas, ao dizer isso, Kate lhe implorou que não.

— Não... por favor... não posso... Diana...

Kate mal conseguia terminar a frase, mas, de súbito, a moça de Nova Orleans desconfiou do que lhe acontecera.

— Você está grávida? Me conte a verdade, Kate.

Diana queria ajudá-la, mas tinha de saber o que lhe acontecia. Com a mãe enfermeira e o pai médico, tinha boa experiência em primeiros socorros. Mas nunca vira tanto sangue como o lago que rapidamente se formou ao redor de Kate. Tinha medo que, se não chamassem alguém para ajudá-las, sangrasse até morrer. Levar Kate para o hospital não lhe parecia uma boa providência a tomar.

— Sim, estou...

Kate engasgou e admitia estar grávida, enquanto Diana a ajudava a se enrolar em toalhas. A cada contração, Kate gritava e mordia uma toalha para não fazer barulho.

— Quase três meses...

— Merda. Uma vez, fiz um aborto. Papai quase me matou. Tinha dezessete anos, e tive medo de lhe contar... e fui a uma pessoa fora da cidade... Eu me sentia tão mal como você... — contou Diana, pondo uma toalha úmida na cabeça de Kate e lhe segurando a mão a cada contração.

Trancara a porta para que ninguém entrasse, mas o que mais temia era que isso pudesse custar a vida a Kate, se não a ajudasse. O sangramento era horroroso. Mas, quando as dores pioravam, parecia diminuir um pouco. Nenhuma delas tinha certeza do que estava acontecendo, mas era fácil perceber que Kate ia expelir o bebê. Com todo esse sangramento, não havia como ele ainda estar vivo.

Foi outra hora de dor cruciante até o corpo inteiro de Kate se contorcer com extrema dor física, e, segundos depois, perdia o bebê. Perdeu mais sangue, mas, assim que o feto saiu, pareceu que Kate sangrou menos. Diana enxugou o que pôde com as toalhas, embrulhou o feto em uma toalha e o colocou onde Kate não pudesse ver. Estava fraca demais para ficar nervosa, e, ao tentar se sentar, quase desfaleceu. Diana a fez se deitar novamente.

Eram quase sete horas e há três estavam no banheiro. Agora, Diana podia ajudar Kate a ir para a cama. Tudo fora limpo, e depois de Kate estar aconchegada sob o cobertor, desceu as escadas até o lixo, para dar fim à toalha que carregava a evidência do que acontecera a Kate.

A sangueira estava mais fraca, mas Kate ainda sentia dor, apenas tolerável. Diana explicou que era o útero se contraindo para estancar a sangueira, o que era muito bom. As dores que sentira antes foram para expelir o bebê. E, se Kate não sangrasse muito mais, Diana esperava que ficasse bem. Já lhe dissera que, se piorasse, iria chamar uma ambulância para levá-la ao hospital, quer ela fizesse objeção ou não. E Kate concordou, tão aterrorizada e fraca estava para se manifestar e sobressaltada por perder tanto sangue. Tremia muito, e Diana a cobriu com mais três cobertores. As outras moças começaram a despertar.

— Você está bem? — perguntou uma delas.

— Você está pálida, Kate. Pode ter tido uma concussão quando aquele sujeito foi de encontro a você com a bicicleta, ontem à noite.

A moça bocejava, enquanto ia para o banheiro. Kate falou que sentia uma terrível dor de cabeça, e tremia visivelmente ao se deitar na cama.

Diana continuava por perto. Uma moça de outro quarto entrou para pegar emprestadas algumas toalhas, e ficou preocupada ao ver os lábios descorados e o rosto de Kate, da cor de giz.

— Caiu da bicicleta e machucou a cabeça — Diana protegeu-a.

Mas a outra moça tinha melhor conhecimento. Como Diana, vinha de uma família de médicos, em Nova York, e sabia bastante para entender que Kate tinha mais que uma dor de cabeça ou uma concussão. Estava tão pálida, parecia ter perdido muito sangue, e estava possivelmente em choque.

Encostou o rosto perto do ouvido de Kate, e com delicadeza lhe tocou o ombro.

— Kate... me diga a verdade... está tendo uma hemorragia?

Tudo o que Kate pôde fazer foi responder que sim com a cabeça e tremer. Os dentes estavam estalejando tão forte que nem conseguia falar.

— Você está em choque. Fez um aborto? — perguntou ela, em segredo.

Kate sempre gostara dela e desejava confiar-lhe a informação. Sabia estar em dificuldade. Sentia-se tonta e o seu corpo ficara tão traumatizado que sentia calafrios e não conseguia parar de tremer, apesar dos cobertores com que Diana a cobrira. Ambas as moças estavam de pé próximas da cama, pareciam ansiosas e preocupadas.

— Não — murmurou Kate à moça, que se chamava Beverly. — Eu o perdi.

— Está tendo uma hemorragia?

Kate achava que não, a cama não parecia úmida. Tinha medo de olhar.

— Acho que não.

— Não vou à aula hoje, e vou ficar com você. Não deve ficar sozinha. Quer ir para o hospital?

Kate respondeu que não com a cabeça. Era a última coisa que queria.

— Também vou ficar. — Diana ofereceu-se espontaneamente, indo apanhar uma xícara de chá.

Meia hora depois, todas as outras moças haviam ido para as aulas, e as outras duas estavam sentadas uma de cada lado da cama de Kate, acordada e chorando sem parar. Toda a experiência deixara-a apavorada e deprimida.

— Você vai ficar boa, Kate — afirmou Beverly, tranqüila. — Fiz um aborto, no ano passado. Foi horrível. Tente dormir bem, você vai se sentir melhor em um ou dois dias. Você vai ficar surpresa, vai melhorar rápido. — E então pensou em algo. — Você quer que eu telefone para alguém? — Obviamente, havia outra pessoa envolvida nisto, e ela não sabia qual era a situação de Kate.

Mas Kate respondeu que não com a cabeça.

— Ele está na Inglaterra — sussurrou, por entre os dentes que começavam a apertar.

— Ele sabe? — perguntou Diana, ao afagar o ombro de Kate. Kate olhava-a, agradecida. Não conseguia terminar de falar. E, assim, ninguém saberia, nem Radcliffe, nem seus pais. Nem Joe.

— Não.

— Você vai poder ter outro, quando ele voltar para casa.

Beverly não acrescentou "se ele voltar", que era o que as três pensavam enquanto Kate começava a chorar novamente. Foi para ela um dia longo e solitário, e levaria mais outros dias até se sentir bem.

Diana e Beverly voltaram às aulas no dia seguinte, e Kate ficou deitada e chorou o dia todo. Foi na quarta-feira que saiu da cama. Parecia fantasmagórica e perdera cerca de cinco quilos. Nada comia desde o domingo, mas o sangramento quase parara. Parecia e se sentia péssima, e tinha olheiras sob os olhos, mas as três moças concordavam, Kate estava fora de perigo. Tentou lhes agradecer pelo que tinham feito, mas, todas as vezes que tentava, começava a chorar novamente.

— Vai ser assim por algum tempo — informou Beverly. — Chorei durante um mês. São apenas os hormônios.

Mas não eram apenas hormônios, era o bebê deles. Perdera parte de Joe.

Ninguém soube o que lhe acontecera, e todos na casa pensavam que estivesse de cama por causa do acidente de bicicleta, na noite de domingo. E ela nada contou de diferente. Sentia como se tivesse estado em outro planeta durante vários dias. Tudo parecia irreal e diferente, e só as cartas de Joe a deixavam alegre. Mas chorava novamente ao se dar conta de que não podia mesmo contar a ele o que acontecera e o que perdera.

Kate passou de cama o fim de semana seguinte, estudando. Estava quieta e pálida, e não parecia bem quando Andy apareceu de surpresa no sábado de tarde. Passara-se uma semana desde o aborto, mas ainda se sentia péssima. Desceu as escadas com cuidado, para vê-lo. A semana inteira Beverly e Diana haviam-lhe trazido comida da cafeteria. E a primeira vez que saiu do quarto foi para ver Andy, enquanto ele a esperava na sala de estar, no andar térreo.

— Jesus, Kate, você parece uma defunta! O que aconteceu?

Kate parecia tão frágil e pálida que Andy se assustou com ela. Era um fantasma.

— No domingo à noite, uma bicicleta bateu em cheio em mim. Acho que tive uma concussão.

— Foi ao hospital para ser examinada?

— Não, estou bem — afirmava, sentando-se em uma cadeira perto dele.

Andy, porém, estava sinceramente preocupado com Kate.

— Você devia ir a um médico. O seu cérebro pode ter sofrido alguma coisa com a batida.

— Engraçadinho. Sinto-me melhor.

— Abominei ter visto você no domingo.

— É, deve ter — respondeu ela. Ver Andy trouxe-a de volta ao mundo outra vez e se sentia menos deprimida ao voltar para o quarto, embora muito cansada. Diana a prevenira de que devia estar anêmica e a mandou comer muito fígado.

Na semana seguinte, parecia sentir-se melhor e bastante bem para voltar às aulas. Ninguém tinha idéia do que lhe acontecera, e à medida que as semanas passavam, Kate foi tirando essa preocupação da cabeça. Jamais contou algo a Joe.

Capítulo 8

DURANTE O RESTO do segundo ano da universidade, Kate ficou ocupada. Recebia constantemente cartas de Joe, mas não havia no horizonte licenças para ele. Era a primavera de 1943, e Kate ia assistir a todos os jornais cinematográficos, esperando ver de relance o rosto de Joe.

A RAF continuava a bombardear Berlim, Hamburgo e outras cidades. Os britânicos haviam conquistado a Tunísia, e os americanos haviam recuperado Bizerta, na África do Norte, dos alemães. Na frente oriental, os alemães e os russos quase afundaram, os joelhos enterrados na lama, quando a primavera derreteu a neve.

Kate via os pais freqüentemente nos fins de semana, escrevia a Joe e, de vez em quando, ia jantar ou ao cinema com Andy. Nessa primavera Andy tinha uma namorada nova de Wellesley e passava o tempo com ela. O tempo para Kate era menor, mas ela não se importava com isso. Após o aborto, ela, Diana e Beverly se tornaram amigas íntimas. E nesse verão Kate foi trabalhar novamente para a Cruz Vermelha.

Foi para Cape Cod no fim de agosto, mas desta vez Joe não apareceu de surpresa no churrasco. Há oito meses ele não vinha em casa, desde o Natal anterior, quando ambos se encontraram em Washington. E ela não conseguia deixar de pensar, ao fazer longas caminhadas solitárias na praia, que, se não tivesse perdido o bebê, estaria agora no oitavo mês de gravidez. Os pais não souberam o que lhe acontecera. E a mãe sempre lhe falava que Joe ainda não lhe prometera nada sobre o futuro. Lembrava a Kate que ela esperava por um homem que nada lhe prometera. Nem casamento. Nem alianças. Nem futuro. Joe tinha certeza de que ela o esperaria, para ver o que iria acontecer quando voltasse para casa. Kate tinha vinte anos, e ele, trinta e dois, maduro o bastante para saber o que queria fazer, quando voltasse.

A mãe constantemente lhe lembrava disso toda vez que Kate ia em casa, e continuava a fazê-lo no fim de outubro, quando as folhas começaram a mudar de cor. Kate estudava para os exames, era o penúltimo ano da universidade, e a encarregada da casa onde morava veio lhe dizer que havia um visitante para ela, no andar térreo. Sem perguntar, Kate presumia que fosse Andy. Estava no segundo ano da faculdade de Direito e trabalhava como escravo.

Desceu correndo as escadas, ainda com um livro na mão e um suéter azul-claro sobre os ombros. Vestia uma saia cinzenta e sapatos Oxford, e no momento em que deixou o último degrau, ela o viu. Era Joe, alto e incrivelmente elegante em seu uniforme. Parecia muito sério enquanto a esperava, e tomou fôlego assim que seus olhos o viram. Joe pareceu conter-se por um momento, e, depois, sem nada falar, Kate voou para os braços dele e ele se agarrou a ela. Kate teve a sensação de que Joe passara maus momentos. Joe não conseguia encontrar palavras, mas Kate sabia que ela precisava dele, e ele também precisava dela. A guerra fazia todos pagarem um tributo.

— Estou muito feliz de ver você — afirmou Kate, ainda nos braços dele, fechando os olhos. Haviam sido dez meses angustiantes, Kate se preocupara sempre com ele, perdera o bebê de Joe, sem que ele nunca soubesse.

— Eu também — declarou Joe, após afastá-la e olhá-la nos olhos.

Era fácil ver como Joe estava cansado. Sentia-se como se estivesse no ar quase constantemente nestes dias, e enorme número dos seus aviões fora abatido. Os alemães estavam desesperados e atacavam com vontade. Kate percebeu que ele parecia triste e se sentia novamente constrangido. Algumas vezes, levava tempo para falar e se readaptar. As cartas de Joe eram tão tranqüilas e sinceras que, muitas vezes, ela se esquecia de que ele era tímido.

— Só consegui vinte e quatro horas. Tenho de estar em Washington amanhã de tarde, e vou voltar amanhã à noite.

Estava nos Estados Unidos para reuniões sobre uma missão de alto sigilo, e viera voando com grande dificuldade. Mas nada disso podia partilhar com Kate, e ela nada lhe perguntava. Algo nele lhe dizia que pouco poderia contar. E era ainda mais estranho dar-se conta de que, se ela não tivesse perdido o bebê em março, Joe teria voltado para descobrir que tinha um filho com um mês de vida.

— Você pode se ausentar da universidade por alguns instantes?

Era quase hora do jantar, e Kate não tinha compromissos. E, mesmo que tivesse, iria cancelá-los.

— Claro. Quer ir à minha casa?

Seria excelente terem alguma privacidade, e, se se sentassem na sala dos visitantes na universidade, teriam de aceitar todas as normas e regras de visitas. Depois de dez meses, ambos queriam mais liberdade que isso.

— Podemos ficar sozinhos em algum lugar?

Joe queria apenas ficar à vontade com ela. Mesmo depois de todo este tempo, não queria conversar. Queria apenas olhá-la e senti-la próxima. Estava cansado demais para encontrar as palavras certas. Kate conseguia sentir instintivamente como ele se sentia desanimado.

— Quer ir a um hotel? — perguntou-lhe Kate, baixinho para que ninguém pudesse ouvir.

Havia outras pessoas por ali, no saguão. Joe a olhou com alívio e respondeu que sim com a cabeça. Queria apenas se deitar perto dela por alguns momentos. E o pensamento de Kate disparou, enquanto fazia planos.

— Por que não vai à cabine telefônica lá de fora e liga para o Palmer House? Ou o Statler. Volto daqui a pouco.

Kate foi à secretaria avisar que ia passar a noite fora, e se dirigiu ao telefone no saguão do segundo andar para telefonar à mãe. Disse-lhe que iria dormir a noite na casa de uma amiga, para poder estudar com calma para as provas, e não queria que a mãe ficasse preocupada, caso lhe telefonasse. A mãe achou delicado da parte da filha, e lhe falou que adorara o telefonema. Kate sabia que nem passaria pela cabeça da mãe que a história não era verdade.

Cinco minutos depois, Kate estava de volta ao saguão, e Joe esperava por ela do lado de fora. Trouxera algumas coisas em uma bolsa pequena, e arrumou um diafragma. Beverly lhe dera o nome de um médico, Kate fora a ele e lhe informou estar noiva. Depois do que lhe acontecera da última vez, Kate queria estar preparada para quando Joe voltasse.

— Consegui um quarto no Statler — informou ele, nervoso.

Ambos se sentiam constrangidos em ir direto para um hotel, mas tinham pouco tempo e queriam ficar sozinhos. Joe pedira um carro emprestado, e conversavam enquanto se dirigiam ao hotel. Kate não conseguia tirar os olhos dele. Estava elegante, apesar de muito magro. E parecia bem mais velho do que um ano antes ou talvez mais maduro. Havia muitas coisas que queria lhe dizer, coisas que a constrangiam escrever em cartas, e muitas coisas que ele queria perguntar.

Enquanto se dirigiam ao hotel, ambos começaram a ficar menos constrangidos. Era como se tivessem se visto no dia anterior, e, em outro sentido, como se Kate não o visse há anos. O estranho era que, depois de dormir com ele a última vez e depois de perder o bebê, ela se sentia quase casada com ele. Ela não precisava de um pedaço de papel ou uma cerimônia ou de um par de alianças. Kate não se preocupava com legalidades, ela era dele.

Quando chegaram ao hotel, Joe tirou uma maleta do porta-malas e estacionou o carro. A seguir, encontrou-se com Kate no saguão e preencheu a ficha. Registraram-se como major e Sra. Allbright, e foram tratados com muito respeito. O gerente reconheceu o nome de Joe. E um mensageiro se ofereceu para carregar a maleta até o quarto.

— Não, obrigado. — Joe sorriu, enquanto o gerente lhe entregava a chave.

Joe e Kate tomaram o elevador para o andar superior sem nada falar, e Kate se sentiu aliviada ao vê-lo abrir a porta. O quarto era bonito. Esperara algo deprimente e pequeno, não que isso tivesse importância para eles, mas havia algo de esquisito em se hospedar em um hotel com um homem. Nunca fizera isso antes, e para ela parecia muito atrevido. Ela, porém, não ia perder a oportunidade de passar a noite com ele, em particular se era a única noite que Joe tinha de licença. Como qualquer pessoa nessas circunstâncias, estavam vivendo cada dia como se fosse a última noite, e bem que poderia ser.

Depois que entraram no quarto, houve outra vez um momento de constrangimento entre eles, mas como Joe se esparramou na cama e chamou-a batendo de leve no lugar ao lado dele, Kate sorriu enquanto se sentava.

— Não posso acreditar que você esteja aqui — afirmou ela com um olhar que dizia a Joe o quanto ele lhe fizera falta.

— Nem eu — replicou ele.

Dois dias antes, ele estivera providenciando escolta de cobertura para bombardeiros sobre Berlim, e haviam perdido quatro aviões. E, agora, de súbito, estava sentado em um quarto de hotel em Boston, com ela, e Kate estava mais atraente que nunca. Parecia jovem, diferente e distante da vida que Joe levava há quase dois anos. Tinham avisado a Joe que viajaria daí a duas horas, e ele ficou feliz com a licença, não importa que fosse tão breve. Quando viajava, temia que não pudesse ver Kate. A noite no Statler foi um presente inesperado. E para Joe, no mínimo, parecia algo surreal. Eram como pombos-correio que sempre voltavam um para o outro, não importa aonde fossem. Sempre se encontravam, fosse em Cape Cod ou Washington ou fosse onde fosse, e novamente recuperavam a intimidade. Era notável que, não importa quanto tempo estivessem afastados, sempre havia o mesmo fogo e a mesma magia.

Joe, sem nada falar, beijou-a. Era como se precisasse de Kate para consolá-lo, para lhe acalmar os ferimentos da alma. Precisava apenas beber da fonte tranqüila que ela lhe oferecia. Era como se ela percebesse exatamente o que Joe precisava. E, por sua vez, quando Kate estava com ele, não importa se quase não falassem, ela sempre sabia o quanto era amada. Era uma troca perfeita.

Alguns minutos depois, Joe se encaminhava para a cama junto com Kate. Joe se sentia um pouco culpado à medida que tiravam a roupa. Planejara levá-la para jantar e passar algum tempo conversando, antes que fizessem amor, mas nenhum deles queria ficar em um restaurante com pessoas ao redor. Queriam apenas ficar sozinhos um com o outro e com o que sentiam. Não precisavam mesmo de palavras.

Joe a beijou com delicadeza e paixão, depois de deitados na cama, e enquanto tirava a roupa de Kate, percebeu como havia estado ávido por ela. Sentia-se surpreso, porque nesse tempo todo não tivera ninguém mais. Nesses dez meses em que ficaram distantes, Joe não desejara ninguém, apenas ela. E Kate só o desejara.

Kate estava sem graça quando foi ao banheiro por alguns minutos, e Joe só lhe perguntou sobre isso bem depois de terem feito amor, abraçados, saciados e tranqüilos, transportados ao mundo deles, isolado, seguro e pequeno. E, envergonhada, Kate lhe falou sobre o diafragma, e Joe ficou mais calmo.

— Me preocupei com isso, durante meses, depois da última vez — afirmou, honesto. — Ficava imaginando como iríamos fazer se você ficasse grávida. Não tinha como voltar para me casar com você.

Kate se emocionou com as palavras de Joe. Era bom saber que ele pensava assim, e que se preocupara com ela. Não tivera idéia de como ele reagiria, e se sentiu segura bastante para lhe contar o que lhe acontecera.

— Da última vez, fiquei grávida, Joe — sussurrou ela, em voz suave, bem perto dele.

A cabeça de Kate estava sobre o ombro de Joe, e seus cabelos lhe roçavam as bochechas. Joe se voltou para olhá-la.

— Fala sério? E o que fez?

O olhar de ambos parecia atingido por um raio. Há muito que esse assunto lhe fugira da memória, Kate nunca lhe falara nada, nem nunca lhe revelara que teriam um filho.

— Ou... nós...você...

Kate sorriu ao olhar-lhe o rosto. Não era tanto o medo, era a surpresa. E Joe queria saber por que ela nunca lhe contara. Kate crescera incomensuravelmente aos seus olhos, ao perceber isso, o que acontecera e como Kate resolvera tudo sozinha.

— Perdi-o em março. Não sabia o que fazer, mas sabia que, se alguma coisa acontecesse a você e se eu fizesse alguma coisa, eu nunca me perdoaria. Eu precisava ter o bebê, era importante. Estava quase no terceiro mês de gravidez quando o perdi — explicou Kate. Havia lágrimas nos olhos ao lhe falar. Joe, calado, enlaçou os braços ao redor dela.

— Os seus pais sabem?

Joe podia facilmente imaginar que estariam furiosos, e com razão. Sentia-se culpado ao saber o que ela passara.

— Não, não sabem — ela o tranqüilizou, aninhando-se mais perto dele. — Eu ia largar a universidade em abril e, então, lhes contar. Só me restava fazer isso. Um rapaz que andava de bicicleta me atingiu, e acho que foi isso. Ele me atingiu com força e me derrubou. Nessa noite, perdi o bebê.

— Foi ao hospital? — Joe parecia horrorizado.

Isso nunca lhe acontecera antes, apesar de ter acontecido a muitos de seus amigos. Mas jamais engravidara uma moça, e sempre fora cuidadoso, menos com ela.

— Eu estava na universidade, e duas das moças na minha casa cuidaram de mim — explicou, com prudência, poupando-o de detalhes.

Sabia que Joe ficaria ainda mais transtornado se, na época, visse o estado dela. Levara meses para se sentir bem outra vez. Perdera tanto sangue que levara um longo tempo para se recuperar totalmente. Agora, porém, estava bem. Joe se sentia atônito só de pensar que, se a gravidez tivesse chegado a bom termo, ambos agora seriam pais de um bebê com um mês. Isso o deixava abalado.

— Sabe, é engraçado. Pensei nisso durante muito tempo. Fiquei pensando que você fosse me contar tudo o que havia acontecido. Não sei por que, mas, quando voltei à Inglaterra, só pensava nisso, eu tinha certeza. Mas você nunca me falou nada, e eu não queria perguntar. Não sabia se alguém lê a sua correspondência na universidade. E acho que, depois, parei de pensar nisso. Mas, durante uns dois meses, tive este sentimento esquisito. Por que não me contou?

Joe parecia triste por isso, mas compreendia. E sentia admiração por ela, mais do que ela pudesse crer. Kate resolvera tudo sozinha e se recuperara, parecia não sentir rancor dele. Joe ficava grato por isso e emocionado por ela ter sido tão corajosa. Pelo modo de Kate falar, sentiu que, de muitas formas, isso lhe fora difícil.

— Sabia que você tinha preocupação demais e não quis lhe dar mais uma.

Joe respondeu que sim com a cabeça e puxou-a para mais perto dele.

— O filho também era meu.

Era, e Kate estava arrependida de tudo, novamente. Só queria estar com Joe e ter o filho, mas não foi possível, pelo menos desta vez. E o que estava acontecendo em suas vidas parecia ser o melhor, mesmo para ela, e com certeza para ele.

— Que bom que agora vai ter cuidado.

Joe desta vez trouxera camisinha. Não queria se portar de modo irresponsável com ela e se arriscar. E a última coisa que desejava era um filho para lhes complicar as vidas.

Durante algum tempo, conversaram sobre a guerra, e Kate lhe perguntou quanto tempo ele achava que ela duraria. Joe suspirou e respondeu:

— É difícil prever. Gostaria de lhe dizer que vai acabar em breve. Não sei. Se derrotarmos os alemães, talvez um ano.

Por isso, estava indo a Washington, para ver se poderiam agilizar a derrota com alguns novos aviões especiais. Até agora fora desencorajante, os alemães os atacavam implacavelmente em grupos enormes. Não importa quantos alemães os aliados mataram, ou quantas cidades e fábricas e paióis de munição destruíram, sempre parecia surgir mais. Eram uma máquina aparentemente indestrutível.

E a guerra no Pacífico não ia bem. Lutavam contra pessoas de cultura e de terreno completamente estranhos para eles. Os aviões camicase bombardeavam porta-aviões, afundavam navios, abatiam aviões. E, no outono de 1943, o ânimo aliado estava muito em baixa.

Parecia a Kate que, naqueles dias, um número inacreditável de pessoas que conhecia havia morrido. Era devastador. Muitos rapazes que conhecera em Harvard e no MIT, nos dois últimos anos, já estavam mortos. Estava grata por nada ter acontecido a Joe.

Nessa noite, conversaram muito, o que com ele não era comum, mas tinham pouco tempo e se sentiam atraídos. Não tinham tempo a perder, a desperdiçar. Tinham de ficar ali e realizar tudo o que podiam, no pouco tempo de que dispunham. E, pelo restante da noite, ambos tentaram não pensar na guerra.

Tarde daquela noite, mais uma vez fizeram amor, e não saíram. Pediram jantar no quarto, e o garçom perguntou se estavam em lua-de-mel, e ambos riram. Nessa noite, não falaram de futuro nem de quaisquer planos. Kate só desejava que Joe continuasse vivo. Só conseguia pensar no que desejava para si, que desejava estar com ele, quando e onde pudesse, por muito tempo. Mais do que isso, nesse momento, era pedir um milagre, um sonho infantil. Sabia que a mãe não a apoiaria, mas não compreendia. Um anel de noivado no dedo nada teria mudado e não o conservaria vivo. E Joe nada lhe pedira, exceto que Kate quisesse de próprio livre-arbítrio, e da melhor maneira.

Nessa noite, ambos dormiram abraçados e, depois, despertaram com um sobressalto ao perceberem que não era sonho e que estavam realmente juntos.

— Oi — disse ela, sonolenta, enquanto sorria e abria um olho, cedo na manhã seguinte.

A noite inteira sentira o calor de Joe, e, ao se espreguiçar, sentia pertinho as pernas dele, fortes e possantes, e Joe se inclinou por cima dela e a beijou. A noite que passara junto com Kate fora bem diferente do que estava acostumado.

— Dormiu bem? — perguntou Joe, pondo um braço ao redor dela.

Kate se aninhou mais perto de Joe. Estavam deitados de costas, cochichando. Ela adorou acordar pertinho dele.

— Eu sentia você bem pertinho de mim e pensava que estava sonhando.

Nenhum dos dois tinha o costume de dormir com alguém, e isso não os deixava dormir profundamente, mas se sentiam felizes por estar juntos.

— Eu também — Joe sorriu, pensando no amor que haviam feito na noite anterior.

Queria saborear cada momento que passava com Kate e levar tudo com ele, na memória.

— A que horas tem que viajar? — perguntou, com um pouco de tristeza na voz. Era impossível esquecer que estas eram apenas horas tomadas emprestado.

— Tenho de estar no avião para Washington à uma hora. Devo deixar você na universidade por volta das onze e meia.

Kate faltara a todas as aulas nessa manhã, e não se importava com as conseqüências, nada a faria deixá-lo mais cedo.

— Quer um café da manhã?

Kate não sentia fome, a não ser por ele, e em poucos minutos, os dois se beijavam, e as mãos de Joe começaram a alisá-la, e ambos se acharam mais uma vez.

Às nove horas, levantaram-se e pediram o café. Quando o serviço de copa chegou, já tinham tomado banho, em separado, e usavam o roupão atoalhado do hotel. Tinham suco de laranja, torradas e presunto com ovos, e dividiram um bule de café. Era além do que Joe estava acostumado. Por receber rações militares há tanto tempo, já esquecera o que era comida de verdade. Para Kate, tal desjejum era mais do que comum, fora do comum era vê-lo do outro lado da mesa. O rosto de Joe, quase carrancudo, vivamente talhado, parecia-lhe belo ao beber café e, por um instante, passava os olhos no jornal. Foi então que Joe a olhou e sorriu.

— Como na vida real, não? Quem diria que há uma guerra?

O jornal estava cheio de notícias sobre a guerra, e nenhuma delas parecia boa. Joe pôs de lado o jornal e, do outro lado da mesa, sorriu para Kate. Haviam tido uma noite maravilhosa, e sempre que estava ao lado dela, era como encontrar um pedaço seu, perdido. Era como se houvesse nele uma lacuna, desconhecida até a ver. No restante do tempo, outras coisas pareciam preenchê-lo. Joe não era um daqueles que necessitavam de muitas pessoas ao redor. Mas esta mulher em particular o tocava profundamente. Como bem poucas ou nenhuma haviam conseguido. Jamais conhecera alguém como ela.

Fisgara-o novamente ao se sentar no outro lado da mesa e contemplá-lo. O olhar de Kate era tão profundo e tão poderoso, que havia algo muito direto, aberto e destemido. Era como uma jovem corça farejando o ar e gostando do que sentia. Parecia sempre estimulada pela vida, como se fosse explodir em uma gargalhada, e nesta manhã não era diferente. Ao pôr na mesa a xícara de café, Kate sorriu.

— De que está sorrindo? — perguntou Joe, com olhar divertido.

O bom humor dela era contagiante. Joe, por natureza, era muito menos jovial que Kate. Não que fosse infeliz, era apenas sério e calado, e ela gostava disso nele.

— Estava pensando no rosto de minha mãe, se nos visse.

— Nem pense nisso. Faz me sentir culpado. Seu pai iria me matar, e não posso dizer que o culpo.

Em especial, depois de Kate lhe contar que ficara grávida e perdera o bebê. Joe sabia que os Jamison teriam ficado horrorizados, tanto quanto eles dois.

— Acho que não posso encará-los novamente — explicou Joe.

— Bem, vai ter que encará-los, portanto é melhor enfrentá-los.

Como ela os enfrentara. Em especial, agora que havia visto Joe. Estava quase arrependida de ter usado o dispositivo de controle de natalidade, porque desejava muito ter um bebê de Joe. Queria muito mais o bebê do que se casar com ele. Porque Joe nunca lhe falou em se casarem, a fim de tranqüilizá-la, Kate começava a se convencer de que casamento era algo que os antigos faziam, todos tinham-no em grande conta, e todas as suas amigas que se casaram pareciam crianças tolas. Afirmou a Joe que, no mínimo, todas elas estavam mais interessadas nos presentes de casamento e nas damas de honra, e que, depois, se queixavam de que os rapazes com quem haviam se casado passavam muito mais tempo com os amigos, ou bebiam demais ou eram inferiores a elas. Todos pareciam crianças, fingindo-se de adultos. Mas ter um filho de Joe era um vínculo como nenhum outro. Era real, profundo e importante, e nada tinha a ver com as outras pessoas. Mesmo sabendo os problemas que o bebê iria lhe causar, Kate adorava saber que ia ter um bebê de Joe, quando ficasse grávida. Sabia que, então, ela teria uma parte dele com ela para sempre, e talvez a melhor parte. Desejava ter um garotinho, e iria ensinar a ele tudo sobre aviões, como Joe. Kate, agora, estava apavorada de perder Joe na guerra. E um bebê seria um pedaço dele, seu para sempre.

Joe, ao olhá-la, podia ver que Kate tinha pensamentos carinhosos por ele, e estendeu uma mão até o outro lado da mesa e segurou a dela e levou-a aos lábios e beijou-a.

— Não se mostre tão triste, Kate. Vou voltar. Esta história não terminou. Nem vai terminar.

Ele não sabia como essas palavras se mostrariam proféticas. Kate, porém, se sentia exatamente como ele.

— Cuide-se, Joe. É isso que importa.

Depois do desjejum, vestiram-se e quase não deixaram o quarto a tempo. Ele a estava beijando e abraçando-a, e mal podiam afastar as mãos um do outro. Ele, no entanto, tinha de deixá-la na universidade e chegar ao aeroporto a tempo. Não podia se atrasar para a reunião em Washington, ou pior, perder o avião. O que o fizera voltar da Inglaterra era um assunto sério, e importante para o resultado da guerra na Europa. Joe amava Kate, mas não tinha alternativa a não ser manter tudo em perspectiva. Tinha coisas importantes a fazer, e, naquele momento, Kate não se incluía nelas.

Enquanto a levava de volta para a universidade, ambos estavam calados, e Kate o olhava de soslaio. Queria se lembrar de como ele estava neste exato momento, para se manter apaixonada nos dias futuros. Sentia como se tudo o que estavam fazendo estivesse em câmera lenta. E chegaram muito rápido ao campus de Radcliffe. Saltaram do carro, e Kate ficou de pé olhando-o com lágrimas nos olhos. Não suportava vê-lo partir novamente, mas sabia que tinha de ser corajosa. A noite que haviam acabado de passar juntos fora um presente inesperado.

— Tenha cuidado — sussurrou, enquanto Joe a puxava para perto.

Na verdade, quisera dizer "Fique vivo".

— Eu te amo, Joe — foi tudo o que Kate conseguiu dizer, ao sentir que um soluço lhe vinha da garganta. Não queria tornar isso mais difícil do que era para ambos.

— Eu também te amo... e da próxima vez que alguma coisa importante lhe acontecer, quero que você me conte.

Havia sempre a possibilidade de Kate ficar novamente grávida, mesmo com todos os cuidados, e isso acontecera a muitas outras. Mas Joe ainda valorizava o fato de ela não querer sobrecarregá-lo, e Joe amava Kate por tudo isso.

— Cuide-se. E lembranças aos seus pais, se você lhes disser que me viu.

Ela, porém, não pensava em lhes dizer nada. Não queria que tivessem a suspeita de que ela fora a um hotel com ele. Apenas rezava para que ninguém os tivesse visto entrando e saindo do hotel.

Apertaram-se um contra o outro durante um longo momento, rezando para que os deuses fossem bons para ambos, e, depois, Kate viu-o se afastar, as lágrimas escorrendo-lhe pelas faces. Era uma cena comum nos dias que corriam, a muitas outras pessoas. Em todas as cidades grandes ou pequenas, havia soldados que voltavam para casa feridos ou aleijados. Havia poucas bandeiras nas janelas para glorificar aqueles que lutavam em algum lugar. Havia soldados e mocinhas se despedindo com lágrimas, e gritos de alegria quando eles voltavam. Havia crianças pequenas junto aos túmulos dos pais. Kate e Joe não eram diferentes dos outros, e mais felizes que alguns. Era uma época grave para todos, e uma época de tragédia para muitos.

Ficou no quarto o restante do dia, e naquela tarde faltou a todas as aulas. Nessa noite não foi jantar, à espera do telefonema de Joe. E ele telefonou, às oito horas, depois da reunião. Já ia sair para o aeroporto, mas não podia lhe dizer como a reunião acontecera, a que horas o avião ia levantar vôo ou para onde iria voar, era tudo informação secreta e confidencial. Kate lhe desejou uma ótima viagem de volta, e lhe disse que o amava muito, e ele disse o mesmo. E, depois, voltou para seu quarto, e se deitou na cama, pensando nele. Era difícil acreditar que se tivessem conhecido há quase três anos, e no muito que acontecera desde que se conheceram no salão de baile em Nova York, na casaca dele, emprestada, e no seu vestido de baile. Kate estava então com dezessete anos, de certa forma uma criança. Aos vinte, sentia-se muito mais mulher. E melhor ainda, ela era dele.

Nesse fim de semana, Kate foi à casa dos pais, para estudar para as provas, e fugir das moças da casa. Não queria ver ninguém, estivera pensativa e calada desde que Joe partira. A mãe percebeu isso, ao sentar-se silenciosa durante todo o jantar. Perguntou a Kate se estava tudo bem, e se tinha notícias de Joe. Kate insistiu que estava bem, mas nem o pai nem a mãe acreditou nela. A cada dia, parecia estar ficando mais velha e mais madura. A universidade com certeza a havia amadurecido, mas seu relacionamento com Joe a tornara adulta em um instante. E preocupar-se com ele sempre a fez parecer e se sentir mais velha ainda. Nessa época, todos estavam se tornando adultos da noite para o dia.

Seus pais conversavam sobre isso nessa noite, no quarto, mas ambos concordavam que Kate estava longe de ser um caso único em suas preocupações com Joe. A maioria das moças e mulheres no país se preocupava com alguém, irmãos, namorados, maridos, pais, amigos. Quase todos os homens que conheciam haviam ido para a guerra.

— É uma pena que Kate não tenha se apaixonado por Andy — confessou a mãe, infeliz. — Ele seria perfeito para ela, e nem foi à guerra.

Porém, ele talvez fosse uma escolha óbvia para ela, ou possivelmente apenas aborrecido demais. Por toda a sua generosidade e boa educação, Andy simplesmente não podia se comparar a Joe. Tudo em Joe era estonteante e perturbador. Ele era a personificação de um herói em todos os sentidos.

Nas quatro semanas seguintes, Kate ficou ocupada na universidade. Saiu-se bem nas provas, apesar de estar distraída. Recebia cartas de Joe com regularidade, e sentiu um misto de alívio e desapontamento ao descobrir três semanas depois de ele partir que não estava grávida. Sabia que era melhor assim. Junto com a angústia de se preocupar com ele, não precisava dos problemas que se criariam para ela.

Ao ir para casa no fim de semana do Dia de Ação de Graças, parecia melhor que da última vez que a viram. E parecia um pouco mais calma. Conversou sobre Joe durante o jantar com os amigos, e se mostrou surpreendentemente a par do que acontecia na Europa.

E era compreensível que tivesse opiniões fortes sobre os alemães e não palavras generosas. Ao final, para alívio de todos, o Dia de Ação de Graças foi muito agradável. E nessa noite Kate foi para casa grata por ter visto Joe há apenas um mês. Não tinha idéia de quando ele voltaria novamente para casa, mas sabia que a intimidade que haviam compartilhado a manteria durante algum tempo. Era difícil acreditar que ele já estava fora há dois anos.

Nessa noite, dormiu mal, um sono cheio de sonhos esquisitos e sensações estranhas que a fizeram acordar a noite inteira. De manhã, contou à mãe sobre isso, e Elizabeth brincou com Kate dizendo que talvez tivesse comido demais o recheio de castanhas.

— Eu gostava muito de castanhas, quando criança — explicou Elizabeth, preparando o café da manhã do marido. — E minha avó sempre dizia que elas me dariam indigestão. E me dão, mas, de qualquer forma, gosto muito delas.

Nessa manhã, Kate sentiu-se melhor. À tarde, foi fazer compras com uma amiga e tomaram chá no Statler, o que a fez pensar em Joe e na noite que passaram juntos ali. E, ao chegar em casa, estava de bom humor. Mas, naqueles dias, mesmo de bom humor, Kate estava mais séria. Parecia mais sensível e não tão agitada como estivera antes de ir para a universidade. Parecia que, ao conhecer Joe, ou talvez por apenas temer por ele nas circunstâncias em que estava, se tornara mais fechada. Estava mais sozinha que antes.

No domingo à noite, voltou para a universidade, e novamente teve pesadelos e, ao acordar de um sonho ruim, ainda podia se lembrar de ver aviões caindo por todo lado. O sonho fora tão vivo que parecia verdadeiro. Ele a fez se sentir tão aterrorizada que se levantou da cama e foi se vestir, muito antes de as outras despertarem, e foi bem cedo para a sala de refeições e ali ficou sentada, calada e sozinha.

Kate não sabia por quê, mas a semana inteira teve maus sonhos, e não conseguia dormir à noite. Estava exausta quando o pai falou com ela, na quinta-feira à tarde, em Radcliffe, e Kate ficou surpresa ao ouvir a voz de Clarke. Ele nunca lhe telefonara para Radcliffe. Perguntou-lhe se gostaria de vir em casa jantar, naquela noite, e Kate respondeu que tinha trabalho a fazer, mas, quanto mais tentava se livrar, mais insistente o pai se tornava, e finalmente a moça cedeu e concordou. Parecia-lhe estranho e ficou preocupada. Pensou que um dos pais estivesse doente e que queriam lhe dizer isso.

Assim que chegou em casa, Kate soube que alguma coisa acontecera. Os pais a esperavam no saguão. A mãe estava de costas, e Kate não a viu chorando.

Foi o pai quem lhe contou. Sentia-se mais capaz disso do que a mãe. Assim que Kate se sentou, ele a olhou fixo e lhe disse que haviam recebido um telegrama nessa manhã, e que ele próprio havia telefonado a Washington para verificar tudo.

— Não tenho boas notícias — informou.

Kate arregalou os olhos. As notícias não eram sobre os pais, súbito percebeu, eram a respeito dela, e ela sentia o coração batendo forte. Não queria ouvir o que Clarke falava, mas sabia que precisava. Nada disse ao olhar o rosto do pai.

— Joe pôs você em uma lista como parente próximo, Kate, junto com alguns primos que não via há anos.

A mãe de Kate recebera o maldito telegrama e, depois de abri-lo, telefonara a Clarke no escritório. E o pai imediatamente havia telefonado a alguém que conhecia no Ministério da Guerra para mais detalhes. Nenhum deles era bom. Depois, não perdeu mais tempo. Kate prendeu a respiração.

— Joe foi abatido no céu da Alemanha, na manhã da última sexta-feira.

Uma semana antes, e na quinta à noite, ela começara a ter aqueles sonhos medonhos sobre aviões caindo do céu. Na Europa, era sexta-feira de manhã.

— Viram o avião dele cair e não têm a mínima idéia de onde Joe está. No último minuto, saltou de pára-quedas, e pode ter sido morto em terra ou capturado. Mas desde então nada souberam dele através de suas fontes de informações secretas. Não houve sinal dele nas listas de oficiais capturados. Estava voando com um nome diferente, mas nenhum dos que usava, nem o seu nome verdadeiro, apareceu. Pode ser que tenha sido preso secretamente, ou que os alemães o tenham matado. Acredito que ele soubesse de informações secretas, que o fariam de muito interesse para os alemães, se soubessem quem ele realmente era. Joe é de fato um prêmio, por causa de sua própria história e para os alemães ele é um homem especialíssimo, porque é herói nacional.

Kate olhava o pai, muda, tentando absorver o que ele lhe dissera e, por um momento, ficou sem reação.

— Kate... o Serviço Secreto Aliado não acredita que ele tenha sido morto — recapitulou o pai. — E mesmo que isso tenha acontecido, os alemães não vão deixá-lo viver por muito tempo. É provável que agora esteja morto, mas nem os americanos nem os ingleses nada ouviram sobre ele.

Kate olhava o pai com os olhos arregalados, e estava tão atordoada que durante um minuto não conseguia falar, enquanto a mãe se aproximava dela e lhe passava um braço ao redor dos ombros.

— Mamãe... ele morreu? — perguntou, com voz de criança perdida.

Tentava entender o que alguém que falava uma língua estrangeira acabara de lhe contar. Não conseguia assimilar. O coração se recusava a entender. Era como um eco aterrorizador do dia quando a mãe lhe contou que o pai morrera. E, de alguma forma, esta notícia era pior.

— Pensam que sim, querida — respondeu a mãe, terna.

Elizabeth sofria pela filha única. Kate estava branca como uma folha de papel e parecia traumatizada. Começou a se levantar e, depois, se sentou. O pai a olhava, cheio de compaixão e tristeza.

— Lamento, Kate.

Kate podia ver que havia lágrimas nos olhos dele, não apenas por Joe, mas por ela.

— Não lamente — interrompeu ela.

Kate se levantou. Não ia deixar que isso lhe acontecesse. Não podia. Nem com ele. Não acreditava, nem nunca acreditaria, até que tivessem certeza.

— Ele ainda não morreu. Se tivesse morrido, alguém saberia. — Kate insistia.

Os pais trocavam um olhar triste. Essa reação não era a que esperavam ou a que ela ideara. Kate se recusava a aceitá-la.

— Sabemos que Joe vai ficar bem, mamãe... papai... é isso que ele espera de nós.

— Kate, Joe pousou na Alemanha, cercado por alemães que o procuravam. Ele é um ás de aviação famoso. Não vão deixá-lo sair vivo, mesmo que estivesse vivo quando pousou. Você precisa enfrentar isso. — A voz do pai era firme.

Não queria enganá-la.

— Não tenho de enfrentar nada!

Kate gritou e saiu correndo da sala de estar, subiu as escadas e bateu a porta do quarto.

Os pais ficaram atordoados ao verem-na sair correndo e não tinham idéia do que dizer. Esperavam que ela ficasse arrasada, mas ao contrário ficou enfurecida com eles e com o resto do mundo. Já no quarto, com a porta bem fechada, Kate se atirou na cama e começou a soluçar. Ali ficaria deitada e chorando, durante anos, pensando nele e em como ele fora maravilhoso. Não conseguia suportar o pensamento do que acontecera, não era possível, não era justo, só conseguia pensar agora nos sonhos terríveis da semana passada, e como ele deveria ter sofrido ao abaterem-no. E ele lhe garantira ter cem vidas.

Era tarde da noite quando a mãe finalmente se atreveu a entrar de mansinho no quarto, e quando Kate se virou para olhá-la, Liz viu que a filha tinha os olhos vermelhos, inchados. Foi se sentar ao lado dela na cama, e Kate soluçava em seus braços.

— Não quero que ele morra, mamãe... — Kate chorava como uma criança, e as lágrimas de dor pela filha única escorriam pelas faces da mãe.

— Nem eu — respondeu Elizabeth.

Apesar de todos os receios que Elizabeth tinha por ele, Joe era um homem decente e não merecia morrer aos trinta e três anos. E Kate não merecia ter o coração partido. Nada disso era justo. Nada fora justo nos últimos dois anos.

— Temos de rezar para que ele esteja bem.

Elizabeth não queria falar a Kate que talvez Joe já tivesse morrido. Isso viria com o tempo. Era bastante difícil aceitar que ele fora abatido. E se por fim não o encontrassem, Kate teria mesmo de aceitar que ele fora morto. Não tinha de enfrentar isso agora, era obviamente muito doloroso. Elizabeth ficou com a filha até tarde da noite, e, amorosa, lhe afagou os cabelos até que a moça adormeceu, ressonando como uma criança que chorara durante muito tempo.

— Eu queria que Kate não amasse tanto esse homem — explicou Elizabeth a Clarke, quando afinal foi para a cama.

O pai estava tão preocupado com Kate que esperara a mulher.

— Há alguma coisa entre esses dois que me aterroriza.

No ano anterior, Elizabeth vira isso nos olhos de Joe, e agora conseguia enxergar nos de Kate. Desafiava a razão e o tempo e as palavras, era como um vínculo entre ambas as almas que sequer eles percebiam. E o que aterrorizava a mãe de Kate agora era que o vínculo também se mostrava inseparável com a morte. Seria um destino terrível para a jovem.

No dia seguinte, na mesa do desjejum, Kate estava silenciosa e assustadora, e quem tentasse falar com ela sentia que não lhe dava atenção. Nada falou aos pais, bebeu apenas uma xícara de chá e depois subiu de volta como uma alma penada. Não voltou à universidade, ficou em casa e, pelo resto do fim de semana, não saiu do quarto. Felizmente, tinha apenas mais uma semana de universidade, antes do descanso de Natal.

Mas, na noite de domingo, vestiu-se e voltou a Radcliffe, sem se despedir dos pais. Nem falara com ninguém em casa, e quando Beverly veio cumprimentá-la e perguntar-lhe se ficara doente no fim de semana, Kate não lhe contou que o avião de Joe fora abatido. Não conseguia falar e, todas as noites, chorava para dormir.

Na casa em Radcliffe sabiam que alguma coisa lhe acontecera, e foi vários dias depois que alguém leu em um pequeno artigo no jornal que ele fora abatido. O Serviço Secreto do Exército resolvera conservar o assunto restrito enquanto pudesse, para não confundir as pessoas em casa. Lá afirmavam que ele errara em ação, e o jornal era visivelmente vago. Mas contava tudo o que se precisava saber. Todas as moças na casa sabiam que Joe Allbright visitara Kate.

— Lamento... — sussurraram algumas delas, ao passarem por Kate, no corredor.

Ela só conseguia responder que sim com a cabeça e desviar o olhar. Parecia péssima, perdera peso e estava cansada e doente ao voltar para casa para o descanso de Natal. E todos os esforços da mãe para consolá-la foram em vão. Kate só queria ser deixada só, para esperar notícias de Joe.

Pediu ao pai que novamente telefonasse ao seu contato em Washington antes dos feriados, mas não havia mais notícias. Não havia sinais de Joe, nem nada pelas fontes de informações secretas. Os alemães não haviam registrado a captura dele e, com efeito, quando indagados, desmentiam. Ninguém fora identificado pelo nome nos documentos, em qualquer lugar. E, se soubessem que haviam capturado Joe Allbright, teriam revelado isso como vitória real sobre os aliados. E ninguém o vira fugir, nem com vida, desde que fora abatido. Não havia sinal dele em lugar algum.

Nesse ano, não houve Natal para ninguém. Kate mal fez compras, não queria receber presentes, levou muito tempo para abrir os que ganhara e passou a maior parte do tempo no quarto. Só conseguia pensar nele, onde estava, o que lhe acontecera, se ainda estava vivo, se o veria novamente. Pensava sempre nas vezes em que haviam estado juntos e, agora, ainda mais amarga, lamentava a perda do bebê que ambos haviam concebido. Ninguém conseguia consolá-la, nem falar-lhe, mal conseguia dormir e se irritava por qualquer motivo.

Lia os jornais em busca de alguma palavra sobre Joe, mas o pai já lhe garantira que, antes de qualquer outra notícia aparecer na imprensa, seriam avisados pelo telefone. E ele suspeitava que isso jamais aconteceria. Talvez estivesse morto há semanas, enterrado em cova rasa, em algum lugar da Alemanha. Kate, só de pensar nisso, quase enlouquecia. Era como se um pedaço do próprio ser estivesse sendo retalhado, ou que algum pedaço seu, interno, que nem sabia qual era, fora arrancado. Ou ficava deitada na cama, olhando a parede, ou andava de um lado para o outro do quarto à noite, sentindo como se estivesse a ponto de explodir a própria pele, e nada a ajudava. Uma noite, chegou mesmo a se embebedar, e os pais nada lhe falaram sobre isso no dia seguinte. Estavam desesperados e nunca haviam visto um pessoa sofrer tanto. Kate chorava a morte de Joe e nada iria ajudá-la, a não ser o tempo.

Quando voltou à universidade, pela primeira vez faltou a uma prova. Sua conselheira a chamou e perguntou o que lhe acontecera nos feriados. Kate parecia péssima, e em voz abafada explicou que um amigo íntimo fora abatido em uma missão nos céus da Alemanha. Pelo menos, isso explicava suas notas. A mulher lhe manifestou solidariedade, e desejou que em breve se sentisse melhor. Era muito bondosa e muito gentil, perdera o próprio filho em Salerno no ano anterior. Mas nada que diziam dava conforto a Kate. E quando não se sentia acabrunhada, consumia-se de raiva dos alemães, da sorte, do homem que o abatera, dele por deixar que isso lhe acontecesse, de si mesma. Queria estar livre de tudo isso, mas sabia que nada a libertaria dele. Era tarde demais.

E Andy, quando a viu após a volta dos feriados de Natal, de início sentiu pena dela, mas, depois, repreendeu-a. Disse-lhe que ela, Kate, se sentia penalizada por ela mesma, que sempre soubera que isso poderia acontecer a Joe. E, no caso de Joe, poderia ter acontecido a qualquer momento, em qualquer lugar, quando fazia acrobacias aéreas que desafiavam a morte, ou quando dirigia em velocidade. Milhares de outras mulheres estavam no mesmo barco que ela. Ela e Joe não tinham se casado, não tinham filhos, ela nem mesmo estava noiva. Mas o que Andy lhe disse só a fez sentir raiva.

— Você acha que me faz sentir melhor? Parece a minha mãe. Pensa que um anel no meu dedo me faria alguma diferença? Não significaria porcaria nenhuma para mim, Andy Scott, e não iria mudar o que aconteceu a Joe. Por que todos estão tão preocupados com ritos sociais? Eles pouco me importam. Joe deve estar em alguma droga de prisão horrível, sendo torturado pelo que sabe. Você acha que um anel no meu dedo faria diferença para eles? Claro que não. Nem para Joe. Não teria feito Joe me amar mais ou eu amá-lo mais. O anel não me importa a mínima. — Kate começou a soluçar. — Só quero que volte para casa. — Deixou que os braços de Andy a rodeassem, como uma boneca quebrada.

— Ele não vai voltar, Kate — explicou Andy, ao abraçar Kate, que soluçava. — Você sabe disso. As chances de que volte para casa são uma em um milhão. Se voltar.

— Pode ser que volte. Talvez escape — Kate recusava-se a deixar a esperança morrer.

— Talvez esteja morto — sugeriu Andy, tentando forçá-la a aceitar a verdade.

Era mais provável que Joe estivesse morto. Kate sabia disso também, mas não queria ouvir de ninguém. Ainda não conseguia enfrentar.

— Kate, só posso imaginar como isso é difícil, mas você tem de enfrentar. Não pode deixar que isso a deixe arrasada.

O pior é que Kate não tinha alternativa. Fazia o possível, mas se desfazia em lágrimas. Apavorada, tinha sentimentos de perda. Não fazia idéia de como iria existir, se ele morresse. E ainda, o pior, tinha um pressentimento inexplicável de que Joe ainda estava vivo. Era como se houvesse uma parte dela que ainda não o deixara ir-se, e Kate ficava se perguntando se não se fora mesmo.

Kate foi jantar na cafeteria com Andy, que a forçou a comer. E nesse fim de semana insistiu para que ela fosse assisti-lo em uma competição de natação contra o MIT. Passou horas agradáveis, apesar de tudo, e durante algum tempo se esqueceu das suas aflições. E ficou eufórica quando Harvard venceu.

Depois da competição, Kate esperou Andy, saíram para comer, e depois ele a levou de volta para casa. Parecia melhor do que uns poucos dias antes, e o rapaz sentiu pena quando ela lhe contou que sonhara com Joe. Estava convencida de que ele ainda estava vivo, e Andy passou a ter certeza de que o cérebro dela estava pregando peças em Kate. Não queria aceitar a possibilidade de que Joe morrera ao ser abatido.

Por fim, o assunto se tornou doloroso para ela, sempre que a família ou amigos tocavam nele. Todos lhe diziam sentir pena pelo que ouviam falar de Joe, e então Kate insistia em que talvez ele estivesse preso em algum lugar da Alemanha, em um campo de guerra. Com o passar do tempo, todos pararam de falar nisso com ela.

Quando o verão chegou, já fazia sete meses que Joe desaparecera. As últimas cartas dele para Kate chegaram um mês após ele ter sido abatido, e ela sempre as lia à noite, deitada na cama durante horas, pensando nele. Todos diziam que Kate deveria esquecê-lo, que ele desaparecera, mas seu coração se recusava a se abrir e liberá-lo como um passarinho preso em uma gaiola. Conservava-o dentro dela, em um lugar secreto do coração. Sabia que era um lugar onde ninguém poderia ir novamente, e que as pessoas estavam certas ao dizerem que deveria aceitar a tragédia, mas Kate não sabia como. Joe era como uma cor em que se transformara, uma visão que vislumbrara, um sonho que tivera e não havia como se separar dele agora.

Os pais insistiam para que Kate fizesse uma viagem nesse verão e, depois de muito discutir, Kate finalmente concordou em ir. Foi visitar a madrinha em Chicago, e de lá foi à Califórnia visitar uma moça que conhecia e que ia para Stanford. Durante a viagem passou momentos agradáveis, mas, agora, sempre se sentia agindo apenas mecanicamente e, não, vivendo a vida. Foi um alívio quando, finalmente, chegou em casa, de trem. Teve três dias só para olhar pela janela e pensar nele, em tudo o que acontecera e esperançosa com o que ia acontecer. Mas, agora, até mesmo ela começava a pensar que Joe não estava mais vivo. No fim de agosto, ao voltar para Boston, estava fazendo nove meses que ele desaparecera. E ninguém nada sabia dele ou o vira entre qualquer dos prisioneiros dos acampamentos de guerra. Tanto Washington quanto a RAF tinham finalmente admitido que ele morrera.

Nesse verão, Kate não foi para Cape Cod. O lugar lhe trazia muitas recordações, mesmo que ela o tivesse visto lá apenas duas vezes. Chegou da Califórnia em tempo de começar o seu ano de bacharelado, em Radcliffe. Especializava-se em história e arte, e não tinha idéia do que ia fazer. Não lhe atraía ensinar, e nenhuma outra profissão em particular a seduzia, nem mais nada.

Viu Andy algumas semanas após chegarem, ele começava o terceiro ano da faculdade de direito e quase não tinha mais tempo de vê-la. Ele adorava o curso e estudava muito. Várias amigas de Kate não haviam voltado à universidade nesse outono, duas delas se casaram durante o verão e outra se mudara para a Costa Oeste. Outra fora trabalhar para sustentar a mãe, pois o pai e os dois irmãos haviam morrido no Pacífico, no ano anterior. O mundo parecia sustentado e provido pelas mulheres; os trabalhos de motorista de ônibus e de carteiro, antes exercidos por homens, eram agora executados por elas. Todos se acostumaram a isso, e Kate provocava os pais e lhes dizia que, quando crescesse, iria ser motorista de ônibus. Infelizmente, nada mais havia que ela quisesse fazer.

Kate tinha vinte e um anos, e em pouco tempo iria formar-se em Radcliffe. Era inteligente, bonita, interessante, companhia divertida e bem-informada. Com toda razão, a mãe insistia, como se não houvesse a guerra, em que Kate deveria se casar e então ter filhos. Se não fosse com Joe, com outro rapaz. Mas, desde que Joe morrera, Kate não saíra com mais ninguém. Vários rapazes de Harvard lhe pediram para saírem juntos, dois dos mais inteligentes do MIT e até mesmo um, excelente, do Boston College, mas Kate não os aceitou. Não se interessava por ninguém, e ainda esperava receber um telefonema de Washington, para lhe informar que Joe estava vivo, ou então que na sala dos visitantes, no andar térreo, havia alguém a esperá-la. Ao entrar nos ônibus, ao virar esquinas e ao atravessar ruas, esperava vê-lo. Era impossível acostumar-se à idéia de que Joe desaparecera no ar, que ele não estava mais em qualquer lugar do planeta e que, não importava o quanto o amasse, Joe nunca voltaria. Para Kate, qualquer conceito de morte era incompreensível.

Nesse ano, as férias foram pouco importantes, apesar de menos dolorosas do que no ano anterior. Estava bem mais calma, cordial e afável com os pais, mas, se a mãe insistia para que saísse, ela mudava de assunto ou saía da sala. Os pais começavam a desistir de ter esperanças, e a mãe confiou ao marido que tinha medo de a filha ficar solteirona.

— Não penso assim. — Clarke riu. — Ela tem vinte e um anos e, pelo amor de Deus, há uma guerra. Espere até que os rapazes voltem para casa.

— E quando isso vai acontecer? — Elizabeth perguntou, pesarosa.

— Em breve, espero.

Mas ainda não havia sinal disso.

Paris fora finalmente libertada em agosto. A União Soviética derrotara os alemães, e suas tropas haviam avançado na Polônia. Mas, desde setembro, os alemães haviam aumentado seus ataques de surpresa, bombardeando a Inglaterra. E a ofensiva deles na Floresta das Ardenas não fora boa para os aliados. E a Batalha do Bolsão, de Colmar, pelo Natal, custara um enorme número de vidas e desanimara todos os civis.

Foi no último dia das férias de Natal que Andy Scott deu uma passada pela casa, com um grupo de amigos, e convenceu Kate a ir patinar. Iam a um lago próximo, e a mãe ficou aliviada quando a viu sair. Ainda esperava que, algum dia, Kate desse mais atenção a Andy, mas ela sempre fez questão de afirmar não ter interesse romântico algum nele. Era apenas um amigo. Mas, ano após ano, ficavam cada vez mais íntimos, e Elizabeth não perdera totalmente as esperanças. Achava que Andy seria o marido perfeito para Kate, e o pai dela não discordava, mas pensava que quem deveria resolver isso era a filha.

Passaram uma tarde maravilhosa patinando no lago, levando tombos à vontade, empurrando uns em cima dos outros. Os rapazes fingiam jogar hóquei, e Kate patinava em graciosas circunferências no meio do lago. Em criança, adorava fazer desenhos com os patins e era boa nisso. E, depois, todos foram tomar bebidas quentes e passear para aproveitar o revigorante ar noturno. Depois de algum tempo, Kate se afastou do grupo, e Andy foi se juntar a ela. Estava feliz ao vê-la com melhor aparência e, afinal, por se divertir. Kate disse que as férias de Natal haviam sido boas, embora admitisse não ter feito muita coisa, e o rapaz percebeu que, pela primeira vez, não falara em Joe. Esperava que este fosse um momento decisivo para ela.

— O que vai fazer no próximo verão? — Andy perguntou.

O rapaz colocou a mão de Kate, enluvada, na dobra do cotovelo do seu braço. Andy tinha os cabelos escuros e brilhantes, e olhos castanho-escuros, e estava usando orelheiras e um cachecol quente, desde que saíra do lago.

— Não sei. Ainda não pensei nisso — respondeu Kate, vaga, o vapor saindo de sua boca em remoinho no frio ar noturno. — E você?

— Tive uma idéia divertida — afirmou Andy, enquanto seguiam os outros. — Nós dois vamos nos formar em junho. — Ela em Radcliffe e ele na faculdade de Direito. — Papai diz que tenho de começar a trabalhar até setembro, na firma de advocacia. Eu pensava que seria divertido sair em lua-de-mel. — Kate respondeu que sim com a cabeça e depois fechou a cara.

— Com quem?

Durante um minuto, Kate prendeu a respiração. Havia nos olhos dele uma expressão divertida, quando pararam de andar e ele baixou os olhos.

— Quem sabe, você — respondeu ele.

Kate deixou escapar um longo suspiro. Pensava que ele estava equivocado. Durante anos, o tratara como um irmão. Mas Andy sempre tivera uma paixão por ela. E, como os pais, Andy pensava que ambos fariam um bom casamento.

— Está brincando? — perguntou ela.

Mas o rapaz respondeu que sim com a cabeça, e Kate se apoiou nele.

— Não posso fazer isso, Andy. Amo você como um irmão. — Kate lhe sorriu, triste. — Casar-me com você seria incesto.

— Sei que você está apaixonada por Joe — respondeu Andy, honesto —, mas ele morreu. E sempre amei você. Acho que eu poderia fazer você feliz, Kate.

Mas não como Joe. Joe fora paixão, emoção e perigo. Andy era apenas para chocolate quente e patinação no gelo. Ambos eram importantes para ela, mas de formas diferentes, e ela tinha certeza de que nunca sentiria por ele o que sentira por Joe. Por um momento, pararam de andar, e os outros estavam bem à frente, sem ter idéia do que estava acontecendo com ambos, lá atrás.

— Não seria justo — Kate respondeu, honesta, aninhando-se a ele, à medida que começavam a andar novamente.

Andy quis lhe perguntar o dia todo, e no lago não tivera a oportunidade que queria. Estivera muito atarefado jogando hóquei com os amigos. E Kate parara de patinar. Estava muito solitária nos últimos dias.

— Ainda não posso acreditar que ele tenha morrido e que nunca mais vai voltar. — Kate começava a fazer um esforço para se conformar, mas não conseguia e talvez jamais conseguisse.

— Você não ficou noiva dele, Kate. Muitas pessoas namoram outras pessoas antes de se casar. Muitos até desmancham o noivado quando encontram alguém mais. — Andy ficava cada vez mais sério, olhando-a. — Depois da guerra, vai haver muita mulher na mesma situação. Há viúvas ainda mais jovens que você, e algumas delas com filhos. Elas não podem se fechar para o restante de suas vidas. Têm de viver novamente, e você também. Não pode se enterrar para sempre.

— Posso, sim. — Ela começava a pensar que o que tivera com Joe fora tão fora do comum e tão especial que tudo a ampararia pelo restante da vida, e não haveria ninguém mais.

— Isso não é bom para você. Precisa de um marido, filhos e uma vida normal, e de alguém que a ame e cuide de você.

As palavras de Andy seriam música aos ouvidos da mãe, mas não aos ouvidos de Kate. Não estava inclinada a pensar em alguém mais. Ainda estava apaixonada por Joe.

— Você merece alguém melhor do que uma pessoa apaixonada por um espírito.

Era a primeira vez que Kate admitira a alguém que Joe poderia ter morrido, e Andy achou que fosse o primeiro passo.

— Talvez em nossa vida haja lugar para um espírito. — Andy estava certo de que Kate ia finalmente se esquecer de Joe.

— Não sei — respondeu Kate, confusa.

Mas, na verdade, até agora, tinha dito que não.

— Não precisamos nos casar no verão que vem, Kate. Falei apenas para ver o que você ia responder. Podemos levar o tempo que desejarmos. Talvez possamos apenas namorar por enquanto.

— Como pessoas de verdade? — perguntou Kate.

Ela o olhava, mas não conseguia imaginar-se amando-o. Para ela, mesmo aos vinte e três anos, Andy ainda parecia uma criança. E Joe era exatamente dez anos mais velho que ele. E eram homens muito diferentes. Kate se sentiu atraída por ele, desde o momento em que o conheceu, ele era como uma explosão de luz no coração dela. Andy sempre parecera uma pessoa carinhosa e bom amigo. Era o que a sua mãe dizia que os maridos tinham obrigação de ser.

— Então, o que você acha? — perguntou ele, esperançoso.

Kate riu. Era como um menino. Ela não conseguia levá-lo a sério.

— Acho você maluco para me querer — respondeu ela, honestamente.

— E? — perguntou ele, esperançoso. — Que me diz?

— Não sei. Não consigo imaginar o que seria se saísse com você. Deixe-me pensar.

Kate tentara apresentá-lo às companheiras de casa durante os últimos três anos e meio, mas Andy estava sempre mais interessado nela.

— Parece-me uma idéia maluca — disse, realista.

Andy não se sentia desanimado. As coisas aconteciam melhor do que esperara, e parecia satisfeito. Tentara durante meses tomar coragem para lhe perguntar, mas tivera medo de que fosse muito cedo. Agora, porém, fazia quase um ano que Joe desaparecera.

— Talvez não tão maluca como você pensa — respondeu Andy, terno. — Por que não vemos como tudo vai acontecer nos próximos meses? — sugeriu.

Kate respondeu que sim com a cabeça. Sempre gostara dele, e talvez sua mãe estivesse certa.

Mas, nessa noite, após Andy levá-la de volta para a casa dos pais, Kate se sentiu deprimida ao pensar nisso. Deixar que Andy lhe falasse sobre isso parecia-lhe uma traição a Joe, e pensar em Andy só a fez sentir mais saudades de Joe. Não eram apenas diferentes, viviam em mundos diferentes. Tudo em Joe era emocionante, fascinante, hipnotizante. Sempre adorara as suas histórias de vôo, e voar com Joe era uma das coisas mais importantes de sua vida. Mas, além do que Joe lhe dissera e do que ambos haviam feito juntos, havia entre eles uma atração poderosa, quase irresistível e muda. Era um tipo de química que ninguém conseguia explicar. E Kate não tinha nada disso com Andy Scott. Em vez da luz brilhante queimando em algum local no seu interior, Andy pensava apenas num lugar amplo e terno. Seria um enorme ajuste a fazer. E, alguns dias depois, quando ela o viu novamente na universidade, começou a lhe dizer o mesmo.

— Cale-se! — falou ele, firme, pondo um dedo nos lábios de Kate. — Sei o que vai dizer. Esqueça. Não quero ouvir. Você está apenas assustada.

Mas a dificuldade é que Kate não estava apaixonada por Andy. Nada falara aos pais sobre o que Andy lhe dissera. Não queria que a mãe tivesse esperanças ou a aborrecesse por causa disso. Kate ainda não aceitara a idéia. Ao contrário, parecia acovardada até mesmo de combinar um encontro. Sentia-se uma tola ao sair com ele.

— Você precisa tentar — continuou Andy. — Que tal jantarmos na sexta-feira à noite? E no sábado podíamos ir a um cinema.

Subitamente, pareceu a Kate que um rapaz do curso secundário lhe pedia para namorar. Andy era inteligente, gentil, amigo e ótimo, mas, para ela, o fato de ele ter ficado em casa enquanto todos foram para a guerra, fazia-o parecer menos maduro que Joe.

Apesar de tudo, Kate se vestiu para o jantar na noite de sexta-feira. Usava um vestido preto que a mãe lhe dera no Natal, sapato de salto alto, um casaquinho de peles e um colar de pérolas. E parecia muito bonita com seus cabelos castanho-avermelhados brilhantes, quando Andy veio apanhá-la, trajando um terno escuro. Ele parecia o sonho de qualquer estudante universitária. Menos de Kate.

Passaram momentos agradáveis em um restaurante italiano no Lado Norte e, depois, Andy a levou a dançar, mas, seja como for, apesar de Kate tentar ao máximo, sentia tudo isso como uma brincadeira. Preferia jantar com ele em uma cafeteria, como sempre. Mas não lhe disse isso.

Andy estava muito sério ao levá-la em casa, no fim da noite, e não a beijou. Não queria assustá-la, e para ele ainda era muito cedo. E, na noite seguinte, levou-a a ver novamente *Casablanca*, o que o deixava mais descontraído, e, depois, foram comer hambúrgueres. Kate ficou surpresa com a noite agradável. Era de fato divertido sair com um rapaz, e era fácil fazer-lhe companhia. Mas, para ela, no mínimo, a companhia de Andy não era emocionante nem romântica. Era apenas um amigo, e ela não conseguia imaginar ou sentir por ele mais do que isso. Mas pelo menos se esforçava por tentar.

Era o Dia dos Namorados, quando finalmente Andy tentou beijá-la. Joe desaparecera quinze meses antes, mas, ao sentir os lábios de Andy nos dela, Kate só conseguia pensar em Joe. Andy era um rapaz bonito e sensual e jovem e, de muitas formas, atraente. Mas sentia como se estivesse fazendo algo terrivelmente errado. Era como se tudo no seu íntimo, no coração, na cabeça, na alma, estivesse adormecido. Quando Joe apagou as luzes, tudo nela ficara escuro. Kate abandonara com ele o coração.

Andy pareceu não perceber, e, durante alguns meses, marcavam encontro uma vez por semana, e ele a beijava ao deixá-la em casa. Nunca tentou ir além disso, o que para Kate era um alívio. Sabia que Andy não a tentaria para arriscar-lhe a reputação, e suspeitava de que ele nem desconfiava de que já fizera amor com Joe. Ele constantemente lhe dizia que a amava, e ela também o amava, à sua moda. Os pais ficaram pasmos que a filha estivesse saindo com Andy, mas ela insistia em que ainda não era sério. E quando o pai olhou-a nos olhos, quase ficou de coração partido. Clarke conseguia decifrar, muito facilmente, tudo o que havia e o que não havia neles. Viu apenas uma dor sem tamanho. Era como olhar em um poço sem fundo, cheio de desgosto. O fato de ela falar, sorrir e começar a rir novamente não o enganava.

E, um dia, quando a mãe elogiava Andy, quando ela e Clarke estavam sozinhos, jantando em casa, o pai tentou desanimá-la. Achava que o que Elizabeth fazia era perigoso para Kate.

— Não os force, Liz. Deixe que achem o próprio caminho.

— Parecem estar muito bem. Vão ficar noivos, tenho certeza.

Mas o que isso queria dizer?, perguntava a si mesmo. Que ela amara profundamente um homem e que tinha de se casar com alguém, qualquer um, para substituí-lo, amasse-o ou não? Para ele, parecia um destino cruel. Ele e Liz estavam casados há treze anos, ele ainda a amava todos os dias. E não era menor o que sentia por Kate.

— Não acho que Kate deveria se casar com Andy — respondeu Clarke, sensato.

— Por que não?

— Ela não o ama, Liz — respondeu ele, tranqüilo. — Olhe-a bem. Ainda está apaixonada por Joe.

— Ele nunca foi correto com ela e, pelo amor de Deus, morreu.

— Isso não muda o que Kate sentiu por ele. Durante anos, não vai se curar disso.

Clarke estava começando a temer que Kate nunca se curaria. E casar com Andy só poderia piorar tudo, particularmente se fizesse isso para lhes agradar. Isso poderia rebentar totalmente o seu estado de espírito ou enchê-la de desespero. Nesse caso, era preferível Kate ficar sozinha, não importa que Andy fosse um bom rapaz.

— Deixe que resolvam sozinho — advertiu.

Liz olhava-o e sacudia a cabeça.

— Ela precisa se casar e ter filhos, Clarke. Que espera que ela faça depois que se formar em junho?

Elizabeth achava que casamento e filhos eram terapia ocupacional, o que o deixava contrariado.

— Prefiro que consiga emprego a se casar com o homem errado.

— Não há nada de "errado" com Andy Scott.

Elizabeth queria saber onde o marido arranjara essas idéias malucas. Talvez também estivesse um pouco fascinado por Joe Allbright. Mas, mesmo fascinado por ele, Joe Allbright morrera. E Kate tinha de continuar a viver.

Apesar da argumentação dos pais e da preocupação com ela, Kate continuava a sair com Andy todos os fins de semana, e a fazer o que podia para sentir por ele algo além de simples amizade, mas era uma luta penosa. E, na primavera, todos tiveram a atenção concentrada na Inglaterra, na França e na Alemanha. O curso dos acontecimentos começava a mudar.

Tropas norte-americanas haviam vencido a batalha do Ruhr, em março, e haviam tomado Iwo Jima, no Pacífico. Em abril, Nuremberg caíra nas mãos dos aliados, assim como os soviéticos haviam chegado aos subúrbios de Berlim. Mussolini e os membros do seu gabinete foram executados no fim de abril, e os exércitos alemães na Itália se renderam no dia seguinte, apenas duas semanas após a morte do presidente Roosevelt. Harry Truman era agora o presidente. A Alemanha se entregara a 7 de maio e o presidente Truman declarou 8 de maio o Dia da Vitória.

Kate e Andy acompanhavam com avidez as notícias e debatiam o que liam. A guerra significava mais para ela do que para muitas moças da sua idade, porque lhe custara muito. E outras estavam constantemente prendendo a respiração, rezando para que seus homens voltassem para casa. Agora, quase dois anos depois de ele ser abatido, Kate perdera a esperança de que Joe pudesse voltar ao final da guerra. Desaparecera dezessete meses antes, e todos, até mesmo ela, admitiam que estava morto. Os arquivos de Joe estavam fechados, embora seus recordes de vôo não fossem ultrapassados e nem o seriam por longo tempo.

No Dia da Vitória, Kate estava em aula, quando soube das notícias, e uma professora entrou com lágrimas escorrendo pelo rosto. Perdera o marido na França, três anos antes. Todas as moças ficaram de pé e aplaudiram e se abraçaram. Acabara. Terminara. Chegara ao fim. Os rapazes poderiam voltar para casa, afinal. Agora, só precisavam da vitória no Japão, mas todos tinham certeza de que ela viria em pouco tempo.

Nessa tarde, Kate foi ver os pais, e Clarke exultava. Ela e o pai conversaram, por alguns instantes, e depois ele percebeu um olhar intensamente triste nos olhos da filha. Era fácil perceber o que lhe passara pelo pensamento, e havia lágrimas nos olhos dela. No mesmo instante, Clarke entendeu e lhe tocou na mão.

— Lamento que ele não volte, Kate.

Ela lhe respondeu que sim com a cabeça.

— Também lamento — respondeu ela. Lágrimas lhe escorriam pelas faces e as enxugava.

Kate voltou à casa onde estava vivendo e caiu na cama, pensando novamente em Joe. Ele estava sempre ali, em algum lugar, próximo a ela. Nunca estava distante. E quando uma das moças veio lhe dizer que Andy queria falar com ela ao telefone, disse-lhe para responder que ela não estava. Apenas não conseguia falar com ele. Seus pensamentos e coração estavam repletos de Joe.

Capítulo 9

A FORMATURA, APÓS a vitória na Europa, não foi um acontecimento alegre, mas Kate parecia muito bem de beca e capelo. Os pais se sentiam orgulhosos dela, e Andy estava lá. Falava-lhe para ficarem noivos nessa semana, e ela lhe pedira para esperar um pouco. Ele ia viajar pelo Noroeste durante o verão, e iria trabalhar com o pai, em Nova York, no outono.

Depois da sua, Kate foi à formatura dele na faculdade de Direito, e era compreensível ter poucos alunos. Mas foi muito digna, e Kate se sentia feliz por ele. Conseguira com que concordasse esperar até o verão para novamente conversar sobre o casamento. E, para Kate, isso era como que estar comutando a pena capital.

Mas assim que Andy partiu em viagem, em junho, Kate achou que sentia mais falta dele do que pensava, e se acalmou ao perceber que na verdade experimentava alguma coisa por ele. Nunca teve certeza do que exatamente sentia, e sabia que a razão era Joe. A força de suas emoções ainda a fazia se sentir confusa, como se toda a energia se voltasse contra ela. Mas a volta era lenta. E Kate estava grata à gentileza e paciência de Andy. Sabia ter sido cruel, e, no fim de junho, estava realmente ansiosa para que ele voltasse. Andy lhe telefonava sempre que podia e lhe enviava cartões-postais de todos os lugares. Ia aos Grand Tetons e finalmente ao Lago Louise. Tinha amigos em

Washington, depois, na volta, ia passar por San Francisco. E, pelo que contava, se divertia muito, mas sentia muita falta dela. Kate percebeu que pensava em ficar noiva dele no outono, e talvez se casar em junho do ano seguinte. Mas sabia que, se nada mais houvesse, precisava de outro ano. E estava novamente trabalhando em tempo integral na Cruz Vermelha.

Havia hordas de rapazes que voltavam todos os dias da Europa, e os navios-hospital traziam os feridos. Kate acabara de ser designada para trabalhar no cais, ajudando a equipe médica a atender os que desciam dos navios, e enviá-los ao hospital onde passariam os vários meses vindouros ou mesmo anos. Kate nunca vira pessoas tão felizes por estar em casa, sem se importar com a extensão dos ferimentos. Ajoelhavam-se e beijavam o chão, beijavam-na e a qualquer uma por perto, se as mães ou namorados não estivessem por ali. Mas, apesar de o trabalho ser exaustivo, de certa forma era uma ocupação feliz. Muitos tinham ferimentos horrendos, ainda que todos ainda parecessem muito jovens, até lhes ver os olhos. Tinham visto demais. Mas estavam emocionados por estar em seu país. Olhá-los descer mancando do navio ou abraçar as suas bem-amadas sempre fazia Kate chorar.

Passava horas com eles, segurando-lhes as mãos, acariciando rostos, tomando anotações para os que haviam perdido a visão. Levava-os até a ambulância ou caminhões militares. Todos os dias chegava imunda e cansada em casa, mas ao menos sentia estar fazendo algo de útil com o seu tempo. Uma noite, após um longo dia de trabalho em uma enfermaria de hospital repleta, chegou muito tarde em casa. Por isso, sabia que os pais estariam ansiosos. Mas, no momento em que entrou e viu o rosto do pai, sabia que havia algo terrivelmente errado. A mãe, sentada em um sofá próximo a Clarke, enxugava os olhos com um lenço. Kate não sabia quem, mas no mesmo instante desconfiou que alguém morrera. Sentiu um frio lhe percorrer a espinha.

— Que há de errado, papai? — perguntou enquanto entrava na sala.

— Nada, Kate. Venha cá e se sente.

Fez o que lhe pediam e alisou o uniforme. Todo ele estava cheio de manchas, com o barrete de lado. Fora um dia incrivelmente longo, e ela estava ansiosa e cansada.

— Você está bem, mamãe? — perguntou ela. A mãe respondeu que sim com a cabeça, mas nada falou. — Que aconteceu? — Olhava de um para o outro. Houve uma pausa interminável.

Não tinha avós, nem tios nem tias vivos. Sabia, portanto, que tinha de ser uma de suas amigas ou talvez os filhos das amigas. Alguns dos feridos não haviam sobrevivido à viagem de volta.

— Recebi um telefonema de Washington, hoje — explicou o pai.

Nesse momento, isso nada lhe dizia. Todas as notícias más tinham vindo e ido. O trabalho que fazia lhe dera grande compaixão. Sabia o que era perder uma pessoa que se ama muito. Kate olhava o pai para achar indícios do que tanto o transtornara. O pai hesitou, mas continuou:

— Encontraram Joe, Kate. Está vivo.

Kate ficou tão atordoada que as palavras do pai a feriram como uma pedra, e não conseguiu emitir um som.

— Quê? — foi tudo o que conseguiu dizer, o rosto muito pálido. — Não entendo. — Sentiu que ia entrar em estado de choque. Lembrava-se da noite em que perdera o filho. — Que foi que você disse, papai? — Mesmo depois de desejar isso por tanto tempo, não lhe parecia possível. Kate finalmente passou a acreditar que Joe morrera. E agora, que há muito desistira de ouvir, sentiu vertigem e ficou totalmente confusa.

— Foi atingido a oeste de Berlim — explicou o pai. — Teve um problema com o pára-quedas e machucou ambas as pernas. Um fazendeiro o escondeu e, finalmente, tentou fugir até a fronteira, mas foi capturado e levado à prisão do Castelo de Colditz, perto de Leipzig. Antes disso, não teve como entrar em contato com ninguém, e, segundo informação do Ministério da Guerra, a identificação de Joe estava com nome falso. Tinham medo de fazê-lo voar nos céus da Alemanha com documentos mostrando o nome certo, porque seria ainda mais perigoso para ele — contou o pai, enxugando as lágrimas.

Kate o olhava. Era quase além da sua compreensão, enquanto tentava se concentrar no que o pai lhe falava. Parecia que era ela própria que voltava de entre os mortos, e não Joe.

— Ficou preso em uma solitária, e por alguma razão os alemães não o declararam oficialmente na lista de prisioneiros, mesmo com o nome falso que usara. Ninguém sabe por que, devem ter suspeitado de que o nome que usava não era de fato o correto, e torturaram-no para lhe arrancar alguma informação. Ficou em Colditz durante sete meses e, finalmente, escapou. Depois, permaneceu na Alemanha por quase um ano. E desta vez encaminhou-se à Suécia e tentava embarcar em um navio cargueiro quando foi novamente capturado. Desta vez, atiraram nele, e ficou gravemente ferido. Por vários meses acharam que estivesse delirante ou inconsciente, e depois o puseram novamente em Colditz. Ficou usando documentos suecos falsos, razão por que não apareceu mais uma vez na lista de prisioneiros americanos. Não há certeza de que soubessem quem era ele. Há semanas, encontraram-no em uma solitária em Colditz, mas não conseguia se identificar até ontem. Agora está em um hospital militar em Berlim. E, Kate... — O pai calou-se por um minuto, ao tentar controlar a voz. — Parece que ele não está em muito bom estado. Disseram que, ao tirá-lo de lá, talvez não estivesse vivo. Mas, de alguma forma, valha-me Deus!, cuidaram dele para que ficasse vivo até agora. Acham que vai conseguir, a não ser que tenha alguma complicação. As pernas ainda estão gravemente avariadas, e foram novamente quebradas. Ainda tem ferimentos de bala nas pernas e nos braços. Por todo este tempo, esteve no inferno. E, se conseguirem que fique bastante bem para viajar, vão pô-lo em um navio-hospital dentro de duas semanas e trazê-lo para os Estados Unidos. Deve chegar aqui em julho.

Kate nada falara ainda e, como o pai, só conseguia chorar. A mãe a olhava desesperada. Sabia, sem que lhe falassem, que a vida de Kate estava para se alterar radicalmente. Andy Scott e qualquer coisa que ele tivesse para oferecer acabavam de desaparecer em um jato de fumaça. E não importa o quanto Kate amasse Joe, a mãe tinha certeza de que, por causa disso, ele lhe destruiria a vida. Mas era óbvio para ambos o quanto Joe significava para Kate, e fora impossível esquecê-lo depois de dois anos. Para Kate, o pai queria apenas a sua felicidade, fosse qual fosse, significasse o que significasse. Clarke sempre tivera um profundo respeito por Joe.

— Posso falar com ele? — Kate finalmente perguntou, a voz em um lamento.

Mas o pai duvidava que ela pudesse telefonar. Clarke lhe dera por escrito o nome do hospital, mas, nesses dias, as comunicações com a Alemanha eram péssimas e não se completavam.

Naquela noite, mais tarde, Kate tentou telefonar, mas a telefonista informou que era impossível completar a ligação. Kate se sentou na sala, olhando o luar e pensando nele. Só conseguia se lembrar agora o quanto por muito tempo estivera certa de que ele ainda vivesse. Só nos últimos meses é que de fato começara a acreditar que Joe morrera.

Kate sentia que iria se movimentar debaixo d'água, nas próximas semanas. Todos os dias ia trabalhar no cais e na comunicação da Cruz Vermelha com os navios. Visitava homens em hospitais, escrevia cartas por eles, ajudava-os a comer, a sentar e a beber. Ouvia mil histórias dolorosas. Quando Andy telefonou, Kate parecia confusa ao conversar com ele. Não queria lhe dizer pelo telefone que Joe estava vivo, e não sabia o que falar. Tentara muito amá-lo, e conseguiria algum dia, mas, agora que Joe voltaria para casa, mal conseguia falar com Andy. Não achava justo lhe estragar a viagem contando-lhe isso, enquanto estivesse fora.

No dia em que o navio de Joe deveria chegar, Kate foi trabalhar às cinco da manhã. Sabia que ele deveria aportar às seis horas, com a maré alta. Estava ao largo desde a noite anterior e se comunicara pelo rádio. Kate usava um uniforme limpo e o barrete, e as mãos tremiam quando o prendeu com o alfinete. Nem conseguia imaginar que o veria. Tudo começava a parecer um sonho muito estranho.

Kate tomou o bonde para o cais, apresentou-se ao supervisor e verificou os suprimentos. Havia setecentos homens feridos no navio, um dos primeiros a chegar da Alemanha. Os outros navios haviam vindo da Inglaterra e da França. Havia ambulâncias e veículos de transporte militares estacionados ao longo do cais, e mandariam os homens a hospitais militares a um raio de várias centenas de quilômetros. Kate não tinha idéia do local para onde iriam mandar Joe. Mas, para onde fosse, ela iria ficar lá com ele o maior tempo possível. Jamais conseguira falar com ele por telefone na Alemanha, nas últimas semanas, e lhe disseram que uma carta não chegaria a tempo. Desde outubro, há quase dois anos, não tinham contato.

O navio, utilizando apenas vapor, atracou, e o cais ficou cheio de homens, de muletas, com ataduras, e se conseguia ouvi-los gritando, gemendo, assobiando e vê-los acenando muito antes de o navio chegar ao cais. Era uma cena que Kate já vira muitas vezes antes, e sempre lhe trazia lágrimas aos olhos. Mas, desta vez, ali estava ela, olhando todos os que chegavam, forçando os olhos, buscando por ele no convés, mas Kate duvidava que Joe estivesse em condições de ficar de pé. Pelo que ouvia, Joe deveria ser um dos homens nas macas, deitados no convés. E Kate já falara à supervisora que iria a bordo.

— Conhece alguém?

Em geral, as voluntárias esperavam que os homens descessem, mas, de vez em quando, elas iam a bordo para ajudar. A enfermeira aposentada encarregada das voluntárias percebia como Kate estava ansiosa. Nunca vira alguém com cabelos ruivos escuros emoldurando o rosto, tão pálida.

— Eu... meu... meu noivo está a bordo — respondeu ela, afinal.

Era muito complicado explicar o que ele significava para ela e onde estivera durante dois anos. Era mais fácil usar uma mentira diplomática.

— Há quanto tempo não se vêem? — perguntou a supervisora, ao verem o navio chegar.

Já dera permissão a Kate para ir a bordo.

— Vinte e um meses — informou Kate. A supervisora olhava a mulher de olhos enormes, azul-escuros. — Há até três semanas, pensávamos que estivesse morto.

A mulher podia apenas imaginar como isso fora para Kate. Vivera um inferno próprio e solitário, era viúva e perdera três filhos.

— Onde o acharam? — perguntou, mais para distrair Kate.

A pobre moça parecia que ia se partir ao meio.

— Na Alemanha. Na prisão — respondeu Kate.

A enfermeira só conseguia imaginar o tipo de dano que lhe haviam feito.

— Foi abatido em bombardeio, em ataque de surpresa.

Levou cerca de uma hora para o navio atracar, e depois um a um os homens foram descendo os passadiços até o solo. As pessoas aplaudiam e choravam, e aconteciam inúmeras cenas de lágrimas no convés. Mas, desta vez, Kate não chorava por eles, chorava por Joe. Só duas horas depois conseguiu subir no navio. A essa altura, já iam descarregar as macas, e Kate subiu com um grupo de enfermeiros que ia descê-las. Kate teve de se esforçar para se controlar, e não os empurrar para passar na frente, sem ter idéia de onde encontrá-lo no navio enorme. Viu logo que os enfermeiros no navio e a tripulação retiravam os homens das macas e os depositavam no convés superior. E, com cuidado, Kate abriu caminho entre os feridos e moribundos. Havia no ar o odor forte de corpos doentes e suados, e ela tinha de lutar para não ter náuseas.

Alguns deles tentavam alcançá-la, agarrar-lhe as mãos e lhe tocar as pernas. E Kate tinha de parar de metro em metro para dar uma palavrinha com alguns. Mal conseguia caminhar. Andara por entre eles, com cuidado para não pisar em ninguém, e parou talvez pela centésima vez quando um homem sem pernas a alcançou e lhe segurou a mão. Perdera metade do rosto, e ela conseguia ver, pelo modo como ele virou a cabeça, que o olho que lhe restava era cego. Queria apenas lhe dizer como se sentia feliz por estar em casa, e pelo sotaque Kate podia afirmar que era do Sul. Ainda estava curvada falando com ele, quando uma mão tocou-lhe delicadamente por trás. Acabava de falar com o sulista, e se virou para ver o que poderia fazer pelo homem que a tocara. Ele estava deitado ali, olhando-a com um sorriso largo. O rosto era magro e pálido, e havia pequenas cicatrizes que sofrera com os alemães, mas, apesar disso, Kate sabia quem ele era. Ajoelhou-se perto dele, e ele se sentou e segurou-a nos braços. Lágrimas lhe escorriam pelas faces, e elas se misturavam às lágrimas de Kate. Era Joe.

— Ó meu Deus... — foi tudo o que ela conseguiu dizer.

— Alô, Kate — respondeu ele em uma voz trêmula mas familiar. — Eu lhe disse que tinha cem vidas.

Kate chorava tão forte que não conseguia lhe falar, e ele, delicadamente, com a mão grossa, limpou-lhe as lágrimas do rosto. Perdera muito peso e, ao sentar-se, Kate viu que as pernas de Joe haviam sido engessadas na Alemanha, mas os médicos ainda não tinham certeza se ele voltaria a andar. Seus captores as haviam quebrado durante interrogatórios e, ao tentar escapar, atiraram em ambas as pernas. Ele se agarrara a um fiapo de vida, e voltara a viver. Kate nem podia imaginar como Joe estivera, era difícil acreditar que poderia ser pior do que aquela situação em que o via agora, mas Kate sabia que fora.

— Nunca pensei que voltaria a ver você — explicou ele, carinhoso.

Os enfermeiros carregavam-no com a maca para fora do navio, e Kate andava ao seu lado, segurando-lhe uma das mãos, enquanto com a outra lhe enxugava os olhos.

— Nem eu — respondeu ela. A supervisora viu e chorou ao vê-los chegar ao cais.

Era uma cena que a supervisora havia visto mil vezes, porém esta em particular a tocava, porque adorava Kate. Alguém merecia sair vitorioso em tudo isto, pensava ela. Havia tragédia bastante nos últimos quatro anos.

— Vejo que encontrou o seu amigo. Bem-vindo à pátria — a mulher cumprimentou, batendo de leve no braço de Joe.

Joe apertou com força a mão de Kate.

— Quer ir na ambulância com ele, Kate?

Mandavam-no para um hospital de veteranos de guerra, nas cercanias de Boston, e para Kate seria fácil visitá-lo. Finalmente, as marés da sorte tinham mudado. Ela sabia que, se lhes acontecesse qualquer coisa, seria grata para sempre pelo presente que era a vida de Joe.

Kate entrou na ambulância e se sentou no chão, ao lado dele. Trouxera no bolso, para ele, uma barra de chocolate, e a entregou assim que a ambulância andou. Havia outros três homens ali com eles, e Kate dividiu outra barra de chocolate entre os três, e um deles começou a chorar.

Todos haviam estado na Alemanha, dois deles como prisioneiros de campos de guerra, e o quarto, preso ao tentar escapar para a Suíça. Fora torturado durante quatro meses e depois o largaram para que morresse. Todos haviam sido tratados de forma apavorante quando em mãos alemãs, mas haviam tido suas vidas salvas por civis, menos Joe, que fora escondido por um fazendeiro, primeiro, mas depois, na prisão, se segurara à vida, até ser encontrado.

— Você está bem? — Joe a contemplava com olhar maternal.

Ele nunca vira algo tão belo como os cabelos, a pele e os olhos dela, e os outros três homens que viajavam com eles não conseguiam tirar os olhos dela. Deitados nas macas, contemplavam Kate, enquanto Joe lhe segurava a mão.

— Bem. Sempre achei que você estava vivo — respondeu Kate, em um sussurro, sentada ao lado dele. — Eu sabia que você não havia morrido, apesar de todos dizerem que sim.

— Você não se casou nem nada, espero. — Ele riu.

Kate respondeu que não com a cabeça. Se ele tivesse demorado mais tempo, tudo seria diferente.

— Terminou a universidade?

Joe queria saber tudo. Pensara nela um milhão de vezes, e à noite dormia pensando se a veria de novo. Por amor a ela e a si próprio, Joe se recusara a morrer.

— Formei-me em junho — completou ela.

Após todo este tempo, havia muita coisa a dizer. Eram quase dezoito meses, e levaria tempo.

— Estou trabalhando na Cruz Vermelha como voluntária.

— Não brinca. — Ele riu, os lábios dolorosamente rachados que Kate já beijara várias vezes, e que sabia, com certeza absoluta, não haveria na vida outros tão deliciosos. — Pensava que você era uma enfermeira amiga.

Joe não pudera acreditar ao vê-la ao seu lado, no navio. Nem mesmo entrar em contato com ela antes de embarcar. E foi uma felicidade que o tivessem mandado para Boston e não para Nova York. Ao menos, aqui, Kate poderia visitá-lo todos os dias.

Kate ficou com ele enquanto o instalavam no hospital, mas, depois disso, ela teria de voltar na ambulância ao cais e terminar o trabalho.

— Vou hoje à noite — prometeu ela.

Depois do trabalho, Kate voltou à casa dos pais e pegou emprestado o carro. Eram quase sete quando chegou ao hospital. A essa altura, Joe estava limpinho e folgadamente aconchegado debaixo dos lençóis, quase adormecido. Kate sentou-se ao lado dele, sem perturbá-lo, e ficou surpresa, quando, duas horas depois, ele se mexeu. Virou-se, fazendo cara de dor, e depois, ao sentir que Kate o contemplava, abriu os olhos.

— Estou sonhando? Ou estou no Céu? — perguntou, com um sorriso sonolento. — Não pode ser você, sentada aí. Nunca fiz qualquer coisa para merecer isto.

— Fez, sim. — Beijou-lhe as faces e depois os lábios. — Sou a felizarda. Minha mãe tinha medo de que eu ficasse para titia.

— Eu supunha que você agora estivesse casada com aquele menino, o Andy, aquele que você sempre disse ser apenas um amigo. Amigos como ele sempre acabam se casando com a mocinha, quando o herói morre.

— Acho que não — respondeu Kate, enigmática. — O herói não morreu.

— Não — respondeu Joe, virando as costas e suspirando. As pernas estavam engessadas. — Nunca pensei que iria sair de novo da prisão. Todos os dias, tinha certeza que iriam me matar. Acho que se divertiam à beça me deixando morrer lentamente.

Haviam-no torturado sem piedade. Kate nem podia imaginar os dezoito meses no inferno que ele conhecera, ou como sobrevivera, mas graças a Deus sobrevivera.

Kate ficou com Joe até depois das dez da noite, só então foi para casa, mais porque o via muito cansado do que porque quisesse ir embora dali. E iam lhe dar remédio para a dor nas pernas. Ao sair Joe cochilava novamente. Kate ficou por mais um minuto, olhando o rosto decidido e bem definido com que sonhara um milhão de vezes.

Quando chegou em casa, o pai esperava acordado pela volta da filha.

— Como ele está? — perguntou Clarke, preocupado.

Ele ainda estava no escritório quando Kate chegara para apanhar o carro.

— Está vivo — ela sorriu, exultante — e, surpreendentemente, em boa forma. As pernas estão engessadas, e o rosto muito machucado. É realmente um milagre ele estar conosco, papai.

Clarke sorriu ao olhar o rosto da filha. Há muitos anos não via um sorriso assim. O coração ficava animado ao senti-la outra vez feliz.

— Em pouco tempo, Joe vai voar outra vez, se o conheço. — Clarke sorriu.

— Temo que você esteja certo.

Ainda tinham de lhe examinar as pernas e talvez operá-las outra vez, e havia uma chance de ele ficar mancando. Mas havia destinos bem piores. Joe voltara de entre os mortos, e, não importa como ficasse, era isso que lhe importava.

Então, por um momento, o pai ficou sério.

— Andy lhe telefonou quando não estava em casa. Que vai lhe dizer, Kate?

— Nada até que volte.

Kate ficara pensando sobre isso todo o caminho de volta e se sentia péssima por Andy. Era sua escolha, e esperava que ele entendesse.

— Vou lhe contar a verdade — respondeu, honestamente. — Assim que eu contar que Joe voltou, Andy vai entender. Não estou certa de que poderia me casar com ele, papai. Andy sabia que eu ainda amava Joe.

— Como sua mãe e eu. Esperávamos que você superasse tudo, para seu bem, caso Joe tivesse morrido. Não queríamos que você definhasse por causa dele, para o resto da sua vida. Vocês dois, agora, vão se casar? — perguntou-lhe Clarke.

Parecia quase óbvio a Clarke que, após tudo acabar, eles se casassem. Para ele, era claro que ao menos fossem ficar juntos durante a vida.

— Não conversamos sobre isso. Ele ainda está muito doente, papai. Não acho que, no momento, este seja um problema importante.

No dia seguinte, quando Clarke Jamison foi visitar Joe, viu por que o problema não era importante. Ficou abalado com sua aparência terrível, estava pior do que imaginara. A essa altura, Kate vira tantos homens feridos que ele não a assustou como deveria. Esperara, na verdade, que Joe parecesse pior do que estava.

Joe ficou emocionado ao vê-lo, e conversaram por longo tempo. Clarke não lhe perguntou sobre sua experiência na Alemanha, achou que era melhor não lhe questionar sobre isso, mas, afinal, Joe contou o que acontecera e como fora abatido. Era uma história inacreditável, e, apesar de tudo, Joe estava com boa disposição de espírito. Seus olhos se iluminaram ao ver Kate. Viera visitá-lo enquanto o pai ainda estava lá. Clarke os deixou poucos minutos depois, e Kate lhe perguntou sobre as pernas. Os médicos o examinaram, e achavam que tudo melhorava. Na Alemanha haviam feito um bom trabalho de engessar as pernas.

No mês seguinte, Kate o visitava todas as noites após o trabalho, sentava-se com ele nos fins de semana e o empurrava pelo jardim na sua cadeira de rodas. Joe a chamava anjo de compaixão. E, quando ninguém olhava, beijavam-se e seguravam-se as mãos. Ao ser mandado para casa por duas semanas, Joe ameaçava sair do hospital e levá-la a um hotel, e Kate brincava com ele.

— Com esse gesso você não vai muito longe. — E apontava para as pernas.

Kate, porém, estava tão ansiosa por acariciá-lo quanto Joe. Por enquanto, tinham de se contentar com beijos clandestinos. Joe ainda não estava bem o bastante para ir a algum lugar, mas, a cada dia, apesar do gesso, conseguia movimentar as pernas. E quando, quatro semanas depois de chegar, o levaram dali, Joe começou a andar, para espanto de todos. A princípio, só podia dar uns poucos passos e de muletas, mas os médicos achavam tudo muito bem.

Os pais de Kate vieram vê-lo, e a mãe lhe trouxe livros e flores. Fora muito agradável com ele, mas, no dia seguinte ao da visita, quis conversar com a filha na cozinha.

— Você e Joe já falaram em se casar? — perguntou Elizabeth, com clareza.

Kate suspirou, irritada.

— Mamãe, você sabe as condições em que ele está? Por que não deixamos que ele fique de pé primeiro?

— Durante dois anos você chorou, Kate. E o conhece há quase cinco. Há alguma razão para vocês dois não fazerem planos, ou aqui há alguma coisa que eu não saiba? Joe é casado?

— Claro que não. Joe não vai a lugar nenhum. Só não acho que isso seja importante. Joe está vivo, é tudo o que eu queria, mamãe.

— Isso é anormal. E o que diz Andy?

Em resposta à pergunta, Kate se sentou com olhar sério.

— Vai voltar esta semana para cá, então vou lhe contar.

— Contar-lhe o quê? Não parece haver nada a contar. Talvez seja melhor você pensar nisso antes de resolver que não pode vê-lo nunca mais. Kate, tome nota das minhas palavras, assim que Joe ficar de pé, não vai levar você ao altar, vai correndo à pista de pouso mais próxima. Ontem, só falou sobre aviões. Está mais animado em voar do que em estar com você. Talvez seja melhor enfrentar isso, antes que seja tarde demais.

— É o que ele ama, mamãe.

Mas a mãe tinha razão. Joe já falava o tempo todo em vôos. Desejava muito entrar em um avião, tanto quanto ir para a cama com Kate, mas a moça não podia dizer isso à mãe.

— O quanto ele ama você? Esta é uma pergunta válida.

— Ele não pode amar os vôos e eu? Precisa fazer uma escolha?

— Não sei. Ele pode amar ambos? Não tenho certeza de que possa. Um pode ser incompatível com o outro.

— Isso é loucura. Não creio que ele vá desistir de voar. É a vida dele. Sempre foi.

— Joe tem quase trinta e cinco anos e passou dois anos horrorosos quase morto. Se vai tomar juízo, casar-se e constituir família, eu diria que não é sem tempo.

Kate não discordava da mãe, mas não queria pressioná-lo. Ainda não havia falado sobre isso. Acreditava que, afinal, isso iria acontecer. Não estava preocupada. De qualquer forma, já podiam estar casados, um era totalmente devotado ao outro. Joe não se interessava por qualquer outra mulher, só por aviões.

No dia em que chegou, Andy foi ver Kate. Acabara de saltar do trem que vinha de Chicago, depois de passar as últimas semanas de férias em San Francisco. Sentiu-se um pouco desapontado por ela não ter ido se encontrar com ele no trem, mas também sabia que a moça estava trabalhando muito. Era um dia quente, e, ao chegar em casa, Kate parecia bem magra. Nesse dia haviam descarregado dois navios. Andy, mais do que Kate, parecia emocionado ao vê-la. Percebeu no mesmo instante que, enquanto viajava, alguma coisa acontecera.

— Você está bem? — perguntou, assim que os pais de Kate os deixaram sozinhos.

A mãe subira ao quarto de vestir, no andar de cima, e chorava ao pensar no que Kate ia contar a Andy. Sabia que isso iria esmagá-lo, mas Liz sabia que a filha precisava ser honesta com ele. E, agora, ela só pensava em Joe.

— Estou bem, apenas cansada — respondeu Kate, passando as mãos pelos cabelos.

Andy tentara beijá-la quando os pais saíram da sala, e Kate parecera constrangida e desajeitada. A moça sabia não poder esperar mais.

— Não, acho, não estou bem... ou estou... mas não estamos.

— Que quer dizer com isso? — Andy parecia preocupado, e já sentira que algo estava por vir.

Kate sabia que a notícia de que Joe estava vivo iria atordoá-lo, quase tanto quanto ela ficara.

Então, virou o rosto para enfrentá-lo com coragem. Detestava magoá-lo. Mas não tinha alternativa. O destino lhes fora cruel, e Andy era extremamente bom. Era óbvio que não ia continuar com ele. Ambos tinham de aceitar isso. Mas seria mais fácil para ela aceitar do que para ele. Todos os seus sonhos haviam se realizado, e os de Andy chegaram ao fim. E, ao contemplá-la, sabia o que era, mesmo antes de ouvir o que Kate ia dizer.

— O que exatamente aconteceu enquanto eu estava fora, Kate? — A voz de Andy, ao fazer a pergunta, parecia sufocada.

— Joe voltou — disse apenas.

Isso era tudo. Tudo acabara entre eles. Não tinha ilusões com relação ao que Kate sentia por Joe.

— Está vivo? Como conseguiu? Não estava prisioneiro em um campo?

Parecia impossível que, durante quase dois anos, o Ministério da Guerra o desse como morto, e voltasse agora.

— Estava na prisão, com nome falso. Escapou e foi novamente capturado. Nunca souberam que era ele. É um milagre que esteja vivo, apesar de muito ferido.

Andy só conseguia ver nos olhos de Kate o que ela sentia por Joe. Nada por ele.

— E como é que ficamos, Kate? Ou ainda preciso perguntar?

Ao falar de Joe, o amor nos olhos de Kate contavam toda a história.

— Acho que não preciso perguntar. Ele é um homem de sorte. Você nunca deixou de amar Joe durante todo o tempo em que era dado como morto. Eu sempre soube disso. Achava que com o tempo isso iria terminar. Nunca me passou pela cabeça que você pudesse ter razão e ele estar vivo. Eu achava que você não queria enfrentar a morte dele. Espero que ele saiba que o ama muito.

— Acho que ele também me ama muito — disse Kate.

Kate detestava o olhar de Andy. Estava sendo cavalheiro, mas parecia arrasado com o que acabara de ouvir.

— Vão se casar? — Andy quis saber.

Desejava que Kate lhe tivesse dito antes de chegar à casa dela, embora compreendesse por que ela não fizera isso. Teria sido um choque ainda maior ouvir isso pelo telefone. Mas ele passara todo o verão pensando nela e planejando o noivado e, a seguir, o casamento. Queria lhe escolher a aliança assim que chegasse de volta a Boston.

— No momento, não. Depois, acho. Não estou preocupada com isso.

— Desejo sorte a vocês dois, Kate — respondeu Andy, com nobreza. — Dê meus parabéns a Joe.

Andy apenas hesitou por um momento, e Kate lhe estendeu a mão, mas não a segurou. Andy saiu calado da casa, entrou no carro e foi embora.

Capítulo 10

JOE, DOIS MESES DEPOIS de chegar, deixou o hospital, com as pernas duras, engessadas, mas melhorando rápido. Os médicos achavam que, lá pelo Natal, poderia andar normalmente. Ninguém conseguia acreditar na recuperação de Joe, exceto Kate. Ainda lhe parecia um milagre que ele estivesse com eles.

Dois dias depois de sair do hospital, Joe deu entrada nos papéis de baixa. A essa altura, já haviam passado uma tarde no Copley Plaza Hotel. Kate não tinha mais como passar a noite inteira, agora que morava com os pais. E Joe aceitara o convite amável de Elizabeth e Clarke para ficar com eles. Mas Joe sabia bem que não poderia viver ali para sempre, e queria liberdade com Kate.

Muito antes de sair do hospital, Joe já telefonara a Charles Lindbergh, e planejava ir a Nova York vê-lo. Seu mentor tinha algumas idéias interessantes que queria comentar com Joe, e algumas pessoas queriam vê-lo. Joe ia ficar em Nova York por vários dias, e depois voltar a Boston.

Kate o levou de carro até o trem, a caminho do trabalho, uma semana depois de Joe ter saído do hospital. A essa altura, era o fim de setembro, e a guerra acabara. A vitória no Japão tinha finalmente acontecido em agosto. O pesadelo terminara, afinal.

— Divirta-se em Nova York. — Kate beijou-o, antes que saísse do carro. Kate achara uma forma de entrar sorrateira no quarto de Joe, à noite, sem acordar os pais. Era muito difícil para ele ir ao quarto dela. E ambos se sentiam como crianças travessas, quando gemiam na cama dele, todas as noites.

— Volto daqui a alguns dias. Vou lhe telefonar. Não arranje nenhum soldado enquanto eu estiver fora, por favor.

— Então, não fique longe por muito tempo — Kate advertiu.

Joe, com um dedo, respondeu que não. Kate ainda não conseguia acreditar que estava muito feliz, que ambos estavam muito felizes. Joe fora maravilhoso com ela. Até a mãe finalmente ficara mais sossegada. Apesar de ele adorar voar, Joe era um bom homem e uma pessoa responsável, e era óbvio para todos que ele a amava. Os pais esperavam que algum dia ficassem noivos.

Kate não soube mais notícias de Andy, após lhe contar que Joe voltara. Sabia que a essa altura ele estava em Nova York, trabalhando com o pai. E tudo o que podia desejar era que se sentisse melhor e que, algum dia, a perdoasse. Sentia falta da presença dele na sua vida. Sentia como se tivesse perdido o melhor amigo. Mas ainda não se convencera de que sua amizade sincera teria sido suficiente para fazê-la amá-lo como marido. As coisas obviamente se afastaram do rumo que deveriam tomar.

Kate acenava enquanto Joe mancava na direção do trem. Estava melhorando surpreendentemente bem, e era muito independente. Dirigiu o carro até o trabalho, pensando nele, e, durante o resto do dia, seu pensamento se ocupou com os homens a quem ajudava.

Desejava que Joe lhe telefonasse nessa noite, mas não. O telefonema veio cedo, na manhã seguinte.

— Como vai tudo? — perguntou Kate.

— Muito interessante — respondeu Joe, enigmático. — Vou lhe contar quando voltar.

Joe estava saindo apressado de uma reunião, e Kate tinha de ir para o trabalho.

— Eu lhe telefono hoje à noite, prometo.

E, desta vez, Joe telefonou. Estivera o dia inteiro em reuniões com os homens a quem Charles Lindbergh lhe apresentara. E muito para alegria de Kate, Joe ia voltar para Boston no fim de semana. E ficou mais feliz ainda com o que ele tinha a lhe dizer.

Os homens a quem Charles Lindbergh lhe apresentara queriam iniciar uma firma, para projetar e construir os mais avançados aviões. Desde o início da guerra, haviam comprado terreno, remodelado uma antiga fábrica e construído até pista de pouso própria. Estavam montando toda a operação em New Jersey, e não só queriam Joe para dirigi-la, mas para projetar e testar os aviões. No início, seria testa-de-ferro, mas, afinal, quando as coisas acalmassem, iria dirigir toda a operação. Queriam empregar o dinheiro. Ele seria o cabeça.

— Vai ser fácil, Kate — explicou Joe, com um sorriso largo, que animava o rosto esculpido. — Vou ganhar cinqüenta por cento com a posse, e, se nos tornarmos uma firma registrada, vou receber metade das ações. É um bom negócio, pelo menos para mim.

— E um bocado de trabalho — acrescentou Kate.

Nessa noite, Joe explicou o projeto ao pai de Kate, e Clarke ficou extremamente impressionado com tudo o que ouviu. Conhecia de nome os investidores, e afirmou que eram muito íntegros. Era uma oportunidade única.

— Quando começa? — perguntou, interessada.

— Tenho de estar em New Jersey uma semana depois de segunda-feira. Não é um lugar ruim. É a menos de uma hora de Nova York. Talvez, no início, eu não possa sair muito da fábrica e tenha de fazer algumas modificações na pista de pouso.

Sua cabeça já estava girando com tudo o que iria fazer. Seu conhecimento iria ajudá-lo bem, e Clarke concordou com Kate, entusiasmado: a operação era perfeita para ele.

E, depois que Clarke o felicitou, a mãe de Kate falou inesperadamente:

— Isso quer dizer que vocês dois vão se casar em breve? — perguntou.

Joe olhou Kate. Houve silêncio na sala.

— Não sei, mamãe — Kate tentou enganá-la.

Mas a mãe há muito estava cansada de esperar que o próprio Joe falasse em casamento. Para Elizabeth, era tempo de lhe perguntar diretamente sobre as suas intenções com relação à filha. Kate ruborizou-se ao responder à mãe. E Joe pareceu também desconcertado, sem saber o que responder.

— Por que você não deixa o Joe responder a pergunta? Parece que tem uma oportunidade maravilhosa com este emprego, não para trabalhar durante uma temporada, mas para um futuro de verdade. E agora, quais são os seus planos com relação a Kate?

Kate esperara por ele, durante dois anos, e o amara por outros dois antes disso. Foram cinco anos desde que se conheceram, tempo bastante, tanto quanto Liz se preocupara, não só para ter uma idéia das intenções de Joe, mas para declará-las a Kate.

— Não sei, Sra. Jamison. Kate e eu não conversamos sobre isso — explicou Joe, evitando os olhares atentos de Liz e de Kate.

O que a mãe de Kate falava fazia Joe estar em um beco sem saída, apesar de tudo o que sentia por ela. Elizabeth o tratava como uma criança instável e irresponsável, e não como um homem digno de respeito.

— Sugiro que você pense um pouco sobre isso. Kate quase morreu quando você foi abatido. Acho que ela merece um pouco de reconhecimento pela sua lealdade e coragem. Esperou muito tempo por você.

Elizabeth Jamison falava como se ele fosse um menino travesso. E Joe só conseguia sentir irritação e culpa. Ouvi-la o fazia querer fugir.

— Sei — respondeu Joe. — Não percebi que o casamento era tão importante para ela.

Kate nunca lhe falara nada sobre isso, e ambos passavam momentos agradáveis, à noite, um entrando sorrateiramente no quarto do outro. Mas a responsabilidade de culpa que a mãe de Kate lhe punha era muito pesada para ele, embora nada demonstrasse.

O marido olhava com espanto a mulher. Por enquanto, ela roubara o espetáculo, mas ele não discordava dela. Era apenas uma forma de abordagem mais direta da que ele teria utilizado, se fosse ele o escolhido para tratar o assunto.

— Se não é importante para ela, Joe, deveria ser. E talvez seja tempo de lembrar isso a vocês dois. Talvez hoje seja o momento certo para anunciar o noivado de vocês.

Joe nem mesmo pedira a Kate para se casar com ele, e não se sentia muito feliz por ser pressionado por Elizabeth, mas ele também não parecia ser coagido pela mãe dela, mas podia levar em conta o ponto de vista de Elizabeth e Clarke. Não havia dúvida em sua cabeça de que a amava, e talvez os pais precisassem saber disso. Mas não se sentia pronto a fazer como eles queriam. Sua liberdade era algo que ele não estava disposto a sacrificar, não era algo que lhe pudessem tomar. E ele ainda não tinha um domínio firme sobre a liberdade.

— Se a senhora não se importar, Sra. Jamison, prefiro esperar para ficar noivo depois que tomar pé neste novo emprego, e tiver o projeto bem em andamento. Vai levar um pouquinho de tempo, mas então vou ter realmente alguma coisa a oferecer à sua filha. Penso que, então, poderíamos viver em Nova York, e eu poderia me mudar de New Jersey.

Joe planejava com antecipação. Mas nem mesmo começara a trabalhar. E não se sentia preparado para o casamento. Kate sabia disso. E ela também conseguia ver o olhar de pânico nos olhos dele. O que a mãe dizia fazia-o querer fugir. Joe não era homem que se pudesse obrigar ou coagir a uma jaula.

— Parece razoável — atalhou Clarke.

Começava a parecer a Inquisição espanhola, e Clarke fez um sinal à mulher de que a conversa deveria terminar. Ela dera o seu ponto de vista, e todos entenderam. E o que Joe explicara fazia sentido. Não havia muita pressa, e Joe precisava se estabelecer. Ia se dedicar a um trabalho enorme.

Pouco depois, a noite caiu. Mais tarde, quando Kate foi se encontrar com Joe no quarto do rapaz, estava irada.

— Não posso acreditar que mamãe tenha se portado daquela forma. Peço-lhe desculpas. Meu pai deveria fazê-la calar. Foi incrivelmente grosseira com você.

Estava furiosa com a mãe, que por sua vez dera margem a que Joe fosse generoso.

— Eles se preocupam com você e querem ter certeza de que farei você feliz, e que sou um homem sério. Eu teria feito o mesmo, se você fosse minha filha. Eu não percebia como os dois se preocupavam, pelo menos até agora. Ficou amolada com isso?

Joe passou o braço ao redor de Kate e a beijou, enquanto lhe fazia a pergunta. Não parecia tão nervoso como ficara quando a mãe de Kate o atormentara com perguntas.

— Não, não fiquei amolada com isso. E você é generoso demais. Achei que ela estava desagradando. Sinto muitíssimo.

Kate parecia profundamente envergonhada, o que era um alívio para Joe.

— Não fique assim. Minhas intenções são honestas, senhorita Jamison. Se bem que, enquanto isso, se você não se importar, quero seduzir você.

Enquanto Joe lhe tirava a camisola, Kate dava uma risadinha. A última coisa que pensava neste momento era em casamento. Estava felicíssima apenas por estar com ele. Tudo o que desejava era o seu amor, não uma prisão.

A cena no quarto dos pais era um pouco menos romântica. O pai censurara a mulher por pegar o touro a unha.

— Não vejo por que você está contrariado — respondeu Elizabeth a Clarke. — Alguém tinha de lhe perguntar, e não seria você.

Era um tom acusatório ao qual, pelos anos afora, ele aprendera a não reagir.

— O pobre rapaz voltou há pouco da morte. Dê-lhe uma chance de se aprumar, Liz. Não é justo forçá-lo a nada, por enquanto.

Mas Elizabeth não concordava com ele. Tinha uma obrigação e não abriria mão disso.

— Joe não é menino, Clarke. É um homem de trinta e quatro anos, voltou há dois meses e vê Kate todos os dias. Teve muitas oportunidades de lhe propor casamento, mas não o fez.

— Joe quer, primeiro, se aprumar no trabalho. Isso é totalmente razoável e respeitável, e aprovo.

— Eu queria ter tanta certeza, como você, de que Joe vai fazer a coisa certa. Acho que, depois que entrar novamente em um avião, vai se esquecer de se casar com Kate. É obcecado por aviões e quase não se interessa por casamento. Não quero que Kate fique a vida toda esperando por ele.

— Faço uma aposta, hoje, de que eles vão se casar dentro de um ano, talvez antes disso — replicou Clarke, confiante.

Elizabeth o olhava, como se fosse censurá-lo. Mas Clarke estava acostumado a isso.

— Uma aposta que eu gostaria de perder — ela respondeu.

Clarke sorria. Elizabeth parecia uma leoa defendendo o filhote, e ele a admirava por isso, mas não tinha muita certeza de que Kate e Joe gostariam de perder a aposta. Joe parecera particularmente constrangido quando atacado, mais do que sempre. Isso fez Clarke sentir pena dele.

— Por que você não acredita nele, Liz? — perguntou o marido, assim que se deitou na cama com ela.

— Acho que homens como Joe não se casam — explicou Elizabeth a Clarke. — Se eles se casarem, fazem besteira. Na verdade, não sabem o que é casamento. É alguma coisa que eles fazem no tempo vago, quando não estão se divertindo com seus brinquedos ou com suas amigas. Não são pessoas más, mas, para eles, as mulheres são menos importantes em suas vidas. Gosto muito de Joe, é um homem decente e sei que ele ama Kate, mas não tenho certeza de que lhe dará atenção. Vai passar o resto da vida se divertindo com seus aviões, e agora vai ser pago para isso. E, se isso der certo, nunca vai se casar com ela.

— Acho que vai se casar com Kate — disse o pai, com firmeza. — E, ao menos, ele será capaz de sustentá-la. De fato, pelo que disse, pode ganhar muito dinheiro. Não acho que você tenha razão, Liz. Ele pode manobrar uma mulher e uma carreira. É inteligente. Na verdade, às vezes acho que seja brilhante. É um gênio com os aviões, e Deus sabe que pode fazê-los voar. Tem apenas de pousar no solo de vez em quando para fazê-la feliz. Eles se amam, isso é o bastante.

— Algumas vezes não é — respondeu ela. — Espero que, para eles, seja. Os dois passaram por muita coisa horrível, agora merecem um pouco de felicidade. Só quero ver Kate casada com um homem que a ame, tenha um lar feliz e algumas crianças.

— Kate vai conseguir tudo isso. Joe é louco por ela. — Clarke tinha certeza.

— Espero — respondeu Elizabeth, com um suspiro.

Elizabeth se deitou na cama e se aconchegou ao marido. Queria que Kate fosse tão feliz quanto ela. Homens como Clarke Jamison eram raros.

Mas, no quarto de Joe, Kate estava deitada nos braços do rapaz, feliz e satisfeita, bem próxima a ele, enquanto tentavam dormir juntos.

— Eu te amo — sussurrou ela.

Joe sorria, sonolento, com a resposta.

— Também te amo, querida. Também amo a sua mãe.

Kate deu uma risadinha, e um momento depois estavam dormindo profundamente, como Liz e Clarke. Um casal de amantes, o outro de casados. Era difícil dizer quem era mais feliz nessa noite.

Capítulo 11

QUANDO JOE PARTIU para New Jersey, prometeu a Kate que ela iria lá para passar um fim de semana com ele, assim que se firmasse. Pensava levar umas duas semanas, mas só achou apartamento depois de um mês. Havia um hotel nas proximidades de onde morara no último mês e onde Kate poderia ficar. Mas a verdade é que não tinha tempo para passar com Kate. Trabalhava noite e dia e ficava no escritório até bem depois da meia-noite. Também trabalhava nos fins de semana. Algumas vezes dormia mesmo no escritório, no sofá.

Joe estava contratando pessoas, montando a fábrica e replanejando a pista de pouso. Parecia nunca parar para tomar fôlego, mas a indústria aeronáutica começava a se interessar pelo que ele fazia. A fábrica que remodelavam seria muito inovadora, e já havia vários artigos sobre ela nos jornais, nas seções de negócios e comércio. Joe mal conseguia telefonar a Kate à noite, e somente seis semanas depois de ter partido de Boston foi que finalmente permitiu que Kate viesse durante um fim de semana. Parecia exausto quando ela chegou. E, depois que lhe explicou tudo o que fazia, Kate ficou impressionadíssima. Era uma operação fantástica, e Joe gostou que, ao lhe explicar, ela entendesse tudo.

Tiveram um fim de semana excelente. Passaram a maior parte do tempo na fábrica, e chegaram mesmo a voar em um avião novo em folha que ele projetara. Ao voltar para Boston, ela o descreveu todo ao pai. Clarke ficou querendo muito vê-lo. As pessoas no mundo dos negócios começavam a perceber que Joe estava fazendo história com suas idéias.

Duas semanas depois, Joe foi passar o Dia de Ação de Graças com os Jamison. Mas começava a ter problemas com a fábrica, e, na sexta-feira de manhã, teve de voltar. Tinha responsabilidades que, antes, jamais tivera, e uma indústria inteira estava sobre os seus ombros. Algumas vezes, parecia-lhe ser o mundo inteiro. Joe estava comandando bem, mas não lhe deixava tempo vago para se divertir, nem mesmo telefonar a Kate. E, lá pelo Natal, apesar de entusiasmada pelo trabalho de Joe, Kate se queixou. Ela o vira duas vezes em três meses, e ela se sentia sozinha em Boston, sem ele. E, enquanto Kate lhe falava, Joe se sentiu devorado pela culpa, mas nada havia que pudesse fazer.

Kate começava a pensar que a mãe tinha razão, e que eles deveriam se casar. Ao menos, então, estariam juntos, e não a quilômetros de distância. Kate lhe falou isso quando Joe veio passar o Natal com eles, e o rapaz pareceu surpreso.

— Agora? Fico em casa cerca de cinco horas por noite, Kate. Para você, isso não seria muito divertido. E ainda não posso me mudar para Nova York.

— Então, vamos morar em New Jersey. Pelo menos, ficaríamos juntos — respondeu a moça, razoável.

Estava cansada de morar com os pais. Não queria arranjar um apartamento próprio em Boston, se eles iam se casar. Sentia-se como que vivendo uma vida latente, esperando que Joe montasse a fábrica e tivesse tempo. Mas, para ele, esse não era um trabalho fácil. Joe assumira um projeto gigantesco, e apenas começava a perceber quanto tempo e esforço seriam precisos para realizá-lo com seriedade. Em três meses, ele mal arranhara a superfície. Trabalhava cento e vinte horas por semana, ou mais.

— Acho uma tolice nos casarmos agora — Joe explicou a Kate, na véspera de Natal, depois de entrar, sorrateiro, no quarto da moça.

Kate começava a ver nisso uma forma maluca de viver e uma forma frustrante de um ver o outro. Sentia-se uma criança, ainda vivendo com os pais. A essa altura, a maioria das amigas estava casada. Aquelas que não haviam se casado antes ou durante a guerra, estavam todas se casando agora e tendo bebês. De súbito, sentia-se ansiosa por resolver ou pelo menos viver com ele.

— Dê-me apenas tempo para me estruturar e, depois, vamos achar um apartamento em Nova York e nos casar. Prometo-lhe.

Um ano antes, Joe estivera preso na Alemanha, sendo torturado. E, repentinamente, passara a dirigir um império imenso. Para ele, a mudança era enorme. E só queria se casar quando tivesse tempo para Kate. Por outro lado, achava que isso não seria justo para ela. Nem para ele.

Joe passou um Natal maravilhoso com a família de Kate e conseguiu ficar três dias em Boston. Kate e Joe foram novamente voar, e até passaram um dia inteiro na cama de um hotel, e, quando Joe foi embora, Kate se sentia melhor. Joe tinha razão. Era mais razoável esperar até que ele estivesse mais seguro nos negócios. Kate compreendia isso. O trabalho diminuía na Cruz Vermelha, então resolveu procurar emprego. E achou alguma coisa logo depois do Ano-Novo. Passara a véspera do Ano-Novo em New Jersey, com Joe, e isso a fez novamente perceber que ambos eram felizes. No ano anterior, chorara por ele, pensando que se fora para sempre. Nessa época, Kate daria qualquer coisa pelo que tinha agora, mesmo que o visse raramente. Pelo menos, tinham toda uma vida à frente, e um futuro cor-de-rosa depois que se casassem.

Janeiro foi difícil para ambos. Kate se adaptava ao novo emprego, em uma galeria de arte, e Joe tivera de enfrentar uma luta terrível com os sindicatos. Para ele, o mês inteiro foi um pesadelo, e fevereiro, pior. Não a viu no Dia dos Namorados, na verdade o esqueceu completamente. Não lhe haviam dado a permissão final para a pista de pouso. Isso foi penoso para eles, e, para conseguir tal permissão, Joe passara três dias conversando com políticos e funcionários sem importância que praticavam *lobbies*. Joe só se lembrou de que fora o Dia dos Namorados quando Kate lhe telefonou dois dias depois, chorando. Não se viam há seis semanas, e Joe prometeu vê-la e sugeriu que ela viesse novamente no fim de semana.

Enquanto Kate ficou lá, tiveram ótimos momentos. Ela o ajudou a organizar o escritório, e Joe conseguiu mesmo levá-la para jantar fora. Ficou no hotel com ela, e Kate voltou a Boston no domingo à noite, sorridente e feliz. Gostou tanto que queria ir lá todos os fins de semana, o que para Joe parecia ótimo. Estava sozinho e sentia falta de Kate, mas também sabia que tinha de trabalhar dezoito horas por dia, mesmo nos fins de semana. Sentia-se péssimo com Kate, mas, no momento, nada podia fazer. Sentia-se como se estivesse em um permanente carrossel, preso entre sentir-se culpado com Kate e dirigir um negócio que lhe devorava todas as horas de lazer. E quanto pior se sentia em relação a Kate, menos tempo parecia ter. Não entendia isso. Por fim, em desespero, três semanas depois, deixou-a vir por uma semana, para que pudessem ficar juntos. E Joe se surpreendeu ao perceber que tudo era tranqüilo quando Kate o ajudava no escritório. Só a via de relance o dia inteiro, mas parecia feliz e alegre. E, pelo menos, podiam dormir juntos uma noite e tomar o café, de manhã. As outras refeições do dia, comia no escritório ou sempre correndo. As únicas vezes que realmente se sentava para jantar em um restaurante era quando Kate vinha visitá-lo em New Jersey, e então ele se sentia culpado pelo tempo que isso lhe custava. Sentia-se como um homem sendo puxado em dez mil direções ao mesmo tempo.

Nem em maio as coisas começaram a acontecer. Nessa época, Kate largou o emprego e foi para lá trabalhar com ele, durante o verão. Deu certo e, embora tivesse um quarto no hotel por causa da respeitabilidade, ficava com Joe no apartamento dele. Nunca fora tão feliz na vida, e ele tinha de admitir que isso também lhe convinha. Kate não se queixava mais de que não o via. Para eles, mas não para os pais, parecia o arranjo perfeito. Os pais não gostavam que Kate fosse visitá-lo em New Jersey, mas a moça tinha vinte e três anos, e dizia ficar no hotel. Reservara o quarto no hotel, caso telefonassem.

Por essa época, fazia um ano que Joe tinha casa, e nenhum dos dois falava em noivado. Estavam ocupados demais, pensando no trabalho dele. Foi apenas quando Joe tirou uma semana de férias e foi a

Cape com eles, que o pai de Kate o puxou de lado e teve uma conversa séria com ele. Já se passara quase um ano desde a última explosão de Liz. E estava furiosa tanto com Joe quanto com Kate. Começara a suspeitar que tinham vida em comum, e, se estivesse certa, desaprovava veementemente. E se Kate ficasse grávida? Joe se casaria com ela? Ficava irada todas as vezes que via Joe. E, mais do que nunca, Elizabeth fazia Joe se sentir uma criança perversa. Todas as vezes que a via, Joe tinha vontade de fugir. Parecia que o acusava de alguma coisa, vomitando nele, mesmo quando não dizia uma palavra. Nem precisava. E Kate se sentia dilacerada entre os pais e Joe.

Nessa época, nem mesmo Clarke se sentia feliz, tudo demorava tempo demais, e falou isso enquanto caminhavam na praia, em Cape Cod. Joe havia voado de New Jersey em um avião belíssimo desenhado pela firma que organizava. Estavam conseguindo muito dinheiro. A vida de Joe era muito diferente daquela de um ano antes, quando saíra do navio-hospital, em Boston. Tornava-se um homem rico. Mas estava ocupado demais para respirar. E Clarke se preocupava com ambos.

Joe levou Clarke a voar em seu novo avião, e concordaram em nada falar a Liz, que estava ainda mais furiosa agora, porque soube que Kate voara muitas vezes com o piloto. Apesar do passado de Joe como ás da aviação e de seus anos como herói de guerra, Elizabeth ainda estava certa de que um desastre mataria os dois. Ficou fora de si quando descobriu que Joe ensinava Kate a voar. Kate se esqueceu e, inadvertidamente, lhe contou. Mas Joe tinha confiança, porque Kate era muito capaz. Ele lhe ensinara bem, apesar de ela ainda não ter tempo para habilitar-se à licença. Estava ocupada demais trabalhando para ele.

Clarke ficou muito impressionado com o fabuloso avião novo de Joe, e depois de voltar para casa pararam em um restaurante de estrada para tomar cerveja. O dia de verão era quente, e Joe se sentia feliz com o avião. Clarke, porém, pensava muito na felicidade da filha, no bom senso da mulher, e queria dar a Joe um conselho paternal. Por isso, fora voar com Joe, apesar de haver gostado do avião.

— Você está trabalhando demais — começou. — Vai desperdiçar a vida, e, na pressa em que vive, poderia cometer alguns erros importantes, que, no final de contas, vão custar caro.

No mesmo instante, Joe percebeu que ele falava de Kate, mas também sabia que tudo ia bem entre eles. A mãe é que estava sempre exaltada quanto ao estado atual das coisas.

— Tudo vai se acalmar dentro de pouco tempo, Clarke, a empresa é nova — respondeu ele, confiante.

— Você também é novo, mas não por muito tempo. Deve aproveitar a vida agora.

— Estou aproveitando. Adoro o que faço.

Adorava e demonstrava. Mas também amava Kate, e Clarke também sabia disso. Tanto que Clarke se sentiu justificado a quebrar uma promessa que, anos antes, fizera a Liz, de não falar sobre o suicídio do falecido marido, ou mesmo de que ele não era pai de Kate, às pessoas que na época não os conheciam. Quando Clarke adotara Kate, Liz lhe falara não querer que, pelo resto da vida, o suicídio de John Barrett ameaçasse Kate como uma nuvem negra. Mas Clarke sabia ainda melhor que Liz que, de um modo silencioso, isso a ameaçara. E achava que Joe deveria saber. Era um pormenor importante que explicava muito de Kate, e não havia como desconhecê-lo. E Clarke achava que, se Joe soubesse, isso poderia abrir-lhe os olhos e o coração.

— Há uma coisa sobre Kate que, acho, você deveria saber — começou Clarke, assim que acabaram a segunda rodada de cervejas e passavam para o gim.

Clarke sabia que Liz não iria ficar contente se ambos chegassem bêbados, mas, nesse momento, isso não o preocupou. Decidira-se a contar a Joe e precisava tomar coragem para isso.

— Parece algum mistério. — Joe sorriu.

Joe gostava de Clarke e, durante a vida inteira, sentira-se mais à vontade com os homens. Kate era a única mulher com quem se sentia à vontade, e mesmo assim ela algumas vezes o assustava. Em especial quando ficava ansiosa com alguma coisa, o que, felizmente, era raro. Mas, ao ficar, algum sentimento forte ou crítico o espantava. Jamais contara isso a ele. Achava que lhe falar isso quando ela o aterrorizava poderia torná-lo ainda mais vulnerável. Depois de seus anos de infância com os primos sempre lhe dizendo que ele nada valia, a partir de então qualquer referência a isso fazia Joe querer fugir. Era esse botão que a mãe de Kate apertava nele, sempre com resultados desagradáveis.

— É misterioso — confirmou Clarke. — Não só misterioso quanto reservado. E não quero que nem Liz nem Kate saibam que conversamos sobre este assunto. Peço-lhe, Joe — explicou, veemente, no segundo gim.

Clarke começava a se sentir bêbado, e Joe sorria um bocado. Sempre ficava expansivo quando bebia. Livrava-se da pressão.

— Então, qual é o mistério reservado? — Joe quis saber, com sorriso infantil.

Sentia-se cada vez mais amigo de Clarke, e sempre o fora. Achava-o um bom homem. Respeitavam-se desde que se conheceram.

— Não sou pai de Kate — Clarke conseguiu dizer, novamente sóbrio.

Nunca em treze anos dissera essas palavras. E, ao olhar Joe, o sorriso do rapaz desapareceu. Os olhos se encontraram.

— Que quer dizer? Não entendi. — Joe, agora, parecia preocupado. Sentia algo se escondendo ali perto.

— Liz foi casada antes. Durante muito tempo. Quase trinta anos. Só nos casamos há quatorze anos. Às vezes, parece que foi há mais tempo — explicou Clarke, com um sorriso, e Joe riu.

Mas sabia como Clarke amava Liz. Tinha de amá-la, para aturá-la.

— O marido era meu amigo, um homem bom, tranqüilo, amável, de excelente família. Seu irmão e eu estudamos juntos, foi como conheci John. Perdeu tudo na quebra da Bolsa de 1929, não apenas o que era seu e o da família, mas todo o dinheiro das pessoas cujos investimentos manipulava, e também um pouco da fortuna de Liz. Felizmente, a família dela agiu com rigor e Liz foi mais feliz que John. A maior parte do seu dinheiro ficou intacta depois da quebra. Mas John perdeu tudo.

Era uma história que Clarke não queria contar, e Joe de súbito teve medo de ouvir.

— Na época, isso quase o matou. Era o mais honrado homem que conheci e, no mesmo instante, isso o destruiu. Passou dois anos trancado no quarto de dormir, no andar de cima, sentado, no escuro. Tentou embebedar-se até morrer, mas não deu certo. Então, matou-se com uma calibre 31. Kate tinha oito anos quando o pai morreu.

— Ela estava lá? Ela viu o pai fazer isso? — Joe parecia horrorizado com a imagem que Clarke lhe exorcizara. O homem lhe respondeu que não com a cabeça.

— Graças a Deus, não. Liz o encontrou. Acho que Kate estava na escola. Ao chegar em casa, tudo acontecera. Mas soube como ele morreu. Eu, há anos e anos, já conhecia Liz, John e Kate. Depois, fiz o que podia por elas, sem interesse algum, devo acrescentar, a não ser para ajudar. Liz estava em estado de choque. Eu havia perdido a minha mulher vários anos antes. Finalmente, as coisas evoluíram entre mim e Liz, mas acho que me apaixonei por Kate, mesmo antes de me apaixonar por Liz. Era uma garotinha apavorada, inconsolável, depois que o pai morreu. Nunca pensei que seria a mesma novamente. Ela, então, tinha oito anos. Um ano depois, casei-me com Liz e, um ano depois disso, adotei Kate, quando tinha dez anos. Levei outros dois anos para trazê-la de volta da caverna em que se escondia desde que John se matara. Não creio que, durante anos, ela realmente confiasse em mim ou em alguém mais, particularmente homens. E Liz adorava a filha, mas não tenho certeza de que soubesse realmente como se aproximar da filha, ela própria também estava chocada com a morte do marido. Houve um momento terrível quando Liz adoeceu logo após nos casarmos. Nada mais era do que um caso grave de gripe. Mas Kate ficou apavorada. Apavorada de perder a mãe. Não tenho certeza se Liz realmente compreendeu isso. Kate levou uma vida inteira para tornar-se a mulher que é agora. Forte, confiante, feliz, divertida, capaz. A mulher que você ama foi, durante muito tempo, uma criança aterrorizada, abatida. Durante anos, tinha medo de que eu também a abandonasse de alguma forma, como o pai. Pobre homem, não conseguiu ajudar-se. Não teve energia para sobreviver ao que lhe aconteceu, não importa quanto dinheiro Liz tivesse. Isso lhe destruiu todo o amor-próprio, a coragem, o orgulho. Mas, ao se matar, destruiu Kate e todos os que estavam próximos.

— Por que está me contando isto? — perguntou Joe, desconfiado.

— Porque é um pedaço importante de Kate. Amava o pai e ele a adorava. E, então, ela passou a amar-me. E, agora, você. Você foi para a guerra e ela, durante quase dois anos, pensou que você estivesse morto. Isso teria sido uma tragédia para qualquer moça, mas foi pior para Kate. Abriu-lhe novamente todas as antigas feridas, eu conseguia ver isso todos os dias. Desta vez, foi uma espécie de perda que a poderia ter destruído, se não fosse forte como é. E então, por milagre, você voltou da morte. Desta vez, a vida foi generosa para ela. Mas, em Kate, há um pedaço quebrado que você precisa ver, se vai amá-la. Todas as vezes que você a deixa, ou a rejeita, ou de alguma forma a faz sentir-se abandonada, você a faz se lembrar de tudo que já perdeu. É como uma corça ferida, você precisa ser tolerante com ela, e lhe dar um verdadeiro lar. Se for bom com ela, Kate será para sempre tolerante com você, Joe. Mas precisa conhecer esse pedaço quebrado. Ela é como uma avezinha com uma asa quebrada, que você não sabe como consegue voar.

Joe se sentou em silêncio, durante muito tempo, pensando nas palavras de Clarke. Era uma dose forte de realidade a ser partilhada em um dia de verão, depois de duas doses de gim. Mas ele tinha razão, era um pedaço importante de Kate e lhe explicava muito de seu comportamento. Parecia que Kate sofria uma espécie de pânico quando ele se ausentava. Nunca manifestara isso abertamente, mas quando ele partia para ir a algum lugar, sempre conseguia ver isso nos olhos dela. E, às vezes, esse olhar de terror o apavorava. Era como a sombra das amarras de que, durante toda a vida, ele fugira.

— O que está me dizendo, Clarke? — perguntou Joe. Na verdade, o que queria mesmo saber era a razão.

— Você deveria se casar com ela, Joe. Não pelas razões que Liz quer para a filha. Ela quer pompa e circunstância, respeitabilidade, uma festa enorme e um vestido branco. Quero saber se Kate vai conseguir um lar verdadeiro. Ela merece isso, mais do que a maioria das moças. O pai lhe tirou algo que nenhum de nós será capaz de devolver-lhe. Mas você, não totalmente, mas o bastante, pode fazer uma diferença pelo resto da vida. Quero que ela se sinta segura e tenha a satisfação de saber que você vai estar por perto.

Ouvi-lo fez Joe querer berrar "e eu?". Casar com Kate era exatamente o que mais temia. Uma amarra. Uma jaula. Uma armadilha. Não importa o quanto ele amava Kate, e ele a amava, o casamento era para ele uma ameaça. Mais do que Clarke poderia desconfiar.

— Não tenho certeza de poder — respondeu Joe, honesto, com ajuda do gim.

— Por que não?

— Sinto isso como uma armadilha. Ou um nó ao redor do meu pescoço. Meus pais me abandonaram de um modo diferente. Morreram e me deixaram com pessoas que me odiavam. Foram péssimos comigo, e sempre que penso em casamento, ou em família, ou em ficar com a liberdade tolhida, o que quero é fugir.

— Kate vai ser boa para você, Joe. Conheço-a bem. É moça excelente e ama você mais do que a vida.

— Isso me apavora — respondeu ele, honesto. — Não quero ser tão amado assim.

Clarke o olhou nos olhos e viu que eles refletiam medo. Um medo mais fundo, jamais visto.

— Não estou certo de que eu possa lhe dar o amor que precisa e quer. Não quero desapontá-la, Clarke, nem decepcioná-la. Não poderia suportar a culpa se de alguma forma a decepcionasse. Amo-a demais para lhe fazer isso.

— Todos nós decepcionamos alguém, alguma vez. Aprendemos com isso. Ela é boa para você. Um vai aprender com o outro, mesmo que às vezes isso machuque. O amor cicatriza muitas feridas. Liz cicatrizou muitas feridas minhas.

Era um lado de Liz em que Joe nunca havia pensado antes, mas queria acreditar em Clarke. Ela obviamente fizera isso.

— Um dia, você vai ser um homem solitário, se não permitir que alguém o ame. É um preço alto que a fuga faz pagar.

— Pode ser — respondeu Joe, evasivo, baixando o olhar para o copo.

— Um precisa do outro. Ela precisa da sua força e saber que você nunca vai fugir dela, que você a ama o bastante para se casar com ela. E você também precisa da força dela e do seu entusiasmo. A vida solitária é muito sem graça. Vivi assim durante muito tempo, depois que minha mulher morreu. É uma vida triste. Uma moça como Kate não vai deixar você se sentir triste, se você permitir, mesmo que seja um pouquinho. Algumas vezes vai irritá-lo, mas não vai fazê-lo sofrer. Pode assustá-lo, mas não vai destruí-lo, você é muito mais forte do que pensa. Não é mais criança, ninguém poderá lhe fazer o que seus primos fizeram. Agora, você é homem, Joe, eles desapareceram. São apenas fantasmas. Não deixe que eles atrapalhem a sua vida.

— Por que não? Eles mexeram muito em minha vida, não? Eu diria que é uma vida bastante boa. — Joe sorriu, cínico.

— É aí que quero chegar. Você vai ter uma vida melhor, se compartilhá-la com Kate. Se algum dia a perder, vai se tornar um homem triste. E você pode perdê-la. As mulheres são estranhas assim. Podem nos abandonar quando menos esperamos. Você pode perder alguém, se for muito inflexível. Kate, contudo, não vai abandoná-lo, a menos que você a obrigue a isso. Kate o ama demais. Agarre-a enquanto pode. Por amor a vocês. Quero isto para ambos. Acredite em mim, filho. Vai ser ótimo para os dois. E se você lhe der chance de crescer, terá uma excelente mulher em suas mãos. Acho que agora talvez esteja com medo de que, mais dia menos dia, você fuja dela.

— Fugiria, mesmo — respondeu Joe, sincero.

— Espero que não. Mas, mesmo que faça isso, espero que você seja bastante homem para voltar e lhe dar outra chance. É raro ver o que vocês dois têm. Agora, um não vai se afastar do outro, não importa o que você faça, ou quão longe vai fugir. O que ambos conquistaram é profundo e forte demais. Vejo nos seus olhos e nos dela. Ambos vão perder, se você fugir. O tipo de amor que vocês dois têm é para sempre, Joe. Estejam juntos ou não.

Para Joe, era uma decisão para a vida toda. Mesmo com todos os temores que tinha, Joe sentia que Clarke estava certo e que o que dizia era verdadeiro.

— Vou pensar nisso — respondeu Joe, sereno.

E Clarke respondeu que sim com a cabeça. Nada mais havia que pudesse dizer. Falara com o coração, com o amor que sentia por Kate e por Joe.

— Kate ainda pode crescer um pouco. Dê-lhe chance, Joe. E não lhe conte o que lhe falei, hoje, sobre o pai. Acho que se sente envergonhada disso. Algum dia, ela vai lhe contar.

— É bom saber disso.

Embora, na verdade, isso lhe complicasse tudo. Saber como Kate se sentia sobre o suicídio do pai e como se sentiria se ele a abandonasse dava-lhe uma responsabilidade maior. De qualquer forma, não parecia justo. Ele tinha problemas que vinham do passado. E, no entanto, sabia ser verdade uma coisa que Clarke lhe falara. Joe nunca havia amado tanto ninguém na vida, nem Kate. E podia facilmente acreditar que aquilo que sentiam pudesse não vir novamente. Mas a ironia era que ele tinha necessidade de fugir, de estar livre, e Kate precisava se segurar à vida. Era como um cabo-de-guerra. E, no entanto, ele sentia que, se pudessem relaxar a força, ambos venceriam. Além do mais, um aprender a dançar com o outro levaria tempo. E Clarke também sabia disso. Mas ambos tinham muito tempo. Eram jovens. A única pergunta que Clarke fazia era se ambos eram bastante sensatos para aproveitar essa juventude. Só pedia que fossem. Se não, tinham muito a perder.

Joe dirigiu de volta para casa, embora tivesse bebido um bocado. E Clarke confessou que estava totalmente bêbado. Liz percebeu isso logo que entraram, mas nada falou. Clarke se aproximou dela e lhe deu um abraço apertado. E, dessa vez, Joe se sentiu mais tranqüilo ao ver que Liz não repreendera nenhum dos dois, rira apenas e trouxera para ambos duas xícaras de café fumegante, enquanto Clarke aceitara um, pesaroso, e dissera que detestava estragar uma boa bebida, piscando o olho para Joe. Nessa tarde, criou-se entre eles uma amizade mais profunda, e Joe sabia que tudo quanto acontecesse entre ele e Kate, teria sempre em Clarke um ombro amigo.

Joe e Kate foram passear na praia, após o jantar dessa noite. No dia seguinte, iam voltar para New Jersey. E Joe a surpreendeu ao pôr um braço ao redor dela e beijá-la com terna expressão nos olhos. O que Clarke lhe contara nessa tarde mudara muito as coisas. Joe ainda tinha medo de ser dominado por um compromisso com ela, e ao mesmo tempo queria protegê-la não apenas do mundo, mas de si mesma. Ainda conseguia sentir nela a criança solitária, cujo pai se suicidara. Não importa quanto as aparências fossem claras, ele agora conseguia ver nela a ave de asa quebrada que Kate fora em criança. E, sob certos aspectos, isso o fazia amá-la mais. Ela crescera forte e pilotava bem, no que dizia respeito ao mundo, mas, por dentro, ainda era uma garotinha aterrorizada. Exatamente como ele fora um menininho solitário. Encontraram-se por acaso, por destino, atraídos por alguma razão muito forte, talvez a primeira que ambos sentissem. Ele ainda podia se lembrar de como ela o fascinara na primeira vez em que se viram. Talvez isso, afinal de contas, quisesse dizer algo.

— Você, hoje, embebedou meu pai. — Kate riu, enquanto caminhavam na praia, de mãos dadas.

— Nós dois nos divertimos.

— Que bom.

Ao ouvi-la, Joe pensava consigo mesmo se, algum dia, Kate não iria ficar igual à mãe. E ainda, apesar dos próprios temores, era difícil ignorar a sabedoria das palavras de Clarke. Muito do que dissera tocara o coração de Joe.

— Acho que devemos nos casar um destes dias — afirmou Joe, casualmente.

Kate parou de andar e olhou-o surpresa.

— Ainda está bêbado. — Ainda não tinha certeza de ele estar falando sério ou não.

— Talvez. Mas, por que não, Kate? Iria ser ótimo. — Joe não parecia totalmente convencido. Mas, pela primeira vez em trinta e cinco anos, Joe desejava casar ou fazer uma tentativa.

— O que fez você resolver isso? Será que papai pôs fogo em você, hoje?

— Não. Ele me falou que, se eu não fosse inteligente, iria perder você, em um destes dias. E talvez ele esteja certo.

— Você não vai me perder, Joe — informou Kate, enquanto se sentavam na areia e ele a puxava para mais perto. — Eu te amo muito. Você não tem de casar-se comigo — Kate quase se desculpava. Custara a entender o quanto a liberdade significava para Joe.

— Talvez eu queira me casar com você. Como iria ser?

— Maravilhoso — respondeu Kate, sorrindo-lhe. Joe nunca a amara tanto. — Muito, muito maravilhoso. Tem certeza? — Estava estupefata.

Acontecera por fim.

— Claro que tenho — respondeu Joe, honesto.

Clarke fora muito razoável. Vira algo neles que Joe também vira, quando era corajoso bastante para olhar. Um amor que era tão forte quanto infinitamente raro.

— Não devemos nos apressar — replicou ele, cauteloso. — Talvez em seis meses ou um ano ou por aí. Preciso de tempo para me acostumar à idéia. Por isso, no momento, não devemos comentar com ninguém.

— Que ótimo — respondeu ela, tranqüila.

Sentaram-se juntos, sem nada falar durante uns momentos, e depois caminharam de volta para casa, de mãos dadas.

Capítulo 12

VOLTARAM PARA NEW JERSEY para trabalhar lado a lado, e, ao resolverem se casar, as coisas mudaram bastante. Kate parecia sentir-se mais confiante e mais segura, e, durante algum tempo, Joe gostou da idéia. Conversavam sobre os planos que iriam fazer, a casa que iriam comprar, aonde ir na lua-de-mel. Mas, após várias conversas, Joe começou a parecer irritado quando ela falava sobre isso. Era uma idéia agradável, mas tanta coisa boa o deixava nervoso.

Joe não tinha tempo de pensar em se casar. Falavam em construir uma segunda fábrica, e todos os dias seus negócios atingiam novos níveis e novos pontos culminantes. Lá pelo outono, o casamento era a última coisa que lhe passava pelo pensamento.

Ambos estavam mais atarefados que nunca. Tão atarefados que não foram a Boston para o Dia de Ação de Graças, mas planejavam passar uma semana com os pais de Kate entre o Natal e o Ano-Novo. A essa altura, a mãe estava tão transtornada por eles não ficarem noivos que nunca mais ninguém ousou falar em casamento. O assunto se tornara muito delicado. Mas Kate também começava a perceber que, enquanto vivesse com Joe, não haveria pressa especial para se casarem. Joe tinha tantos compromissos que ela não queria pressioná-lo com relação aos planos de ambos. Estava ocupado demais. E apavorado com os compromissos que assumira. Kate conseguia sentir isso: logo depois de lhe propor casamento, Joe começara a recuar.

Kate nada falou até a primavera de 1947, e começava a pensar consigo mesma se ele queria realmente se casar. Tocou no assunto uma ou duas vezes, e ele sempre estava preocupado demais para conversar com ela. Kate acabara de fazer vinte e quatro anos, e Joe, aos trinta e seis, era o nome mais importante na aviação. A empresa que ajudara a iniciar um ano e meio antes havia se tornado uma mina de ouro. Joe levou o pai de Kate a voar em um de seus aviões mais novos, quando foi visitá-los. Kate ainda continuava dizendo que ficava no hotel, e o pai era bastante discreto para não pressioná-los sobre o casamento, mas se preocupava com a filha. E Joe parecia gastar todo o seu tempo em reuniões ou no ar. Por esse tempo, dera a Kate um cargo de verdade, e ela passara a cuidar de relações públicas, recebendo um salário bem alto. Mas não era de salário que Kate precisava, os Jamison tinham mais que o necessário para ela. Os pais achavam que a filha precisava de um marido. Por esse tempo, Clarke estava certo de que Joe ignorara a conversa de ambos, no verão anterior, e Liz pressionava Kate para que voltasse para Boston, a fim de viver com eles. Lá pelo verão, Joe nada falara em se casarem daí a meses.

Já havia dois anos que voltara para casa e um ano que Joe a pedira em casamento, quando Kate finalmente se sentou com ele e lhe fez uma pergunta clara. Não importava o que ele pensasse, ela queria saber.

— Vamos nos casar? Ou você desistiu totalmente?

Ele tinha de admitir que evitara o assunto. Gostara da idéia ao conversar com Clarke, e via algum valor nisso, em especial para Kate, por causa do que ela passara, mas parecia desnecessário para ele. E a verdade, afinal admitiu novamente, era que ele não queria ter filhos. Pensara nisso várias vezes, e reconhecia que o casamento não era para ele. Não era o que desejava da vida. Tudo o que queria eram os seus negócios e os seus aviões, e que Kate estivesse à noite em casa. Não queria filhos nem precisava de casamento. Não queria ter a liberdade tolhida. O que fazia era muito empolgante. A probabilidade de bebês chorando na casa e fraldas para trocar o horrorizava. Detestara a própria infância e não desejava partilhar, muito menos se ocupar, com a de outra pessoa.

— Está me dizendo que, se nos casarmos, você não quer filhos?

Era a primeira vez que Joe na verdade lhe revelava isso. Kate sabia que ele não se entusiasmava com filhos, mas jamais lhe passara pela cabeça que seu ponto de vista era inabalável. E ele, antes, jamais lhe falara tão diretamente. Joe achara melhor não falar. E Kate estava sendo tão útil ao seu negócio que não desejara perdê-la por causa de algum bebê chorão. O casamento lhe parecia bastante ameaçador, mesmo sem crianças.

— É o que penso — respondeu ele.

Joe nunca lhe mentira, só não queria discutir o assunto.

— Na verdade, tenho certeza. Não quero filhos.

Kate não tinha lar próprio, apenas o apartamento dele com uns poucos móveis, o quarto dela no hotel e a casa dos seus pais em Boston. Sentia como se tivesse sido esbofeteada depois do que Joe acabara de dizer.

— Eu sempre quis ter filhos.

Para Kate, era um sacrifício enorme ajudá-lo nisso, mas também sabia o quanto o amava e não queria perdê-lo. Bem diferente de perdê-lo por quase dois anos durante a guerra. Kate sabia como era sentir-se assim. Perguntava-se se, depois que se casassem, Joe resolveria ter filhos. Era um risco que poderia ter, apesar de ele tampouco sugerir que se casassem. Todas as conversas sobre esse assunto haviam terminado meses antes.

— Que pensa, Joe? — perguntou-lhe Kate, depois de ele lhe falar em não ter filhos.

— Sobre o quê?

Joe olhava Kate, constrangido. A pergunta de Kate o colocava contra a parede.

— Sobre o casamento. Também não pensa nele? — Kate estava transtornada por Joe não lhe ter falado que não queria filhos. Parecia-lhe desleal da parte dele nem ao menos ter falado isso, mas reconhecia que Joe estava ocupado e tinha outras coisas na cabeça. Agora, pensava o tempo todo no império que crescia e em nada mais.

— Não sei — respondeu ele, vago. — Precisamos falar nisso? Se não vamos ter filhos, por que nos casarmos?

Joe confessava tudo o que pensava, e havia pânico nos olhos de Kate.

— Está falando a sério?

Kate olhava Joe como se fosse um estranho e começava a achar que ele se tornara um estranho. Não tinha muita certeza de quando. Mas tudo mudara novamente. Não conseguia raciocinar se, no ano anterior, a decisão de Joe de não falar a ninguém que ambos haviam resolvido se casar fora para ele ter a liberdade de mudar o pensamento. E, aparentemente, mudara.

— Precisamos conversar outra vez sobre isto? Tenho uma reunião amanhã cedo. — Joe parecia aborrecido e queria terminar a conversa.

Falar sobre esse assunto o fazia sentir-se em um beco sem saída e, pior ainda, culpado por não querer se casar com Kate. E culpa era algo que Joe não conseguia suportar. Injetava-lhe terror no coração, a dor mais forte que já sentira. Fazia-o lembrar todos os pesadelos do passado, principalmente as vozes dos primos que lhe diziam implacavelmente ser ele uma criança "má".

— Estamos falando da nossa vida, do nosso futuro — insistia Kate. — Isso é muito importante.

Havia na voz dela uma aspereza que parecia unhas arranhando um quadro-negro. O tom de Kate lhe lembrava imediatamente o da mãe dela.

— Temos de resolver isso esta noite?

Joe estava irritado, e Kate mais ainda. Sentia que o rapaz fugia, e isso a fez querer agarrá-lo, o que o afastava ainda mais. Ambos estavam presos a uma dança mortal. Kate se sentia abandonada por ele, e sentia isso dentro dela. E Joe, ao ficar em pânico, queria fugir.

Joe queria escapar e se esconder em algum lugar para lamber as feridas, mas Kate não era experiente para deixá-lo sozinho. O pânico era uma força poderosa que não conseguia controlar.

— Talvez não tenhamos de resolver tudo — replicou ela, infeliz.

Ouvir o tom de voz de Kate o fazia sentir-se ainda mais culpado e ainda mais desesperado para fugir. Joe sentia a culpa como se fosse uma bofetada que ela lhe dava.

— Talvez você tenha resolvido — continuou ela. — Você está me dizendo que não quer filhos, e que não vê razão alguma para se casar. É uma mudança muito forte nas decisões, não é?

As decisões dele abalariam todo o futuro de Kate, e subitamente sentiu um pânico ainda mais forte. Esperara com paciência pelos dois anos, a época mais conveniente para ele. E, repentinamente, compreendera que não havia época conveniente, nem nunca haveria. O casamento, para Joe, não era mais uma opção. Nem, para Kate, uma conseqüência.

— Tenho um negócio a dirigir. Não sei quanto de energia sobraria para uma esposa e filhos. Talvez, nenhuma.

Joe procurava furiosamente fugir dela, e, a seu modo, o pânico que sentia era tão forte quanto o de Kate. Este pânico se traduzia em algo muito distante e indiferente, que aterrorizava Kate tanto quanto, nele, as tentativas de aproximação da moça.

— O que está me dizendo? — perguntou ela, os olhos cheios de lágrimas.

Joe destruía tudo por que Kate esperara e todos os seus sonhos com ele. Ela só viera a New Jersey para trabalhar com ele a fim de facilitar a vida deles juntos, e para acelerar tudo, para que pudessem se estabilizar. Mas, agora, era pela empresa que Joe se apaixonara. E pelos aviões. Sempre os aviões. Não havia outras mulheres na vida dele. Os seus aviões eram as amantes, os filhos e a esposa.

— Estou dizendo o que é — respondeu afinal, depois que Kate o pressionou. — É bom como está, pelo menos para mim. Não preciso do restante. Não preciso me casar. Não posso. Não quero. Preciso ficar livre. Temos um ao outro. Que diferença faz se temos um pedaço de papel? Que isso significa?

— Significa que você me ama e confia em mim, se preocupa comigo e quer ficar comigo para sempre.

Esta era, para Kate, a explicação de tudo. E era a palavra sempre que o apavorava.

— Significa que você me apóia e diz que acredita em mim, e eu acredito em você. Significa que nos orgulhamos um do outro. Seja como for, acho que, agora, devemos isso um ao outro.

— Um não deve nada ao outro, a não ser estar aqui, se queremos estar. E, se não quisermos mais, fazemos alguma coisa. Não há garantias — gritou Joe.

Ele gritara com ela, e isso a magoou e lhe deu medo. Era a maneira de Joe tentar conservá-la a uma distância segura. Fugia. O que Kate viu, e sentiu, era que Joe a abandonava, exatamente como o pai, e isso só a fazia atormentá-lo mais.

— Quando isto aconteceu? — perguntou Kate, a voz se alteando além do que tencionava.

Ele, porém, fora longe demais. Kate parecia cair em um abismo. Estava desesperada, apavorada e descontrolada.

— Quando resolveu que não iria se casar? — perguntou. — Quando foi que mudou de idéia? E por que não percebi que era isto em que você pensava? Por que não me falou, Joe? — Kate começou a soluçar, com dificuldade de respiração. — Por que faz isto comigo?

Ao ouvi-la, Joe se encolheu e sentiu que as palavras de Kate lhe penetravam como facas.

— Por que você não deixa como está? — implorou Joe.

— Porque te amo — respondeu Kate, angustiada.

Joe, porém, não tinha mais certeza de que a amava. Ou, se pudesse, quando Kate era criança, não deixaria que o pai dela se matasse. Agora, se sentia tão desesperado quanto Kate. Tão desesperado quanto ela estava para impedir que ele a abandonasse. Na verdade, era Kate quem o fazia abandoná-la.

— Vamos dormir, Kate? Estou cansado.

Joe parecia estar se afogando. Ambos pareciam estar se afogando. Pareciam duas crianças aterrorizadas se dilacerando, e nenhum deles conseguia ser adulto bastante para parar. Ambos tinham medo demais, ela de ser abandonada e ele de ser devorado.

— Estou cansada, também — afirmou ela, em desespero.

Kate se sentia mais sozinha do que nunca. Foi tomar um banho, e deixou-se ficar ali durante longo tempo. Debaixo da água, sentia-se traumatizada e desprezada, e chorou. Quando se deitou, Joe já dormia. Deitou-se perto dele e o olhou durante muito tempo, querendo saber quem ele era. Afagou-lhe os cabelos com cuidado, como se Joe pudesse atacá-la novamente, e ele resmungou durante o sono e se virou. Kate sabia que, apesar do que ele dissera, ele a amava e ela o amava, talvez o bastante até para renunciar aos sonhos dela. Mas, nesse momento, não conseguia ver como faria isso. Joe tinha medo de amá-la. Sentia-se mais seguro fugindo. E ela só queria ficar perto dele.

Nessa noite, no chuveiro, Kate tomou uma decisão. Sabia que tinha de partir antes que ambos se destruíssem. Joe nunca iria se casar com ela. Era tempo de ir embora. A mãe, desde o princípio, estivera certa a respeito dele.

Na manhã seguinte, no desjejum, Kate falou a Joe. Falou, tranqüila, sensata e sucintamente.

— Estou indo embora, Joe.

Os olhos de ambos se cruzaram à mesa, e Joe a olhou, confuso. Ele ainda estava refletindo sobre a dor que um causara ao outro, na noite anterior.

— Por que, Kate? — Joe parecia abalado, mas não lhe disse para não ir embora.

— Depois do que você disse ontem à noite, não posso ficar mais aqui. Eu amo você. Com todo o meu coração. Com toda a minha vida. Esperei dois anos por você, não conseguia acreditar que você estivesse morto. Não conseguia pensar que pudesse amar mais alguém depois de você, e ainda não consigo pensar. Do jeito que amo você, não. Nunca vou amar. Mas quero um marido, filhos e uma vida de verdade. Você não quer as mesmas coisas.

Enquanto falava, brotaram-lhe lágrimas nos olhos, porém ela tentava ficar calma, apesar da sensação depressiva de pânico no estômago, ou de uma faca no coração. Kate queria que ele retirasse tudo o que afirmara na noite anterior, mas Joe nada falou.

Joe terminou o desjejum em silêncio e depois a olhou. Era um desses momentos revoltantes em uma vida, dos quais nos lembramos para sempre, imagem por imagem e palavra por palavra.

— Eu te amo, Kate. Mas tenho de ser honesto com você. Não penso que algum dia eu tenha querido me casar. Não quero. Não quero me casar com ninguém, a não ser talvez com meus aviões. Não quero ficar amarrado. Não quero ser "possuído". Para você, aqui, há lugar, se quiser partilhar do meu trabalho comigo. Mas é tudo o que posso lhe dar. Eu e meus aviões. Talvez eu os ame tanto quanto amo você. Em alguns dias, talvez mais. Não posso amar você mais do que isso, tenho muito medo. Kate, sou assim, e é tudo o que tenho a dar. Não quero filhos. Jamais. Não tenho espaço para eles em minha vida. Não preciso de filhos. E não quero filhos.

Nesse momento, Joe se deu conta com tristeza de que também não a queria. Kate era uma ameaça muito grande para ele. Queria a empresa e os aviões, e ela depois disso. Mas ela era uma moça de vinte e quatro anos, que queria bebês, um marido e uma vida, e não apenas a oportunidade de trabalhar para ele. O que Joe acabara de lhe dizer a atingira como um golpe, e lhe confirmara todos os piores temores.

— Não quero um negócio, Joe. Quero filhos. Quero você. Eu amo você, mas vou para casa. Acho que deveria ter feito estas perguntas há mais tempo.

Kate se sentia uma completa idiota. E se sentia do mesmo jeito que no dia em o pai morrera. Acabrunhada com uma perda incomensurável.

— Acho que não sabia como me sentia quando começamos a empresa. Agora, sei. Faça o que tem de fazer, Kate.

— Vou-me embora — disse ela, apenas, quando os olhos de ambos se encontraram.

— Vai mesmo largar a empresa?

Joe não conseguia imaginá-la fazendo isso. Achava-a maluca se largasse a empresa. Ela não compreendia o que ele fazia? Era alguma coisa que nunca fizera antes, e queria partilhar a firma com ela. Era o melhor que podia oferecer. Mas, mesmo agora, Kate não fazia caso.

— A empresa não é minha, Joe, é sua.

Não pensara nisso. Isso lhe esclarecia as coisas, ou pelo menos pensava assim.

— Quer ações?

— Não. Quero um marido. Minha mãe tinha razão, acho. Entendi afinal. Afinal.

— Compreendo — respondeu Joe.

E Joe acreditava que compreendera. Ambos, porém, tinham um bocado a aprender. Joe pegou a pasta para papéis e a olhou.

— Me perdoe.

Apesar de tudo o que haviam sido um para o outro, durante sete anos, de uma forma ou de outra, ele tinha de deixá-la ir. Não queria ser forçado a se casar com ela. Tinha muitas outras coisas em que pensar. Na vida pública no estrangeiro, sabia que se tornara um homem importante, mas, no seu íntimo, apesar de importante, ainda era um menininho apavorado e solitário.

— Me perdoe também, Joe — sussurrou ela.

Era como uma cena de morte. A relação de ambos estava morrendo. Ele a estava matando. Fizera escolhas desastrosas sobre a vida de ambos, sem mesmo consultá-la. Mas sentia que não havia outra escolha.

Joe não lhe deu um beijo de despedida. Nada falou. Apenas saiu porta afora com sua pasta, sem olhar para trás, enquanto ela o acompanhava com os olhos.

Capítulo 13

OS PAIS SABIAM QUE Kate voltara definitivamente para casa, mas não sabiam a razão. A filha nunca lhes explicara, nunca dissera algo sobre Joe ou o que acontecera em New Jersey. Kate se sentia magoada e despedaçada demais para comentar com eles o assunto. E se sentia aniquilada porque Joe nunca lhe telefonava. Ainda esperava que ele despertasse, sentisse forte saudade dela e lhe telefonasse para dizer que queria se casar e, afinal, ter filhos.

Joe, porém, falara a sério. Algumas semanas depois lhe mandou uma caixa pequena com roupas, coisas que ela esquecera em seu apartamento, sem um bilhete acompanhando. Os pais viam que Kate sofria muito, mas não a pressionavam, embora a mãe suspeitasse o que havia acontecido. Kate passou três meses no inverno de Boston, saindo para longos passeios e chorando. E para ela o Natal foi doloroso. Pensou mil vezes em telefonar para Joe, desesperada, mas não queria viver com ele como amante. Com o passar do tempo, começou a sentir-se como um pária. Alguns dias após o Natal, foi esquiar e voltou para passar a véspera de Ano-Novo com os pais. Não tinha notícias dele, nem ele telefonou. Kate sentiu como se parte dela houvesse morrido ao deixá-lo, e não conseguia se imaginar vivendo sem ele. Agora, porém, tinha de imaginar. Ela tomara uma decisão firme e agora tinha de conviver com ela e resolver tudo da melhor maneira. Não tinha alternativa.

Fez um esforço por rever algumas antigas amigas, mas parecia não ter nada em comum com elas. Durante muitos anos, dedicara demais a sua vida a Joe. Não sabendo mais o que fazer e determinada a levar uma vida própria, resolveu se mudar para Nova York em janeiro e arranjar emprego no Metropolitan Museum, como assistente do curador da ala egípcia. Pelo menos poderia praticar seus estudos da história da arte feitos em Radcliffe, apesar de agora conhecer muito mais sobre aviões. De início, seu coração não bateu mais forte pelo emprego, mas ficou surpresa ao descobrir, assim que entrou lá, que adorava o que fazia, muito mais do que esperava. E, por volta de fevereiro, achara um apartamento. Tudo o que tinha de fazer agora era viver o que lhe restava da vida. As esperanças pareciam cruéis, intermináveis, deprimentes e incrivelmente vazias sem ele. Noite e dia, sentia muita falta dele. Mesmo ao trabalhar, só pensava em Joe. Sempre lia sobre ele nos jornais. Há sete anos, fora notícia ao bater recordes de vôo, e agora o mundo todo falava sobre os aviões fantásticos que construía. E, quando não trabalhava neles, pilotava-os.

Em junho, viu em um jornal que Joe ganhara um prêmio no Espetáculo Aéreo de Paris. Ficou feliz por ele. E infeliz e só, por si. Tinha vinte e cinco anos, era mais bonita ainda e com a vida bem mais aborrecida que a da mãe.

Nunca saía com rapazes, e quando lhe pediam para sair, dizia estar ocupada. Era exatamente como aconteceu quando o seu avião foi abatido, ela chorava e sentia muita falta dele. Nem mesmo foi a Cape Cod nesse verão, porque sabia que o lugar a faria lembrar-se dele. Tudo a fazia lembrar-se dele. Conversar, viver, movimentar-se, respirar. Mesmo ir a restaurantes e comer. Cozinhar. Era um absurdo e Kate sabia disso, mas Joe se tornara parte de seu âmago. Agora, tudo o que tinha a fazer era esperar toda uma vida para esquecê-lo. Podia fazer isso, pensava, mas tinha certeza de não conseguir. Acordava todas as manhãs sentindo como se alguém houvesse morrido, e então percebia quem havia morrido. Ela.

Estava há quase um ano em Nova York quando um dia foi a uma mercearia comprar comida para cachorro. Acabara de arranjar um cãozinho para lhe fazer companhia, e ria de si própria e admitia que isso era patético. Verificava as diferentes marcas, quando levantou o olhar e ficou surpresa ao ver Andy. Não o via há mais de três anos, e parecia muito adulto e elegante em um terno escuro e um sobretudo Burberry. Acabara de sair de casa para trabalhar e obviamente comprava comestíveis. Nesse momento, Kate achou que ele se casara, embora não tivesse certeza.

— Como vai, Kate? — perguntou, com largo sorriso.

Levara muito tempo para se recuperar do golpe que Kate lhe dera. Pensar nela o fizera sofrer durante muito tempo, e jogara fora todas as fotografias dela. Mas, agora, estava bem.

— Bem, e você, Andy?

Kate não lhe falou que sentira falta dele. Os bons amigos eram difíceis de esquecer, e há muito tempo Kate não tinha ninguém com quem conversar.

— Trabalhando. Que faz aqui? — Andy parecia feliz de vê-la.

— Moro aqui. Trabalho no Metropolitan. É divertido.

— Que bom. Tenho lido sobre Joe em todos os lugares. Que império inacreditável ele iniciou. Já têm filho?

Kate riu com essa pergunta. Era uma suposição óbvia, que era não só incorreta, mas também, agora, ultrapassada.

— Não. Tenho um cãozinho — Kate respondeu, apontando para a comida de cachorro. Depois, resolveu corrigir a suposição, a bem dos velhos tempos. — Não me casei.

Andy pareceu surpreso quando ela lhe falou.

— Você e Joe não se casaram?

— Não. Ele se casou com os aviões. Foi uma boa decisão dele.

— E você? — perguntou, sincero. — Como foi para você a decisão de Joe?

— Não muito boa. Vim-me embora. Estou me acostumando. Foi há quase um ano.

Fora há quatorze meses, duas semanas e três dias, mas Kate queria poupar detalhes.

— E você? Casado? Filhos?

— Namoradas. Muitas. É mais seguro. Não há grande sofrimento.

Andy não mudara nada, e Kate riu com a resposta.

— Bom para você. Vou ver se consigo achar mais algumas para você. Há muitas moças graciosas trabalhando no museu.

— Você entre elas. Você está muito bem.

Kate cortara os cabelos mais curtos, mais para ter o que fazer. O que lhe dava alegria eram as manicuras e cabeleireiros, e o cachorro.

— Obrigada.

Há muito não conversava com um homem da sua idade por mais de cinco minutos.

— Que tal um cinema, um dia desses?

— Gostaria — respondeu ela, enquanto se encaminhavam para a caixa registradora.

Andy comprara flocos de milho e refrigerantes, Kate reparou. E segurava uma garrafa de uísque escocês que acabara de comprar em uma loja de bebidas. Comida de solteiro.

— Não podíamos pelo menos comer torrada ou leite com o uísque? — sugeriu Kate.

Andy abriu um largo sorriso. Kate em nada mudara.

— Ou apenas pomos o uísque nos flocos de milho? Tenho de experimentar isso.

— Bebo-o puro.

— Bebe com soda?

— Uso para limpar os tapetes.

Ambos adoravam a brincadeira. Lembravam-se dos velhos tempos na universidade, e Andy insistia em lhe pagar um cachorro-quente. Sempre fora generoso, cavalheiresco e amável.

— Ainda trabalha com seu pai? — perguntou Kate, saindo da loja.

— Sim, deu muito certo. Ele me entrega todos os casos de divórcio, ele os odeia.

— Que bom. Bem, ao menos me livrei disso.

— Talvez tenha se livrado mais do que disso, Kate. Homens desse tipo nunca são fáceis. Muito inteligentes, muito criativos, muito difíceis. Você estava tão apaixonada por ele que não via isso.

Ela o amara, o amara mesmo. Tanto quanto amara Andy como amigo, que nunca lhe parecera notável. Joe era como uma estrela que brilhava, fora do alcance, e ela sempre o quisera, talvez mais por causa disso.

— Sugere que eu procure um pateta?

Kate se divertia com o que deduzira, mas, ao lhe responder, Andy estava sério.

— Talvez alguém um pouco mais humano. É difícil alguém estar à altura dele e acompanhá-lo. Você merece alguém melhor.

Kate estava grata à bondade de Andy em tranqüilizá-la. Era um homem tão maravilhoso e amável, que ficou surpresa por ele não estar casado.

— Vou lhe telefonar — informou Andy, enquanto começavam a querer tomar direções opostas. — Como encontro você?

— Meu nome está na lista de telefones, ou ligue para o museu.

Dois dias mais tarde, Andy lhe telefonou e a levou a um cinema. E, depois, foram patinar no Rockfeller Center. E jantar fora. Costumavam ficar juntos constantemente quando Kate foi em casa para passar o Natal, três semanas depois. Ela não contou aos pais que vira Andy, não queria que a mãe ficasse animada. Mas, quando Andy telefonou para Boston, na manhã de Natal, atendeu o telefone. E estava feliz em ouvi-lo. Era quase como antigamente, só que, agora, gostava mais dele. Andy era tranqüilo, agradável e gentil. Nada tinha do brilhantismo de Joe e se preocupava com Kate. Como ela nunca se esquecera de Joe e Andy nunca se esquecera totalmente de Kate.

— Estou com saudades — afirmou Andy, quando Kate atendeu. — Quando vai voltar?

— Daqui a dois dias — respondeu ela, vagamente.

Kate se sentira desapontada porque Joe não lhe telefonara no Natal. Bem que ele poderia lhe telefonar. Era como se a tivesse esquecido totalmente, como se nunca tivesse existido. Pensava em lhe telefonar, mas achou que era melhor não. Iria apenas deprimi-la e fazê-la recordar tudo o que tivera com ele e, depois, perdera.

— Quando começou a ver Andy novamente? — quis saber a mãe, interessada, quando a filha desligou o telefone.

— Fui à mercearia, há algumas semanas.

— Casou-se?

— Sim. E tem oito filhos — Kate provocou a mãe.

— Sempre achei que ele seria bom para você — afirmou Elizabeth.

— Sei, mamãe. Somos apenas amigos. É melhor assim. Sem danos para ambos os lados.

Kate o machucara muito três anos antes. E ela ainda estava magoada. E achava que ficaria assim por um longo tempo. Talvez para sempre. Era impossível esquecer Joe. Haviam ficado muito tempo juntos. Joe representava um terço de sua vida.

Dois dias depois, voltou para Nova York, e ficou feliz ao rever o cãozinho. Deixara-o com um vizinho. E Andy lhe telefonou, mal ela entrava no apartamento.

— Que é que você tem? Radar?

— Estou seguindo você.

Convidou-a para um cinema nessa noite, e ela foi. E passaram a véspera de Ano-Novo juntos, bebendo champanhe no El Morocco. Parecia muito fascinante a Kate, e muito adulto, como disse a Andy.

— Sou um homem sério — replicou Andy, divertido.

Andy ficara muito sofisticado, e Kate não conseguia compará-lo a Joe. Joe era fora do comum, bonito e algumas vezes desajeitado. Mas Kate o amara assim mesmo. Andy era mais suave, o que Joe não se preocupava de modo algum em ser.

— Fugi do sério — confidenciou Kate, após a terceira taça de champanhe. — Fui direto à velhice. Algumas vezes me sinto mais velha do que minha mãe.

— Vai se sentir melhor. O tempo. Ele cura tudo — afirmou Andy, sensato.

— Quanto tempo você levou para se curar de mim? — perguntou Kate, sentindo-se ligeiramente embriagada.

Andy pareceu não perceber.

— Cerca de dez minutos.

Levara dois anos, mas não lhe contou isso. E ele ainda não se curara de Kate, razão por que passava com ela a véspera de Ano-Novo.

Havia meia dúzia de mulheres com quem saíra, que estavam furiosas com isso.

— Devia levar mais tempo?

— Talvez não — respondeu ela. — Não mereço. Fui suja com você.

Kate ficara ligeiramente taciturna por causa do champanhe que bebera. E, apesar de tudo, se perguntava onde, nessa noite, Joe estaria, o que fazia e com quem.

— Você não pode impedir — afirmou Andy, sério. — Ele foi um grande amor, você era louca por ele, e ele voltou da morte. É difícil suportar isso. Melhor do que se tivéssemos nos casado.

— Isso teria sido terrível — replicou ela, horrorizada.

— Sim, teria sido. Acho, portanto, que somos felizes. E você precisava, de uma vez por todas, tirá-lo do seu mundo.

— Não é o que tento? — perguntou Kate, angustiada.

Andy riu.

— Vai conseguir. Mas não vai conseguir, se você se tornar alcoólatra. Está bêbada, Kate.

— *Não* estou — respondeu Kate, parecendo ofendida e um pouco confusa.

— Está, sim, mas você, mesmo assim, está muito atraente. Vamos dançar antes que fique inconsciente ou ainda mais bêbada.

Fora uma noite agradável, e, no dia seguinte, Kate sentiu uma terrível dor de cabeça, mas Andy levou ao seu apartamento *croissants*, aspirina e suco de laranja. Kate estava de óculos escuros, enquanto preparava o café para eles.

— Por que não trouxe o uísque e os flocos de milho? Seria melhor — choramingou Kate, com dor de cabeça.

— Você está ficando uma ébria. — Ele brincava com o cãozinho e sorria.

— Sofrimento por amor faz isso.

Kate queimou os *croissants*, derramou o suco de laranja e rompeu as gemas ao preparar ovos estrelados para ele, mas Andy comeu tudo e, depois, agradeceu.

— Sou uma cozinheira terrível — confessou.

— Foi por isso que ele a largou? — Era a primeira vez que Andy lhe fazia tal pergunta.

— Eu que o larguei — corrigiu Kate, escondendo-se atrás dos óculos escuros. — Joe não queria se casar comigo, ou ter filhos. Eu lhe falei, ele se casou com os aviões.

— Ele, agora, é um homem muito rico — respondeu Andy, com admiração.

Havia muitas coisas que uma pessoa tinha de admirar em Joe, a habilidade, o gênio, o talento, mas não o que pensava sobre as mulheres. Andy achava Joe um tolo por não se casar com Kate, mas se sentia feliz por isso.

— Por que você não se casou? — perguntou Kate, esparramando-se no sofá e, finalmente, tirando os óculos escuros.

— Não sei. Apavorado demais, jovem demais, ocupado demais. Ninguém espetacular. Desde você. Durante algum tempo, as traças me roeram, e depois comecei a me divertir. Dei tempo ao tempo. É o que você deve fazer. Não tenha pressa. Vejo divórcios demais lá no escritório.

— De acordo com minha mãe, não se deve dar tempo ao tempo. Ela fica apavorada.

— Eu, se fosse ela, também ficaria. Não é fácil se livrar de você. É só não cozinhar para os namorados. Deixe que descubram depois. Tinha me esquecido de que você é uma cozinheira horrível. Eu teria preparado o café para mim, se me lembrasse.

— Pare de se queixar. Você comeu tudo.

— Da próxima vez, uísque escocês e flocos de milho.

Nessa tarde, foram ao Central Park. Era um dia claro de inverno, e no solo havia um fino cobertor de neve, e Kate se sentiu melhor ao voltarem ao apartamento dela. Haviam levado o cãozinho. Tudo parecia tão confortável e normal. Andy era fácil de conviver. Exatamente como nos velhos tempos. E, nessa noite, foram a um cinema. Passavam muito tempo juntos. E, subitamente, Kate se sentia menos só. Não era um romance mas era mais que uma amizade forte.

Durante as seis semanas seguintes, ficaram sempre juntos. Jantares, cinemas, festas, amigos e amigas. Andy foi almoçar com Kate, no museu. Aos sábados, iam juntos fazer compras na mercearia, e passeavam. Era agradável ter alguém com quem fazer as coisas. Kate percebeu que, durante todo o tempo que ficava com Joe, ele nunca tinha tempo para tudo isso. Joe estava muito ocupado construindo a firma, apesar de ela gostar de construí-la com ele. Mas era divertido estar com Andy. Tinha mais tempo para ela, e adorava passar esses momentos com ela. No Dia dos Namorados, Andy apareceu no apartamento de Kate com um buquê de duas dúzias de rosas vermelhas nos braços e uma enorme caixa de bombons em forma de coração.

— Que foi que fiz para merecer tudo isto? — perguntou a moça, o sorriso largo.

O dia inteiro, sentira saudade de Joe e se lembrava de que tinha de esquecê-lo de uma vez por todas. Mesmo depois de todo este tempo, isso ainda lhe parecia um desafio insuperável. Era inacreditável que alguém que amara tanto, durante tanto tempo, fosse perfeitamente capaz de viver sem ela. Parecia muito estranho terem afinal terminado, que não fossem capazes de resolver a vida e viver juntos. Ambos haviam se complicado em seus próprios medos. Era deprimente se dar conta de que as histórias de fadas não tinham finais felizes, tinham finais infelizes. Não era assim que a vida devia ser.

— Por que você está tão triste?

Andy conseguia ver isso nos olhos. Kate não conseguia esconder dele.

— Sinto-me triste novamente.

— Que coisa tediosa. Coma um chocolate. Coma as flores, o que preferir. Vista-se. Vou levá-la para jantar.

— E você com as outras namoradas?

Kate se sentia culpada por monopolizá-lo. Fosse como fosse, ainda amava Joe, não era justo com Andy. Porém, também gostava dele, mais do que admitia. Com ele, há muito não se sentia tão triste.

— Minhas outras namoradas vão jantar conosco. Você vai adorá-las, todas as quatorze.

— Aonde vai me levar?

— É surpresa. Vista uma roupa bem especial. E, desta vez, tente não se embebedar.

— Era a véspera de Ano-Novo, seu convencido. Além disso, tenho o direito de me embebedar.

— Não, não tem. Já é hora de acabar com isso. Além do mais, Joe ama os aviões dele mais do que ama você. Lembre-se disso.

— Vou tentar.

Mas ultimamente nem se preocupava tanto. Pensava muito sobre Joe e se perguntava se fizera a coisa certa. Talvez não fosse importante eles se casarem nem terem filhos. Talvez valesse o sacrifício, só para ficar com ele. Mas nada falou a Andy e não tinha certeza de nada.

Andy esperou Kate se vestir, e, quando saíram do edifício de apartamentos, no andar térreo havia um cabriolé esperando por eles. Kate entrou e se sentou. Era incrivelmente romântico. E o cavalo foi trotando até o restaurante, enquanto pedestres e motoristas de táxi sorriam ao vê-los. Kate se sentia aconchegada e quentinha debaixo de um pesado cobertor, no veículo fechado.

O cabriolé virou na rua Cinqüenta e Dois e os deixou no 21 Club. Kate sorria para Andy.

— Você me estraga.

— Você merece — respondeu Andy. Os dois entravam no restaurante, e ela ficou surpresa ao ver as cabeças se virarem para vê-los.

Formavam um casal muito vistoso. E, alguns minutos depois, estavam sentados a uma mesa em um canto quieto, no segundo andar.

Foi uma noite agradável e a refeição deliciosa, e ambos conversavam tranqüilos quando chegou a sobremesa. Andy encomendara para Kate um bolinho em forma de coração, e, ao parti-lo com o garfo, Kate encontrou alguma coisa dura dentro dele. Empurrou o bolo para o lado e viu que era uma caixinha de joalheiro.

— O que é isso? — perguntou surpresa.

— É melhor abri-la e ver. Dentro talvez haja alguma coisa boa. Me parece que é bem boa.

Mas subitamente Kate não conseguia sentir o coração acelerar. Quando olhou Andy, ele sorria e falou, terno:

— Tudo bem, Kate, não tenha medo.

Kate sabia o que Andy estava fazendo e se sentiu aterrorizada. Joe a ferira fundo, e ela ferira Andy. Não queria fazer isso novamente, ou cometer um erro de que ambos se arrependessem.

— Vai dar certo. Vamos fazer com que dê certo. Nós é que temos de fazer, não deixar acontecer.

Era tudo o que Kate queria, só que Andy não era a pessoa que queria. Mas talvez tudo fosse assim, só se consegue metade do que se quer na vida, não por inteiro. Não acreditava mais em finais felizes. E a versão de Andy era mais feliz que a da maioria.

Abriu com cuidado a caixa, e lambeu o bolo que restava nos dedos. Dentro, havia um anel de brilhantes, cintilando. Era um anel de noivado da Tiffany, e Andy o enfiou no dedo de Kate.

— Case-se comigo. Desta vez não vou deixar você fugir. É a coisa certa para nós dois... e, por falar nisso, eu te amo.

— Por falar nisso? — perguntou Kate. — Que tipo de proposta é essa?

— Uma proposta de verdade. Vamos. Sei que vamos ser felizes.

— Mamãe sempre disse que você era a pessoa certa.

— Mamãe me disse que você era uma vagabunda quando me chutou. — Andy riu, beijando-a depois.

Beijá-lo era melhor do que Kate se lembrava. E, enquanto pensava, percebeu que o amava. Não como amara Joe. Nunca se enganaria novamente. Este era diferente. Era tranqüilo, desembaraçado e divertido. Seriam ótimos companheiros de viagem durante a vida. Talvez você não pudesse ter tudo na vida. Um grande amor. E uma paixão. E sonhos. Talvez, no final, fosse melhor viver um pequeno amor, sem sonhos. Ou, pelo menos, era nisso que pensava ao beijá-lo.

— Sua mãe estava certa, sobre mim, quero dizer. Fui horrível para você, e sinto muito — replicou, depois que Andy a beijou.

— Vou fazer você passar o resto da sua vida pagando por isso. Você me deve, há muito tempo.

— Vou pôr uísque nos seus flocos de milho, para sempre. Todas as manhãs.

— Isso quer dizer que vai se casar comigo? — Andy parecia esperançoso e feliz.

— Sou obrigada — respondeu, sensível. — Gosto do anel. Só assim você vai me deixar ficar com ele.

Kate estava com o anel no dedo, e parecia maravilhoso. E, quando Andy lhe sorriu, beijou-a.

— Eu te amo, Kate. Detesto dizer, mas estou feliz que não tenha dado certo com Joe.

Kate não se sentia feliz, mas precisava aprender a conviver com a dor, e talvez Andy a ajudasse.

— Também te amo — sussurrou Kate, sorrindo. — Quando vamos nos casar?

— Em junho — respondeu Andy, decidido.

Kate riu e passou os braços ao redor do rapaz. Sentia-se feliz e sabia ter tomado a decisão certa. Ou ele tomara.

— Espere até eu contar à minha mãe — ela provocou. Os dois riram.

— Espere até eu contar à minha — Andy também provocou, cerrando os olhos.

Capítulo 14

KATE TELEFONOU para contar aos pais, um dia depois e, como previa, eles ficaram muito contentes. A mãe, boquiaberta, perguntou pelos planos para o casamento, e ficou ainda mais feliz quando ela lhe contou que iriam se casar em junho. Este era um casamento de verdade. Afinal.

Nos quatro meses seguintes, Kate e a mãe providenciaram os detalhes para o casamento. A noiva só queria três damas de honra, Beverly, Diana, de Radcliffe, e uma antiga amiga de escola. Escolheu vestidos graciosos de organza azul clarinho. A mãe veio de Nova York para ajudá-la a escolher o vestido. Era elegante e simples, e, ao vesti-lo, Kate ficou belíssima. Na primeira prova a mãe chorou, e o pai também, quando entrou com a filha na igreja.

Foram quatro meses de festas oferecidas na maior parte por amigos dos pais de Andy, em Nova York, e houve outras tantas em Boston, em maio. Houve festas, almoços e jantares. Kate nunca sentira tanta emoção na vida. E na lua-de-mel resolveu ir a Paris e Veneza. Tudo era incrivelmente romântico, e vivia se lembrando de que era feliz.

Alguma parte secreta de Kate esperava que Joe lhe telefonasse, após o anúncio do casamento, como se ele fosse ficar irado com o que ela ia fazer, e voltasse para deter tudo e a tentasse levar. Mas a moça era muito lúcida e, em verdade, não esperava que ele telefonasse. Também compreendeu isso. Kate ficaria muito machucada ao ouvir novamente a voz dele. Tentou não pensar em Joe, mas ele se insinuava nos seus pensamentos tarde da noite, e de manhã, deitada na cama. A manhã fora a sua parte do dia preferida. Joe estava sempre ali, nas fímbrias de sua vida, e o coração doía assim que pensava nele. Continuava a se perguntar se havia feito a coisa certa, se deveria ter sacrificado o coração e os filhos para estar com Joe. Ainda o amava, como sempre o amara. Essa era a parte penosa, mas tentava se convencer de que havia feito a coisa certa.

O casamento foi perfeito, e Kate estava belíssima. O longo vestido de noiva de cetim a fazia se parecer com Rita Hayworth, e, atrás, havia uma cauda de renda, longa e elegante. Usou um véu enorme, e quando Andy olhou-a ao chegar ao altar, viu algo frágil e triste que lhe tocou até a alma.

— Vai dar certo, Kate... Eu te amo... — sussurrou ele, enquanto duas pequenas lágrimas lhe escorriam dos olhos.

Kate nada contara a ninguém e sabia estar errada, mas toda a manhã sentira saudades de Joe. Sentia como se o estivesse largando mais uma vez, novamente. Mas sabia que teria uma vida segura com Andy, que era um homem bom, e se amavam. Não com paixão, mas com ternura e entendimento. Não importava o que sentia por Joe Allbright, sabia que havia feito a escolha acertada com Andy e se esforçaria por tornar este casamento perfeito.

A recepção foi no Plaza, e passaram a noite em uma suíte fabulosa de frente para o Central Park. Era lindo e romântico, e ambos estavam exaustos após o casamento. Só fizeram amor na manhã seguinte. Andy não queria apressá-la, tinham o resto de suas vidas. Nunca tinham feito amor e ele não quisera lhe perguntar se era virgem. Andy jamais quisera saber os detalhes do longo relacionamento de Kate com Joe, muito menos agora. E Kate jamais lhe contara. Ela sentia que esse assunto não era o tipo de coisa que devesse falar com o marido, e Andy não tinha certeza de que isso lhe era doloroso ou não, mas ambos gostavam de fazer amor. Kate parecia inocente, tímida e um tanto cautelosa, e Andy pensou que fosse falta de experiência da parte dela. Em verdade, era muito estranho para

Kate estar na cama com ele. Haviam sido amigos. Mas, com pouco tempo e esforço, descobriu que se sentia surpreendentemente à vontade. Ele era gentil, divertido, terno e desesperadamente apaixonado por ela. E, nessa manhã, quando partiram para o aeroporto, pareciam menos jovens amantes do que velhos amigos. O que partilharam nada tinha da dor, da paixão ou do fogo do que ela e Joe haviam partilhado. Foi tranqüilo, amigo e divertido, Kate confiava totalmente em Andy, e com Andy seu coração corria menos perigo que com Joe.

A mãe desconfiara de que Kate não estava muito apaixonada por Andy, quando concordou em se casar com ele, e esse assunto não a preocupou. Comentou isso com ela, durante uma das provas do vestido de noiva, e lhe falou que a paixão do tipo que sentira por Joe era perigosa. Se você permitisse, ela possuiria e dominaria você. O melhor, a mãe lhe garantia, seria se casar com seu melhor amigo, e este era Andy.

A lua-de-mel foi tudo o que Kate e Andy desejavam. Tiveram jantares românticos no Maxim's e pequenos bistrôs na Rive Gauche, exploraram o Louvre, fizeram muitas compras e deram longos passeios pelo Sena. Foi uma época perfeita, durante a estação perfeita. O tempo estava quente e ensolarado, e Kate percebeu que nunca fora mais feliz na vida. E Andy provou ser um amante gentil e com prática. Quando foram a Veneza, parecera a Kate serem casados há anos. Andy suspeitava de que ela não era mais virgem, mas nunca lhe perguntou nada sobre isso. Preferia nada saber e não gostava de perguntar à moça sobre coisas que lhe recordassem Joe. Sentia mais do que sabia que esse assunto ainda era penoso, e suspeitava de que continuaria a ser durante muito tempo. Mas, agora, ela era dele e não mais de Joe.

Veneza era ainda mais romântica que Paris, se isso era possível. Fizeram refeições deliciosas, viajaram em uma gôndola que Andy alugara e, ao passarem sob a Ponte dos Suspiros, se beijaram para que tivessem boa sorte.

Voltaram a Paris por uma noite, e depois voaram de volta para Nova York. Haviam estado fora durante três semanas e foi uma lua-de-mel perfeita. Chegaram em casa felizes, relaxados e unidos um ao outro. E estavam aguardando uma vida longa e feliz.

Um dia depois de chegarem de Paris, voltaram a trabalhar, e Kate se levantou da cama para lhe preparar o café da manhã. Andy tomou um banho, fez a barba e se vestiu, e, ao entrar na cozinha, Kate havia arrumado na mesa uma tigela com flocos de milho e uma garrafa de uísque escocês.

— Você se lembrou, querida — exclamou Andy, atirando os braços ao redor dela, à moda dos artistas de cinema. Andy era bom esportista e simpático e tinha um senso de humor sensível e engraçado.

— Meu pai vai pensar que você me transformou em um alcoólatra, se eu for trabalhar com cheiro de uísque. Vamos ter reuniões o dia inteiro.

Andy saiu para trabalhar, e Kate ficou em casa para arrumar o apartamento. Largara o emprego no museu um mês antes do casamento. Andy não queria que ela trabalhasse, e na época tinha muito o que fazer em casa. Mas, agora, não tinha muito em que se ocupar até ele chegar do escritório, tarde da noite. E quando chegava, ela estava tão entediada que o puxava com força para a cama, e então sugeria que fossem jantar fora, até mesmo quando o marido estava cansado. Kate não sabia o que fazer durante o dia todo. Falava a Andy que queria voltar a trabalhar, não tinha idéia do que fazer para se manter ocupada. A vida de casada a deixou com tempo disponível demais.

— Vá fazer compras, vá a museus, divirta-se, almoce com amigas — aconselhou Andy.

Mas as amigas estavam todas ou trabalhando ou morando nos subúrbios com os filhos. Kate se sentia como uma estranha.

Falavam em comprar um apartamento maior, mas ambos gostavam desse de Andy e, por enquanto, estava ótimo. Tinha dois quartos de dormir, e mesmo que tivessem um bebê, haveria bastante lugar para os três.

Durante o jantar, três semanas depois de voltarem da Europa, ela sorriu e disse ao marido que tinha notícias para ele. Imaginava que a mulher houvesse feito algo divertido nesse dia, ou conversado com a mãe ou uma de suas amigas. Ficou surpreso quando, em vez disso, Kate lhe contou ter certeza de estar grávida. Estavam casados havia apenas seis semanas, e ela pensava que pudesse ter acontecido no dia seguinte ao do casamento, a primeira vez que fizeram amor.

— Foi a um médico?

Andy pareceu emocionado e, também, preocupado; limpou a mesa para a mulher, insistiu que ela ficasse calma e lhe pediu que, se se sentisse doente ou quisesse, fosse se deitar. Kate ria.

— Não, ainda não fui ao médico, mas tenho certeza.

Kate se sentira assim, cinco anos antes, com o bebê de Joe, mas não podia contar isso a Andy.

— Pelo amor de Deus, não é uma doença terminal, estou bem.

Nessa noite, Andy fez amor com ela com muita delicadeza, com medo de que qualquer coisa pudesse machucar a mulher ou o bebê. Insistia em que ela fosse ao médico assim que o arranjasse, e ficou desapontado quando Kate não o deixou falar ainda aos pais de ambos.

— Por que não?

Andy queria contar a novidade a todo mundo, e ela achava precipitado. Andy estava mesmo mais emocionado do que ela, que se sentia contente. Ela queria um bebê, uma das razões por que, afinal de contas, largara Joe, e isto seria mais um vínculo entre ela e Andy. Era esta a vida que quisera, uma verdadeira vida de casada. E, no entanto, ao mesmo tempo, com toda a felicidade que sentia e o amor que tinha por Andy, havia sempre dentro dela um espaço vazio que jamais conseguia preencher, apesar de todos os esforços. Kate sabia o que era, mas não como se curar. Era Joe. Só esperava que o bebê lhe preenchesse esse enorme vazio.

— E se eu perdê-lo? — respondeu Kate, sensata, às perguntas do marido. — Se todos já soubessem, seria terrível.

— Por que você perderia o bebê? — Andy parecia confuso. — Sente alguma coisa errada?

— Claro que não — respondeu ela, feliz. — Só quero ter certeza de que está tudo bem. Dizem que sempre há um risco de aborto acidental nos primeiros três meses.

Em especial, se fosse atingida por um rapaz em uma bicicleta.

Alguns dias depois, Kate foi ao médico, que lhe disse estar tudo bem. Ela lhe contou, confidencialmente, que, cinco anos antes, tivera um aborto acidental, e o médico ficou preocupado porque não tivera assistência médica, mas lhe pareceu um incidente isolado, não devido a qualquer fraqueza da parte dela, mas porque fora atingida pela bicicleta. Disse-lhe que ficasse calma, descansasse, comesse bem e não fizesse tolice alguma como montar a cavalo ou pular corda, o que a fez rir. Prescreveu-lhe vitaminas e deu por escrito algumas instruções para partilhar com o marido, e lhe disse para voltar a vê-lo dentro de um mês. O bebê era para o princípio de março.

E, ao voltar para o apartamento, Kate passeava ao longo da calçada do Central Park, e pensava em como ela era feliz. Era feliz, amada, casada, tinha um ótimo marido e ia ter um bebê. Todos os seus sonhos haviam se realizado, e, finalmente, tinha certeza de haver feito a coisa certa ao se casar com Andy. Ambos iam ter uma vida ótima.

Afinal, o casal contou do bebê aos pais de Kate, quando se hospedaram, durante uma semana, no fim de agosto, em Cape Cod. A mãe parecia mais emocionada que a filha, e o pai ficou satisfeito por eles.

— Eu lhe falei, Andy seria perfeito para Kate. — Elizabeth sorria, exultante, ao marido, depois que Kate e Andy voltaram a Nova York.

— Por quê? Porque ele a engravidou? — Clarke provocou.

Ele gostara muito de Joe, mas concordava com ela. Andy era o marido perfeito para Kate, e se sentia feliz pela filha.

— Não, porque Andy é um homem bom. E ter um bebê vai lhe trazer um mundo de coisas boas. Vai assentá-la e sossegá-la, e vai sentir-se mais próxima de Andy.

— E lhe dar um bocado de trabalho! — Clarke riu.

Porém ela nada mais tinha a fazer. Estava preparada para uma família. Tinha vinte e seis anos, o que a tornava bem madura, e mais velha que a maioria de suas amigas quando tiveram os primeiros bebês. A maior parte das moças que estudara com ela já tinha dois ou três filhos. Houvera uma avalanche de jovens que se casaram logo depois de terminada a guerra, e tinham bebês todos os anos para recuperar o tempo perdido. Comparada a elas e às que haviam se casado antes da guerra, até que não começara tarde.

Sentiu-se bem durante toda a gravidez. E, pelo Natal, Andy disse que ela parecia um balão. Há quase sete meses estava grávida, e se achava imensa. Não ganhara peso, a não ser o do bebê, e quase todo o corpo era elegante e fino. Todos os dias, caminhava, dormia muito, comia bem e era o retrato da boa saúde. Só houve um pequeno susto na véspera de Ano-Novo. Foram dançar com amigos no El Morocco, tinham uma ativa vida social nessa época, na maioria das vezes com amigos de Andy, ou pessoas que ele conhecia no trabalho, e quando chegaram em casa às duas da manhã, Kate começou a ter contrações. Sentiu-se culpada porque dançara muito e bebera várias taças de champanhe. Andy telefonou ao médico e ele lhes pediu que fossem na mesma hora ao hospital, e, após examiná-la, disse que queria que ela ficasse internada o resto da noite, só para ter certeza de que não estava entrando em trabalho de parto. Kate ficou aterrorizada, e Andy disse que passaria a noite com ela, e uma das enfermeiras ajeitou uma maca para ele, ao lado da cama dela.

— Como se sente, Kate? — perguntou o marido. Ambos estavam deitados ali, ela em uma confortável cama de hospital e ele em uma maca ao seu lado.

— Apavorada — respondeu ela, honesta. — E se eu tiver o bebê antes do tempo?

— Isso não vai acontecer, acho que você apenas exagerou um pouco. Acho que foi o último mambo que a deixou assim.

Kate deu uma gargalhada, e Andy sorriu.

— Foi engraçado.

— Aparentemente, o bebê não pensou assim — disse ele.

— E se alguma coisa acontecer e perdermos o bebê? — Kate se virou para olhá-lo.

Andy levantou o braço, pegou-lhe a mão e a segurou.

— Que tal parar de se preocupar por alguns minutos? Que tal?

E, então, Andy lhe perguntou algo para o qual Kate não estava preparada. Ele, por um momento, se fizera a pergunta.

— Por que se preocupa tanto com a perda do bebê?

Os olhos atentos de Andy cruzaram com os de Kate. Os dele eram cor de chocolate derretido, os cabelos escuros estavam desgrenhados e estava muito elegante, deitado na maca, a olhá-la.

— Acho que todas as mulheres se preocupam com isso — respondeu Kate, desviando o olhar de Andy.

— Kate?

Houve uma pausa longa.

— Sim?

— Já esteve grávida antes?

Era uma pergunta que ela não queria responder, mas, também, não queria lhe mentir.

Desta vez, a pausa foi mais longa.

— Sim. — Kate baixou o olhar. Não queria feri-lo e temia tê-lo magoado.

— Como pensei. — Andy não parecia arrasado demais como a informação. — Como foi que aconteceu?

— Uma bicicleta me atingiu, em Radcliffe, e o perdi — respondeu Kate, apenas, parecendo triste.

— Lembro-me disso, isto é, do acidente de bicicleta — explicou ele, pensativo. — Você teve uma concussão. Há quanto tempo estava grávida?

— Quase dois meses e meio. Resolvi tê-lo. Nunca falei a Joe, enquanto estava grávida, nem meus pais souberam. Contei a Joe muito tempo depois, quando estava em casa, de licença.

— Seus pais iriam adorar saber isso — retrucou Andy, olhando-a.

Mas não importava, a não ser que Andy sentia pena pela dor que a mulher passara. Mas, agora, Kate era dele, e, deitada na cama de hospital, falando com ele, Andy sorriu ao ver o seu ventre enorme.

— Desta vez, tudo vai dar certo. Você vai ver. Vamos ter um bebê bonito — respondeu Andy, curvando-se e beijando-a.

E mais uma vez Kate se lembrou de que era muito feliz em tê-lo. Não parava de pensar em Joe. Talvez agora deixasse de pensar, talvez pudesse ficar livre dele, afinal.

Saíram do hospital na manhã seguinte, de mãos dadas, e Kate passou o restante da semana descansando. E, depois disso, sentiu-se bem, sem ter mais contrações, até que, em uma manhã de domingo, cedo, Kate despertou Andy. Estivera deitada na cama durante duas horas, sentindo contrações enquanto o marido dormia. E, finalmente, cutucou-o.

— Hã... Sim?... está na hora de uísque e flocos de milho?

— Melhor que isso. — Kate sorriu, sentindo-se bem calma. — Está na hora do bebê.

— Agora? — Sentou-se, sobressaltado. Kate ria. — Preciso me vestir?

— Você vai parecer um maluco, se for ao hospital assim. Uma gracinha.

Andy estava deitado na cama, nu.

— Está bem, está bem. Vou me vestir já. Telefonou pro médico?

— Ainda não.

Andy andava depressa pelo quarto, pegando as roupas e deixando-as cair. Kate parecia a Mona Lisa.

Meia hora mais tarde, Kate havia tomado banho e se vestido, o cabelo estava bem penteado, e Andy, ligeiramente despenteado mas muito atencioso. Tinha um braço ao redor dela e carregava a maleta de mão. Ao chegarem ao hospital, a enfermeira lhe disse estar fazendo grande sucesso. Logo depois, mandou que Andy fosse para a sala de espera para fumar com os outros pais.

— Vai demorar quanto tempo? — perguntou ele, nervoso, afastando-se de Kate.

— Vai demorar um pouco, Sr. Scott — a enfermeira explicou. Fechou a porta atrás dele e voltou à paciente.

Kate estava se sentindo inquieta e queria Andy, mas era contra a política do hospital que ele permanecesse ali. E, pela primeira vez, então, sentiu-se assustada.

Três horas mais tarde, Kate ainda estava em trabalho de parto, lento, e Andy, com os nervos à flor da pele, esperava. Haviam chegado às nove ao hospital e, ao meio-dia, ele nada sabia. E, sempre que perguntava, mandavam-no sentar.

Eram quatro horas, quando levaram Kate para a sala de parto, o que, segundo os médicos, estava dentro do horário, mas, nesse momento, a moça se sentia angustiada e chorava. Só queria Andy. Ele não havia comido até então, e vira outros pais chegarem e irem embora, e alguns que esperavam há mais tempo que ele. Parecia um processo sem fim, e só queria estar com Kate. O bebê parecia levar uma eternidade para nascer, e o rapaz esperava que as coisas fossem fáceis para a mulher. Na realidade, não foram, Kate teve um bebê grande, e o parto foi muito demorado. Para ambos, parecia interminável.

Nessa noite, às sete horas, os médicos resolveram fazer uma cesariana, mas, ao fim de algum tempo, preferiram que Kate continuasse em trabalho de parto normal. Finalmente, duas horas depois, nasceu Reed Clarke Scott, assim chamado pelos pais. Pesava pouco menos de quatro quilos e meio, e tinha cabelos escuros como os do pai, mas Andy achava-o parecido com Kate. Ele nunca vira nenhuma mulher mais bonita que Kate na cama, depois do parto, com os cabelos penteados, com uma camisola cor-de-rosa, segurando o bebê adormecido.

— Tão perfeitinho — sussurrou Andy.

As doze horas na sala de espera, preocupado com eles, deixaram-no quase louco. Mas Kate parecia muito calma e feliz, quando segurou a mão de Andy. Estava cansada mas parecia realizada e tranqüila. Seus sonhos haviam finalmente se realizado. A mãe tivera razão. Ela fizera a coisa certa, e agora tinha certeza disso.

Kate e o bebê ficaram no hospital por cinco dias, e então Andy os levou para casa com uma enfermeira que o casal contratara por quatro semanas. O pai lhe comprara flores e as espalhou pela casa toda, e segurava o bebê enquanto ela se sentava na cama, no quarto de dormir. O médico queria que Kate ficasse três semanas de repouso na cama, no quarto de dormir, o que era padrão para as mamães recentes. E puseram um berço perto da cama, onde o bebê dormia, e sempre que ele despertava, ela o amamentava, enquanto Andy olhava, fascinado.

— Você é tão linda, Kate.

Ele achava que valera a pena ambos esperarem. Em sua opinião, tudo estava bem. E o bebê o encantava plenamente. Era rosadinho, gordinho e perfeito.

Kate tinha vinte e sete anos quando Reed nasceu. Era bem mais velha que a maioria de suas amigas quando teve o primeiro bebê, mas se sentia preparada para ele. Estava tranqüila e madura, e maravilhada com o bebê, e adorava amamentá-lo. Parecia ter esperado toda uma vida por este momento, e se sentia muito feliz com ele e com o marido.

Capítulo 15

REED COMPLETAVA dois meses e meio em maio, quando, uma noite, Andy chegou do trabalho. Parecia alvoroçado, fora chamado a fazer parte de uma comissão que iria à Alemanha para ouvir testemunhas nos tribunais de guerra que se realizavam. Já aconteciam há algum tempo, e advogados de várias especialidades eram recrutados por vários meses. Andy tivera vários tipos de experiência legal na firma de direito do pai, e ser convidado a participar nos julgamentos por crimes de guerra era uma honra enorme.

— Posso ir com você? — Kate estava excitada. Parecia desafiador e interessante, e queria estar lá para vê-lo trabalhar.

— Acho que não, querida. Vamos ser alojados em barracas militares. As acomodações são precárias, mas o trabalho vai ser maravilhoso.

Andy vibrava em ir, embora detestasse deixar Kate e Reed.

— Quanto tempo vai ficar lá?

Ela pensava que não seria mais que uma viagem de dois dias, talvez não mais que duas semanas.

— É difícil prever isso — respondeu Andy, justificando-se.

Andy pensara nisso com cuidado, antes de aceitar. Queriam saber imediatamente se poderia ir, mas ele estava certo de que Kate desejava que fizesse parte de algo excepcional.

— Tenho de ficar lá por três ou quatro meses — explicou Andy, infeliz.

Kate teve um sobressalto.

— É muito tempo, Andy.

— Perguntei se não poderia voltar uns dias, talvez no meio do período, mas disseram que era impossível. Tenho de permanecer lá, e ninguém vai levar as esposas. Não há acomodações para elas.

Durante três ou quatro meses, seria como ficar no Exército, na Divisão Legal, mas, como Andy nunca fizera serviço militar nem estivera na guerra, sentia que esta era uma oportunidade para servir ao seu país.

— Me desculpe. Depois, vamos fazer algo bem agradável, como tirar umas férias.

— Está certo, acho que tenho de ficar ocupada.

— O jovem príncipe vai se encarregar disso por você.

Andy queria que Kate cuidasse das necessidades do bebê e da amamentação. Pelo menos, Kate teria de cuidar disso, ou ficaria de fato sozinha durante a ausência de Andy.

— Quer ir para Boston e ficar com seus pais?

Kate balançou a cabeça, em resposta.

— Minha mãe iria adorar, com o Reed lá. Mas eu iria ficar doida. Vamos ficar aqui e manter vivas as chamas do lar. Só não se esqueça de levar uísque para os seus flocos de milho.

— Obrigado, você tem muito senso de humor, Kate — replicou Andy, beijando-a.

— Tem outro jeito? Posso chorar e espernear como criança?

Kate sorria. Sabia que sentiria saudades dele, mas estava feliz pelo marido. Era uma honra para Andy.

— Podia chorar e espernear como criança, mas que bom que não está fazendo nada disso. É um trabalho importante.

— Sei que é.

Kate o respeitava muito e nada faria para detê-lo.

— Quando vai?

Ele ainda não lhe dissera.

— Em quatro semanas — respondeu ele, fazendo uma careta.

Kate atirou nele um travesseiro.

— Seu convencido. Vai ficar fora o verão inteiro.

Ou talvez um pouco mais. Andy ia viajar em primeiro de julho, e os advogados foram avisados de que não esperassem voltar aos Estados Unidos antes do fim de outubro. Chegavam de todo o país e voavam para a Alemanha em um avião militar.

Quando Kate ajudou Andy a organizar os documentos e a fazer a mala, nas semanas seguintes, começou a perceber como ela se sentiria só nesse período, ficando no apartamento apenas com o bebê. Em um ano de casados, Kate se acostumara a não ficar sem a companhia de Andy, e agora não conseguia pensar em ficar sem ele. Para ambos, os quatro meses iriam parecer não ter fim.

Dois dias mais tarde, em seu primeiro aniversário de casamento, Andy lhe deu um belo bracelete de diamantes, de Cartier. Kate ficou desconcertada. Ela lhe comprara um relógio na Tiffany, mas não era tão maravilhoso como o bracelete que o marido lhe dera.

— Andy, você me mima!

Era bom para ele e adorava fazer isso, sentia-se feliz com Kate, muito mais do que esperara. Kate era boa esposa, mãe maravilhosa e ótima companheira. Andy adorava estar com ela, e fazer amor com ela, e rir com ela. Na verdade, eram os melhores amigos.

— É preciso haver, acima de tudo, senso de humor no chamado ao dever.

— Talvez você deva viajar mais freqüentemente. — Kate sorria.

Haviam tido uma noite maravilhosa no Stork Club.

E quando Andy viajou em primeiro de julho, ambos estavam tristes. Kate foi com o bebê, quando foi levá-lo ao aeroporto e o viu partir. Havia cinco advogados saindo de Nova York, em um vôo militar. Os outros todos vinham de outras cidades. Andy a beijou e ficou segurando-a durante um longo momento antes de se ir. Disse que tentaria lhe telefonar, mas não achava possível fazer isso com muita freqüência.

— Vou lhe escrever — prometeu.

Mas Kate suspeitava mais do que Andy de que ele não teria tempo. Seriam quatro meses, longos e solitários, sem ele. Tão hesitante como estivera antes do casamento, agora não podia se imaginar um dia sem ele. Andy beijou novamente o bebê e Kate; depois, correu para apanhar o avião antes que o perdesse.

Kate passou o Quatro de Julho em Nova York, e fazia muito calor. Ela e o bebê mal saíram de casa, porque tinham ar condicionado, e o restante do mês não foi muito melhor. Kate levava o bebê ao parque de manhã cedo, e tentava estar em casa às onze, e depois ficavam lá a tarde toda, e saíam no final do dia para respirar um pouco de ar nas ruas que começavam a refrescar. Mas, apesar do bebê e do esforço que fazia para se conservar ocupada, sentia-se surpreendentemente só.

Em um final de tarde, Kate estava empurrando Reed no seu carrinho, depois de irem ao Jardim Zoológico, e já passara do Plaza Hotel e ia pela Quinta Avenida para olhar algumas vitrinas de lojas. Acabara de cruzar a Quinta Avenida quando alguém atravessou a rua e deu um encontrão nela. Kate ficou assustada e foi olhar o bebê. Ainda estavam no meio da rua, e Kate se viu olhando bem nos olhos de Joe Allbright.

— Olá, Kate.

Era como se houvessem se visto naquela manhã. Nada mudara. Joe parecia exatamente o mesmo. Exceto que não havia nada da dureza que Kate vira na última vez, nada das palavras dolorosas nem do desapontamento. Havia apenas aquele rosto incrível e aqueles olhos azuis perfurando-a, olhando como se estivesse esperando por ela, mas Kate sabia que era ilusão. Joe podia ter lhe telefonado e nunca o fizera. Houve vezes em que, mesmo tímido, Joe conseguia ser incrivelmente encantador. E parecia assim agora.

Quando as luzes dos sinais mudaram, as buzinas começaram a tocar, e Joe a segurou pelo braço, enquanto Kate empurrava o carrinho, e levou-a até a esquina. Joe a ajudou a levantá-lo no meio-fio, e depois sorriu ao ver o bebê.

— Quem é? — Joe perguntou, o olhar divertido.

O bebê emitiu som de prazer, como se estivesse feliz ao ver Joe.

— Meu filho Reed — respondeu ela, orgulhosa. — Tem três meses.

— É bonitão — respondeu Joe, sorrindo a Kate. — Parece muito com você, Kate. Não sabia que você tinha se casado. Casou?

A pergunta, feita por qualquer outra pessoa, seria um insulto, mas era bem o jeito de Joe. Para ele, ter um bebê não queria dizer automaticamente que uma pessoa tinha de se casar. Era um pouco avançado no seu pensamento ou talvez apenas retrógrado. Às vezes, era um pouco difícil chegar à conclusão do que ele era.

— Estou casada há quase um ano.

— E não perdeu tempo, teve logo o bebê — respondeu. Joe não parecia surpreso. Sabia que era o que Kate queria. Deixara isso bem claro, quando o deixou. Não a via há quase três anos, mas não parecia diferente. Como ele, parecia até melhor. Tinha trinta e nove anos, mas ninguém lhe dava essa idade. Sempre com aparência de criança, em particular os cabelos caindo nos olhos. Empurrava-os para trás, como sempre, com um gesto que Kate sempre adorara. Pensara nesse gesto mil vezes à noite, quando chorava por ele. E agora Joe estava ali na frente dela, e era uma sensação estranha, triste, vazia. A moça gostaria de poder dizer que não se importara e que ele não a impressionara, mas Kate sentira o mesmo soco estranho na boca do estômago, como uma pedra que virasse devagar. Ela sempre achara que era o significado do amor. Mas, com Andy, nunca sentira a pedra na boca do estômago. Com ele, sempre se sentia calma. E agora, com Joe a alguns centímetros dela, sentia-se intoleravelmente nervosa. Joe era apenas um pedaço do passado. Mas um pedaço muito grande. Havia a mesma eletricidade entre eles, quando o olhava. Até então, Kate tinha certeza de que tais sensações haviam desaparecido.

— Quem é o felizardo? — perguntou Joe, despreocupado.

— Andy Scott, meu velho amigo de Harvard.

— A sua mãe lhe dizia que você deveria se casar com ele. Ela deve estar feliz. — Havia uma ponta de rispidez em sua voz.

— Está, sim — respondeu Kate, confusa.

Era como se ele transpirasse algum perfume estranho que a hipnotizava.

Mal conseguia senti-lo, e lhe disse que precisava ir embora. Entretanto, sentia-se paralisada e calma com a voz dele, e não ia a lugar algum.

— Mamãe ama o bebê.

— Ele é esperto. A propósito, está fazendo ótimos negócios.

Kate sorriu, ao ouvir o elogio. Era uma das firmas mais importantes no país. Andy, por outro lado, lhe falara várias vezes que Joe havia feito milhões. A última notícia sobre ele era que estava dando início a uma companhia de aviação chamada AllWorld.

— Leio muito sobre você. Ainda voa muito?

— O quanto posso. Não tenho bastante tempo. Ainda testo meus próprios projetos, mas é um tipo diferente de vôo. Estamos desenvolvendo agora uma linha aérea comercial, capaz de fazer vôos atravessando oceanos. Charles e eu voamos juntos a Paris, há poucas semanas. Mas, na maior parte do tempo, fico metido na sala do conselho ou no meu escritório. Agora, tenho um local na cidade — informou.

Pareciam velhos amigos que relembram os velhos tempos, de pé na esquina, batendo papo. A conversa era forte e havia correntes perigosas nas águas em que estavam metidos. Kate tentou pensar que não era verdade, mas, instintivamente, sabia que era.

— Agora temos um edifício de escritórios aqui, outro em Chicago, outro em Los Angeles. Vou muito à Costa Oeste, mas, na verdade, fico mais em Nova York do que em qualquer outro lugar — acrescentou Joe.

Kate se lembrava de quando Joe nada tinha e o amava. Sob certos aspectos, agora era diferente. Tinha a aura de um homem com poder, e mesmo quando a olhava, ainda era o mesmo, constrangido, tímido, hesitante a contemplá-la por um minuto, e, depois, fitando-a atenta e diretamente, como se lhe penetrasse na alma e como se soubesse em que ela pensava. Não havia como evitar a força dos olhos.

— Precisa de carona para algum lugar, Kate? Está quente demais para estar fora de casa com o bebê.

— Íamos exatamente tomar um pouco de ar. Moro a alguns quarteirões daqui. Não me importo de andar.

— Vamos. — Joe pegou-lhe no braço, sem esperar uma reação.

Havia um carro esperando por ele no outro lado da rua, e, como se remasse contra a correnteza em um rio caudaloso, Joe empurrou o carrinho com o bebê, enquanto Kate ia atrás, e, antes que percebesse, estava sentada na traseira do carro, segurando o bebê, o motorista pusera o carrinho na mala do carro e Joe subira e ficara ao lado dela.

— Onde você mora?

Kate lhe deu o endereço, e Joe falou ao motorista. Kate estava sentada no banco, perto dele, com o bebê no colo.

— Moro a apenas alguns quarteirões de você. Na cobertura, porque me dá a impressão de estar voando. E você, o que vai fazer neste verão?

— Não sei... nós... eu...

Kate começava a se sentir dominada, ele era tão forte e tão poderoso que apenas a arrastava, como uma corredeira. Sentia-se como se fosse atravessar as cataratas do Niágara dentro de um barril. Joe sempre provocara esse efeito nela. Jamais fora capaz de resistir a ele, ou à eletricidade que sentia quando estava perto dele. Isso e ele eram tão intensos que a deixavam ofegante. E para seu desespero, mesmo depois de três anos, não parecia diferente. Era a forma como Kate reagia a Joe, e a forma como ele lidava com as pessoas, especialmente agora que era tão próspero. Estava acostumado a conseguir tudo o que queria.

— Não sei quais são nossos planos. — Informou, vaga, tentando ficar alerta e não sentir o efeito dele.

Estar com ele era como um droga, e se sentar no carro ao seu lado era sentir resquícios dos velhos vícios. Kate sabia ter de resistir. Agora, estava casada.

— Eu ia à Europa na próxima semana — declarou Joe —, mas acabei de cancelar a viagem. Tenho muito trabalho aqui com a companhia de aviação. Temos os mesmos problemas que sofremos no princípio com o sindicato, em New Jersey.

Joe a pôs, no mesmo instante, no mesmo círculo de familiaridade, ao falar de problemas que lhe haviam sido familiares e de que participara. Era uma forma inteligente de fazê-la lembrar-se de que fora dele antes de ser de Andy. E, ao se sentar perto dela, Joe olhou-a com o sorriso que a fulminara desde o primeiro momento em que se viram. Joe não sabia o que estava fazendo, era instintivo. Eram como dois animais que farejavam o ar, um rodeando o outro.

— Você e Andy podem voar comigo, quando quiserem. Será que ele vai gostar?

Andy voaria com qualquer pessoa, menos com Joe. Não gostava nada desse assunto, e com boa razão. Mais do que ninguém, Andy sabia o quanto Joe significara para ela. E Kate fora honesta, ao lhe contar que fora muito difícil terminar com Joe. Ele também sabia que, se ela não tivesse terminado, nunca teria casado com ele. Andy nunca fora capaz de competir com o encanto de Joe Allbright ou com a magia que Kate sentia por ele.

Kate não sabia o que dizer, portanto contou a verdade. Em questão de minutos, Joe já a interrogara. E, assim que Kate lhe contou tudo, se arrependera. Não foi inteligente da sua parte dar a Joe informações demais. Era capaz de usá-las.

— Está fora, na Alemanha. Faz parte do conselho que julga crimes de guerra.

— Esplêndido. Andy deve ser um ótimo advogado — admitiu Joe.

Mas seus olhos não deixavam os de Kate e lhe fazia outras perguntas, a que a moça não tinha as respostas, e, se as tivesse, não as daria.

— Andy é um ótimo advogado — respondeu, orgulhosa.

Foi quando o carro parou na frente do seu edifício, e Kate saiu o mais rápido que pôde. Um momento depois, o motorista tirou o carrinho de bebê, e Kate pôs Reed nele, enquanto Joe a observava. Estava sempre observando. Ele via tudo, sempre vira, mesmo o que Kate não queria que visse. E ela o conhecia bem. Haviam sido íntimos, duas metades formando um todo, e atraídos por uma força magnética tão forte que mal podiam resistir. E, antes, nunca haviam resistido. Ela, entretanto, desta vez, queria resistir. Joe saíra de sua vida e iria ficar assim. Em consideração a ela e também a Joe. Kate estendeu formalmente uma mão e lhe agradeceu a carona. Subitamente, estava um pouco mais distante e um tanto fria. Não era realmente justo, estava zangada pelo que sentiu e sentira por ele. Não era culpa dele que Kate se sentisse tão irrevogavelmente atraída. Mas se sentia. E ela se convencia de que isso, agora, nada significava para ela.

— Você sabe onde me encontra. — disse Joe, um tanto arrogante, pois meio mundo sabia. — Me telefone algum dia. Vamos voar.

— Obrigada — replicou.

Kate se sentia novamente uma mocinha. Vestia saia, blusa e sandálias, e Joe conseguia ver que, mesmo depois do bebê, seu corpo ainda era perfeito. Lembrava-se nitidamente dele. Três anos não lhe haviam ofuscado a memória ou as sensações.

— Obrigada pela carona.

Ficou olhando-a entrar com o carrinho no edifício. Não se voltou para se despedir nem lhe acenou. E ela desejava que seus caminhos não se cruzassem outra vez. Arfava quando ela e Reed chegaram de volta ao apartamento. A experiência de vê-lo a fizera sentir-se inquieta. Queria falar alguma coisa a alguém, agarrar-se a algo sólido, explicar que nada sentira, que terminara com Joe e que se sentia feliz por ter casado com Andy, e que tivera Reed. Era como se tivesse de pedir desculpas a si própria, ou justificar-se do que acontecera. Queria convencer alguém de que Joe nada significava para ela.

Capítulo 16

NA MANHÃ SEGUINTE à tarde em que se chocara com Joe, Kate acordou sentindo-se pesada. Tivera pesadelos a noite toda, e despertou quando o bebê chorava, com uma sensação desagradável, como se tivesse traído Andy. Bebeu uma xícara de café. Depois de pôr Reed para dormir um pouco, garantiu a si mesma que nada fizera de errado. Não fora imprópria, não mostrara qualquer interesse por ele, não o incentivara de forma alguma, nem dissera que lhe telefonaria. Mas, sem saber a razão, sentia-se absolutamente culpada por vê-lo, como se fosse responsável por ter dado um encontrão nele, ou por ter planejado, o que não era verdade. Foi uma sensação desagradável, que ficou com ela o dia inteiro. E, nessa noite, após escrever uma carta a Andy e incluir fotografias de Reed, o telefone tocou. Talvez fosse sua mãe, concluiu e atendeu. Mas a voz no outro lado quase fez rebentar-lhe o coração. Era aquela mesma voz aveludada que sempre surtia o mesmo efeito nela, e que, há anos, a fazia sentir saudades.

— Olá. — A voz era descontraída.

Era tarde. E ele ainda estava no escritório.

— Olá, Joe. — Kate não falou mais do que isso.

Esperou. Não tinha idéia por que estaria lhe telefonando.

— Achei que deveria estar aborrecida com o Andy fora.

Era uma escolha inteligente de palavras. Disse "aborrecida" e não "sozinha". De fato, Kate sentia ambas as coisas, mas não tencionava admitir isso a ele.

— Você gostaria de almoçar, em consideração aos velhos tempos?

— Acho que não. — Não era uma boa idéia, e Kate sabia disso.

— Sempre quis que você visse o edifício aqui na cidade. É inacreditável. Um dos mais bonitos do país. Você estava na empresa desde o princípio. Pensei que você ver como a firma cresceu... depois que você saiu.

— Gostaria, mas acho que não devo.

— Por que não?

Joe parecia desapontado e isso fez efeito. Perigo! Perigo! Era como um letreiro iluminando. Mas, em todo caso, Kate preferiu ignorá-lo.

— Não sei, Joe — respondeu, suspirando.

Estava cansada. E Joe era tão íntimo. Era tão tranqüilo falar com ele, fazia-a querer fazer voltar atrás o relógio. E, subitamente, isso a fez pensar nos dois anos de angústia, quando todos pensavam que fora morto, e o viu no navio, pela primeira vez, ao voltar da Alemanha. Havia tantos fatos que aconteceram desde aquela época, fazendo o coração oscilar, mas não era o suficiente para persistir.

— Muita água passou por debaixo da ponte, desde que saí de New Jersey.

— É justamente por isso. Quero que você veja o que é a empresa. É uma beleza.

— Você é incorrigível. — Kate sorriu.

— Sou? Por que não podemos ser amigos?

Porque ainda amo você, Kate queria responder. Ou respondeu? Talvez fosse apenas a lembrança do amor que parecia algo real. Talvez tudo não passasse de uma ilusão. O que sentia por Andy era amor de verdade. Tinha certeza disso. Joe era algo mais, uma ilusão, um sonho, uma esperança que se recusava a morrer, um conto de fadas infantil que ela sempre quis que tivesse um final feliz. Joe era uma calamidade prestes a acontecer.

— Almoce comigo... por favor... vou me comportar. Prometo.

— Tenho certeza de que vamos nos comportar — respondeu Kate, com firmeza —, mas por que forçar?

— Porque gostamos um da companhia do outro, sempre gostamos. Com o que está preocupada? É casada, tem um bebê, uma vida. Só tenho aviões.

Joe tentava parecer patético, e Kate ria.

— Não me repita isso, Joe Allbright! Você sempre quis ter aviões. Em verdade, mais do que me queria. Por isso, larguei você.

— Ainda podíamos estar juntos — respondeu ele.

Desta vez, Joe disse o que pensava. Kate o detestou por dizer isso agora. Era muito, muito tarde.

— Tentava lhe dizer isso, você não me ouvia — explicou Kate.

— Eu era incrivelmente bronco e apavorado de ficar preso a alguém. Agora, sou mais inteligente e mais corajoso. Estou mais velho. E sei o que perdi quando você foi embora. Era, então, orgulhoso demais para admitir a você ou a mim o que você significava. Minha vida sem você passou a não ter significado, Kate.

Joe falava como teria de falar quando Kate mais o amava, e isso era tudo o que ela quisera ouvir dele. Ouvir isso, agora, era uma brincadeira cruel do destino. Tarde demais.

— Estou casada, Joe — explicou Kate, suave.

— Eu sei. Não estou lhe pedindo para mudar essa situação. Entendo que você fez a sua vida. Só quero almoçar. Um sanduíche, uma hora qualquer. Depois, você me despacha. Só quero lhe mostrar o que fiz.

Parecia orgulhoso disso e como se ele não tivesse ninguém com quem partilhar, o que era culpa dele mesmo. Kate estava certa de que houvera outras mulheres desde que ela fora embora, mas talvez nenhum o conhecesse, nem ninguém importante. Joe só se preocupava com os aviões e a empresa. E há muito era reconhecido como o mais importante projetista de aviões do mundo. Era um gênio.

— Você vai almoçar comigo? Que diabo, você não tem muita coisa a fazer com o Andy viajando. Arranje uma pessoa para tomar conta do bebê e venha almoçar comigo, ou leve o bebê.

Porém, Kate não devia fazer isso. Já arranjara várias babás, quando ela e Andy saíam de noite, e tinha o telefone de algumas delas. Não devia levar Reed ao edifício de escritórios, porque poderia perturbar as pessoas que trabalhavam lá.

— Está bem, está bem — Kate concluiu.

Era como discutir com uma criança. Ele era irritantemente persuasivo.

— Eu vou.

— Você é ótima.

Que diferença fazia? Por que cargas d'água não devia ver o seu escritório? Tinha de se lembrar de que era casada com Andy.

— Que tal amanhã? — sugeriu ele.

— Tudo bem.

Kate queria se tentar e provar que podia fazer, sem se deixar seduzir por ele novamente, nem desejá-lo, nem se deixar tentar. Tinha de ser possível. Era como um ex-alcoólatra querendo se provar que poderia passar por um bar sem beber. E Kate sabia que poderia fazer isso.

— Quer que eu vá apanhar você? — ofereceu-se.

Kate recusou. Disse que se encontraria com ele no restaurante. Joe sugeriu o Giovanni's, e a moça respondeu que estaria lá às doze e meia.

No dia seguinte, Kate chegou ao restaurante bem na hora combinada. Vestia um conjunto de linho branco, os cabelos puxados para trás e um enorme chapéu de palha que comprara em Bonwit Teller. Parecia muito elegante, e Joe a esperava. Beijou-a no rosto, e várias pessoas os olhavam. Joe tinha aparência elegante e era facilmente reconhecido depois que toda a imprensa o divulgou, e Kate era uma mulher bonita com um enorme chapéu. Mas ninguém sabia quem ela era.

— Você sempre me fez parecer ótimo — disse. Sentaram-se a um reservado em um canto, o que lhes dava um pouco de intimidade.

— Você está com ótima aparência. — Kate sorriu.

Era engraçado sair para almoçar, e ficou surpresa ao perceber que isso não acontecia desde antes que o bebê nascera. Com a viagem de

Andy, nada tinha a fazer a não ser cuidar de Reed, e era agradável sair um pouco, novamente como um adulto. Suas amigas de infância estavam todas em Boston, e perdera contato com a maior parte delas, durante os anos com Joe. Sua paixão por ele e o tempo que passara ajudando-o a montar os negócios a tinham isolado de todas elas. E, depois, se envolvera com a vida de Andy e o bebê. Não tivera tempo nem desejo de fazer novas amizades.

Durante o almoço, ela e Joe conversaram sobre mil coisas, sobre a empresa dele, os projetos dele, a empresa, o avião mais recente. E, depois, passaram uma hora conversando sobre a sua companhia aérea. Ele se comprometera com grande número de projetos. Era totalmente diferente da vida de Kate, que levava uma vida tranqüila, feliz, com o marido e o bebê.

— Agora, vai procurar um emprego, Kate? — perguntou Joe.

Comportara-se como um perfeito cavalheiro durante todo o almoço, e Kate ficou surpresa ao descobrir que se sentia à vontade com ele.

— Não. Quero ficar em casa com o bebê.

Kate, porém, já pensara nisso. Andy, na verdade, não queria que ela trabalhasse, e , por enquanto, ela concordava com isso. Gostara de trabalhar no Metropolitan, mas não desejava ardentemente uma carreira.

— Andy é um sujeito esperto, mas deve ser muito enfadonho — Joe afirmou, honesto.

Kate riu.

— Algumas vezes, é. Mas também é divertido.

— Estou contente que você se sinta feliz.

O rapaz lhe examinou o rosto. Kate fez que sim com a cabeça. Não queria conversar sobre esse assunto com Joe. Abriu-lhe muitas portas para o passado, e não achava que pudessem conversar sobre Andy. Parecia-lhe desrespeitoso. Kate sabia que Andy não gostaria de saber que ela fora almoçar com Joe, mas sentia que era algo que tinha de provar a si mesma. E tudo fora inocente. Na verdade, tudo o que haviam feito fora conversar sobre aviação. Ainda era o tema preferido de Joe, e Kate sabia muita coisa sobre o assunto, ou costumava saber. Joe sempre apreciara seus conselhos, e gostara muito deles quando trabalhara, no início. Por isso, entendia tanto do que ele fazia. Mas, desde então, os negócios haviam crescido consideravelmente. E nada sabia da companhia aérea, só o que lia nos jornais.

Ao saírem do restaurante, entraram no carro de Joe, e Kate ficou muitíssimo impressionada ao ver o edifício de escritórios. Era um arranha-céu inteiramente cheio de pessoas que Joe empregava, tanto para a empresa de projetos quanto para a companhia aérea.

— Meu Deus, Joe, quem ia adivinhar que você fosse chegar a este ponto?

Em cinco anos, ele construíra um império.

— É espantoso quando penso que comecei em criança andando à toa em uma pista de pouso. É o que sempre acontece neste país. Sou muito grato.

Joe parecia humilde, o que a deixou emocionada.

— Você tem que ser muito grato.

Kate se espantou ao ver o escritório, no último andar, de onde se podia ver Nova York. Era realmente como estar voando. Todo revestido de madeira, tinha belíssimas antigüidades inglesas pela sala inteira, e pinturas que ela reconhecia. Tinha algumas pinturas muito importantes e de extraordinário bom gosto. Joe era um homem notável, e a caminho de se tornar um dos mais ricos do mundo. Mas Kate se recordava que poderia ter partilhado tudo isto com ele, nas condições de Joe — nem casamento, nem filhos. Mas não importa o que ele realizara ou conseguira, não era a vida que Kate queria, não importa o quanto o amasse. Ainda mais por causa do que fizera. Preferia o que tinha com Andy. Kate nunca se preocupara com dinheiro. Fora amor, compromissos e filhos, que ela desejara. Mas não com Joe. Ela, há muito tempo, compreendera que não poderia ter tudo o que queria.

Entrou na sala de conferências, e Joe a apresentou a várias pessoas, inclusive a sua secretária, que estava com ele desde o princípio e ficara emocionada de novamente ver Kate. Chamava-se Hazel e era uma mulher muito doce.

— Que bom vê-la! Joe me disse que você acabou de ter um bebê. Nem parece!

Kate lhe agradeceu, e voltaram a se sentar no escritório por alguns minutos. Ela, entretanto, precisava voltar daí a pouco para Reed. Dissera à babá que voltaria às três e meia e já estava quase na hora. E precisava amamentá-lo logo.

— Obrigado por almoçar comigo — declarou Joe, quando Kate começou a falar que ia embora.

— Acho que eu quis provar a mim mesma e a você também que podemos ser amigos.

— E eu, passei no teste? Podemos ser amigos? — Joe parecia inocente e esperançoso, enquanto Kate sorria.

— Você não precisava passar no teste — ela afirmou honesta. — Eu, sim.

— Acho que passamos e saímos vitoriosos. — Joe parecia satisfeito.

— Espero que sim. — Kate estava ainda mais bonita sob o grande chapéu de palha

A Joe os olhos de Kate pareciam dançar. Tudo o que se referia a ela sempre o fascinara. Era tão cheia de vida, tão jovem e tão atraente. Ela fora tudo o que ele queria em uma mulher. Ela, porém, quisera dele mais do que ele poderia dar a ela ou a qualquer mulher.

Kate se levantou e lhe beijou o rosto, e Joe fechou os olhos, ao lhe sentir o perfume. Por um instante, Joe foi dolorosamente familiar, como a sensação da pele dele fora para ela e o modo como ele a agarrava. Havia muitas coisas, talvez coisas demais, de que ambos se lembravam. As lembranças estavam sob a pele e em seus corações e músculos.

— Vamos almoçar outra vez — afirmou, levando-a ao andar térreo para colocá-la no carro.

Ia mandá-la de volta com seu motorista.

Joe fechou a porta da limusine, e, quando partiram, Kate acenou para ele. Joe ficou ali, de pé, olhando o carro por um longo momento e, depois, voltou ao escritório, sentou-se à mesa e furiosamente começou a trabalhar.

Foi uma semana mais tarde, em uma noite quente, quando Kate estava sentada na sala com ar condicionado, assistindo a televisão. O bebê dormia, quando o telefone tocou. Era Joe, e Kate ficou surpresa ao ouvi-lo. Ficara aliviada porque o almoço correra bem, e se sentia orgulhosa de si mesma. Fora agridoce, e, de certo modo, divertido. Ela ficara feliz por voltar ao bebê e por receber uma carta de Andy. Joe era, agora e totalmente, alguém do passado.

— O que está fazendo? — perguntou Joe, descontraído.

Estava em casa, nada fazendo, e pensou nela.

— Estou assistindo à televisão — explicou Kate, surpresa.

— Quer comer um hambúrguer? Estou entediado — confessou.

Kate riu.

— Gostaria, mas não tenho quem cuide do bebê.

— Traga o bebê.

Kate riu, ao ouvir a sugestão.

— Não posso, Joe. Está dormindo. E, se eu acordá-lo, vai chorar durante horas. Acredite, você não iria gostar.

— Tem razão. Eu não iria gostar. Comeu alguma coisa?

— Mais ou menos. Comi sorvete, de tarde. Não tenho muita fome. Está quente demais.

— Que tal se eu levar um hambúrguer para você? — sugeriu como opção.

— Aqui?

— Sim. Aonde mais eu poderia levar?

Era uma sugestão inusitada. Era estranho que ele viesse ao apartamento que partilhava com o marido, mas, por outro lado, ambos estavam sozinhos, sem nada para fazer, e agora eram amigos. Podia fazer isto. Ela, uma semana antes, provara que podia.

— Tem certeza de que quer? — perguntou Kate.

— Por que não? Nós dois temos que comer.

Parecia razoável, e, finalmente, Kate concordou. Joe conhecia o endereço, e afirmou que estaria ali dentro de trinta minutos.

Chegou em quinze minutos, com dois cheeseburguers grandes e cheirosos, em um saco de papel branco, exatamente como ambos gostavam. Kate não comia um, assim, há anos, e eles pingavam catchup por todos os lados, e os dois lambiam os dedos, riam um com o outro, sentados na mesa da cozinha.

— Está lambuzada — disse, olhando-a.

Kate deu uma risadinha, parecendo ter novamente dezessete anos.

— Eu sei. Adoro isso. — Kate lhe passou uma pilha de guardanapos de papel.

Finalmente os dois limparam a sujeira. E Kate lhe ofereceu o sorvete que havia no congelador. Era exatamente como antes, quando Joe ficava na casa dos pais dela, em Boston, e, depois, em New Jersey. Kate sentira falta disso, embora se divertisse com Andy. Joe era como um pássaro gigante, que caía sobre a presa, depois pousava por uns instantes e, em seguida, voava novamente e desaparecia.

Depois de comerem, assistiram à tevê. Kate calçava sandálias, e Joe tirara os sapatos, e ela o provocou ao ver que havia furos nas meias.

— Você é próspero para usar meias assim — repreendeu-o.

— Não tenho ninguém para me comprar meias novas — respondeu, tentando fazê-la sentir pena dele. Mas Kate não sentiu.

— Você gosta delas assim, lembra? Peça à Hazel.

A secretária, no entanto, tinha outras coisas a fazer, e ele nunca tinha meias novas. Usava-as com furos.

— Não gosto disso. Não quero me casar só para ter meias decentes. É um preço alto a pagar, para ter meias sem furos — explicou. — Você me conhece — prosseguiu. — Tenho medo de ter a liberdade tolhida. Tenho medo de perder alguma coisa ou que alguém a tire de mim. Não é dinheiro. Apenas eu. Não quero lhes dar uma parte de mim.

Era a razão verdadeira por que não se casara com Kate. Mas, agora, não tinha medo dela. Por alguma razão que não conseguia compreender, finalmente confiara nela. Levara muito, muito tempo.

— Ninguém retira de você o que não lhe dá — explicou Kate.

— Podem tentar. Penso que tenho pavor de me perder no processo.

Ele quase se perdera com Kate. Tirara-lhe um pedaço grande, mas Joe suspeitava que ela não soubesse disso. E ele desejava, agora, que pudesse pedi-lo de volta.

— Você é grande demais para se perder, Joe — afirmou, honesta. — Você não tem a menor idéia de como é grande. É enorme.

Ele era o maior homem que já conhecera. Tinha espírito enorme e pensamento brilhante.

— Sempre penso que sou invisível, ou quero ser — confessou Joe, como um menino.

— Não acho que ninguém se veja como realmente é. No seu caso, você é muito orgulhoso — afirmou Kate, generosa.

Era estranho estar sentada ali com ele. Se alguém lhe tivesse contado, um mês antes, o que iria acontecer, Kate não teria acreditado, porém ela estava gostando da companhia dele, e eram novamente amigos. Havia nisso grande bem-estar. Para ambos.

— Há muita coisa de que não me orgulho, Kate. — Parecia novamente infantil.

A moça ficou emocionada. Havia um lado do rapaz que Kate sempre amara, e sabia que sempre amaria, e outro lado de Joe que ela quase odiara, o lado que a machucara tão profundamente ao ir embora.

— Não sinto orgulho de como tratei você — disse ele. — Fui ordinário antes de você partir. Eu estava trabalhando demais, usando você, não pensava em você, apenas em mim. Mas você me apavorava um bocado. Você me amava muito e me fazia sentir impróprio e muito culpado. Em um beco sem saída, acho. Só queria fugir e me esconder. Você estava certa ao me deixar. Quando isso aconteceu, quase morri, mas não reprovo você. Por isso, nunca lhe telefonei, mas queria muito fazer isso. Você estava certa ao ir embora. Nada havia para você. Não conseguia lhe dar o que você precisava. Não percebia como eu tinha sorte. Levei muito tempo para relaxar e perceber isso.

Então, Kate já fora embora há muito tempo.

— É agradável ouvir isso — acrescentou ela, generosamente —, mas não teria dado certo. Percebo agora.

— Por que não? — Joe franziu as sobrancelhas, pois nada o estimulava mais do que um desafio.

— Porque é isto o que eu queria — respondeu ela, andando pelo apartamento e indo na direção do bebê. — Um marido, um bebê, uma vida completa. E você precisa mais do que isso na sua vida, precisa de poder, sucesso, emoção e aviões, e você sacrifica tudo para conseguir isso, mesmo as pessoas. Eu, não. Isto é o que eu queria.

— Podíamos ter isso, e mais, se você esperasse.

— Não foi o que você disse naquela época.

— Para mim, era a época errada. Eu começava uma empresa. Só conseguia pensar nisso.

Era verdade, mas Kate sabia que a aversão de Joe ao casamento, aos filhos e à responsabilidade era mais profunda do que admitia. Kate o conhecia melhor do que ele se conhecia. Joe ficara apavorado demais para deixá-la entrar.

— E agora? — perguntou Kate. — Está louco por uma esposa e por um bando de filhos? — Sorriu. — Acho que não. Acho que você estava certo, você os odiaria.

— Depende de quem seja a esposa. Mas não, não estou procurando. Encontrei a mulher certa, há muito tempo, e fui louco demais para perdê-la.

Era uma coisa agradável de ouvir, mas Kate ficou constrangida. Agora não era momento para falar disso Joe, porém, não queria deixar de falar.

— Eu quis dizer, Kate, que fui um louco, e quero que você saiba disso.

— Está bem, sei — riu. — Não pensei que você diria isso. — Kate ficou mais séria. — Gostei de saber como você se sente. As coisas acontecem como acontecem.

— Que merda — exclamou, grosseiro. — As coisas acontecem de certo modo porque queremos assim, ou porque estamos apavorados, ou porque somos estúpidos, ou porque, algumas vezes, somos cegos. É preciso muita inteligência e coragem para fazermos a coisa certa, e nem todos têm inteligência e coragem. Algumas vezes, levamos tempo para perceber e, aí, é tarde demais. Mas, se puder, você tem de agir. Não pode apenas se sentar e deixar que as coisas aconteçam, e dizer que elas tinham de acontecer assim. Só os loucos agem desse modo.

— Você não pode mudar algumas coisas — retrucou Kate.

Ela entendeu o que Joe dizia, mas não tinha certeza de gostar disso. Não havia razão para discutir o passado.

— Você não me deu tempo bastante — respondeu Joe, olhando fundo nos olhos de Kate.

Os olhos eram como espelhos um do outro. Muito parecidos em alguns sentidos e diametralmente opostos em outros.

— Depois que larguei você, esperei dois anos para me casar — explicou Kate, severa. — Você teve todas as oportunidades do mundo para mudar de idéia e me procurar. E não me procurou.

— Estava louco. Estava apavorado. Estava ocupado. Ainda não havia percebido. Mas, agora, percebi — afirmou Joe, incisivo.

Kate sentiu o coração dar um salto mortal, quando viu os olhos de Joe. Ele queria o que ambos haviam tido antes, mas, agora, pertencia a mais alguém.

— Olhe, Kate, consegui. Tenho uma vida excelente, construí negócios sólidos, mas nenhum deles é mais do que eu sem você.

— Joe, não vamos falar nesse assunto. Não há razão.

— Há razão, sim, Kate — respondeu Joe, olhando-a. — Eu te amo.

E, antes que Kate pudesse dizer outra palavra, Joe a beijou e, depois, passou os braços ao redor dela, enquanto se sentavam no sofá. A moça sentiu como se fosse levada por outro mundo com ele, flutuasse no espaço, enquanto o coração voava alto, e um momento depois caísse em terra, enquanto se afastava dali.

— Joe, você precisa ir embora.

— Não vou enquanto você não me falar sobre o assunto. Ainda me ama?

— Amo o meu marido — retrucou Kate, afastando dele o olhar, para que não conseguisse vê-lo.

— Não foi o que lhe perguntei — insistiu Joe, fazendo-a olhá-lo nos olhos. — Perguntei-lhe se ainda me ama.

— Sempre amei você — respondeu ela, honesta. — Mas não está certo. E, agora, é impossível. Casei-me com outra pessoa.

Kate parecia angustiada, enquanto falava com Joe. Não quisera que isto acontecesse. Ela se convencera de que poderiam ser amigos.

— Como você pode me amar e se casar com Andy? — Joe quis saber profundamente transtornado.

— Porque eu achava que você não me amava, não queria se casar comigo...

Kate falara nesse assunto uma centena de vezes. Mil vezes. Um milhão de vezes. E era tarde demais.

— Então você se casou com o primeiro que surgiu pela frente?

— É abominável você falar assim. Esperei dois anos.

— Bem, levei mais tempo para perceber.

Joe parecia uma criança, mas não importava o que as palavras diziam. Importava era como Kate ficara quando ele a beijou, o que ela viu nos olhos dele e sentiu no coração. Ainda era apaixonada por ele e sabia que sempre seria. Kate se sentia como uma condenada à prisão perpétua.

— Não posso fazer isso com Andy — respondeu, simplesmente. — É meu marido. Temos um filho. — Kate estava de pé, com expressão infeliz. — Não importa o que aconteceu, o que fizemos ou dissemos ou por quê. Fizemos, dissemos. Fui embora, e você queria que eu fosse. Se não quisesse, me teria feito parar, me teria pedido para voltar. Era tudo o que eu quis, durante dois longos anos, que você quisesse a minha volta. Você estava ocupado demais brincando com os seus aviões para se preocupar comigo. E apavorado demais para perceber. E a verdade é que ainda amo você. Sempre vou te amar. Mas é tarde demais para nós. Casei-me com outra pessoa. Tenho de respeitar isso, mesmo que você não respeite. — Kate o olhava muito e se levantou. — Você tem que ir embora. Não posso fazer isso comigo ou com ele. Andy não merece isto, nem eu mereço.

— Está me castigando, porque não me casei com você — afirmou Joe, de pé, e baixando o olhar com tristeza.

— Estou me castigando porque me casei com um homem que merece uma mulher de verdade, não alguém que sempre foi apaixonada por outro. Não está certo, Joe. Temos de esquecer um ao outro. Não sei como diabos fazer isso, e Deus sabe como tentei. Mas juro, mesmo que isso me mate, vou consegui-lo. Não me casei para me sentir apaixonada por você o resto de minha vida.

— Largue-o, então.

— Eu o amo, e não faria isso. Temos um bebê.

— Quero você de volta, Kate — disse Joe, como um homem acostumado a agir assim, sem se preocupar com mais ninguém.

— Por quê? Por que me casei com outra pessoa? Não sou brinquedo, nem avião, nem empresa que lhe pertence ou queira comprar. Esperei dois anos horrorosos, enquanto todos me diziam que você havia morrido em algum lugar da Alemanha. Fiquei ali sempre, à sua espera. Era uma menina e mal conseguia olhar para mais alguém. E, há três anos, durante um ano, definhei por você, depois que você me disse que nunca iria se casar. Por que agora? — chorava, enquanto sacudia a cabeça.

— Não sei. Só sei que você é parte de mim. Não quero viver o resto de minha vida sem você, Kate. Fomos longe demais. Nós nos conhecemos há dez anos, estamos apaixonados há nove.

— E daí? — perguntou Kate, cruel. — Devia ter pensado nisso antes. É tarde demais.

— Isso é ridículo. Você não o ama. É isso que você quer pelo resto da vida?

— Sim! — afirmou Kate, firme, quando o bebê começou a chorar. — Você precisa ir embora, Joe. — Ela ainda chorava. — Tenho de amamentar o bebê.

— Você não vai ficar mais calma depois de amamentar?

— Sim, mas é um pouco tarde para isso.

Joe chegou pertinho dela e lhe enxugou os olhos.

— Não, por favor... — chorava ainda mais forte. Kate soluçava, e Joe a abraçava.

Era um capricho cruel da sorte que ele a quisesse de volta. Não podia abandonar Andy e levar a criança, não importa o quanto amava Joe. E também amava Andy, mas de forma diferente.

— Me desculpe... Eu não devia ter vindo aqui, esta noite. — Joe se sentia culpado pelo estado em que Kate se encontrava.

— Não é culpa sua — ela admitiu, enxugando os olhos. — Queria demais ver você. Foi tão maravilhoso ver você, no outro dia, e estar com você... Oh, Joe... o que vamos fazer? — Kate perguntou, apertando-se a ele.

— Não sei, vamos pensar.

Joe a segurou e, depois, a beijou. Tudo o que Kate queria era estar com ele. Afastou-se para pegar o bebê e o trouxe para deitar entre os dois, no sofá. Joe o olhou em silêncio e, depois, olhou para ela.

— Tudo vai ficar bem. Talvez possamos nos ver de vez em quando.

— E depois? Vamos desejar sempre estar juntos. Isso não é vida.

— Por enquanto, é o que vamos fazer. Talvez baste.

Mas ela sabia que não seria por muito tempo. Sempre iriam querer mais do que apenas momentos roubados e saber que ambos se amavam e não poderiam estar juntos. Parecia-lhe uma vida de tortura. Joe a olhava e Kate parecia atormentada e infeliz.

— Quer que eu vá embora ou espere até você terminar de amamentá-lo?

Kate sabia que ele deveria ir embora, mas não queria. Não sabia quando ou se voltariam a se ver.

— Se quiser, pode esperar.

Kate foi à outra sala, enquanto Joe assistia à tevê, e, quando voltou, ele adormecera no sofá. Tivera um dia longo, e a noite fora emocionante para ambos. Depois de amamentar o bebê, Kate parecia mais calma, e Reed dormia no berço.

Por um instante, Kate se sentou a olhar Joe, tocou-lhe o cabelo e, com suavidade, lhe acariciou o rosto. Tudo era tão familiar. Ele fora seu durante muitos anos, e ela dele. Tinham muita história juntos, era um vínculo forte. Sentou-se ali, segurando-o por um longo tempo, até que, pouco depois, Joe abriu os olhos.

— Te amo, Kate — sussurrou.

Kate sorriu.

— Não, não me ama. Não vou deixar você me amar — sussurrou.

Joe a beijou. Deitaram-se no sofá, beijando-se durante um longo tempo. Era uma situação impossível, com um homem impossível.

— Você tem de ir embora — segredou-lhe.

Joe respondeu que sim com a cabeça, mas não fez nenhum movimento para sair do sofá, e a beijou mais e mais uma vez, e, pouco depois, Kate não se preocupava se ele ia embora ou não. Não queria que ele se fosse. Não queria que ficasse ali, não queria ferir Andy, nem o filho de ambos. Não queria que nada disso acontecesse, mas a força que os atraía era mais forte. Joe a pegou nos braços e a colocou na cama. Kate sabia que devia lhe dizer para ir embora, mas não conseguia. Em vez disso, ela o deixou lhe tirar as roupas, como fizera tantas vezes, e depois tirar as suas. Fizeram amor com todo o desejo que sentiam há três anos, e, depois, caíram em sono profundo e tranqüilo, um nos braços do outro.

Capítulo 17

QUANDO KATE ACORDOU sorriu ao sentir Andy ao seu lado, e se virou para olhá-lo e, ao fazê-lo, viu Joe. Não fora sonho nem pesadelo. Fora o auge de todos os anos que ela o amara e de três anos que estiveram distantes. Mas Kate não sabia o que fazer agora. Tinham de se esquecer, pensava, enquanto o via despertar vagaroso. O bebê ainda dormia.

Alguns minutos depois, Joe acordou e, ao vê-la, sorriu.

— Estou sonhando? Ou morri e fui para o Céu, ontem à noite?

Tudo lhe parecia tão simples. Não se casara com ninguém, e não tinha o perigo de arruinar a vida de ninguém, a não ser a de Kate e a própria. Isso era o bastante.

— Você parece desgostosamente feliz — culpou-se Kate, aconchegando-se bem perto dele.

O tempo que passavam na cama, de manhã, um aconchegado ao outro, e conversando, sempre fora a parte preferida do dia.

— Você não deve ter consciência alguma.

— Nenhuma — confirmou Joe.

Sorriu enquanto lhe beijava o alto da cabeça. Há anos não se sentia tão feliz assim. Por um momento pelo menos, tudo estava bem com o mundo.

— O bebê está bem? Ainda está dormindo?

— Está bem. Ele dorme até tarde — explicou Kate, emocionada com a preocupação de Joe.

Então, ele começou a beijá-la, e aproveitaram que Reed ainda estava dormindo para novamente fazer amor. Tudo parecia um sonho. Quase parecia que nunca se haviam separado, a não ser pelo fato de ambos terem amadurecido nos últimos três anos e que ela se casara e tivera um filho. Mas o que Kate partilhou na cama com Joe nunca partilhara com qualquer outro homem. Todos os sentimentos que um tinha pelo outro foram mais além do que conseguiam compreender. Era uma espécie de grito primal. Tinham de estar juntos. Eram tão diferentes, tão independentes, cada um deles tão diferente, e, apesar disso, em alguma porção deles, eram como se fossem um. Não precisavam de explicações e usavam poucas palavras. Na maior parte do tempo, de nada precisavam. As palavras eram apenas uma desculpa para o que sentiam. As justificativas que davam. As promessas que não podiam mais manter. As palavras não tinham importância. Era o restante que os ligava à alma do outro.

Por fim, o bebê acordou e deu um grito. Kate o amamentou enquanto Joe tomava um banho, e, depois, a moça lhes preparou o café da manhã. O rapaz quis demorar mais um pouco e riu quando o bebê lhe sorriu de onde estava. Depois, Joe afirmou que tinha uma reunião nessa manhã, e tinha de ir embora. Preferia passar o dia com eles.

— Você pode almoçar? — perguntou, a Kate, de pé, vestindo o paletó.

— O que estamos fazendo, Joe? — perguntou, o olhar sério e preocupado.

Ainda tinham tempo de parar. Podia ser agora, neste mesmo instante, para o resto da vida. Estava na hora de pararem antes que destruíssem tudo e todos no rastro. Kate tinha muito mais a perder do que Joe. Cabia a ela parar, mas não suportava perdê-lo mais uma vez. No mais íntimo da alma, sabia que já era tarde demais.

— Acho que estamos fazendo o melhor que podemos. É tudo o que podemos fazer. Vamos solucionar à medida que pudermos.

Joe tinha um modo de não querer ver as ciladas à frente, a não ser quando construía aviões.

— É perigoso — avisou Kate, ajeitando as lapelas do paletó de Joe.

Kate adorava a aparência dele, a altura, o rosto talhado com cinzel, o queixo fendido, os ombros quadrados bem masculinos, os olhos que a seguiam a qualquer lugar, as pernas longas. Kate ficava embriagada com ele. Joe era o sonho dela, e sempre fora, desde os dezessete anos.

— A vida é perigosa, Kate.

Sorria e a beijava. Não conseguia lhe falar muito, nem ela.

— Talvez não valha a pena. As coisa boas custam um preço alto. Nunca tive medo de pagar pelo que quero ou acredito querer.

Mas, desta vez, estavam pagando com outras vidas, além das próprias.

— Quer me encontrar para almoçarmos?

Kate hesitou e, depois, respondeu com a cabeça que sim. Queria estar com ele o máximo de tempo. Percebera agora que não havia alternativa.

— Vou conseguir uma babá. Onde quer me encontrar?

Joe sugeriu Le Pavillon, que sempre fora um dos lugares preferidos dela, e combinaram se encontrar ao meio-dia. Depois que ele saiu, Kate novamente amamentou o bebê, e se sentou, sossegada, no sofá. Havia fotografias dela e de Andy por todo o aposento, e um retrato do casamento, no ano anterior. Estar outra vez com Joe fez Andy parecer um sonho distante. Kate sabia que o amava, Andy era seu marido. Mas sempre parecia um garoto, comparado ao homem que Joe já era. Havia alguma coisa nele que a embriagava todas as vezes que o via. Era correto, era perigoso, mas, nesse exato momento, Kate sabia que era tarde demais para voltar, e os riscos pareciam valer a felicidade de que partilhavam.

Pôs o bebê de volta no berço e telefonou à babá. E, ao meio-dia, encontrou-se com Joe no Le Pavillon. Estava com um vestido de seda verde-claro, e um broche de esmeralda que a mãe lhe dera anos antes. Estava linda e delicada, e o vestido era belíssimo, combinando com seus cabelos castanho-avermelhados escuros. Joe se sentou, olhando-a fixo, enquanto Kate atravessava o aposento, tal como ele fizera dez anos antes. Havia certo perigo por estarem tão visíveis em público, mas ambos conversaram sobre isso e resolveram que almoçar abertamente pareceria menos suspeito, se alguém os visse, do que parecerem estar se escondendo em algum lugar.

— Você não é Joe Allbright? — sussurrou Kate, sentando-se ao lado dele.

Joe sorriu, concordando. Adorava o modo como Kate o olhava, brincava e recendia a perfume, adorava o modo como atravessava o aposento, sem perceber como ela o impressionava. Juntos, formavam um casal notável. Não formavam um casal óbvio, mas, juntos, pareciam incríveis, como sempre haviam sido. Fazia parte da magia que transpiravam e partilhavam.

— Quer voar neste fim de semana? — perguntou ele, terminado o almoço.

Kate sempre amara os aviões de Joe, e há três anos não voava. Ele lhe contou que tinha um modelo atraente e pequeno, entregue um dia antes.

— Vai gostar dele. — Joe sorriu, parecendo mais que nunca um menino comportado.

— Claro.

Kate nada mais tinha a fazer. Estava livre para os próximos três meses e meio, e percebia agora que, acontecesse o que acontecesse, este espaço de tempo pertencia a eles. Não havia razão para lutar. Kate se entregara ao destino. Não se podia cortar a corda que os atara. Ou, pelo menos, ainda não.

Almoçaram durante muito tempo, e pareciam bem circunspectos. Depois, ele voltou para o escritório, e Kate foi para casa. Ia levar Reed ao parque, e, ao chegar em casa, encontrou uma carta de Andy. Era tão divertido e amoroso, e sentia tantas saudades dela, que a carta pareceu cortá-la como uma faca. Ficou sentada, segurando a carta por muito tempo, chorando. Nunca se sentira tão culpada, e sabia que o que fazia era errado, mas não conseguia parar. Não importava o quanto se preocupava com Andy, precisava estar com Joe.

Kate estava calada quando Joe voltou nessa noite. Tivera um dia cheio no escritório, e estava cansado. Kate preparou um uísque escocês com água e o entregou a Joe, e depois encheu uma taça de vinho. O bebê já estava dormindo.

— Recebi hoje uma carta de Andy. Sinto-me péssima, Joe. Se ele descobrir, isto vai lhe partir o coração. Talvez se divorcie de mim — afirmou, deprimida.

— Ótimo. Então, me caso com você.

Joe pensara nisso o dia inteiro, e quase chegara a uma resolução. Entretanto, quisera pensar mais um pouco antes de falar alguma coisa.

— Diz isso porque me casei com outra pessoa. Se eu estivesse livre — Kate sorria —, você fugiria desesperado.

— Faça uma tentativa.

— Não posso.

— Vamos conversar sobre isso e aproveitar o tempo que temos.

Durante o mês seguinte, almoçavam várias vezes por semana, jantavam juntos todas as noites, em casa e fora, iam voar nos fins de semana, iam ao cinema, conversavam, faziam amor, riam e se fechavam em seu próprio mundo. Joe até brincava com o bebê ao chegar todas as noites, e ficou muito interessado quando descobriu o primeiro dente de Reed. Pareciam formar uma família perfeita, e Andy não existia. Só se lembrava dele quando a mãe de Andy vinha ver o bebê uma vez por semana, nas tardes de terça-feira, mas Kate tinha o cuidado de nunca deixar qualquer sinal da presença de Joe em qualquer lugar da casa. E, quando saíam, Kate e Joe eram bem discretos para todos acreditarem que eram apenas amigos e não romanticamente comprometidos. Mas eles se sentiam como marido e mulher. Formavam um par inseparável.

Kate escrevia a Andy quase todos os dias, mas as cartas eram empoladas e se sentia estranha. Desejava apenas que ele não percebesse. Na maior parte delas, falava sobre Reed e muito pouco sobre si mesma. Essa forma parecia melhor. E o que Andy lhe contava sobre os julgamentos era fascinante. Mas também dizia sentir muitas saudades dela, que a amava e não conseguia esperar chegar para estar com Reed e ela. Todas as cartas lhe cortavam o coração. Kate não tinha idéia do que fariam, e ela e Joe concordaram em só tentar resolver depois que tudo acontecesse.

Em agosto, prometera aos pais passar uma semana com eles em Cape Cod, mas odiava a idéia de deixar Joe. Tinham tão pouco tempo. Estavam quase na metade dos quatro meses em que Andy estaria de volta. Mas Kate sabia que, se não fosse a Cape Cod com o bebê, os pais saberiam que alguma coisa estava errada, e poderiam até vir a Nova York e descobrir o outro homem vivendo com ela. Joe se mudara no fim de julho. Então, Kate resolveu que era melhor ir a Cape Cod. Joe afirmou que estaria ocupado durante a sua ausência, e combinaram que ela lhe telefonaria. Se ele telefonasse, a mãe de Kate lhe reconheceria a voz. Era estranho mentir tanto, algo de que ela não se orgulhava, para dizer o mínimo, mas ambos não tinham alternativa. Se era isto que queriam, que sentiam que deveriam fazer, jogariam com as regras que tinham.

Kate já estivera em Cape Cod durante cinco dias, na noite do churrasco anual do vizinho. Deixou o bebê com uma babá e foi com os pais à casa ao lado. Estava de bom humor e sabia que, dentro de dois dias, veria Joe. Mal conseguia esperar.

Estava bebendo drinques no terraço bem acima das dunas, quando se virou e o viu entrar. E deu a impressão de adequadamente surpresa. De fato, parecia atordoada. Joe a surpreendera e viera visitar seus amigos. Os donos da casa ficaram felizes ao vê-lo, e se lembravam dele de há anos. Joe Allbright não era homem para esquecer, e eles não o esqueceram. Joe estava andando devagar pelo terraço, apertando mãos e cumprimentando pessoas, quando a mãe de Kate o viu.

— Que é que ele está fazendo aqui? — perguntou a Kate.

— Não tenho idéia — respondeu ela, virando-se, para que a mãe não lhe visse o rosto.

Mas achava que Joe fora louco de vir. Estava provocando o destino. E Kate não tinha certeza de poder enfrentá-lo.

— Você sabia que ele vinha?

Começou o inquérito, enquanto o pai atravessava o terraço para apertar a mão de Joe. Estava contente de vê-lo, apesar do afastamento entre ele e Kate.

— Por que eu deveria saber que ele vinha, mamãe? Tem amigos aqui. Esteve antes aqui.

— Muito estranho. Não vem aqui há três anos. Talvez quisesse ver você.

— Duvido.

Estava de costas para ele, mas conseguia quase senti-lo se aproximar, e percebia a mãe olhá-lo. Só esperava que não se traíssem, mas não confiava nem em si mesma nem nele, em especial em si mesma. A mãe a conhecia muito bem.

Joe finalmente chegou aonde Kate estava, educadamente disse *olá* a Elizabeth, que com relutância lhe apertou a mão e o tratou friamente.

— Olá, Joe — cumprimentou-o. Joe lhe deu um sorriso forçado.

— Olá, Sra. Jamison. Que bom vê-la.

Elizabeth não respondeu, e Joe se virou para Kate. Os olhares se encontraram e Kate se controlou ao máximo enquanto o cumprimentava.

— Que bom ver você, Kate. Soube que teve um bebê. Parabéns.

— Obrigada — respondeu, fria.

E Kate se afastou para conversar com alguém. Sabia que isso deixaria a mãe mais calma e, nessa ilusão, lhe daria uma trégua. Cochichou muito com Joe, quando, mais tarde, ficou perto dele, na praia. Estavam assando salsichas, e a de Kate já estava queimada. Só se interessava em conversar com Joe.

— Que loucura vir aqui. Se desconfiarem, vão ter um ataque.

— Estava com saudades de você. Queria vê-la — justificou-se, apaixonado e jovial.

— Vou estar em casa daqui a dois dias — sussurrou Kate.

A moça queria beijá-lo e lhe passar os braços ao redor ou senti-lo pertinho. Mas nem se atrevia a olhá-lo.

— A salsicha está virando carvão — cochichou Joe novamente.

Kate riu, e seus olhos se encontraram por um instante. E, ao se virar, viu a mãe a vigiá-los.

— Ela me odeia — comentou Joe, enquanto entregava um prato a Kate.

Não era de todo inacreditável que os dois conversassem, mas era óbvio que a mãe não aprovava. Parecia desejar que Joe morresse ou que, no mínimo, se afastasse.

Finalmente, os pais saíram cedo porque a mãe sentiu dor de cabeça, e Kate e Joe foram dar um passeio na praia, como haviam feito anos antes. Entre eles havia história, muita história. Dez anos eram muito tempo, e tinham importância. Para eles e para mais ninguém. Porquanto nunca haviam se casado, a mãe desprezava tudo o que haviam sentido. Achava que haviam perdido anos, e muitas vezes dissera isso a Kate.

Era agradável fugir e caminhar na areia, ao luar. Deitaram-se lado a lado, longe dali, na praia, se beijaram e vieram de mãos dadas no caminho de volta. Demoraram-se até chegar em casa, e, lá, ficaram muito circunspectos. Kate saiu da festa antes dele, e os pais já estavam dormindo. Reed dormia e não quis ser amamentado. Ela caiu na cama, pensando em Joe. Juntos, tinham passado bons momentos e uma vida maravilhosa. Tudo o que desejavam havia acontecido, o bebê de Kate, o sucesso de Joe, mas parecia não haver jeito de ficarem juntos, e, se tentassem, alguém sairia ferido. Era como um quebra-cabeças chinês ou um labirinto.

Kate se levantou cedo com o bebê, e a mãe estava na cozinha, quando ela desceu tentando não fazer barulho, o que era difícil com Reed. Ele arrulhava, emitia sons de prazer, ria e guinchava, e Kate em silêncio fechou a porta da cozinha. Foi então que viu a mãe sentada, em silêncio, à mesa da cozinha, lendo o jornal local e bebendo uma xícara de chá.

Kate colocou o bebê na cadeirinha. A mãe lhe falou, sem levantar os olhos, sempre lendo o jornal.

— Você sabia que ele viria, ontem à noite, não? — afirmou a mãe, em tom de acusação, olhando-a, afinal.

— Não, não sabia — respondeu Kate, honesta. — Não tinha a menor idéia.

— Há alguma coisa entre vocês. Sinto isso. Nunca vi duas pessoas mais unidas. Senti isso até mesmo quando você lhe deu as costas. É quase uma espécie de atração animal, um com o outro. Vocês não podem se deixar em paz.

— Mal falei com ele, ontem à noite — explicou Kate.

Deu um pedacinho de banana para o bebê, e ele o pôs na boca.

— Não precisa falar com ele, Kate. Ele sente você, como você o sente. É um homem perigoso. Não o deixe se aproximar de você. Vai destruir a sua vida.

— Foi indelicado da parte dele vir aqui. Veio porque sabia que você estaria. Estou surpresa por ele ter esse descaramento... embora nada mais me surpreenda — declarou Elizabeth, irada.

Ainda achava que Joe era uma ameaça, principalmente agora que Andy viajara. E tinha razão.

— Nem eu — disse o pai, alegre, entrando na cozinha.

Beijou o bebê e olhou a esposa de esguelha. Via que ela e Kate haviam discutido, mas não saberia por quê, nem se preocupava em saber. Preferia ficar longe dessas discussões.

— Que bom ver Joe, ontem à noite. Tenho lido sobre a companhia aérea dele, vai ser um enorme sucesso, e já está sendo. Disse ele que vão abrir escritórios na Europa. Quem, há cinco anos, ia pensar que tudo isso aconteceria? — afirmou Clarke, impressionado.

A esposa pôs a xícara de chá na pia.

— Acho que foi indelicado da parte dele vir — reiterou a mãe ao marido.

Clarke pareceu surpreso.

— Por quê?

— Sabia que iria ver Kate. Ela é uma mulher casada, Clarke. Não devia persegui-la até mesmo em Cape Cod nem em qualquer lugar.

Nem viver com ela, como acontecia, pensou Kate. A mãe a teria prendido, se soubesse disso.

— Ele sabe disso. Fez isso para assediá-la.

— Não seja tola, Liz. Essa água já passou por debaixo da ponte. Isso foi há anos. Kate está casada, e ele talvez tenha alguém. Ele se casou, Kate?

— Acho que não, papai. Não sei, realmente.

— Vi Joe conversando com você na praia — acusou a mãe.

— Não há mal nisso — interveio Clarke. — Ele é um bom sujeito.

— Se fosse, teria se casado com a sua filha, em vez de fazê-la esperar por ele por dois anos, durante a guerra, e usá-la por mais dois anos depois que chegou — falou ela, impertinente. — Graças a Deus, Kate teve juízo e se casou com outra pessoa. Que pena Andy não estar aqui, ontem à noite.

— Sim, é verdade — retrucou Kate.

Mas a mãe não gostou de alguma coisa que viu nos olhos da filha. Havia algo resguardado e escondido, como se ela tivesse um segredo íntimo, e tudo nela lhe dizia que era Joe.

— Você é louca se tiver alguma coisa com ele. Vai usá-la novamente, e vai partir o coração de Andy. Joe nunca vai se casar com ninguém. Guarde as minhas palavras.

Algum tempo depois, Kate pegou o bebê e foi para o lado de fora da casa sentar-se no pórtico, ao sol. Ao olhar para o alto, viu um avião fazendo *loops* no céu. Era fácil adivinhar quem era.

O pai saiu de casa para ver, e sorriu.

— Bonito aviãozinho — comentou Clarke, ainda olhando o céu.

— É o seu projeto mais recente — afirmou Kate, sem parar para pensar.

O pai baixou os olhos para encará-la.

— Como sabe, Kate?

Não havia o tom acusatório da mãe, apenas interesse.

— Ele me falou, ontem à noite.

Depois disso, o pai se sentou perto dela e lhe afagou a mão.

— Desculpe-me se não percebi, Kate. Não percebo algumas coisas.

Clarke sabia o quanto ela o amara, e quanta dor isso lhe causara, ao terminarem.

— Sua mãe tem razão. Seria uma maldade, se agora vocês voltassem.

— Não vou voltar, papai.

Kate detestava lhe mentir, mas não tinha outra opção. E sabia que ela e Joe estavam errados. Mas parecia impossível mandá-lo embora. Não havia no mundo um homem como ele, que conseguisse fazê-la sentir-se como se sentia, na cama ou fora dela. Cada um tinha pedaços que faltavam ao outro e que precisavam para se completar. Kate não tinha idéia do que fariam quando Andy voltasse para casa, mas isso aconteceria daí a mais dois meses. Ela e Joe tinham tempo para pensar no que iriam fazer.

Joe ainda voava, fazendo *loops* e *tonneaux*, e perdeu muita velocidade, o que a fez cobrir a boca com a mão. Tinha certeza de que ele ia se espatifar. O pai a olhava. Era pior do que ele pensava, e começava a se perguntar se Liz tinha razão, e, apesar de tudo, alguma coisa estava acontecendo. Ele, no entanto, não queria perguntar a Kate. Ela era adulta, e Clarke sentia que não deveria forçá-la a nada.

Kate voltou a Nova York no dia seguinte, e Joe lhe telefonou na hora que entrava em casa. Repreendeu-o pela perda de altura que a apavorara, e ele riu. Sabia que, de modo algum, estivera em perigo. Nunca estava.

— É mais perigoso atravessar uma rua em Nova York — explicou Joe, divertido com a preocupação de Kate. — Seus pais lhe deram um mau quarto de hora? — Calculara que houvera isso após o churrasco, e estava certo.

— Só a mamãe. Acha que alguma coisa está acontecendo.

— Muito observadora — acrescentou Joe, admirado. — Você contou alguma coisa a eles?

— Claro que não. Ficariam horrorizados. E eu, quando penso nisso, também fico horrorizada.

Pensara nisso durante toda a viagem de volta, e Joe não gostou do seu tom de voz. Estava consumida pela culpa, pois Andy estava inocente em tudo isto. Não tinha idéia do que acontecia em casa. De certa forma, Joe sentia ter prioridade e direito, porque a conhecia há mais tempo. Mas foi com Andy que Kate se casara há um ano e lhe dera um filho. E era a Joe que pertencia o coração da moça, e sempre pertencera.

— Posso voltar aí hoje à noite? — perguntou Joe, tão humilde que lhe comoveu o coração.

Não importa o quanto Kate se sentia culpada, não havia como pudesse dizer não.

Joe chegou meia hora depois, e, como sempre, caíram na cama. O desejo de um pelo outro, ao despertar, parecia uma onda de maré, arrastava tudo, e os deixava fazendo esforço para respirar. Não ficarem juntos durante uma semana era tempo demais.

Setembro voou assim que o Dia do Trabalho passou. Joe fora à Califórnia por alguns dias, e depois foi a Nevada para uma prova de vôo. Convidou Kate para ir junto, mas a moça achou que não devia. Não havia como explicar a Andy, caso telefonasse. Ele telefonara apenas uma ou duas vezes durante os dois meses em que estivera ausente, era quase impossível que telefonasse, mas escrevia fielmente todos os dias.

Lá pelo fim de setembro, Kate e Joe estavam vivendo juntos há dois meses. Começara a parecer cômodo e normal, como se fossem casados. Joe estava tão à vontade que uma noite, quando a mãe dela telefonou, quase atendeu ao telefone. Kate tirou o fone da mão dele, antes que pudesse dizer alguma coisa, e ambos se assustaram quando perceberam o que ele quase havia feito.

Todos os fins de semana, Kate voava com Joe, ia à fábrica, ele lhe pedia opiniões e ela lhe dava algum conselho. E todos no escritório haviam começado a tratá-la como esposa de Joe. O extraordinário é que eles não encontraram pessoas conhecidas, em restaurantes, teatros ou mesmo andando pela rua. Parte da boa sorte deles fora que muitas das pessoas que Kate conhecia foram passar fora o verão. Mas, mesmo depois do Dia do Trabalho, não houvera chance de encontrar pessoas que pudessem suspeitar que ela e Joe tinham um caso. Haviam achado um ritmo tranqüilo. Em meados de outubro, Kate ficou arrasada quando Andy telefonou para dizer que ia voltar para casa. Disse-lhe estar grato, como ela se portara bem, como fora paciente. Suas cartas haviam sido maravilhosas, e estava louco para revê-la e a Reed. As fotografias que enviara eram adoráveis, e afirmou que o bebê se parecia muito mais com Kate do que antes, menos a cor dos cabelos. Contou-lhe que os julgamentos de que participara, na Alemanha, haviam tido resultados extremamente bons. No entanto, estava ansioso por retomar o trabalho nas próximas duas semanas e voltar para casa.

Kate e Joe, na noite em que Andy telefonou, se sentaram na cozinha durante horas, discutindo.

— Que vamos fazer? — perguntou Kate, angustiada.

Agora, tinha de enfrentar a realidade, nunca estivera tão aflita em sua vida. Alguém ia se ferir, talvez todos eles, até o filho. Não havia como escapar. Haviam feito escolhas, e, em questão de dias, ela e Joe tinham de chegar a algum tipo de acordo ou decisão.

— Quero casar com você, Kate — declarou. — Quero que você se divorcie. Pode ir a Reno e ficar lá durante seis semanas. Podíamos nos casar pelo fim do ano.

Era tudo o que Kate queria. Mas, a fim de fazer isso agora, teria de destruir a vida de Andy. Parecia um golpe cruel demais para qualquer um, e tão injusto para Andy. Ele nada fizera para merecer este destino, e não era culpa dele que ela caíra outra vez presa da sedução de Joe.

— Nem mesmo sei o que dizer a ele — justificou-se, olhando Joe e sentindo vontade de vomitar.

Os pais dele e dela iriam ficar profundamente perturbados. Mas para Andy seria pior.

— Diga-lhe a verdade — aconselhou Joe, prático.

Era fácil para ele ser o vencedor da luta. Tudo o que tinha a fazer era ficar afastado e deixar que Kate desfechasse o golpe fatal.

— Que alternativa temos? Afastarmo-nos outra vez? É isso que você quer?

Era a única alternativa que tinham, ou continuar com um romance clandestino, e Kate conhecia a pressão e os estratagemas que a deixariam louca, e Joe concordaria. Ele queria viver com ela, casado, até mesmo ficar com Reed.

— Sinto pena dele — completou Joe, decente —, mas Andy tem o direito de saber.

— Está falando sério em se casar, Joe? — Kate ainda se lembrava das palavras da mãe.

A moça o conhecia bem. Joe amava a liberdade e os aviões. Mas também a amava. E tinha quase quarenta anos. Kate acreditava que ele estivesse finalmente pronto para sossegar e, desta vez, ter um compromisso sério, ou assim ele dizia. Kate queria ter certeza antes de pedir o divórcio a Andy. Além de ficar desolado por perdê-la, Kate sabia que o marido ficaria profundamente desgostoso por não viver com o filho.

— Estou falando a sério — afirmou Joe, enfático. — Está na hora.

Para ela, isso estaria na hora há três ou quatro anos. Ou mesmo cinco. Joe não tinha pressa. E os pais dela teriam ficado mais felizes se ela e Joe tivessem se casado antes ou durante a guerra. Mas não importa a rota que haviam tomado para chegar até ali, Joe chegara e agora queria que Kate fizesse o que ele queria para obter o que desejava. Tudo estava nas mãos dela. Joe só lhe garantia estar falando a sério e que queria se casar com ela.

— Vou lhe contar quando Andy chegar em casa — informou Kate.

Encontrou uma babá, e os dois foram passar um fim de semana em Connecticut, em um lugar afastado. Joe ficara lá uma vez antes, e ninguém o incomodara nem se intrometera. Parecia um esconderijo perfeito. Muitas vezes, as pessoas o reconheciam onde quer que fossem, e às pessoas comuns e desconhecidas apresentava-a como sua mulher. A princípio, não respondeu quando a mulher do hotel chamou-a pelo sobrenome de Joe. Percebeu que seria estranho abandonar o nome de Andy. Há mais de um ano, chamava-se Kate Scott. Fora difícil bastante para se adaptar a abandonar o sobrenome Jamison, após vinte e seis anos. E agora teria outro sobrenome. Sentia-se como em um torvelinho. Era onde queria estar e quisera há anos, mas, agora que ia acontecer, sentia tudo estranho.

Joe retirou as roupas na noite em que Andy ia chegar, mas, em todo caso, passou a noite com Kate. O bebê começava a criar dentes e chorou a noite toda, os nervos de Kate ficaram à flor da pele, e de manhã Joe parecia tenso. Kate agora só queria ultrapassar tudo. Iria contar tudo a Andy naquela noite, e já se convencera de que seria uma cena horrenda, só de desgosto e mágoa.

Sentiu como se ela e Joe tivessem vivido isolados por quatro meses. Passara a evitar qualquer pessoa que conhecia a fim de preservar o segredo e não vira nenhuma das novas amigas. Mas, até agora, ninguém parecia perceber o que estava acontecendo. E, nas próximas semanas, todos saberiam. Depois que contasse a Andy, iria contar aos pais, e sabia que não seria uma cena agradável. Já passara por tudo isso, e com Joe. Era destino deles estar juntos. Fora sempre assim. Kate sentia pena por provocar em Andy tanta dor. Ela, porém, nunca havia esperado que Joe voltasse à sua vida. E, se não tivesse voltado, talvez ela e Andy conseguissem viver bem. Nunca saberiam. E, ao menos agora, tinha Reed. Joe estava certo de que queria Kate e Reed, mas não tinha certeza de ter filhos seus. Haviam conversado várias vezes, e não se convencera de que ter filhos iria melhorar a qualidade de vida deles. Mas, agora, Joe era o bastante para Kate.

No dia seguinte, às nove horas, Joe saiu para o escritório, e, ao meio-dia, Kate ia apanhar Andy no aeroporto. Dissera a Joe que lhe telefonaria quando pudesse, mas não sabia se conseguiria naquela mesma noite.

Nessa manhã, antes de ir embora, Joe fez amor com Kate, beijou-a uma última vez e atirou um beijo a Reed.

— Tente não se preocupar com isso, amor. Sei que você vai fazer o melhor possível. Melhor agora, depois de um ano, do que daqui a cinco. Você vai lhe fazer um favor, terminando o mais rápido possível. Ele vai se casar novamente e ter uma vida ótima.

Desagradava-lhe que Joe fosse tão prático nesse assunto. Era fácil ser o vencedor. Kate tinha certeza de que não iria parecer tão simples a Andy, ao saber das novidades.

Às onze horas, Kate pegou um táxi para Idlewild. Levava Reed com ela e trajava um vestido preto, simples, e chapéu preto. Ao sair de casa, percebeu que parecia um pouco fúnebre, mas lhe parecia apropriado. Para eles, pelo menos, este não seria um dia propício.

Quando chegou ao aeroporto, verificou a lista dos vôos que iriam chegar, e viu que o vôo de Andy estava na hora. E, então, segurando o bebê bem apertado, foi esperá-lo no portão.

Andy foi um dos primeiros passageiros a sair do avião. Parecia cansado do vôo e de quatro meses de muitíssimo trabalho, mas sorriu largamente assim que viu a mulher e o filho, e beijou-a tão forte que lhe derrubou o chapéu.

— Senti tantas saudades!

Andy lhe tirou o bebê dos braços e não conseguia acreditar que tivesse crescido tanto. A essa altura, Reed tinha quase oito meses. Nascera-lhe o quinto dente e quase podia ficar de pé sozinho. E enquanto Andy o segurava, o menino se jogou para a mãe e começou a chorar.

— Ele não sabe mais quem sou eu. — Andy parecia vencido por isso.

Enquanto saíam do aeroporto, Andy rodeou-a com um braço. Parecia ter estado fora há anos. Sentia que não apenas o bebê não sabia quem ele era, podia dizer que Kate estava hostil com ele, e, ao voltarem de táxi para casa, ela parecia estranha. Ela afirmara estar feliz ao vê-lo, mas parecia uma defunta. Perguntou-lhe sobre a Alemanha e os julgamentos, mas, quando Andy tentou segurar-lhe a mão no táxi, tirou-a para procurar alguma coisa na bolsa.

Ao chegarem em casa, Kate preparou o almoço para todos e, depois, pôs Reed para dormir. Só queria que tudo terminasse. Não conseguia esperar. Não queria representar uma farsa. Andy merecia mais respeito dela do que isso.

— Você está bem? — perguntou, depois que Kate pôs o bebê na cama.

Kate, subitamente, pareceu mais velha e mais séria no lúgubre vestido preto. Andy não sabia o que acontecera enquanto estivera fora, mas sabia que houvera algo. A atmosfera ao redor deles parecia incrivelmente tensa, e ela evitava o contato da mão, dos braços, dos olhos.

— Podemos sentar e conversar? — perguntou ela.

Os dois entravam na sala de estar, e Kate se sentou sofá. Andy se sentou no outro lado. Ao olhá-lo, Kate só conseguia pensar em Joe.

Esta era a pior coisa que fizera a alguém na vida. Quando Kate deixara Joe, há três anos, fora uma situação totalmente diferente do que largar um homem que sabia amá-la e levar o filho com ela. Mas, agora, não havia como escapar. Ambos tinham de enfrentar a verdade. Ela fizera uma tolice ao se casar com ele e pensar que com o tempo o amor se fortaleceria, mas sabia disso muito bem. Kate era muito unida a Andy, e ambos haviam tido muitos momentos felizes. Mas tudo isso nada significara no instante em que viu Joe.

— O que há de errado, Kate? — Andy perguntou.

Parecia transtornado, mas muito controlado. Amadurecera nos últimos quatro meses. Vira e ouvira atrocidades que o haviam feito gelar de horror. Não havia forma de não amadurecer com toda a responsabilidade que lhe haviam dado. E, agora, voltara para algo ainda pior. Conseguia ver nos olhos de Kate.

— Andy, cometi um erro terrível — Kate começou, sentando-se bem afastada dele.

Não tentou sentar-se perto dele ou pegar-lhe a mão. E queria terminar o mais rápido possível.

— Acho que não precisamos falar sobre isto — atalhou. Andy não a deixara falar, e Kate parecia surpresa.

— Precisamos, sim — continuou Kate. — Temos de falar sobre isso. Algo aconteceu enquanto você estava fora.

Pretendia contar que mais uma vez encontrara Joe e que tudo mudara. Andy levantava uma das mãos para fazê-la calar-se, como se pudesse devolver-lhe as palavras, e Kate viu algo nos olhos dele que antes nunca vira. Era uma espécie de força e de dignidade que nunca soubera que seria capaz de ter, e ele lhe tirou o controle da situação.

— Não importa o que aconteceu. Não preciso saber. Na verdade, não quero saber. Você não vai me contar. Não é importante. Nós é que somos importantes, e o nosso filho. Não importa o que você ia me contar. Não quero ouvir. Vamos fechar agora a porta atrás de nós e continuar.

Ela ficou tão surpresa que, por um momento, não conseguiu falar nada.

— Mas, Andy, não podemos...

Sentia que lágrimas lhe enchiam os olhos. Andy tinha de ouvi-la. Ia se divorciar dele e se casar com Joe. Não queria mais continuar casada com Andy. E Joe queria se casar com ela. Não queria perdê-lo agora, depois de todos estes anos. Mas Andy tinha alguma coisa para lhe falar sobre o assunto, e Kate não podia se divorciar dele, a não ser que ele concordasse. Ele obviamente havia imaginado ou compreendido o bastante para saber que o casamento estava no fim, e não ia deixar passar, nem deixá-la ir embora. Já decidira sobre isto, não importa como Kate se sentia.

— Podemos sim, podemos — respondeu Andy, em um tom que a assustou. — E vamos poder. Não importa o que você queria me dizer, vai guardar isso com você. Somos casados. Temos um filho. Ainda vamos ter mais filhos, espero. E vamos ter uma vida maravilhosa. E isso é tudo o que você vai me dizer. Está certo? Talvez eu não devesse ficar tanto tempo fora. Mas acho que fiz alguma coisa importante na Alemanha, e estou satisfeito de ter realizado parte disso. E agora você vai ser minha mulher, e vamos continuar a partir daqui.

Kate estava atordoada pela força das sua palavras e pela frieza nos seus olhos. Era muito diferente do que sempre fora.

— Mas, Andy, por favor. — As lágrimas lhe escorriam pelas faces. — Não posso fazer isto... Não posso... — Kate soluçava.

Estava apaixonada por Joe e não por Andy. Nunca se sentira na vida como em um beco sem saída, como agora, ouvindo-o. Ele não a deixaria escapar, não importa o que ela dissesse. Kate teria apenas uma escolha, fugir com Joe e viver com ele. Não poderia levar Reed consigo se não estivesse divorciada e não teria a custódia do filho. Andy poderia também pô-la atrás das grades e deixá-la presa. E ambos sabiam que faria isso. Kate ainda não consultara um advogado, queria primeiro falar com Andy, mas sabia que não conseguiria se divorciar dele sem permissão do marido. E ela nada tinha contra ele. Suas mãos estavam atadas, a não ser que ele concordasse.

— Você tem que me ouvir — protestou. — Você não vai me querer assim.

Kate soluçava, e os olhos de Andy estavam inflexíveis.

— Estamos casados, Kate. É tudo. Daqui a pouco, você vai se sentir melhor, e um dia vai me agradecer por isto. Você ia cometer um erro terrível, e não quero deixar que isso nos aconteça. Não posso deixar. Agora, vou tomar um banho e tirar um cochilo. Gostaria de sair à noite para jantar comigo?

Quando Kate o olhou, os olhos dela estavam frios. Não queria ir a lugar algum com ele. Não queria ficar casada com ele. Ela, agora, era prisioneira de Andy. Não sua mulher.

Não respondeu sobre o jantar, e Andy não a esperou responder. Saiu do aposento e fechou a porta do quarto de dormir. Tremia ao entrar no banheiro e ao trancar a porta, mas Kate não viu isso. Pela primeira vez em anos, ela o conhecera, odiara-o. Tudo o que queria era estar com Joe, mas não podia abandonar o filho. Andy sabia poder desmoralizá-la. Ela nunca abandonaria Reed. E, se Andy não concordasse em se divorciar, estava perdida.

Quando o ouviu abrir o chuveiro, Kate telefonou para Joe. Estava em uma reunião, mas pediu a Hazel para passar a ligação para outra sala, e, um momento depois, Joe atendeu.

— Como foi? Foi difícil?

Ficara pensando nela o dia inteiro, querendo saber como tudo acontecera ao dizer a Andy que estava se separando dele.

— Pior que isso. Não quis me ouvir. Não vai querer me dar o divórcio. E, se não me der o divórcio, não posso ficar com Reed.

— Só está enganando você, Kate. Ele está amedrontado. Conserve-se firme.

— Você não entende. Nunca o vi assim. Diz que o assunto está encerrado. Nada mais. Nem me deixou falar sobre o assunto.

— Então, pegue o bebê e saia de casa — respondeu Joe intolerante.

Kate se sentia presa entre os dois homens, como um peão de xadrez.

— Ele não pode forçar você a ficar aí.

— Se me levar ao tribunal, pode usar Reed para me forçar a voltar.

Kate parecia apavorada, e estava. Sabia ter boa razão para isso ao ver a forma como Andy a olhara. O marido não queria perder o filho de ambos.

— Ele não vai querer. Vocês dois podem ficar comigo.

Seria um escândalo ainda maior, se ela fizesse isso. Sabia precisar conseguir que Andy concordasse com ela, para deixá-la ir embora. Só assim Kate conseguiria.

— Vou falar com ele, hoje à noite — explicou Kate.

Joe voltou à reunião, e Kate desligou o telefone assim que Andy saiu do chuveiro. Kate telefonou a uma babá e concordou em ir jantar com ele, nessa noite, mas a atmosfera entre ambos estava extremamente desagradável. Andy estava frio e seu tom de voz era enérgico. Queria que Kate soubesse o que significava tudo o que dissera. Kate esperava convencê-lo durante o jantar, mas não conseguiu.

— Andy, por favor, ouça-me... Não posso fazer isto. Você não vai querer ficar casado comigo dessa forma.

— Kate, quando viajei, estava tudo bem. Estava ótimo. Vai ficar ótimo outra vez. Acredite em mim. Você está histérica, não sabe o que faz, e não vou deixar que você destrua a nossa vida.

Andy estava frio e firme, e Kate sentia como se ele lhe apertasse o pescoço. Mal conseguia falar.

— Tudo mudou. Você esteve fora durante quatro meses.

Kate se sentia desesperada ao tentar explicar tudo a Joe. E tinha uma estranha sensação de que o marido sabia o que acontecera e com quem. Mas Andy não parecia se preocupar. Sem dar importância ao que Kate fez ou disse, Andy não a deixava continuar. Nada queria saber, nem falaram nada enquanto iam para casa de táxi. Para Kate era como ter perdido as forças para se movimentar, andar ou falar ao marido.

No dia seguinte, conseguiu uma babá e foi ao escritório de Joe. Estava em pânico, e ele, visivelmente transtornado. Mas a moça precisava que ele a protegesse e orientasse. Parecia que, na Alemanha, Andy se transformara em uma pessoa desconhecida. Tornara-se impassível e invencível. E Kate falava a Joe, chorando.

— Ele não pode prender você lá, Kate. Você não é mais criança. Arrume as malas e saia de lá.

— E largar o meu filho?

— Depois disso, você pode voltar para apanhá-lo. Leve Andy ao tribunal.

— E dizer o quê? Que o traí? Não tenho motivos. E ele vai dizer que abandonei meu filho. Nunca mais vou reaver meu filho. Vão dizer que sou uma mãe desnaturada por ter um caso com você e por abandonar meu filho, Joe. Não posso largá-lo.

— Está me dizendo que vai continuar casada?

— Que mais posso fazer?

Os olhos de Kate pareciam dois poços azul-escuros de dor.

— Não tenho alternativa. Pelo menos, agora. Pode ser que, depois, ele ceda, mas, agora, Andy se recusa a ser razoável. Nem mesmo vai deixar eu falar sobre isso.

— Kate, isso é loucura.

Ela sabia que era. Mas Andy fora muito claro a esse respeito, e lutava como um tigre para prendê-la, quisesse ela ficar ali ou não. Kate admirava-o por isso. Mas, embora admirasse Andy, amava Joe. Joe rodeou a mesa de trabalho e a envolveu nos braços, enquanto a moça soluçava sem conseguir se controlar.

— Eu nunca deveria ter largado você. — Kate chorava.

Agora, estava em um beco sem saída e percebia que Andy nunca a deixaria sair de casa. Perdera sua oportunidade de ficar com Joe. E não queria abandonar o filho, mesmo por ele.

— Não lhe dei muita escolha. Fui um bobalhão ao deixar você ir embora há três anos e ao não lhe dizer que você nunca seria tão importante quanto meus aviões. Quer que eu fale com ele, Kate? Talvez eu consiga amedrontá-lo. Que tal lhe dar uma quantia?

Era uma idéia grosseira, mas queria fazer qualquer coisa que resolvesse, mas Kate respondeu que não com a cabeça.

— Andy não precisa do seu dinheiro. Tem fortuna própria. Isso nada tem a ver com dinheiro. Tem a ver com amor.

— Ser dono de alguém não é amor, Kate. E é o que ele faz. Ele é seu dono, agora, por causa do filho. É o único poder dele sobre você.

No entanto, era eficaz. Joe se aconselhara com um advogado, nesse dia. Se abandonasse o menino, ela corria o risco de perdê-lo. E, se o levasse, Andy poderia forçá-la a devolver Reed, a menos que Kate o seqüestrasse e desaparecesse. Mas isso era impossível para qualquer um deles. Ela não conseguiria esconder que era mulher de Joe.

— Estou em um beco sem saída, Joe. Não sei como fazer — afirmou, angustiada.

Nos últimos quatro meses, sentira muita pena de Andy, que, agora, lhes oprimia a vida. Ele tivera a vida nas mãos e a estava reduzindo a pó.

— Espere um pouco. Você não pode viver assim para sempre. Você é muito jovem e ele também. Vai acabar desistindo. Andy vai querer um pouco mais do que isso na vida.

Andy estava lutando pela família, pela esposa, pelo filho, e não queria desistir de nada, nem perder Kate.

Joe beijou Kate, antes que ela saísse e voltasse para casa. E quando Andy chegou em casa, nessa noite, ela tentou em vão lhe falar novamente. Desta vez, o marido perdeu a calma e atirou na parede um prato de porcelana. Era presente de casamento que Kate recebera de suas amigas e se espatifou em cacos. Ela chorava, esperava que Andy se magoasse, mas fosse razoável. Nunca esperara que agisse assim. Não havia saída.

— Por que você está fazendo isso comigo? — Ela soluçava, enquanto Andy se sentava do outro lado, o olhar desesperançado.

— Faço isso para proteger nossa família, já que você não quer — respondeu Andy, confuso. — Daqui a alguns anos, você vai me agradecer por isto.

O que Kate não sabia nem suspeitava era que Andy desconfiara, no primeiro instante, que o motivo era Joe. Estava escrito no rosto de Kate. Andy se lembrava muito bem de seus tempos de universidade, quando ela se apaixonara profundamente por Joe e ficava à espera de cartas dele. Era o mesmo olhar que Andy vira nos olhos de Kate, quando a moça lhe contou que Joe não morrera, e acabara o relacionamento de ambos. Conhecia bem esse olhar. Só havia no mundo um homem que poderia fazer Kate olhar assim e sentir-se dessa forma. Andy não precisava ouvir as palavras.

Andy tinha tanta certeza disso que nem se preocupara em telefonar a Joe. Apareceu no escritório dele e entrou direto no edifício de escritórios e pediu à secretária dele para anunciá-lo. A moça parecia muito atordoada ao perguntar a Andy se tinha encontro marcado, e ele respondeu que não, mas lhe assegurou que Joe o receberia, e depois se sentou para esperar.

Andy tinha certeza. Menos de dois minutos depois, a secretária o fez entrar em um escritório magnífico, cheio de objetos de arte e tesouros que Joe colecionara desde que começara a ter fama. Joe não se levantou para cumprimentá-lo, mas ficou sentado a olhá-lo como um animal se escondendo atrás da mesa. Tinham apenas se visto uma vez, anos antes. Mas se conheciam, e, por isso, Andy estava lá.

— Olá, Joe — Andy cumprimentou, calmo.

Seu comportamento frio era a melhor mão de pôquer que já jogara em sua vida. Joe era mais alto, mais velho, mais elegante, mais bem-sucedido, e Kate se apaixonara por ele a maior parte de sua vida. Joe seria um rival apavorante para qualquer homem. Mas Andy sabia ter uma mão de pôquer vencedora, e pela primeira vez Joe não tinha. Andy tinha o filho. E Kate.

— Que movimento interessante, Andy. — Joe sorriu, devagar.

Nem um nem outro mostrava o que sentia. Ambos estavam irados, ambos se sentiam maltratados e amolados. Um gostaria de matar o outro, e em vez disso Joe lhe mostrava uma cadeira.

— Aceita um drinque?

Andy hesitou por uma fração de segundo e, depois, lhe pediu um uísque escocês. Raramente, ou nunca, bebia antes do jantar, mas sabia que, neste caso, isso poderia endurecer-lhe os nervos. Joe verteu o uísque sobre pedras de gelo e, antes de se sentar, entregou o copo a Andy.

— Preciso lhe perguntar o que o traz aqui?

— Penso que não. Nós dois sabemos. Não é um gesto muito elegante de sua parte — respondeu Andy, corajoso. Tentou parecer não se sentir como um menino no escritório de Joe. Em outras circunstâncias, teria gostado de olhar a vista. A vista era extraordinária e via-se toda Nova York, com os dois rios e o Central Park.

— Kate agora está casada, Joe. Temos um filho. Desta vez, ela não vai a lugar algum.

— Não é assim que vai ganhá-la, Andy. Você não pode forçar uma mulher a amá-lo, prendendo-a como refém. Por que não a acorrenta à parede? Não é delicado, mas também dá resultado.

Joe não tinha medo dele, nem o odiava. Era importante e sabia que nada tinha a temer. Podia ter comprado e vendido Andy mil vezes, e para Joe isso queria dizer muito. Era alguma coisa a que ele nunca poderia pretender algum dia. Mas estes tempos vieram e se foram. Joe estava no apogeu da carreira, e Kate era dele, mesmo que Andy tivesse a chave da sua cela de prisão. Andy nunca fora dono do coração de Kate, como Joe, ou, pelo menos, aos olhos de Joe.

— Por que estamos aqui, Andy? Vamos ao que interessa. Que é que quer?

Joe ainda não conseguia acreditar que, no final, Andy a deixasse ir embora, e estava certo de que, com alguma pressão ele cederia. Mas não tinha idéia, nem Kate até agora, do lutador cruel e decidido em que Andy poderia se tornar. Desta vez, ele não queria perder tudo o que conquistara.

— Quero que você entenda quem ela é, e o que você está provocando com essa paixão. Você não sabe o que quer, Joe.

Joe se divertia com a escolha de palavras, e sorria por detrás da mesa, enquanto Andy tomava um gole do uísque.

— Pensa que não a conheço depois de dez anos? Não quero chocar você, mas tenho certeza de que Kate lhe contou que vivemos juntos durante dois anos.

— Em verdade, me contou, embora seja um tanto indelicado de sua parte falar dessa forma. Creio que, nessa época, ela vivia em um hotel.

— Se foi isso que ela lhe contou — respondeu Joe, cauteloso.

Kate, no entanto, contara a verdade a Andy. Ele é que não queria ouvir isso de Joe.

— E quais foram as suas conclusões depois de "viver" com ela? Concluo que, nessa época, você não queria mesmo se casar com ela. Por que agora?

— Porque eu era bobalhão, como nós três sabemos. Estava construindo a minha empresa, tinha muitos problemas na cabeça. Não me sentia pronto para assumir uma mulher. Isso foi há três anos. Então eu não tinha tempo para ela. Agora, tenho.

— Foi só por isso que não se casou com Kate? Ou havia coisas com relação a ela que o deixavam preocupado? Ela era pobre demais, exigente demais, você se sentia preso? Você queria fugir?

Kate lhe contara tudo, quando ela e Andy se encontraram de novo, mas Joe não devia saber disso. Ele sentiu uma sensação vagamente conhecida de que então tudo isso acontecera, e para ele não eram lembranças agradáveis. Sentira tudo o que Andy lhe relatara. Não era Kate que ele queria, era a pessoa em que ela se transformara. Aquela que parecia compreender o que houvera de errado.

— Ela é a mesma mulher, Joe. Fica em pânico todas as vezes que saio de casa. Telefona-me a qualquer lugar que eu vá. Se saio para almoçar, manda minha secretária me caçar. Quando estava grávida, quase me deixou maluco. Tinha de ir em casa para vê-la no meio do dia. É isso que você quer? Você tem esse tempo à disposição? Você é um homem bem-sucedido para ter esse tempo disponível. Vai ter de ficar com ela noite e dia. Como vai levá-la quando viajar? Kate não vai querer deixar Reed. E quer ficar grávida outra vez. Quer mais bebês. E ela vai usar de todos os ardis para que isso aconteça. Conheço Kate. Foi assim comigo, para ter Reed. Não me importei. Você vai se importar.

Eram mentiras, todas, mas ela havia muito lhe dera um mapa de todos os erros de Joe, e Andy os utilizava. E estava vencendo. Podia ver nos olhos de Joe, embora devesse defender Kate. E ele estava aterrado. Andy sentia no ar pesado terror.

— Kate não está apaixonada por você — afirmou Joe. — Tudo será diferente quando ela estiver comigo — completou, sem muita certeza.

— É mesmo? — perguntou Andy, quando terminou o uísque. — Kate foi muito diferente disso em New Jersey?

Andy conhecia tudo sobre as brigas que os fizeram se separar, o pânico de Kate ao se sentir abandonada, o terror de Joe de ser sufocado. Ela contara tudo, lembrava-se bem. E Andy utilizava tudo, agora. Por uma boa causa, pensava.

— Isso foi há três anos. Kate, nessa época, era uma criança.

Não teria admitido a ninguém, mas começava a se perguntar se Andy estava certo. Podia sentir uma ponta de terror passando lá por baixo da espinha dorsal. Só de ouvir Andy descrever um retrato de tudo o que não queria, não importa o quanto estava apaixonado por ela.

— Kate ainda é uma criança — afirmou Andy.

Queria tomar outro uísque, mas não se atrevia. Aquele foi o necessário para lhe dar coragem. Mas, agora, não queria ser piegas demais. Conseguia ver a preocupação nos olhos de Joe. Seus demônios haviam nascido outra vez.

— Ela vai sempre ser uma criança. Você sabe o que lhe aconteceu em criança. Também sei.

Pela primeira vez, Joe pareceu surpreso. Dos dois era o melhor guerreiro, mas desta vez Andy o deixava sem ação. Ele era o diabinho ligeiro que ia derrubar o campeão, e já conseguia sentir o gosto da vitória. Andy não se importava com o que faria para não perdê-la, mas, desta vez, não iria perdê-la para Joe. Não importa como. E sabia que, se agisse certo, ele jamais contaria a Kate que estivera ali, no escritório. Era o crime perfeito, e a única forma de não perdê-la. Andy tinha de fazer Joe fugir.

— Ela lhe falou sobre o pai? — perguntou Joe.

Havia um sinal de dor na voz dele. Em dez anos, Kate nunca lhe falara sobre isso. Tudo o que sabia ouvira de Clarke, naquele dia em Cape Cod. Mas, uma vez mais, Andy não vacilou em lhe mentir. Kate também não lhe falara sobre isso, e ele também soubera por Clarke, pouco antes de se casarem.

— Kate me contou quando estávamos na universidade. Eu sempre soube. Éramos bons amigos.

Joe fez que sim com a cabeça e nada falou.

— Sabe o que isso deve ter sido para ela? Sabe que fica apavorada de perder as pessoas que ama? Kate não conseguiria sobreviver sem nós. Não conseguiria viver um dia inteiro sem depender de ninguém. É a mulher mais dependente que já conheci. Sabe que ela me escrevia duas vezes por dia, quando eu estava na Europa?

Até isso era mentira. Ela lhe escrevera e rabiscara comentários apressados, apenas sobre o filho. Andy então desconfiara que alguma coisa estivesse errada, mas, na Europa, nada poderia fazer.

— Tem idéia de que Kate é desesperadamente insegura? Que é apavorada? Que é desequilibrada? Kate não deve ter lhe contado que tentou se suicidar depois que o largou em New Jersey.

Ao dizer isso, Andy tinha certeza de que acertara o alvo. Quando voltaram a se ver, Kate lhe contara que Joe ficara consumido pela culpa, que isso fora doloroso para ele. "Intolerável", a palavra que ela usou. E com o que Andy acabara de falar, Joe parecia ter caído de joelhos.

— Ela o quê? — Ele ficou atordoado.

— Acho que ela não lhe contou. Foi no Natal, acho. Ainda não nos tínhamos visto novamente. Ficou no hospital por muito tempo.

Andy não tinha pudor. Porém era um homem desesperado. E se convencera de que, desta vez, se conseguisse afastar Kate de Joe, ela poderia ser sua para o resto da vida. Mas não conhecia a mulher. A única forma de afastar Joe dela seria matar um dos dois. Nada mais produziria efeito.

— Não posso acreditar nisso.

Joe parecia amedrontado.

— Um hospital para doentes mentais?

Desta vez, Andy fez que sim com a cabeça, parecia incapaz de falar de tão mortificado que estava. Mas o dardo envenenado que atirara havia produzido efeito. O veneno percorria as veias de Joe. Não conseguia suportar só de pensar que Kate cometera suicídio por causa dele. Aterrorizava-o, porque, em criança, fora acusado de ser um menininho mau, e, quando adulto, um homem verdadeiramente perverso. E uma parte dele, escondida e frágil, não o permitia pôr isso em risco, tal como Andy desejara.

— Como você vai fazer se Kate quiser mais filhos? Ontem, contou-me que quer mais dois — continuou Andy, desfechando golpe após golpe.

— Ontem? — Joe parecia abalado. — Você não deve ter entendido direito. Fui muito claro a esse respeito.

— Kate também. É muito parecida com a mãe, de uma forma muito mais astuta. — Também sabia por Kate o quanto Joe odiava Liz. — E não falamos sobre o assunto mais importante para mim, o meu filho. Você está realmente preparado para criá-lo, jogar beisebol com ele, passar a noite acordado quando tiver uma dor de ouvido ou um pesadelo ou quando vomitar? Seja como for, não vejo você fazendo isso.

Andy deixava tudo calar no espírito de Joe. E Joe parecia visivelmente perturbado. Ele e Kate não haviam discutido nenhum desses assuntos. Ou, pelo menos, pensava que haviam. Ela dissera que estaria contente com apenas um filho, e teria uma babá para Reed, para ela poder viajar de tempos em tempos. Andy, no entanto, estava pintando um retrato muito mais forte do que ela lhe pintara. Em especial, de Kate. Saber que ela tentara suicídio ao se sentir abandonada, três anos antes, quase o deixou louco. Para Joe, era a culpa maior e a mais envenenadora.

— Então, como estamos agora, Joe? Não quero perder minha mulher, nem a mãe do meu filho. Não quero que se sinta abandonada quando você viajar, para talvez tentar novamente algo absurdo. Kate é muito frágil, muito mais do que parece. É de família. Afinal de contas, o pai cometeu suicídio. Ela poderia algum dia facilmente seguir-lhe os passos.

Era um ardil diabólico — e cruel — para tirar proveito de Kate, que não tinha idéia do que Andy estava fazendo com ela, aos olhos de Joe e com Joe. Andy brincava com os piores temores dele como se fossem teclas de piano, e Joe estava tão ansioso que mal conseguia falar. Tudo o que queria fazer era fugir, e tudo o que conseguia lembrar era de Clarke descrevendo-a como um passarinho com a asa quebrada. Não tinha como saber que Kate nunca tentara suicídio, e, sem se preocupar com o fato de que ela se sentira infeliz por causa dele, isso nunca passara pela cabeça da moça. Mas a manobra de Andy conseguira o que desejara. Sem se importar quanto amor sentia por ela, Joe percebia agora que se casar com Kate não era uma responsabilidade que pudesse ter. Deveria saber disso, antes. E, com algumas rápidas pinceladas, Andy o convencera de que ele tivera razão. Joe fugira.

— Então, o que fazemos? — perguntou Andy, inocente, a pretexto de falar de homem para homem.

O que fizera não era digno de um homem. Era algo que Joe nunca teria feito, nem faria — a Kate, nem a mais ninguém. Mas os medos de Joe eram tão fortes, que não conseguia ver a razão para Andy agir assim. Entendeu como verdade. E, ao se sentar à mesa de trabalho, queria chorar.

— Você tem razão. Não importa que eu tente, o modo como vivo minha vida e o modo como tenho de conviver com meu trabalho vão provocar nela um dano irreparável. Imagine só se ela se matar enquanto eu estiver viajando.

Joe nem mesmo conseguia pensar nisso, só a idéia o fazia se sentir nauseado e acabrunhado.

— Kate bem que poderia... — respondeu Andy, pensativo.

Enquanto considerava a possibilidade, olhou Joe de frente. E só conseguia ver medo nele.

— Não posso fazer isso com ela. Pelo menos, você pode cuidar dela. Não sentiu medo ao largá-la quando foi à Europa por quatro meses? — perguntou.

— Meus pais e os dela, claro, prometeram olhar por ela. E Kate vai a um psiquiatra duas vezes por semana.

— Psiquiatra? — Joe parecia novamente abalado. — Ela vai a um psiquiatra?

Andy respondeu que sim com a cabeça.

— Já sei por que Kate também nunca lhe contou isso. É um dos terríveis segredos dela.

— Kate parece ter muitos deles.

Mas conseguia ver por quê. A seus olhos, o psiquiatra e o suicídio do pai não eram assuntos de que ela pudesse se orgulhar. A discrição sobre isso havia arrumado o cenário para tudo o que Andy resolvera falar. Kate nunca na vida fora a um psiquiatra, como ele sabia muito bem, nem tentara suicídio, nem o perseguia quando saía para trabalhar. Nem ela o chamara em casa, no meio do dia. Era tudo mentira. Mas dera resultado.

— Não sei o que dizer a ela. — O olhar de Joe parecia de desespero.

Ele agora acreditava que tentar partilhar sua vida com ela seria mais que provavelmente destruí-la, ou mesmo matá-la. Era um perigo a que ele não desejava se arriscar. E uma culpa que ele nunca poderia sofrer.

Tudo o que Joe queria agora era que Andy saísse do seu escritório, e ele ficasse sozinho. Nunca se sentira tão infeliz na vida, nem mesmo quando Kate o largara em New Jersey. Isto era pior, muito pior. Ele tivera certeza de que se casaria com Kate, e que, com o tempo, Andy se afastasse. Mas, agora, ele conseguia ver que, para Kate, era melhor ficar com Andy. Era mais seguro para ela, e melhor para os filhos deles. De fato, não havia outro jeito. E, para mostrar que a batalha chegara ao fim, levantou-se e, abatido, apertou a mão de Andy.

— Obrigado por vir aqui — concluiu, grave. — Você fez a coisa certa por Kate.

Joe amava demais Kate para pô-la em perigo, e o medo de ela cometer suicídio era um risco muito grande, para não falar dos terrores que Andy também despertara nele.

— Eu também — respondeu Andy.

Joe lhe mostrou a porta do escritório, e Andy foi embora. Depois de fechar a porta, foi novamente se sentar à mesa de trabalho, e contemplar a vista. Só conseguia pensar em Kate, enquanto as lágrimas lhe escorriam pelo rosto. Novamente, ele a perdera.

Kate nunca soube o que houve naquele dia entre Joe e Andy. Nem mesmo soube que os dois haviam se encontrado. Nessa tarde, Andy chegou tranqüilo e nada falou a Kate. Mas havia nele um ar de vitória que a deixou abatida. Seu carcereiro, que já fora seu marido, se sentia feliz. E ela o odiava ainda mais. Qualquer sinal de amor entre eles desaparecera, e para ela, desaparecera para sempre.

Dois dias depois, Joe a convidou para almoçar. Encontraram-se em um restaurante pequeno e sombrio, onde haviam almoçado antes, e nenhum deles tocou na comida. Ele lhe disse simplesmente que havia pensado em tudo e sabia que não conseguiria acabar com o casamento deles, sob o risco de ela perder o filho. Era alguma coisa que não poderia fazer. E, ao ouvi-lo, Kate via a culpa em seus olhos. Joe sofria muito. Muito mais do que percebia. E, desde que conversara com Andy, Joe só pensava nela, que tentara o suicídio três anos antes, e tudo, ao que sabia, por causa dele. Era mais do que podia suportar. E, portanto, se afastava dela. Foi um almoço angustiante para ambos, e, depois, Kate chorou no táxi, durante todo o trajeto para casa. Joe lhe dissera que ambos tinham de se afastar e um esquecer o outro. A dor tinha de acabar. Joe temia lhe falar muito, com medo de que a levasse novamente a cometer suicídio.

E, ao chegar em casa, Kate se deitou na cama e chorou, sabia que nunca mais veria Joe novamente. Queria morrer, mas não o bastante para se responsabilizar. Esse pensamento nunca lhe passara pela cabeça.

E Joe fez o de sempre. Fugiu. Voou nessa noite para a Califórnia. E quando Andy a viu, nessa tarde, ao chegar do escritório, sabia que conseguira. Vencera.

Capítulo 18

O AMBIENTE ENTRE Andy e Kate ficou tenso durante meses. Mal se falavam. Kate, obviamente deprimida, emagreceu bastante. Não faziam amor desde que Andy voltara da Alemanha. Ela ficava o mais distante possível do marido. De tempos em tempos, falava com Joe. Mas, exatamente como ele tinha certeza, o tempo e o espaço entre ambos começou a afastá-los, não importava o que sentiam um pelo outro. Andy executara magnificamente o seu plano. O dano total fora feito. Mas Kate sabia que, por mais que ele a mantivesse prisioneira, Andy nunca mudaria o que lhe ia no coração. Ele a perdera para sempre no momento em que a forçara a ficar, e utilizara o filho para fazer chantagem. Para Kate, tudo acabara a partir desse momento. Ela o odiava e o teria odiado mais se soubesse o que o marido dissera a Joe.

As coisas melhoraram ligeiramente depois do primeiro aniversário de Reed, em março. Nessa época, havia oito meses que Andy voltara da Alemanha, e fora uma época turbulenta.

Naquele verão foram a Cape Cod, como sempre, e desta vez Kate e Andy dormiram em quartos separados. Andy forçara Kate a ficar casada, mas não podia forçá-la a fazer amor. A vida de ambos se tornara um pesadelo, o casamento uma concha vazia. E Kate, ao andar pela casa, parecia um fantasma.

Kate ficou em casa, no churrasco daquele ano, e quando os pais voltaram, o pai comentou que Joe Allbright não estivera lá, nesse ano. Quando Clarke disse isso, Andy olhou para Kate, e o olhar de ódio entre eles foi tão forte que Clarke ficou estupefato. Os pais ficaram desesperados com o que viram.

Nessa época, Reed começou a andar, e, ao chegarem em casa, Kate telefonou a Joe, como fazia de vez em quando, só para saber como ele estava. Hazel lhe informou que ele estava na Califórnia, novamente fazendo provas de vôo, e Kate lhe pediu que, quando telefonasse, a secretária lhe transmitisse o seu carinho. Nessa época, as únicas notícias que ele enviava, de vez em quando, eram cartões-postais. Não se falavam há muito tempo.

Era quase o Dia de Ação de Graças, quando uma noite Andy olhou Kate. Havia um ano o casamento deles se transformara em pesadelo.

— Será que há alguma chance de ao menos nos tornarmos novamente amigos? Sinto saudades das nossas conversas.

Haviam perdido tudo quando Andy não a deixara ir embora. Tivera um vitória vazia, de Kate restara apenas uma concha.

— Por que ao menos não tentamos ser amigos?

Ao lhe fazer a pergunta, Andy viu nos olhos de Kate que não havia esperança. Ela se fora. Ele fora inimigo de Kate durante muito tempo.

— Não sei — respondeu Kate, honesta.

No último ano, nada sentira por Andy. O único homem por quem ainda se preocupara era Joe, e ele se afastara e voltara ao seu outro amor. Os aviões se tornaram novamente a sua paixão, como sempre foram. Foi apenas por um curto espaço de tempo que, afinal, Joe entendera que poderia ter dois amores. E agora que Kate se fora, os aviões eram tudo o que queria e tudo o que tinha. Não houvera outra mulher na vida dele.

Foram à casa dos pais de Andy para passar as férias, e, depois disso, por pura solidão, Kate ao menos começou novamente a falar com Andy. Mas isso foi tudo. Não dormira com ele, nem fizera amor com ele em dezoito meses. Kate se mudara com Reed para o segundo quarto de dormir. Passaram a véspera de Ano-Novo com amigos, e chegaram mesmo a dançar juntos, e Kate bebeu uma quantidade imoderada de champanhe. Andy de fato ouviu-a rir nessa noite, e estava tão bêbada que, ao voltarem para casa, flertou com ele. Foi este o máximo de prazer que Andy tivera com Kate em um ano e meio, e quase o fez lembrar os velhos tempos. Quando chegaram, ajudou-a a tirar o casaco, e a alça do vestido escorregou pelo ombro, revelando partes dela que não via há muito tempo. Ele bebera muito, e, subitamente, se viu a beijá-la e a acariciá-la, e ficou surpreso quando viu Kate lhe corresponder.

— Kate?... — Andy não queria tirar vantagem dela por estar bêbada, mas a tentação era forte demais.

Afinal de contas, eram casados e viviam vida de solteiro. Kate tinha vinte e oito anos e Andy acabara de completar trinta e haviam passado um dos anos mais solitários de suas vidas.

Kate o seguiu ao quarto de dormir que há muito não partilhavam. Ela ainda vivia no quarto próximo ao seu, e Reed ainda dormia em uma caminha com grades. Tinha vinte e um meses de idade e parecia dormir quando a babá fora embora nessa noite.

— Gostaria de dormir comigo esta noite, Kate? — sugeriu Andy.

Sem nada falar, tirou o vestido e se deitou na cama. Andy não tinha ilusões de que Kate estava apaixonada por ele. Eram dois náufragos perdidos em um mar de tormenta; para sobreviver, agarravam-se a qualquer coisa. Agarravam-se um ao outro, se tudo o mais desaparecesse.

Depois, Kate mal se lembrava de ter feito amor com Andy nessa noite. Lembrava-se apenas de que acordara na cama dele, e então voltara correndo para a sua. Quando Andy acordou no dia de Ano-Novo, Kate não estava mais ali.

Ambos falaram pouco nesse dia. Kate ficara profundamente transtornada pelo que acontecera na noite anterior. Jurara a si mesma, há quatorze meses, que nunca mais dormiria com ele. E, até então, não havia dormido. Mas estava tão só, o champanhe desencadeara uma torrente de desejo que havia muito não saciava.

Não fizeram menção e voltaram à sua solidão separada, e foi apenas no final de janeiro que Kate contou a Andy as novidades. Ficara arrasada ao descobrir. Era ainda mais outro vínculo, mas havia muito desistira de falar. Andy fora perfeitamente claro com ela. Era senhor dela pelo resto da vida. E, agora, Kate esperava outra criança.

Andy esperava que a gravidez os aproximasse, mas os afastou ainda mais. Kate vivia enjoada dia e noite. Deitava-se na cama e ali ficava a maior parte do dia. Permaneceu deitada, ali, toda a primavera, e só se levantava para levar Reed ao parque. Sua enfermidade era ainda outra forma de excluir Andy.

À noite, jantavam em silêncio, e os únicos sons no apartamento, quando Andy chegava em casa, eram os balbucios de Reed. Andy e Kate raramente se falavam. E, em junho, Kate leu no jornal que Joe ficara noivo. Telefonou-lhe para cumprimentá-lo e soube que estava em Paris. Ele nunca mais lhe telefonara. Aos vinte e nove anos, sentia como se a vida houvesse terminado. Casara-se com um homem por quem nada sentia, ia ter um filho que não queria e perdera o único que amara. O bebê nasceria em setembro, e parecia não se preocupar. As únicas obrigações em sua vida eram seu filho e as lembranças de Joe.

Finalmente, pouco antes que o segundo filho nascesse, foi Andy quem a procurou. Kate estava deitada de cama, lendo até tarde da noite. Reed, na cama ao lado dela, dormia. Completara dois anos em março, e era uma criança bonita e carinhosa. Kate levantou o olhar quando viu Andy entrar no quarto. Olhá-lo, agora, era como ver um estranho. Era difícil imaginar que tivessem estado tão próximos ou pensar que houvessem feito amor, ou que ainda fossem amigos.

— Como se sente? — perguntou Andy, sentando-se perto dela, na cama.

Era, em oito meses, o mais próximo que haviam estado. Era difícil acreditar que vinha sendo assim entre eles há quase dois anos. A única época decente que tinham compartilhado fora o primeiro ano de casamento, antes que Andy viajasse até a Alemanha e Joe reaparecesse.

— Sinto-me volumosa.

Falar com ele era como falar a um amigo distante, alguém que conhecera há anos e não via há muito tempo.

— Acho que você gostaria de saber. Vou me mudar depois que o bebê nascer.

Andy decidira assim semanas antes, e nessa tarde alugara um apartamento. Não podia mais viver desse jeito. Tudo que tinham partilhado ou sonhado morrera havia muito. E sabia, agora, que não podia mais conservá-la presa como um passarinho na gaiola. O espírito de Kate fugira fazia muito tempo. A vitória dele sobre Joe era sem sentido. Kate nunca fora de Andy, para perdê-la. Sempre fora de Joe.

— Por que vai se mudar? — perguntou Kate, abaixando o livro.

— Por que ficar? Você tinha razão. Foi um erro. Me desculpe engravidá-la na véspera de Ano-Novo. Isto complica tudo para você.

— Destino, acho. Novamente essa palavra.

Era o que fazia as pessoas irem e virem ou tomarem a decisão certa quando deviam. Chance.

— O bebê vai ser bom para Reed — afirmou Kate. — Para onde vai se mudar?

Era como perguntar a um companheiro de viagem de trem, não a um homem que já amara. Não tinha mais certeza de que o amara. Talvez não. Fora melhor como amigos. Kate, depois que largara Joe, ficara inconsolável. Ambos, porém, haviam pago um alto preço pelo que haviam feito.

— Eu devia ter ouvido você há dois anos — respondeu Andy.

Kate respondeu que sim com a cabeça. Os dois anos que ele havia levado para concordar com o divórcio lhe custaram Joe. Kate se perguntava se o outro ainda estava casado. Os jornais não informaram, apenas que ele ficara noivo vários meses antes. E ela tinha de respeitar isso. Para os dois era muito tarde. Andy lhe consumira a vida e lhe destruíra os sonhos. Os sonhos pertenciam agora à mulher que ia se casar com Joe.

— Talvez você estivesse certo ao tentar — respondeu a Andy, tentando parecer justa.

— Volte para ele — aconselhou Andy, terno, parecendo o amigo que já fora, enquanto a moça o olhava. — Nunca compreendi o que vocês dois sentiam, ou por que, mas, seja lá o que for, é forte demais para vocês. Você merece ter isso, se é o que deseja tanto. Diga a ele que, agora, você está livre.

Por dois anos, Andy se sentira culpado pelas mentiras que contara, em especial depois de ver que Kate lhe fechara todas as portas. Mas não tinha idéia de como desfazer o dano que lhe causara, aos olhos de Joe. E não tinha coragem de contar a Kate. Mas, como Kate e Joe se amavam muito, ou tinham se amado, Andy desconfiava de que Joe o perdoaria por qualquer motivo.

— Está noivo — informou Kate, os olhos tristes.

— E daí? — Andy sorriu. — Estávamos casados, quando ele voltou. Se ele amar você, vai querê-la agora.

— É assim que acontece? — Kate sorriu, a primeira vez em muito tempo.

Durante dois anos, Andy fora seu carcereiro e apenas isso. Talvez agora, ao libertá-la, ambos pudessem ao menos ser amigos novamente. Era o que ele desejava quando resolvera sair de casa.

— É muito tarde para nós. — Andy sabia que Kate falava de Joe. — Tudo foi cruel demais.

— Lembro-me de quando todos pensavam que ele estava morto, e você ainda acreditava que ele vivia. Esteve morta durante dois anos, Kate. Você precisava viver novamente. Tudo o que sempre quis era estar com ele.

— Sei — respondeu ela. — Louca, não é? Sempre fui. Na primeira vez que o vi, fui fisgada. Foi a coisa mais horrorosa. Parecia um anzol gigantesco nas minhas entranhas. Nunca fomos capazes de cortar a linha.

— Agora não. Nade de volta para ele. Faça o que tem de fazer.

Andy sonhara, mas seu sonho pertencera a outra pessoa, e sabia que pertenceria sempre. Kate sempre fora de Joe e nunca dele.

— Obrigada — respondeu Kate.

Andy se curvou para beijá-la no rosto.

— Durma um pouco — pediu Andy, saindo do quarto.

Nessa noite, deitada na cama, Kate só pensava nele. Era estranho como se sentia mesquinha, não era tristeza, não era alívio. Nada sentia, nem sentira durante dois anos. Estivera entorpecida. Pensou no que ele lhe falara sobre Joe, e se perguntava se ainda seria possível. Siga o seu sonho... nade... voe... volte para ele... Sorriu, virou-se e foi dormir. Era difícil acreditar que o sonho seria seu. Sempre estivera fora do seu alcance. E agora novamente. Joe estava vivo ou a essa altura talvez até casado. Kate achava não ter o direito de mais uma vez virar a vida de Joe de pernas para o ar. E era estranho perceber que, no final, ela perdera ambos, Andy e Joe. Não importa o que Andy acabara de dizer, ela sabia que era tarde demais para telefonar. Desta vez, o presente dela a Joe era deixá-lo em paz.

Andy a levou ao hospital quando o bebê ia nascer. Desta vez, foi uma garotinha. Deram-lhe o nome de Stephanie. E, duas semanas depois, ele se mudou. Surpreendentemente, não houve emoção. Tudo estivera morto por tanto tempo que ambos sentiram apenas alívio.

Kate, quando Stephanie tinha quatro semanas, foi a Reno com os dois filhos e uma babá. Ficou lá durante seis semanas, e voltou no trem, divorciada, em 15 de dezembro. Estivera legalmente casada com Andy durante três anos e meio e, na verdade, apenas durante um ano. Soube por uma amiga que, a essa altura, Andy saía com alguém, e estava apaixonadíssimo. Kate esperava que sim. Ambos haviam vivido muito tempo em solidão. Desejava que ele se casasse novamente e tivesse mais filhos. Ele merecia muito mais do que ela lhe dera, apesar de ambos amarem Stephanie e Reed. Andy ia vê-los todas as quartas-feiras e em fins de semana alternados. Tudo acontecia de modo simples e calmo, como se nada tivesse havido entre eles. Agora que terminara, parecia um sonho. Os pais de Kate, mais do que ela ou Andy, lamentavam o fim do casamento. Jamais aceitaram totalmente ou compreenderam por que tudo acabara.

Uma semana depois de voltarem de Reno, Kate levou Reed para comprar uma árvore de Natal e, pela primeira vez em anos, sentiu-se ela mesma. Os dois cantavam cânticos de Natal, enquanto andavam, e, ao chegarem ao local, Reed escolheu uma, enorme. Kate estava dizendo aos vendedores onde entregá-la, enquanto Reed pulava batendo palminhas, quando viu alguém sair de um carro com a cabeça abaixada para se proteger do frio. Começara a nevar. Esse alguém estava com chapéu e vestia um casacão escuro e, mesmo antes que se virasse, Kate sabia quem era, e, assim que esse alguém se virou, viu-a. Era Joe. Parou e, então, lhe sorriu. Não se falavam há meses, nem se viam há dois anos.

Joe andava na direção dela, e Kate sorria, apesar de tudo. Destino. Ali estava ele. Vê-lo fazia lembrar a magia que haviam sempre partilhado. Seus caminhos se cruzaram e, depois, novamente se separaram, e, mais uma vez, subitamente, ele estava ali. No churrasco, no navio, no baile, quando Kate tinha dezessete anos. Desde então, já haviam se passado doze anos.

— Olá, Kate.

Joe viera comprar uma árvore de Natal. Kate nem mesmo sabia onde ele vivia agora. Califórnia, Nova York. Em qualquer outro lugar. Não lhe telefonara nem escrevera. Ambos haviam se afastado dois anos antes. Tudo terminara, ela se convencera. Só lhe desejava paz. Mas algum poder ou força se interpunha e o trazia de volta e, mais uma vez, fazia Joe cruzar seu caminho.

— Olá, Joe — sorriu.

Apesar de tudo, era ótimo vê-lo. Joe parecia o mesmo. E, só de vê-lo, o coração de Kate bateu mais forte.

— E a sua vida?

Havia muita coisa que ele queria saber, mas parecia constrangedor lhe perguntar isso, com tanta gente passando por ali, e com Reed de pé perto dela. O garoto tinha idade bastante para entender o que conversavam.

Kate sorriu, ao se lembrar das palavras de Andy antes de se separarem. Fale com ele. Telefone para ele. Encontre-o. Ele não a encontrara. Ela resolvera se antecipar.

— Divorciei-me.

— Quando foi?

— Voltamos de Reno na semana passada. Levei as crianças comigo.

— Crianças? — Parecia surpreso.

— Stephanie. Tem três meses. Bebi demais na última véspera de Ano-Novo. — Depois de dois anos, era muita informação a partilhar por sobre uma árvore de Natal, e Joe parecia divertido. — E você?

— Na última véspera de Ano-Novo também bebi demais, mas não tenho novidades. Fiquei noivo em junho. As coisas, hoje em dia, estão um pouquinho difíceis. Ela detesta meus aviões.

— Isso não vai dar certo — previu Kate, sensata.

Kate se sentia aquecida de prazer só de vê-lo. Ambos, ali de pé, sabiam que nada mudara. Para eles, era tudo a mesma coisa. Exatamente como havia sido desde o primeiro dia. O que haviam partilhado fora algo infinitamente raro, e ainda era.

— Vamos trabalhar? — ele quis saber, aproximando-se mais dela.

Um e outro já haviam sofrido muito. Talvez fosse tarde demais, porém sempre havia essa possibilidade. Ou a oportunidade que desta vez tinham para ser felizes, se tentassem, se ousassem. Talvez tivessem de ser bastante corajosos para aproveitar a oportunidade e fazer corretamente. E, enquanto Kate falava, todas as coisas terríveis que Andy lhe dissera sobre ela, dois anos antes, não tinham mais importância.

— Não sei. O que acha?

Kate estava disposta. Mas não queria falar isso a Joe.

Muita água — oceanos — havia passado por debaixo da ponte. As guerras e o império que ele construíra, o casamento de Kate, o romance deles há dois anos e, agora, o divórcio. Aproximaram-se e se afastaram, de muitas formas, e o vínculo ainda estava ali, a magia, a chama. Ambos podiam sentir isso, ali de pé, olhando-se, na neve.

— Vamos pra casa, mamãe — reclamou Reed.

O menino lhe puxava o braço, esperava impaciente e não sabia quem era esse homem.

— Um minuto, querido. — Passou a mão, carinhosa, no rosto da criança.

— Que tal? — perguntou Joe olhando-a, atento, enquanto o chapéu ficava coberto com a neve que caía.

— Agora? Quer saber agora? — Kate olhava Joe, incrédula.

— Esperamos doze anos, Kate — Joe respondeu, tranqüilo.

— Sim, esperamos. Se eu tivesse de lhe dar uma resposta agorinha mesmo, diria para tentarmos.

Depois que falou, Kate prendeu a respiração. Não tinha certeza do que Joe ia pensar ou falar, ou se a sua espontaneidade o deixaria horrorizado e o faria fugir. Mas, desta vez, ele não ia a lugar algum. Baixou o olhar e agüentou firme.

— Eu diria que você está certa. Talvez estejamos loucos. Nosso relacionamento há muito apodreceu, mas talvez esta seja a nossa vez.

Nunca fora antes. Um sempre queria alguma coisa diferente do outro e, nesse momento, ninguém conseguia suprir. Era como se os destinos houvessem conspirado para mantê-los afastados. E, agora, subitamente, ali estavam. E com um pouco de sorte, talvez este fosse finalmente o momento certo.

— E a sua noiva? — lembrou Kate, preocupada.

— Me dê uma hora. Tenho que lhe dizer que o projeto foi cancelado, ela foi reprovada na prova de vôo.

— E os meninos? — Estava curiosa para o caso de querer mais filhos.

Era uma conversa louca, mas bem típica de ambos. Eram como relâmpagos rasgando o céu, iluminando o mundo de cada um deles.

— Você tem dois filhos. Temos de resolver isso agorinha mesmo? Eu nem mesmo sabia que ia dar de cara com você. Vamos nos ver novamente, para discutir o restante?

Joe e Kate riam. E a moça conseguia ver nos olhos dele que estava feliz e sem sentir medo.

— Pode-se combinar isso. — Kate sorria.

A vida tinha um modo de dar as mais estranhas voltas. Quando menos esperava, devorou os sonhos e se achou onde há muito esperava estar. Fora assim, até então, a história de suas vidas.

— O mesmo endereço?

Kate respondeu que sim com a cabeça.

— Vou lhe telefonar hoje à noite. Não se case, nem volte para Andy, nem fuja. Sente-se por umas duas horas e tente não se meter em confusão, sim? — pediu Joe, olhando-a firme.

— Vou tentar. — Tudo o que Kate conseguia fazer era sorrir.

— Ótimo.

Joe se aproximou e passou os braços ao redor de Kate, enquanto Reed olhava para o alto, ainda querendo saber quem ele era.

— Que bom que você voltou.

A vida de Kate fora um deserto desde que ambos haviam se afastado, e Joe preenchera a dele com trabalho e aviões, e, recentemente, com uma mulher que enjoava no elevador e detestava voar, ao contrário de Kate. As vidas de ambos tinham sofrido algumas mudanças muito fora do comum. Era difícil acreditar que o tempo deles afinal chegara. Nenhum dos dois estava totalmente certo disso, mas pareciam estar. E, de súbito, não parecia haver um momento a perder. Joe não ia esperar outros doze anos para resolver sua vida. Desta vez, não iria deixá-la escapar, nem ele iria fugir.

— Dentro de duas horas, vou lhe telefonar, e vou lá, hoje à noite. Primeiro, tenho de fazer algo.

Kate já imaginara o que era. Joe tinha um compromisso a pôr um fim. E, por essa vez, Kate não se preocupava se era preciso que ele voltasse. Apenas o queria. Haviam escalado o Everest para achar o outro mais uma vez, e Kate não iria dividir o prêmio com mais ninguém. Joe era dela.

Joe telefonou duas horas depois, e chegou às oito da noite, depois que as crianças foram dormir. Sentiam tanta fome um do outro que não desperdiçaram palavras. Trancaram a porta do quarto de dormir e quase se devoraram. Eram como pessoas esfomeadas, que haviam ficado distantes por muito tempo. Haviam demorado demais a se reunir, mas, afinal, estavam a salvo. Ou esperavam estar. Era impossível saber. Mas, ao menos, precisavam tentar. Não havia garantias, havia apenas sonhos, e quando adormeceram um nos braços do outro naquela noite, sabiam que estavam onde queriam e que sempre haviam estado.

Na manhã seguinte, Joe brincou com Reed, enquanto Kate amamentava o bebê, e depois decoraram a árvore. Joe passou o Natal com eles, e, dois dias depois, ele e Kate foram à Prefeitura. Foram sozinhos, de mãos dadas, sem amigos nem testemunhas, nem falsas esperanças. E telefonaram aos pais de Kate logo que chegaram. A rapidez do ato foi para eles um choque, mas não surpresa total. A mãe de

Kate lembrou ao pai que afinal perdera a aposta que fizera, a de que Joe não se casaria com Kate. Elizabeth tinha certeza de que Joe nunca se casaria.

— Nunca pensei que veria este dia — explicou Liz, assombrada, depois que o casal desligou o telefone.

— Feliz? — perguntou Joe, quando Kate se aninhou bem perto dele, na cama, nessa noite.

— Totalmente — respondeu ela, o sorriso largo.

Ela, afinal, era a Sra. Joe Allbright.

Nessa noite, Joe ficou olhando a mulher durante longo tempo, depois que ela adormeceu. Tudo nela sempre o fascinara, e agora Kate era finalmente dele. Joe não via como dar errado. Era a combinação perfeita.

Capítulo 19

OS PRIMEIROS DIAS do casamento foram alegres e exatamente como esperavam. Felizes e movimentados. Kate contratara uma babá para ajudar a cuidar dos filhos, para ter bastante tempo livre. Visitava-o no escritório, dava-lhe pareceres sobre alguns dos projetos. Nos fins de semana, voava com ele, e Joe, quando chegava de noite, brincava com as crianças. Kate foi com ele à Califórnia em janeiro e ficou muito impressionada com tudo. Foi ainda a Nevada com ele, e assistia-o fazer provas de vôo, e, depois, Joe a levava para voar. Kate amava todas as coisas turbulentas e doidas que ele fazia. E, o melhor de tudo, Joe era dela.

— Foi ótimo não ter me casado com Mary — explicou Joe, depois de um vôo particularmente perigoso sobre o deserto.

Joe fascinara Kate com uma série de *loops* e perdas de velocidade e altura. Ela sempre adorara fazer isso com ele. Dizia que era melhor do que uma montanha-russa, e nada do que ele fazia, não importa que fosse muito assustador, Kate nunca enjoava.

— Talvez ela cozinhe melhor do que eu. — Kate riu, alegre.

Saíam da cabine, e ele acabara de falar na ex-noiva.

— Depois desse vôo, ela teria vomitado em mim.

Mary se recusara terminantemente a subir em um avião com ele, nem mesmo queria saber o que Joe fazia. Tivera a certeza de que fora tolice ficar noivo dela, mas, quando Kate ficou com Andy, Joe se sentira enfadado e só, e quis provar a si mesmo que poderia viver com qualquer outra pessoa.

Em sua opinião, Kate o salvara de um destino pior do que a morte, se houvesse feito como planejara. Em todos os sentidos, Kate era perfeita para ele. Adorava voar, amava-o, amava seus aviões. E acrescentou algo à sua vida, que, sem ela, nunca existiria. Kate tinha malícia, energia infantil e graça. Confiava nele e o amava. Era séria quando precisava ser, e mais inteligente do que qualquer outra mulher e que a maioria dos homens que já conhecera. Ambos tinham tudo. E formavam um casal tão notável e elegante que, a qualquer lugar a que fossem, as pessoas paravam para olhar. Todos sabiam quem era Joe, e seu estilo calado, forte, era o perfeito contraponto à inteligência, ao charme e ao equilíbrio de Kate.

Ela e os filhos se mudaram para o apartamento de Joe um mês depois de se casarem, e ela trouxe o cão. Havia bastante quartos para todos, até para a babá das crianças. E, pouco a pouco, Kate acrescentou ao apartamento dele objetos bonitos e toques femininos, que o tornaram mais habitável. O casal falava mesmo em comprar uma casa.

Conversavam sobre muitas coisas. Agora, para eles, nenhum assunto era sagrado. Um dia, Joe lhe falou sobre a "tentativa de suicídio". Esse assunto o deixara obcecado desde que Andy falara, há dois anos. E Joe lhe disse se sentir penalizado. Kate o ouvia, pálida.

— De que você está falando? — Parecia aturdida com o que Joe acabara de lhe falar.

— Tudo bem. Eu soube — respondeu Joe, tranqüilo.

Jamais falara que Andy viera vê-lo naquele dia. Achava que Kate não precisava saber.

— Soube o quê? — perguntou Kate, ainda confusa.

— Que você tentou se matar, há alguns anos, depois que terminamos.

Quase se desculpava por isso, mas não totalmente. Nos dois últimos anos, sentira-se culpado por esse acontecimento.

— Está doido? Eu estava maluca por você, mas não completamente doida. O que fez você pensar que tentei me matar?

O modo como ela o olhava o fez hesitar.

— Você nunca tentou o suicídio, Kate?

Kate não tinha certeza de que Joe ficara irritado ou aliviado, nem ele estava certo disso.

— É exatamente o que estou lhe dizendo. É a coisa mais repugnante que já ouvi. Como você pôde pensar que eu faria uma coisa destas? Eu amo você, Joe. Mas nunca perdi a cabeça. Isso é terrível.

Mas havia um olhar ameaçador e severo no rosto de Joe.

— Foi procurar um psiquiatra?

— Não — Kate parecia assustada. — Acha que eu devia procurar?

— Que filho da puta! — berrou Joe. Levantou-se da cadeira onde estava sentado, e, subitamente, se pôs a andar de um lado para outro da sala.

— De quem está falando?

— Daquele filho da puta vagabundo com quem você foi casada. Nem sei como lhe contar o que ele fez e como fui idiota.

Joe se sentia agora ainda mais culpado por ter acreditado nele. Mas compreendia perfeitamente o que Andy fizera. Andy brincara direitinho com todos os antigos medos de Joe. E ele se sentia abatido só de pensar que engolira o anzol e a linha. Isso custara a ambos mais outros dois anos de tempo desperdiçado.

— Você está dizendo que Andy lhe contou que tentei me matar? — Kate olhava Joe, os olhos arregalados, sem acreditar. — E acreditou nele? — Estava pasma e também magoada.

— Nessa época, todos nós estávamos um pouco doidos. Foi logo depois que você lhe disse que queria se divorciar e ele não aceitou. Você tinha ido ao escritório para me dizer que Andy não concordava com o divórcio, e, no dia seguinte, ele apareceu lá. Tenho raiva de admitir, mas ele brincou comigo. Me disse que você estava muito desesperada e insegura, e que era instável, que tentara se matar quando terminamos. Fiquei tão apavorado que tive medo de novamente induzir você ao mesmo, caso fizesse algo de errado ou magoasse você. Me disse que você ia se consultar com um psiquiatra várias vezes por semana, e comecei a pensar que, se se sentisse abandonada em algum momento, poderia cometer o mesmo que antes.

E também ficara apavorado com tudo o que Andy lhe descrevera, inclusive que Kate sentia muito medo de ser largada e que queria mais filhos.

— Por que você não me perguntou? — Kate o olhava, espantada, sem acreditar no que acabara de ouvir.

— Não queria afligir você mais do que estava e empurrá-la para o abismo. Mas vejo agora o que ele fez, aquele filho da puta. Que brincadeira de mau gosto. Sabia que eu iria me sentir culpado se você tentasse se matar depois de terminarmos, e como eu entraria em pânico se você tentasse outra vez.

Kate agora também conseguia ver tudo, e passou a odiar Andy mais do que antes. Ele se aproveitara de tudo o que ela lhe contara para manipular Joe. Fizera uma coisa incrivelmente cruel, embora ela soubesse que, nesse momento, ele lutava pelo próprio casamento, tentando salvaguardar a família. Mas foi Andy quem afastara Joe. Por isso, ela nunca o perdoaria. Ele quase lhe prejudicara a felicidade com Joe. Foi um milagre ambos se reencontrarem.

— Andy fez parecer tudo tão real. Fiquei tão abalado que não podia pôr em dúvida o que ele me contou nem suspeitar que não fosse verdade. O que ele falava eram coisas que eu conhecia, mas não conseguia enfrentar. Depois disso, me senti culpado durante meses, só pensando nisso.

— Como é que ele pôde fazer uma coisa dessas?

E, ao pensar nisso, Kate percebeu que havia mais coisas que Andy deveria ter dito, e que teriam dado credibilidade às mentiras que contou. Era o único assunto que jamais contara a Joe, e ela agora se perguntava se ele sabia. Sentou-se, calada. Olhou-o, e só conseguiu ver o amor nos olhos dele.

— Ele também lhe falou de meu pai?

Kate odiava falar sobre esse assunto e nunca o fizera. Mas poderia contar o que quisesse a Joe. Sabia que com ele estava segura.

— Clarke me contou em Cape Cod, antes que eu lhe pedisse para se casar comigo. Ele achou que eu deveria saber — informou

Joe, pegando-lhe na mão e puxando-a para bem perto dele. — Me desculpe. Isso deve ter sido terrível para você.

— Foi — respondeu Kate, com lágrimas nos olhos. — Lembro-me muito perfeitamente desse dia. Lembro-me de tudo. O engraçado é que não me lembro muito de papai. Eu deveria, mas não me lembro. Eu tinha oito anos quando ele morreu, mas dois anos antes se afastou de todos.

Fora o maior trauma de sua vida, mais do que perder Joe.

— Também deve ter sido horroroso para minha mãe, mas ela nunca fala dele. Às vezes, eu queria que falasse. Sei muito pouco a respeito dele, a não ser o que Clarke diz.

Joe via nos olhos de Kate o quanto esse assunto ainda lhe era doloroso. Era a raiz e o âmago de todos os seus medos, medos de perda, de mágoa e de abandono. Inconscientemente, o pai lhe causara muita dor. Ela, porém, estava feliz e em paz com Joe. Encontrara, por fim, um porto seguro.

— Que bom que você sabe — afirmou, tranqüila.

Esse era o único segredo que Kate não contara a Joe.

E, nessa noite, quando foram para a cama, conversaram novamente sobre a deslealdade de Andy para com ambos. Para Kate, era horrível, pior ainda, pensar que Joe acreditara no que o marido dissera, e este se utilizar com tanta inteligência das culpas de Joe. Andy conseguira afastá-lo. Ambos concordavam que o plano dele fora vil, mas engenhoso. Kate não o achava capaz de algo tão desonesto, e, por isso, para ela, ele era muito inteligente. Queria algum tempo para pensar sobre o assunto, mas sabia que algum dia teria de enfrentá-lo. No fim, de qualquer forma, mesmo depois de utilizar todas as manhas, Andy a perdera. No final, apesar de tudo, ela reencontrara Joe, e todos os dias ficava grata pela generosidade do destino.

Durante a primavera, Joe começou a ficar mais tempo na Califórnia. Precisava de uma base maior para sua companhia aérea. Lá pelo verão, passou metade do tempo em Los Angeles, e queria que Kate ficasse com ele. Kate levou as duas crianças e a babá, e foram morar no Beverly Hills Hotel. A princípio, gostaram muito, ela ia fazer compras, brincava com os filhos e vivia na piscina a ver os astros de cinema indo e vindo. Joe estava sempre no escritório, e, na maior parte das noites, voltava ao hotel depois da meia-noite e, no dia seguinte, saía novamente, às seis da manhã. Tentava expandir sua operação no Pacífico, e queria estabelecer novas rotas onde nunca haviam estado antes. Era um enorme empreendimento, fixando numerosas bases no estrangeiro, e planejando toda a logística para uma companhia aérea que surgia como uma das mais importantes do mundo.

Em setembro, Joe passou muito tempo em Hong Kong e no Japão. Ambos concordavam que eram lugares muito distantes para Kate ir, e ela detestava deixar as crianças durante semanas a fio. E, para Kate, não tinha sentido sentar-se em um hotel e esperar por ele em Los Angeles. Dessa forma, passava o tempo esperando-o em Nova York. Joe lhe telefonava todas as noites, não importa onde estivesse, e dava detalhes do que fazia. E, pelo que conseguia ver, fazia um milhão de coisas ao mesmo tempo. Comandava Nova York, ia ao Oriente, projetava aviões, dirigia uma companhia aérea e, sempre que podia, fazia ele próprio as provas de vôo. Era compreensível que fizesse coisas demais, e, mesmo quando telefonava a Kate, parecia tenso. Apesar das pessoas competentes que tinha em todas as várias subdivisões da empresa, Joe agia como se fosse uma orquestra com um homem só. E se queixava sempre de que não tinha bastante tempo para voar com seus aviões. Ou ver a esposa.

Em princípio de outubro, quando voltou, não aparecia em casa há quatro semanas, e Kate lhe chamou a atenção.

— O que acha que eu estava fazendo, Kate? Não posso estar ao mesmo tempo em quatorze lugares.

Joe estivera em Tóquio, durante duas semanas, fazendo negócios e fixando rotas, Hong Kong durante uma semana, brigando com a British, e Los Angeles durante cinco dias. E um dos melhores pilotos de provas se espatifou pouco antes de levantar vôo, sem motivo aparente, em um avião que Joe havia consertado antes. Durante a noite, fora a Reno, para inspecionar os destroços e ver a viúva, e, ao voltar a Nova York, estava quase morto.

— Por que não tenta dirigir tudo daqui? — perguntou Kate, sensata.

— Como posso fazer isso? — perguntou Joe, exasperado, de mau humor nos últimos dias.

Estava sempre cansado, sempre correndo, sempre em um avião indo para algum lugar. E Kate ficava entediada em casa e se sentia mais ansiosa quando o marido estava fora. Suas longas ausências começavam a cansá-la. Sabia que Joe a amava, mas, quando ele viajava, sentia-se só.

— Como diabos você quer que eu fique sentado no escritório, quando tenho empregados em metade do mundo? Por que você não arranja alguma coisa para se manter ocupada? Trabalhe novamente na Cruz Vermelha ou em outro lugar. Brinque com os filhos.

Joe vivia cansado demais para conversar, e não lhe dava atenção a maior parte do tempo. E, quando viajava, ficava irritado, com o humor curto. Kate, no entanto, tinha trinta anos, um marido por quem era louca, e passava sozinha a maior parte do tempo.

Ia a jantares sozinha, passava os fins de semana com os filhos, ia dormir sozinha à noite, e tinha de explicar às pessoas que queriam recebê-los que o marido não poderia ir. Toda Nova York queria convidá-los, os Allbright eram muito solicitados, em pouco mais de oito anos Joe se tornara o homem mais importante na aviação, e tinha apenas quarenta e dois anos. Conseguira tudo o que tinha e não era apenas admirado por sua perícia como piloto, mas por seu talento nos negócios. Tudo aquilo em que tocava se transformava em ouro. Mas o dinheiro que ganhava não aquecia Kate à noite. Sentia falta de Joe, mais do que há algum tempo. E, para ela, as ausências do marido lhe faziam despertar velhos fantasmas. Joe, porém, estava ocupado demais para ver os sinais. Só percebia, quando chegava em casa, que Kate se queixava das ausências dele. Isso só o fazia se retrair, e, por sua vez, Kate ficava cada vez pior. Precisava dele, e ele era difícil de achar.

— Por que não vem comigo? Você iria gostar — sugeriu Joe.

Ela há anos não ia a Tóquio, desde que, ainda jovem, estivera com os pais. E Joe a levara a Hong Kong.

— Você pode fazer compras ou ir a museus ou templos ou aonde quiser.

Tentava motivar a mulher a ter um compromisso que ajudaria a ambos. Mas os dois sabiam que, se ela fosse, não o veria muito. Joe trabalhava tanto no estrangeiro quanto ali, na cidade.

— Não posso deixar as crianças durante semanas, Joe. Elas têm um e três anos.

— Leve-as — Joe respondeu, lacônico.

— A Tóquio? — Kate perguntou, horrorizada.

— Há crianças no Japão, Kate. Juro que há. Uma vez vi uma.

Kate, no entanto, achava que Tóquio era longe demais para levá-las. E se ficassem doentes quando estivessem lá? Não conseguiria falar com o médico, e o que fariam todos eles, sentados em um quarto de hotel esperando a chegada de Joe? Era muito mais sensato esperá-lo em casa.

Joe estava na Europa no Dia de Ação de Graças e Kate foi à casa dos pais com as crianças. Ele telefonou de Londres e falou com Clarke e Liz. O pai queria saber tudo sobre o que ele estava realizando. E, nessa noite, a mãe comentou isso com Kate, o que a enervou mais do que queria admitir.

— Ele está sempre em casa?

Mesmo agora, a mãe não aprovava Joe. Sempre havia suspeitado de que ele havia desfeito o casamento de Kate com Andy, e o responsabilizava por isto, mais do que Kate. Achara isso uma coisa terrível. E mesmo depois que se casara com Kate, Joe nunca estava perto dela.

— Joe não fica muito em casa, mamãe. Mas está construindo algo assombroso. Dentro de um ou dois anos, vai sossegar. — Tinha de fato certeza de que isso ia acontecer.

— Como é que sabe? Antigamente, eram os aviões. Agora, é a empresa e os aviões. Quando vai chegar a sua vez?

Nas horas e nos dias entre as viagens, pensou Kate, em silêncio, quando estivesse muito cansado até para falar com ela, ou exausto demais para dormir, então iria ao escritório, às quatro da manhã. Por volta do Dia de Ação de Graças, não faziam amor há dois meses, mas, nos poucos dias que ficava em casa, sentia-se cansada demais para pensar em sexo. Joe queria fazer amor, estar com ela, passar noites sensuais e manhãs preguiçosas, mas nunca tinha tempo. Mil forças o puxavam.

— É melhor olhar bem o que você conseguiu. Conseguiu um homem que nunca está do seu lado, não importa a razão. Nunca pode. E o que você pensa que ele está fazendo nessas viagens, Kate? Deve arranjar vez por outra uma mulher.

Só de Kate pensar, isso lhe cortava a carne como uma faca, e ela sempre dizia que não era verdade. Pensara nisso, mas rejeitara a idéia. Joe não era desse tipo de homem, nunca fora. Era forçado pela paixão de voar e obsessão pelo trabalho. Construía uma fortuna e um império que viciavam como droga. Kate tinha quase certeza de que, no ano em que se casaram, ele nunca lhe fora infiel. E ela nunca lhe faria isso.

O resto do que a mãe lhe dissera atingiu o alvo. Joe nunca estava perto dela. Quaisquer que fossem as razões, mesmo boas, ele nunca estava perto dela. E quando chegava em casa, havia documentos, problemas e ameaças dos sindicatos. Vivia no telefone falando com a Califórnia, com a Europa, com Tóquio e com a Casa Branca, ou com Charles Lindbergh. Era sempre alguém ou alguma coisa que lhe tomava o tempo e parecia mais importante que Kate. Ela tinha de entrar na fila como qualquer pessoa e, na maior parte das vezes, ficava em último lugar. Era assim. E, se quisesse viver com ele, o que fazia sem discutir, era o que conseguiria. Joe não conseguia se dividir em mais pedaços do que já se dividira, e esperava que Kate compreendesse. E ela compreendia a maioria das vezes. Ela o amava e admirava o seu sucesso. Era feliz por ele. Era emocionante, e ele era surpreendente. Mas, seja como for, algumas vezes machucava. Kate se sentia mais só do que Joe percebia. E embora ela tentasse raciocinar consigo, às vezes se sentia abandonada quando ele viajava.

Uma tarde, quando Joe estava em casa, Kate, serena, tentou explicar isso. Foi uma semana após o Dia de Ação de Graças, e ele estava assistindo ao futebol pela tevê. Nesse manhã, chegara cedo em casa, e não dormira toda a noite anterior. Ele estava apenas olhando fixamente o aparelho de televisão, bebendo uma cerveja e relaxando. Era raro Joe ter esse prazer.

— Kate, não comece com isso novamente. Acabei de chegar em casa. Sei que estive fora três semanas e faltei ao Dia de Ação de Graças em casa dos seus pais, mas os ingleses queriam cancelar minhas rotas. — Joe parecia cansado.

— Será que de vez em quando ninguém mais pode negociar com eles?

Joe estava se tornando egomaníaco, ele próprio tinha de fazer tudo. Mas construíra a empresa, e a verdade é que fazia melhor que ninguém. Quando entrou e passou a administrar, tudo entrou nos eixos. Era assim mesmo. Joe não queria arriscar a que alguém destruísse o que construíra.

— Kate, eu sou assim. Se quer alguém que se sente aos seus pés o tempo todo, arranje outro cachorro.

Joe jogou na mesa a cerveja, que molhou todo o chão. Kate não se mexeu para limpar, e ele a olhava feroz. Kate estava quase chorando. Queria que ele compreendesse o que lhe dizia, mas não queria ouvi-la.

— Joe, não consegue entender? Quero estar com você. Eu te amo. Conquistei você. Sei que você tem o que fazer. Mas é difícil para mim.

Mais difícil do que Joe conseguia compreender. Mas quanto mais ela tentava se aproximar dele, mais ele se afastava. Estava mais uma vez fazendo-o se sentir culpado. A indignação dela. A única coisa que Joe não conseguia suportar, de Kate ou de qualquer outra pessoa.

— Por quê? Por que você não consegue aceitar o fato de que estou realizando algo importante em minha vida? Não faço apenas por mim, faço por você. Amo o que estou construindo. O mundo precisa disso.

Joe tinha razão, mas Kate também precisava dele.

— Não quero chegar em casa e você ficar me interrogando o tempo todo. Não é justo. Ao menos sinta prazer quando estou aqui.

À sua maneira, Joe pedia para Kate não censurá-lo. Feria-o muitíssimo. Mas Kate não conseguia explicar que se sentia totalmente abandonada. O círculo vicioso dos primeiros anos começara outra vez.

Não havia argumentação com Joe, não havia maneira de equilibrar o que ele realizava nos negócios e as pressões sobre ele com o que Kate queria dele. Um dos dois tinha de ceder, e Kate sabia que precisava ser ela. Era apenas uma verdade de suas vidas, mas a aniquilava, em especial quando sabia que Joe estava se afastando. Isso só a apavorava ainda mais.

Em dezembro, Joe ficou menos em casa. Voltara a Hong Kong para se encontrar com banqueiros, e foi muito difícil. Kate sabia que, ao voltar para casa, ainda teria de parar na Califórnia. Havia problemas na fábrica e o motor de um de seus projetos mais recentes não dera certo. Ainda houvera outra morte, e Joe se responsabilizara por ela. Estava certo de que, desta vez, era um erro de projeto. Mas prometera a Kate que, não importa o que acontecesse, estaria em casa na véspera de Natal.

O telefone tocou de manhã, quando Kate e Reed enfeitavam a árvore. O menino gritava de alegria e excitação, e Kate cantarolava, quando o telefone tocou. Falara antes com Hazel, a secretária de Joe, após o desjejum, e ela não tivera confirmação, mas estava certa de que Joe estava voando de volta.

Kate atendeu o telefone. Era Joe. Imediatamente, ela percebeu ser interurbano. A telefonista passou a ligação, e ela mal conseguia ouvi-lo, apesar de ele gritar.

— Quê? Onde você está? — respondeu Kate, gritando.

— Ainda no Japão.

Mal conseguia ouvir-lhe a voz, mas o coração disparou.

— Por quê?

— Perdi o vôo.

Na linha havia estática e interferência, mas Kate conseguia ouvi-lo um pouco mais claramente, enquanto tentava não chorar.

— Reuniões... tive de ir a mais reuniões... uma situação muito difícil aqui...

Lágrimas escorriam dos olhos de Kate, que sabia ter de falar alguma coisa, mas houve uma longa pausa.

— Me desculpe... vou estar em casa daqui a poucos dias... Kate?... Kate?... Está ouvindo? Consegue me ouvir?

— Consigo, sim — respondeu, enxugando os olhos. — Estou com saudades de você... Quando vai voltar?

— Talvez em dois dias.

Isso queria dizer em três ou quatro ou cinco dias. Era sempre mais tempo do que Joe falava. Ele estava tentando resolver muitas coisas.

— Vejo você quando voltar — respondeu Kate.

Tentava não parecer transtornada. Sabia o quanto Joe detestava isso. E, a essa distância, não havia como discutir. Não iria mudar nada. Ela não queria atormentá-lo, nem forçá-lo a nada. Queria muito ser uma boa esposa para Joe, não importa o que isso acarretasse.

— Feliz Natal... dê um beijo nas crianças...

A voz de Joe desaparecia aos poucos.

— Eu te amo! — gritou Kate no telefone, esperando que Joe ouvisse. — Feliz Natal! Eu te amo, Joe!

Mas não se ouvia mais a voz de Joe. A linha caíra. Reed a viu de pé, perto da árvore de Natal. Kate se sentou em uma cadeira e chorou.

— Não fique triste, mamãe.

Reed se aproximou e pediu colo, e Kate o pegou. Não estava zangada, mas amargamente desapontada. Sabia que talvez não fosse culpa dele, mas de qualquer forma era doloroso. Joe não estaria ali para o Natal, e então ela se forçou a lembrar o que passara quando fora abatido. Pensara que ele fora morto. Agora, pelo menos, sabia que iria voltar. Fez Reed ficar de pé, e foi assoar o nariz. Nada havia a fazer. Tinham apenas de fazer o melhor e comemorar o Natal com ele, quando voltasse. Estava determinada a não deixá-lo saber como estava transtornada.

O Natal sem Joe foi tranqüilo. Kate e os filhos abriram os presentes. Seus pais lhe enviaram os seus, e havia poucos presentes dos amigos. Desconfiava corretamente que talvez Joe não tivesse tempo para fazer compras. Mas, de qualquer forma, isso não tinha importância.

No dia de Natal, Andy veio apanhar Reed e levá-lo para sua casa por algumas horas, e parecia sério quando surgiu na porta. Kate soubera há pouco que ele iria se casar, e se sentia feliz. Esperava que, desta vez, fizesse a escolha certa. Ambos não haviam feito. E mesmo que as coisas não fossem fáceis com Joe, Kate achava que era melhor se casar com alguém que realmente se ama, com problemas e tudo.

— Olá. — Andy cumprimentou-a, de pé, na porta, constrangido.

Ambos haviam sido civilizados, desde o divórcio, mas nunca entraram em acordo. E Kate, por fim, perguntara a Andy sobre as mentiras que contara a Joe, e ele pedira desculpas e admitiu que havia feito uma coisa suja. Por muito tempo, ficara desconcertado.

Kate sabia que Andy sempre que ia a Boston visitava seus pais, mas não se preocupava com isso. Afinal de contas, era o pai dos seus filhos, e os pais sempre gostaram dele. E, após o divórcio, haviam sentido pena dele. Foi sua mãe quem lhe contara que Andy ia se casar. Saía com a moça havia um ano, o que parecia razoável a Kate.

— Feliz Natal — respondeu Kate.

Convidou-o a entrar, mas Andy hesitou e ela acrescentou, educada:

— Tudo bem. Joe não está. Está fora.

— No Natal? — Andy parecia escandalizado.

Estava no vestíbulo do apartamento que já era de Joe antes de se casar com Kate.

— Desculpe-me. Isso deve ser difícil para você.

— Não é muito bom, mas Joe não pôde evitar. Ficou preso no Japão. — Tentava parecer mais tolerante do que era.

— É um homem ocupado — afirmou Andy.

Reed apareceu e deu um berro de alegria. Stephanie volteou atrás do irmão, mas ia ficar em casa com a mãe.

— Soube que você vai se casar — respondeu Kate, quando Reed foi apanhar o casaco.

Kate não sabia se Andy já lhe falara, o filho nada dissera.

— Depois de junho. Não tenho pressa.

Ambos sorriram, ele não quis dizer "para não cometer outro erro", mas Kate sabia que a frase estava em seu pensamento.

— Desejo que seja feliz. Você merece — afirmou Kate. Reed reapareceu vestido com o casaco, boné e luvas, e agarrou a mão do pai.

— Também acho. Feliz Natal, Kate — respondeu Andy, saindo.

Traria Reed de volta às oito horas. E Kate e Stephanie foram brincar na sala.

Kate passaria sozinha o feriado. Tentou telefonar para Joe, no hotel dele, mas não conseguiu completar a ligação. E talvez ele tivesse o mesmo problema, ou estivesse preso a uma reunião. E ela só conseguia se convencer de que isso não tinha importância. No próximo ano, passariam o Natal juntos. Às vezes, as coisas aconteciam dessa forma, e Kate sabia que tinha de amadurecer. Mas quase chorou quando os pais lhe telefonaram, e Kate lhes garantiu que estava muito bem.

Nos dois dias seguintes, não soube notícias de Joe. Ele telefonou para dizer que estava saindo de Tóquio no dia seguinte e que, no caminho de volta, iria parar em Los Angeles.

— Pensei que você ia dizer que vinha direto — respondeu Kate, tentando não chorar.

Mas Joe estava sempre mudando os planos e desapontando-a. E o tom de voz da moça transmitia a ele como Kate se sentia, mesmo quando as palavras não o faziam.

— Não posso. Tenho de ir agora. Os sindicatos estão fazendo de tudo. Além disso, não é honesto. Há uma viúva que perdeu o marido por causa de um de meus aviões. O mínimo que tenho é o dever de parar e dar um telefonema de condolências. É o mínimo que posso fazer.

Kate não discordou dele, Joe sempre tinha boas razões, mas fazia um grande esforço para não chorar.

— E eu?

Kate parecia ser sempre a última prioridade na lista de Joe, e, contudo, compreendia que ele tinha muita coisa a fazer. Mas ele não iria passar o Natal com ela, e Kate queria que viesse para casa.

— Quando você volta? — quis saber, a voz cansada.

— Vou estar em casa na véspera de Ano-Novo.

Se nada mais acontecesse para prendê-lo em Los Angeles. Ela há muito não dependia dele. Haviam sido convidados a sair para jantar e dançar com amigos na véspera de Ano-Novo, e Kate esperava ansiosamente que ele chegasse. Mas, se não chegasse a tempo, ficaria em casa com os filhos. Não queria ser uma roda sobressalente na véspera de Ano-Novo.

Como era de se esperar, Joe voou de volta a 31 de dezembro, e começou a nevar em Nova York antes que saísse de Los Angeles. As condições meteorológicas estavam péssimas no momento em que alcançou Nova York, e o vôo atrasou. Entrou no apartamento às nove horas da noite, parecendo exausto demais. Ele próprio havia pilotado o avião da empresa. Não acreditava que ninguém mais pudesse fazê-lo chegar em segurança. Kate o esperava, já tirara o vestido, e estava na cama, com um livro. Nem mesmo o ouviu entrar e, subitamente, ele estava ali, no quarto, olhando-a envergonhado. Mas olhar em seus olhos a fez no mesmo instante se sentir enternecida. Para Kate, Joe era irresistível, e sempre fora.

— Ainda moro aqui, Kate?

Joe sabia que as últimas semanas haviam sido terríveis para ela.

— Acho que sim — respondeu Kate, sorrindo.

Joe veio sentar-se perto dela.

— Você parece bem.

— Me desculpe. Acabei com todos os seus feriados. Eu realmente queria estar em casa. Me desculpe, sou um idiota. Quer sair?

Ao se levantar e fechar a porta do quarto de dormir, Kate tinha uma idéia melhor. Joe tirara o paletó e desapertava a gravata. Ela se aproximou dele e começou a lhe desabotoar a camisa.

— Tenho que me vestir?

Joe desejava fazer o que ela quisesse, para recuperar o tempo perdido.

— Não — respondeu Kate, abrindo para ele o fecho ecler.

— Parece sério — Joe balbuciou, beijando-a.

— É... é o preço que você tem de me pagar por me fazer esperar no Natal.

Kate o provocava, rindo e beijando-o. E, apesar de muito cansado, conseguiu excitá-lo no mesmo instante.

— Se eu soubesse disso, teria vindo mais cedo para casa — ele sussurrou, metendo-se na cama com Kate.

— Esteja aqui sempre que quiser, Joe — murmurou.

Ela o beijava em todos os lugares que ele mais adorava, e Joe gemia.

— Na próxima vez, me lembre... — cochichou.

Capítulo 20

NA ÉPOCA EM QUE KATE e Joe completaram um ano de casados, no começo de 1954, o casal entrara na rotina. Ele estava distante a maior parte do tempo, e Kate ficava em casa com os filhos. Começou a fazer obras de caridade para se manter ocupada enquanto ele viajava. E Joe lhe arranjou outro projeto para essa primavera. Queria comprar uma casa na Califórnia, porque, nessa época, passava muito tempo lá. Como o preço era razoável, achou que, enquanto decorava, Kate iria se ocupar.

Encontraram uma bonita mansão em Bel Air, contrataram um decorador, e assim que Kate se ocupou com a casa, Joe começou a passar mais tempo na Europa. Criava novas rotas na Itália e na Espanha, e quando não se encontrava em Roma ou Madri, achava-se em Paris ou Londres. Ainda tinha de ir no mínimo a Los Angeles todos os meses, mas não passava muito mais tempo na Ásia. E a Kate parecia que, onde quer que ela estivesse, Joe ficava em algum lugar no lado oposto do mundo. Não importa o que ambos fizessem, Kate quase nunca estava do seu lado.

Kate o encontrou uma ou duas vezes em Londres, acompanhou-o a Madri e Roma, e passaram um fabuloso fim de semana em Paris. Mas, em qualquer lugar em que estivesse, sentia-se culpada por largar os filhos. A vida de Joe era uma constante corrida confusa, viajando em aviões, e a vida de Kate uma eterna corrida de revezamento entre Joe e os filhos. Quando estava com um, sempre se sentia culpada por não estar com os outros. Mas ao menos adorava decorar a casa na Califórnia. Tornara-se uma brincadeira entre eles: todas as vezes que Kate viajava para trabalhar na casa, Joe voava para a Europa. E quando Joe se encontrava em Los Angeles, ela estava em Nova York com os filhos.

Finalmente, em setembro, a casa ficou pronta. Era confortável, terna e elegante, um lar para quando estivesse longe de casa, na Califórnia. E Joe falava a todos que Kate fizera excelente trabalho. Chegou a animá-la a fazer decoração para amigas, no tempo livre, mas Kate não queria se prender a quaisquer projetos. Queria estar livre para viajar com ele, sempre que pudesse.

Nesse ano, Joe ficou em casa a maior parte de outubro, o que era raro. Mas, desta vez, não tinha de apagar incêndio em lugar algum, as coisas estavam calmas, e havia marcado muitos encontros importantes em Nova York e New Jersey. Kate adorava que ele ficasse em casa todas as noites, embora detestasse admitir que Joe começava a ficar inquieto. Ele saía a voar muito nos fins de semana, e, em um domingo, foram de avião até Boston, para visitar os pais de Kate. Na volta, Joe a deixou pegar os controles por algum tempo, o que para ela era um prazer.

Estavam a caminho de casa, e Joe voltou novamente ao controle. Foi quando Kate resolveu tocar em um assunto que há muito queria discutir com Joe. Em geral, ele nunca estava em casa por tempo bastante que lhe permitisse tocar em temas delicados, mas Joe estava de humor tão bom e tão feliz com o avião que pilotava, que Kate resolveu desafiá-lo. Queria outro bebê. Dele.

— Agora? — Joe parecia horrorizado.

— Bem, não provoque um desastre com o avião, pelo amor de Deus, enquanto conversamos sobre isso.

— Você já tem dois filhos, que já lhe tiram a liberdade.

— Estamos casados há um ano e meio. Seria ótimo termos um filho nosso, não?

A expressão no rosto de Joe não sugeria que tivesse a mesma opinião. Nunca fora entusiasmado com crianças, com exceção de Reed e Stephanie. Reed pensava que Joe andava sobre água. Joe era louco por ele.

— Não precisamos de mais filhos. Os que temos são o bastante em nossa vida.

— Você nunca quis ter um filho — afirmou Kate, protestando.

Kate quisera um, de Joe, por mais de dez anos. Fazia onze anos e meio, desde que perdera o bebê em Radcliffe.

— Não preciso de filho — respondeu Joe, rude. — Tenho Reed e Stephanie.

— Não é a mesma coisa — afirmou Kate.

— É a mesma coisa. Não os amaria mais se fossem meus próprios filhos.

Joe sempre fora ótimo com eles, o que sempre a fizera pensar que seria um pai maravilhoso. E Kate queria outro bebê. O bebê seria a conseqüência natural do grande amor que sentia por Joe.

— Além disso, agora estou velho demais para ter filhos. Tenho quarenta e três anos. Quando forem à universidade, terei mais de sessenta anos.

— Quando nasci, meu pai era mais velho que você agora. E Clarke é mais velho do que isso. Ainda está bem jovial.

— Nunca esteve tão ocupado como eu. Meus filhos nem vão me conhecer.

Esta foi uma das raras vezes em que Joe reconheceu que pouquíssimas vezes estava por perto. Mas, desta vez, servia ao seu propósito.

— Por que não procura mais alguma coisa para se manter ocupada?

Era mais do que uma simples razão para se manter ocupada. Kate queria de fato ter um filho de Joe. Mas Joe parecia irritado com ela por ter trazido à baila esse assunto, e ainda mais exasperado ao ver que ficou desapontada.

— Você tem sempre uma reclamação — queixou-se Joe, enquanto se aproximava do aeroporto. — Antes, você se queixava de que eu não estava em casa e agora quer um bebê. Não consegue ser feliz com as coisas conforme são? Por que sempre precisa de mais? O que há de errado com você?

Joe estava ocupado em aterrissar o avião, e Kate não queria discutir, mas não gostou da forma como ele falara. Só cabia a ela concordar e se ajustar às necessidades de Joe, e raramente o contrário acontecia. Não se importava com o que ela queria. Joe fora mimado e muitas vezes isso acontecera por culpa dela. Joe ficava em casa tão raramente e por tão pouco tempo, que, quando estava lá, era o centro de todas as atenções. Além da bajulação do público aos recordes de vôo, ao heroísmo durante a guerra e ao enorme sucesso nos negócios, só ouvia elogios à sua pessoa, e Kate era mais uma voz somada às outras.

Mas, ao dirigir do aeroporto para casa, Kate se conservava calada. Joe sabia a razão e se recusava a falar sobre isso com ela. Há anos, dizia não querer filhos. Havia crianças demais no mundo, o surto de bebês repovoara o mundo, e ele não sentia necessidade de colaborar com esse surto. E, ao chegarem, Reed atirou os braços ao redor do pescoço de Joe, que olhou Kate por sobre a cabeça do menino, como se provasse o seu ponto de vista. Tinham dois filhos, não precisavam de mais. Para Joe, era o fim da conversa.

O assunto não voltou novamente à baila, e ele prometeu que, nesse ano, estaria em casa durante os feriados. Kate sempre lhe lembrava que, no ano anterior, Joe não ficara com ela no Dia de Ação de Graças e no Natal, e então ele tentou organizar o horário para conciliar com o dela. Foram às festas de Natal e a um baile de debutantes, levaram as crianças a patinar no gelo e as ajudaram a fazer bonecos de neve no Central Park. E no Natal Joe comprou para Kate um belíssimo colar de diamantes e um par de brincos. Estavam casados há dois anos, e nunca haviam sido tão felizes. Os sonhos de ambos haviam se realizado.

No dia seguinte, enquanto Joe assistia ao futebol na televisão, Kate retirava os enfeites da árvore. As duas crianças cochilavam e, apesar da ressaca suave, Joe se sentia de bom humor. Os feriados haviam sido perfeitos. Dentro de dois dias, faria uma viagem de quatro semanas pela Europa. Em fevereiro, ia voltar à Ásia, mas Kate se reconciliara com essas viagens, e, quando ele voltasse, iria se encontrar com ele na Califórnia.

Kate lhe trouxe um sanduíche, enquanto Joe assistia ao jogo. Ela ria com alguma coisa que Joe dissera, quando, de súbito, Joe viu uma expressão estranha nos olhos da mulher, que ficou pálida. Ele ficou aterrorizado. Nunca a vira assim.

— Você está bem?

Ficara pálida, era óbvio que se sentia nauseada.

— Estou bem.

Kate se sentou no sofá perto dele e prendeu a respiração durante um minuto. Alguns dias antes, sentira um distúrbio gastrointestinal e pensou ser esta a razão do mal-estar. Sentira náuseas e assim ficou por alguns dias.

— Sente-se durante alguns minutos. Você não parou a manhã inteira. — Subira e descera a escada uma dúzia de vezes, retirando os enfeites da árvore e correndo atrás dos filhos. A folga da babá era aos domingos e feriados.

— Estou bem, honestamente — insistiu, um minuto depois, e se levantou rápida.

Tinha muita coisa a fazer e não queria perder tempo. E, mal Kate se levantou, Joe se virou para ver como estava, e os olhos dela reviraram e escorregou até o chão, aos pés de Joe. Kate desmaiara.

No mesmo instante, Joe se sentou no chão, ao lado dela, verificando o pulso e vendo se respirava. O rosto de Kate estava próximo do dele, quando Kate abriu os olhos devagar e gemeu. Não tinha idéia do que lhe acontecera. Um minuto olhava-o e no próximo estava deitada no chão, espantada. Joe parecia em desatino.

— Kate, o que aconteceu? O que é que sentiu?

— Não sei. — Kate parecia assustada e um pouquinho confusa. — Fiquei tonta.

A esposa de um dos pilotos de Joe morrera pouco antes de um tumor no cérebro, e ele só conseguia pensar nisso quando Kate desmaiou aos seus pés.

— Vou levar você ao hospital. Agora — disse Joe, ajudando-a a sentar-se no sofá.

Kate não tentou se levantar, sentia-se bem deitada, embora se julgasse bem melhor.

— Não é nada, tenho certeza. De qualquer forma, não podemos largar as crianças. Vou telefonar para um médico.

— Fique deitada aí — pediu Joe.

Kate obedeceu e, pouco depois, adormeceu, enquanto Joe a observava. Não quis lhe dizer, mas estava muito preocupado. Em todos esses anos, Kate nunca havia desmaiado. Ainda estava sentado ao lado dela, no sofá, quando Kate acordou, e parecia melhor. Apesar de todos os protestos de Joe, nessa noite a moça lhes preparou todo o jantar, mas o rapaz percebeu que ela comeu muito pouco. Joe a fez prometer que de manhã iria procurar um médico, e já pensava em telefonar para o chefe do Columbia-Presbyterian Hospital. Era um antigo amigo seu e aficionado por aviação, e Joe queria obter os nomes dos melhores médicos de Nova York, caso isso fosse mais sério do que temia. Mas Kate parecia não dar a mínima importância. Nessa noite, ao irem para a cama, Joe se sentia muito abalado, e Kate não teve a coragem de deixá-lo se afastar por muito tempo. Ele ia apagar a luz, quando Kate se virou e o beijou.

— Amor, não se preocupe, estou bem. Não queria que você se preocupasse comigo — especialmente nos feriados.

Kate quisera esperar até janeiro, no mínimo, mas sabia que, agora, não conseguiria mais. Não era justo preocupá-lo.

— Por que eu ficaria preocupado com você? Não é culpa sua, se está sentindo náuseas, Kate — respondeu Joe, enquanto a moça se recostava nos travesseiros.

— Não estou doente. Estou grávida.

Se Kate tivesse lhe atirado um tijolo, o efeito seria menor do que isso que acabar de lhe dizer.

— Você está o quê?

— Vamos ter um bebê.

Kate parecia muito calma, e Joe via com facilidade que a mulher estava feliz com isso, embora preocupada com a reação dele.

— Há quanto tempo sabia disso?

Joe se sentia totalmente ludibriado. Kate lhe escondera tudo.

— Soube antes do Natal. O bebê é para agosto.

— Você me enganou! — respondeu Joe, saltando fora da cama, irado.

Kate estava deitada na cama. Nunca o vira assim, esbravejando no quarto. Atirava objetos no chão, e bateu a porta do banheiro dela. Era a reação que Kate temia.

— Não enganei você — respondeu, calma.

— É claro que sim. Você me disse que estava usando alguma coisa.

— Eu usava alguma coisa, mas deve ter saído do lugar. Joe, isso acontece.

— Quando conversamos sobre esse assunto, há alguns meses, eu lhe disse que não queria filhos. É claro que você foi direto para casa e jogou fora o diafragma no vaso sanitário. Não lhe interessa o que eu quero? — Joe parecia insultado.

Os lábios de Kate tremiam. As necessidades de Joe se chocavam fortemente de encontro com as dela.

— Claro que me interessa, foi um acidente, Joe. Não pude evitar. Coisas piores podem acontecer.

Mas não na cabeça de Joe. Kate não prestara atenção nele, e ele se sentia apanhado em uma armadilha.

— Nem tanto. Diabo, Kate. Livre-se disso. Não quero filho!

— Joe, não foi isso que você quis dizer, não? — Kate estava escandalizada. O marido tinha um acesso de fúria.

— Foi, sim. Não quero ter filho na minha idade. Faça um aborto.

Joe, por fim, atirou-se na cama e a olhava. Kate estava horrorizada com o que ele tinha dito.

— Joe, estamos casados... é o nosso filho... ele nada vai mudar em nossas vidas. Vou arranjar uma babá, para poder viajar com você.

— Não me interessa, não quero.

Joe, ao se sentar na cama, parecia um menininho de cinco anos, literalmente com raivinha dela.

— Não vou fazer aborto — respondeu. — Antes, perdi o nosso bebê. Não vou matar outro.

Isso acontecera há onze anos, mas ainda se lembrava de tudo o que lhe acontecera durante aqueles segundos medonhos, e da mágoa que sentira por perder o bebê. Levara meses para se recuperar.

— Se tiver esta criança, você vai me matar, Kate. E pôr em risco o nosso casamento. E, agora, estamos tendo muita tensão, você diz que nunca estou aqui. E, depois, vai se queixar de que não fico em casa com o nosso bebê. Se era isto que desejava, deveria ter-se casado com outro homem ou continuar casada com Andy. Parece que ele tem um filho todas as vezes que olha uma mulher.

Andy e a mulher estavam esperando um novo bebê para daí a pouco, mas Kate se sentira ferida com o comentário de Joe.

— Quero continuar casada com você. Sempre quis. Isso não é justo. Não foi minha culpa.

Joe apagou a luz e, alguns minutos depois, se virou de costas para ela. Na manhã seguinte, quando Kate acordou, Joe não estava mais deitado. Ela se sentia desgostosa com a reação do marido ao receber a notícia na noite anterior, e mais triste ainda ao se lembrar de que a mandara fazer aborto. Foi evidentemente o que Joe lhe propusera, porque voltou a falar nisso nessa noite. Joe se sentia muito feliz por ela não ter uma doença terminal, como temera quando Kate desmaiara, mas esta era a pior coisa após um tumor no cérebro.

— Pensei no que você me falou ontem à noite, sobre... você sabe, a gravidez...

Joe tinha dificuldade em conversar sobre o bebê. E, ao falar a Kate, olhava o prato na mesa. Era como se não quisesse vê-la. Mas, durante um minuto, Kate pensou que ele fosse voltar atrás e lhe dissesse estar arrependido.

— Quanto mais pensei no assunto, hoje, mais tive certeza de que isso nos seria fatal. Sei que a desconcerta, Kate, mas você realmente tem de dar um fim a isso. É o melhor para nós dois e para as crianças. Quando Andy e a nova mulher tiverem o bebê, e se nós também tivermos, as crianças vão ficar bastante contrariadas, vão acabar sentindo como se ninguém as amasse, e vão se tornar ciumentas e neuróticas.

Era o melhor argumento que conseguira criar, e Kate quase riu, mas ainda se sentia muito transtornada com o que Joe lhe falara.

— Outras crianças parecem sobreviver tendo irmãos — respondeu, sensata.

Kate não iria deixar Joe dominá-la, mas também não queria que isso lhes custasse o casamento. E nunca vira Joe tão transtornado como na noite anterior, ao saber da novidade. Agora, estava mais calmo, mas não mais feliz do que ao saber a notícia.

— Os pais dessas outras crianças não são divorciados, Kate.

— Joe... não vou fazer aborto. Não vou fazer. Eu te amo. E quero ter o nosso bebê.

Joe nada respondeu. Nessa noite, ficou na sala de leitura até ir para a cama. No dia seguinte, viajou para a Europa, por quatro semanas. Nem mesmo se despediu antes de partir. Apenas saiu de casa.

Desta vez, Joe demorou uma semana inteira para telefonar, o que não era comum. Mas estava muito aborrecido ao viajar, e Kate só fez deixá-lo só. Telefonou-lhe de Madri, sério e calmo. Perguntou como ela ia e como as crianças estavam, e depois contou o que fazia. Após alguns minutos, disse que em breve telefonaria outra vez. Afinal, telefonou três vezes em quatro semanas. Kate sabia que, ao voltar, iria apenas a Nova York por dois dias. Depois disso, Hong Kong e Japão, e só estaria de volta a Nova York por outras três semanas. Joe havia voltado a novamente fazer a sua corrida de revezamento.

A primeiro de fevereiro, voou de volta a Nova York, e as crianças já estavam na cama quando Joe chegou. Kate estava na sala de estar assistindo à televisão, e levantou o olhar, sobressaltada, ao ouvi-lo entrar. Levou alguns minutos até entrar na sala de estar, e se aproximou dela, devagar. Nem mesmo telefonara para avisar a chegada.

— Como vai, Kate?

Era um cumprimento frio após quatro longas semanas e pouquíssimo contato com ele, e Kate percebeu que Joe ainda estava zangado. Começava a se lembrar da atmosfera frígida entre ela e Andy depois que ele se negara a lhe dar o divórcio, e, de súbito, sentiu medo de Joe terminar o casamento deles por causa do bebê. Isso seria uma coisa maluca, mas Kate começava a pensar se ele iria perdoá-la pelo que acontecera, fosse culpa dela ou não.

— Estou bem. E você, como está? — perguntou, com cuidado. Joe se sentava em uma cadeira à frente dela.

— Cansado — respondeu.

— Correu tudo bem?

Há uma semana Kate não falava com ele, e se sentia tão feliz de vê-lo que gostaria de lhe atirar os braços ao redor do pescoço, mas não ousou fazer isso.

— Mais ou menos. E você?

Joe a olhou, enigmático. Kate suspirou. Era fácil adivinhar o que ela queria saber.

— Não fiz o aborto, se é o que queria saber — respondeu Kate, desviando o olhar dele.

Era uma luta de vontades com relação a uma vida pequenina. Pareciam-lhe negócios de Estado, tristes.

— Eu lhe falei que não faria.

— Eu sei — foi tudo o que Joe conseguiu dizer.

Então, atravessou a sala para se sentar perto dela. Pôs um braço ao redor dos ombros dela e a puxou para perto.

— Não sei por que você quer esse bebê.

Joe parecia cansado e triste, mas não estava mais zangado com ela, e ela se sentiu aliviada.

— Porque eu te amo, seu imbecil — respondeu Kate, a voz engasgada, aconchegando-se perto dele.

— Eu te amo, também. Que coisa boba agirmos dessa forma. Mas acho que, se deve ser assim, vou viver com o bebê. Não espere que eu mude as fraldas ou ande com ele, a noite toda, quando chorar. Sou velho, preciso de sono.

Joe a olhou com um sorriso estranho, e Kate o olhou sem acreditar. Ela o amava tanto, e, mesmo quando tumultuava muito, ao final ele sempre fazia a coisa certa.

— Você não é velho, Joe.

— Sou, sim.

Joe não lhe contara, mas fora sentar-se em uma igreja, em Roma, para pensar sobre o assunto. Não era religioso, mas, ao sair à rua, resolvera deixá-la ter o bebê, se isso significava tanto para Kate.

— Você não vai me fazer desmaiar novamente. Você quase me fez ter um ataque do coração. Está se sentindo bem?

Joe parecia preocupado.

— Estou, sim.

Kate se sentia tão aliviada que não ousou lhe dizer que o médico achara a barriga crescendo tão rápido que poderiam ser gêmeos. Joe mal conseguira sobreviver à idéia de um bebê, e Kate não conseguia imaginar o que ele diria se fossem dois.

Depois disso, foram à cozinha, e Kate conversou animada, contando-lhe tudo o que fizera, quem vira, onde estivera. Joe adorava ouvi-la, mesmo quando cansado. Adorava a energia dela, a expressão dos seus olhos e o modo como encaravam e, mais que tudo, a maneira como o fazia sentir-se. De certa forma, mesmo quando cansado, ela o estimulava à vida. Foi assim que Kate o atraíra na primeira vez que a vira, e desde então o prendera.

Sentaram-se à mesa da cozinha e conversaram por muito tempo, e quando afinal foram para a cama, eram de novo os melhores amantes. Joe sentira saudades dela no mês anterior, tanto como Kate sentira saudades dele. Ele nem mesmo conseguia começar a imaginar o que seria ter um bebê. Mas, se ia ter um filho, resolveu Joe, ele devia ficar com Kate.

Nessa noite, quando foram dormir, Joe passou os braços ao redor de Kate. Adorava sentir a pele dela, sedosa. E ficou estupefato, quando, ao roçar as mãos de leve pela barriga de Kate, sentiu uma pequena saliência redonda.

Capítulo 21

NA MAIOR PARTE de fevereiro, Joe ficou no Oriente e na Califórnia, e, no final do mês, Kate voou para se encontrar com Joe em Los Angeles. Ao chegar, a viagem correra bem, estava de ótimo humor e realizara grandes negócios. E, quando viu Kate, ficou surpreso ao ver que ela ganhara peso.

— Engordou — ele brincou.

— Muito obrigada.

Kate estava feliz por vê-lo, e tudo caminhava bem. Kate ainda não contara a Joe que o médico pensou na possibilidade de serem gêmeos.

Joe nunca a vira durante qualquer uma das gravidezes, e às vezes se sentia apreensivo que Kate podia desmaiar mais uma vez, que não se sentisse bem e que se machucasse. Kate ria de Joe, por ele estar tão preocupado ao fazer amor com ela.

— Está tudo bem, Joe, estou me sentindo ótima.

Joe não queria que Kate dirigisse, repreendia-a quando dançava e achava que ela não deveria nadar.

— Não vou ficar de cama nos próximos seis meses.

— Se eu disser para ficar, vai ficar.

Mas, apesar dos temores de Joe, passavam mais tempo que o habitual fazendo amor. A viagem a Los Angeles foi para eles como uma lua-de-mel. Apesar do bebê, ou talvez por causa dele, Joe se sentia muito mais próximo de Kate.

Quando voltaram, Joe passou duas semanas em Nova York, e depois viajou novamente. Kate acostumara-se a isso, ocupava-se com os filhos e visitava amigas. E aguardava ansiosamente o final da gravidez. Mal podia esperar o bebê que ia chegar. Deveria nascer no fim de agosto ou, se fossem gêmeos, talvez mais cedo. O médico a avisara que deveria ficar de cama nos dois últimos meses. Mas até agora, apesar do tamanho, ele não ouvira duas pulsações.

O bebê de Andy nasceu em março. Kate lhe mandou presente com cartãozinho, felicitando-os. Ele parecia feliz todas as vezes que vinha apanhar os filhos. Era como se o tempo em que haviam vivido juntos nunca tivesse existido. Parecia apenas alguém que ela conhecera há muito tempo. Ela o fazia lembrar melhor o tempo em que haviam sido amigos. Para ambos, o casamento deles fora doloroso demais para pensar nele.

Em abril, Joe estava em Paris, quando, no final de uma tarde de sexta-feira, Andy telefonou para Kate. Iria apanhar Reed para o levar a sua casa, em Connecticut, para um fim de semana, mas ficou cheio de trabalho. Sua mulher cuidava do bebê, ambos estavam adoentados, e ela não poderia vir à cidade para apanhar o menino.

— Talvez você possa pô-lo no trem, Kate. Julie vai apanhá-lo em Greenwich. Vou chegar tarde em casa.

Não achou uma boa idéia, e Reed ficou desapontado por não ir. Adorava visitá-los em Greenwich. Depois de falar com o filho, Kate telefonou a Andy e se ofereceu para levá-lo de carro. Era apenas uma hora de viagem de ida e o mesmo de volta, o tempo estava quente e, sem Joe, nada tinha a fazer. Não tinha outros planos.

— Tem certeza? Não quero lhe dar trabalho.

Kate estava no quinto mês de gravidez e se sentia bem.

— Vai ser divertido. Vou fazer alguma coisa.

Ao dizer isso a Reed, o menino ficou alvoroçado. Deixou Stephanie com a babá, porque deveria voltar muito tarde para a filhinha ir, e ela e Reed partiram para Greenwich às seis horas. Informou que estaria de volta às oito. Era meia-noite em Paris, e Joe já lhe telefonara.

Na estrada, pegaram muito tráfego, mas nada excessivo, e chegaram à casa de Andy às sete e quinze. Julie estava com o bebê nos braços, a criança sentia cólicas e ambas estavam resfriadas. Ela se parecia muito com Andy, e um pouquinho com Reed. Kate beijou o filho, ao deixá-lo com a madrasta. Julie lhe ofereceu alguma coisa para comer, mas Kate queria voltar, e ambas riram e concordaram que ela estava enorme. A cada dia, tinha mais certeza de que teria gêmeos.

— Deve ser um bebê elefante. — Kate riu, voltando para o carro.

Abaixou a janela e ligou o rádio, era uma noite quente, e ela adorava dirigir. Às quinze para as oito, pegou de volta a avenida arborizada.

À meia-noite, a babá telefonou para Julie, em Greenwich. Kate ainda não chegara. Estava preocupada. A moça pensou, primeiro, que Kate resolvera parar no caminho, para visitar amigas. Mas, à meia-noite, teve o sentimento desassossegado de que havia algo errado. E resolveu telefonar aos Scott para ver se Kate, cansada, parara em casa deles. Achava que isso não acontecera, mas valia a pena tentar um telefonema. Julie ficou surpresa ao saber que Kate não chegara. Não tinha idéia dos planos de Kate. Ela não ficara mais do que uns poucos minutos, depois de trazer Reed. Julie falou com Andy, que estava meio adormecido, e perguntou se Kate lhe dissera alguma coisa. O rapaz abriu os olhos e sacudiu a cabeça.

— Deve ter se encontrado com amigas para jantar em Nova York. Disse que Joe está fora.

Andy sabia que, na maior parte das vezes, Kate saía sozinha.

— Não estava vestida para jantar fora — informou Julie.

Kate vestia saia de algodão e blusa solta, os cabelos presos em rabo-de-cavalo, e calçava sandálias.

— Deve ter ido a um cinema — respondeu Andy, virando-se para dormir.

Mas Julie tinha dito à babá para telefonar novamente, caso Kate não chegasse. Sempre gostara de Kate, e não tinha interesse pessoal nela. Sabia que Kate, ao voltar a se envolver com Joe, havia ferido Andy, mas o marido se sentia mais calmo com relação a este assunto, agora que voltara a se casar. Julie era alegre e feliz com ele.

A babá voltou a telefonar na manhã seguinte, às sete. Desta vez, Andy ficou preocupado.

— Não é como Kate se comporta — informou a Julie, após desligar o telefone.

Reed estava no andar térreo, tomando o desjejum, e Andy não queria que o menino soubesse.

— Vou telefonar à patrulha rodoviária e ver se alguma coisa aconteceu ontem, na estrada de Merritt.

Kate era boa motorista, e não havia razão para acontecer algum desastre com ela, mas nunca se sabia.

Andy esperou o que lhe pareceram horas para a patrulha rodoviária atender, e descreveu Kate e o carro dela. Costumava dirigir uma caminhonete Chevrolet, um carro com muita estabilidade, para levar os filhos. Parecia que o patrulheiro demorava muito a voltar à linha.

— Tivemos uma colisão frontal em Norwalk, ontem à noite, às oito e quinze. Uma caminhonete Chevrolet e um Buick sedã. O motorista do Buick morreu, a motorista do Chevrolet estava inconsciente ao ser retirada do veículo. Motorista mulher, de trinta e dois anos, não há descrição dela aqui. Levaram-na para o hospital, às dez horas. Demoraram umas duas horas para retirá-la do carro.

Era tudo o que o patrulheiro sabia, mais do que o suficiente. Andy falou a Julie tudo o que havia escutado. Logo discou o número do hospital que o patrulheiro lhe dera. As mãos de Andy tremiam enquanto esperava que lhe atendessem.

A enfermeira na sala de emergência lhe falou tudo o que sabia. Kate estava lá, inconsciente, em condições críticas. E o hospital, quando telefonaram para a casa dela, não conseguira falar com ninguém. Na noite anterior, haviam telefonado depois da meia-noite, a essa altura a babá deveria ter adormecido. Ao desligar o telefone, Andy olhou contrafeito para Julie.

— Está em condições críticas. Teve um ferimento na cabeça e uma perna quebrada.

— E o bebê? — perguntou a mulher, penalizada.

— Não sei. Não falaram.

Andy, então, vestiu a roupa e falou a Julie que ia ao hospital, o que lhe parecia uma coisa razoável a fazer, no que lhe dizia respeito.

— Não devo telefonar a Joe? — perguntou Julie.

— Vamos ver, primeiro, o que descubro.

Andy dirigiu uma hora até chegar ao hospital para onde haviam levado Kate, e, ao entrar no quarto dela, ficou horrorizado com o que viu. A cabeça de Kate estava toda coberta por ataduras, uma perna engessada e, assim que entrou no quarto, viu que o lençol por cima do estômago não mostrava barriga. Kate ainda não sabia, mas perdera o bebê no carro. Andy chorou ao ver as condições em que a ex-mulher estava, e foi até perto dela e lhe tomou a mão com delicadeza.

Kate ainda estava em coma quando Andy saiu do quarto. Ao falar com o médico, ele disse a Andy que ninguém tinha certeza de que Kate sobreviveria. Por algum tempo, estaria em perigo.

Andy se sentou, durante horas, na sala de espera. Isso o fez se lembrar de quando Reed nascera e que ele estivera ali o dia inteiro, preocupado com Kate. Agora, era muito pior, e tão logo a vira, telefonou à babá em Nova York e lhe disse que ela teria de procurar Joe.

— Não sei como, Sr. Scott — respondeu a moça, desfazendo-se em lágrimas.

A babá temera que algo de terrível tivesse acontecido a Kate. Tivera uma sensação terrível sobre isso quando Kate não apareceu. Mas não ouvira o telefone, ao tocar tarde da noite.

— Acho que a Sra. Allbright sabe o nome do hotel, mas não sei onde ele está. Em geral, o Sr. Allbright é que lhe telefona. É mais fácil assim.

— Sabe que em cidade ele está?

Que modo infernal de viver, pensou Andy, com um marido sempre com o pé na estrada. Mas ele sabia que Kate queria fazer qualquer coisa para se conservar casada com Joe. Faria qualquer coisa e qualquer negócio por ele, e fizera.

— Não, não sei. — A babá continuava a chorar. — Paris, acho. Acho que foi o que ela falou. Ele telefonou ontem.

— Acha que vai telefonar hoje?

— Não telefona todos os dias. Às vezes, não telefona por vários dias.

Andy ouvia. Odiava Joe, por aquilo que não fazia por Kate. Ela merecia ter alguém ao redor para cuidar dela, não um vendedor ambulante que dava a volta ao mundo, vendendo a sua companhia aérea e seus aviões.

Andy falou à babá o que dizer a Joe, em que condições Kate se encontrava e o hospital onde estava. E lhe disse que, dia ou noite, não saísse de perto do telefone. Ele nem mesmo poderia telefonar ao escritório de Joe, porque era fim de semana. Se em pouco tempo não se soubesse dele, temia que quando Joe telefonasse, Kate tivesse morrido. Nesse momento, nada poderia fazer por Kate, mas seria ótimo para ela se Joe estivesse por perto, ou se alguém soubesse onde Joe pudesse ser achado.

— O... o bebê está bem? — quis saber a babá, cautelosa.

Houve uma pausa longa.

— Não sei.

Para Andy, não cabia a ele contar-lhe que o bebê morrera. Joe deveria saber primeiro. E, depois de desligar, Andy telefonou aos pais de Kate, que ficaram desvairados ao saber do acidente. Andy disse que os manteria a par da marcha dos acontecimentos posteriores, e eles disseram que viriam de Boston o mais rápido possível. E, depois, telefonou a Julie e pediu que fosse a Nova York com as crianças e pegasse Stephanie, mas que deixasse a babá lá, caso Joe telefonasse.

— Como está Kate? — perguntou Julie, sentindo algum estranho vínculo com a ex-mulher do marido.

— Muito mal — respondeu Andy.

Depois, o rapaz foi novamente ao quarto de Kate. Ficou até depois das seis horas. Telefonou a Nova York, e Joe não ligara.

Durante toda a noite, ele e Julie se revezaram telefonando ao hospital, e nada falaram às crianças. Reed sentia que alguma coisa acontecia, mas estivera feliz ao brincar a tarde inteira no lado de fora da casa, e o pai lhe dissera que a mãe viajara no fim de semana. E ele e Julie combinaram que Reed, na semana seguinte, não iria à escola e ficaria em Greenwich com eles.

Durante toda a semana, Kate não recobrou a consciência, e Joe não telefonava. Os pais dela estavam lá, arrasados. A situação da moça não piorou nem melhorou, apenas sobrevivia, no limbo, entre a vida e a morte. No domingo à tarde, pelo que Andy conseguia ver, ao voltar ao hospital, Kate sobrevivia por mero acaso. E ainda não havia sinal de Joe.

A primeira coisa que Andy fez no dia seguinte — ele não fora trabalhar e ficara em casa — foi telefonar ao escritório de Joe. Hazel, a secretária, lhe informou que o Sr. Allbright estava viajando da França para a Espanha, e estava certa de que, mais tarde, durante o dia, saberia de alguma coisa. Andy explicou a situação e Hazel, agitada, disse que faria todo o possível para achá-lo nas próximas horas.

Hazel não lhe telefonou até as cinco da tarde. Joe mudara os planos e deixara um recado em Madri. Ninguém sabia dele, e Hazel o perdera no hotel em Paris, logo depois que deixara o local. Disse ter pensado que Joe iria a Londres, mas que não tinha certeza absoluta. Hazel deixara recados para Joe em todos os hotéis em que ele costumava ficar.

Na terça-feira à tarde, quando finalmente tiveram notícias de Joe, ele informou a Hazel que passara o fim de semana em um barco, no sul da França. Optara por não ir à Espanha, e descansara um dia, o que era raro em Joe. E não tivera como poder telefonar a Kate. Acabara de chegar a Londres, à meia-noite de terça, e recebeu no hotel o recado de Hazel.

— O que há?

Joe não tinha idéia de como todos haviam tentado localizá-lo, sem a menor suspeita de que algo acontecera a Kate. Pensou que Hazel estivesse nervosa por algum problema de trabalho, e não se apressou em saber. Estava relaxado e feliz depois de velejar durante um fim de semana de três dias, e Joe detestava que lhe dessem más notícias para não estragar o humor.

— É sua mulher. — Hazel foi direta ao assunto.

E lhe falou do acidente com Kate. Explicou que a mulher estava em condições críticas, em um hospital em Connecticut, e que Andy Scott telefonara.

— O que ela estava fazendo em Connecticut?

Joe ainda não assimilara o que Hazel lhe falara. A pergunta que fazia era absurda.

— Kate levou Reed, na sexta-feira à noite. Aconteceu quando voltava, sozinha.

Amanhecia devagar, Joe escutava Hazel.

— Vou voltar — respondeu, no mesmo instante.

Ele e Hazel sabiam que, a essa hora, era tarde demais para apanhar um avião, nem mesmo tinha nenhum dos seus veículos. Viajaria em vôos comerciais, o que, para ele, era raro.

— Vou fazer o possível. Só vou poder voltar amanhã à tarde. Tem o telefone do hospital?

Hazel lhe deu o telefone, e ele, imediatamente após desligar, ligou para lá. Depois que desligou, Joe se sentou olhando o quarto. Não conseguia acreditar no que lhe haviam dito. Kate estava viva por um triz e perdera os bebês, explicou a enfermeira. Ela lhe disse que Kate estava grávida de gêmeos. Sentado na cama, no quarto do Claridge's, Joe só conseguia pensar no que seria dele se ela morresse.

Capítulo 22

JOE ENTROU NO GREENWICH HOSPITAL, às seis da noite de quarta-feira. Haviam se passado cinco dias desde o acidente. Kate estava em um respirador, alimentada por um tubo. Não recobrara a consciência, embora o ferimento na cabeça houvesse melhorado. A inchação diminuíra um pouquinho, e os médicos achavam um bom sinal. Os pais de Kate voltaram ao motel próximo, onde estavam, para descansar. E, quando Joe chegou, Andy Scott se encontrava de pé, perto dela. Os dois homens, cada um de um lado da cama, trocaram um longo olhar, e Joe conseguia ver nos olhos de Andy tudo o que pensava dele.

— Como está Kate? — perguntou Joe, enquanto lhe tocava a mão.

Muito pálida, parecia estar morta, mas Andy achava ter visto nela uma ligeira melhora nas últimas horas da tarde. Não fora trabalhar a semana toda. Não se sentia bem deixando-a sozinha, e Julie estava muito ocupada com as crianças. A babá, depois de ter notícias de Joe, viera de Nova York para ajudar.

— Quase o mesmo — respondeu Andy, os dentes cerrados.

Joe imediatamente percebeu a barriga lisa, e ficou com o coração em frangalhos, pois sabia como isso era importante para Kate. Ele, recentemente, ficara mais emocionado com o bebê, ou bebês, como veio a saber, mas, agora, eles nada significavam. Só estava preocupado com Kate.

— Obrigado por ficar aqui com ela — afirmou Joe a Andy, educadamente.

Andy pegou o casaco e se preparou para sair do quarto. Havia uma enfermeira sentada perto de Kate, observando os dois homens. Não tinha muita certeza do relacionamento de ambos com Kate, mas era óbvio que, entre eles, não havia amor perdido.

Quando ia sair do quarto, Andy parou e falou a Joe, em voz baixa:

— Onde diabos você estava, homem? Durante quatro dias, ninguém sabia nada de você.

Joe tinha responsabilidades e uma mulher grávida, dois enteados. Andy não conseguia entender que ele desaparecesse durante dias, em um fim de mundo como aquele. Perguntava a si mesmo se Joe não estivera com outra mulher, mas não conhecia Joe. Ele era assim mesmo. Para Andy, era inconcebível que ninguém soubesse onde ele estava. Eis um exemplo perfeito de Joe não poder se dar ao luxo de desaparecer. Andy não conseguia imaginar fazer algo parecido a Julie ou aos filhos.

— Eu estava em um barco — respondeu Joe, sereno.

Parecia-lhe uma explicação apropriada.

— Vim assim que tomei conhecimento.

Mas Joe se sentia constrangido por ela ficar sem ele cinco dias no hospital. Apenas não queria se responsabilizar por isso perante Andy Scott. Não era mais da conta de Andy, para ele Kate era apenas a mãe dos seus filhos.

— Os pais de Kate sabem? — De súbito, Joe sentiu vontade de saber.

— Estão aqui — explicou Andy. — Em um motel.

— Obrigado pela ajuda — concluiu Joe, dispensando-o.

— Telefone se pudermos fazer alguma coisa — respondeu Andy, saindo da sala.

Joe se sentou perto de Kate. A enfermeira se afastou e procurou o que fazer na bacia perto da porta, para que Joe pudesse ficar algum tempo sozinho com a mulher. E, depois que Andy se foi, Joe a contemplou com olhos muito atormentados. Não imaginava perder Kate.

Apesar de o seu relacionamento com Kate poder parecer muito estranho às outras pessoas, ele a amava profundamente, há quinze anos. Ela era sua melhor amiga, seu bem-estar, seu conselheiro, sua risada, sua alegria, às vezes a sua consciência e sempre fora o amor de sua vida, a única mulher que amara de fato

— Kate, não me abandone... — sussurrou, enquanto a enfermeira estava no lado de fora do quarto. — Por favor... volte...

Durante horas, ficou sentado ao lado dela, segurando-lhe a mão.

Um médico veio verificar as ataduras, e, à meia-noite, arranjaram uma cama para ele. Resolvera passar a noite ali. Não queria ir para casa, em Nova York, caso ela morresse. Mas ficou acordado a noite toda, olhando-a. E, por milagre, às quatro da manhã, Kate se mexeu. Joe acabara de se afastar um pouco, mas, assim que a ouviu gemer, sentou-se. A enfermeira estava lhe examinando os olhos.

— O que houve? — perguntou Joe, enquanto a enfermeira verificava os sinais vitais de Kate.

A moça, com um estetoscópio aos ouvidos, não ouviu o que ele lhe perguntara. E, então, Kate novamente gemeu, e com os olhos ainda fechados, virou a cabeça na direção de Joe. Era como se, mesmo nas cavernas escuras da inconsciência, soubesse que Joe estava ali.

— Sou eu... Estou bem aqui... Abra os olhos.

Desta vez, Kate não emitiu som, e Joe voltou para a cama. Sentia algo estranho no quarto, como se alguém o contemplasse. Parecia poder sentir Kate na sua própria pele, e ficou apavorado que ela pudesse morrer. Isso o fez perceber o quanto a amava, e ele sempre soubera o quanto Kate o amava. Eles apenas nem sempre queriam as mesmas coisas. Kate queria estar com ele, e ele precisava correr o mundo com seus aviões. Mas Joe não a amava menos por isso, o enfoque dele era apenas diferente. E achava que Kate devia aceitar isso. Joe não sabia a razão, mas se sentia culpado pelo desastre. Não admitiu isso a ninguém, mas achava que deveria estar lá. Sentia que nada acontecera a Kate, passara três dias maravilhosos no barco do amigo inglês, com quem havia voado junto na guerra.

Nessa noite, Joe não dormiu, e, às seis horas, levantou-se, escovou os dentes e lavou o rosto. Acabara de voltar à cama para olhá-la, quando Kate se mexeu ligeiramente e abriu os olhos. Olhou-o bem nos olhos, e Joe mal conseguia respirar de tão surpreso.

— Que bom — Joe sorriu, sentindo um alívio inundá-lo como onda gigantesca. — Que bom que você acordou.

Kate emitiu um som fraco que parecia um suspiro, e depois fechou os olhos novamente, e Joe mal pôde esperar a enfermeira voltar para lhe informar que ela havia despertado. Antes mesmo que a moça entrasse outra vez no quarto, Kate o olhou mais uma vez e fez forte esforço para falar. Não pareceu surpresa ao vê-lo ali.

— O que aconteceu...?

A voz era tão fraca que Joe mal conseguiu ouvi-la, mas ficou bem pertinho do rosto dela para não perder as palavras.

— Você sofreu um acidente — sussurrou, sem ter certeza do que devia fazer.

Joe não queria atrapalhá-la falando muito alto.

— Reed está bem?

Kate se lembrava de que Reed estava no carro com ela, mas não do que lhe acontecera no trajeto de volta.

— Está bem.

Joe rezava para que Kate não lhe perguntasse sobre o bebê. Não queria que ela soubesse que o bebê morrera ou que seriam gêmeos.

— Tenha paciência, amor. Estou aqui com você. Você vai melhorar.

Kate o olhou e franziu as sobrancelhas, como se tentasse entender o que ele tinha dito.

— Por que está aqui?... Você está longe...

— Não, não estou longe. Estou aqui. Voltei.

— Por quê?

Não tinha idéia de como ficara machucada, o que era bom. E Joe, então, ao ver que a mão dela instintivamente ia até o ventre, tentou detê-la, mas tarde demais. Os olhos de Kate se arregalaram e o encarou, e, antes que pudesse dizer qualquer coisa, lágrimas começaram a escorrer pelo rosto.

— Kate, não... — foi tudo o que Joe conseguiu dizer, enquanto lhe beijava a mão e a mantinha nos lábios. — Por favor, amor...

— Onde está o nosso bebê?

Kate se controlava para sufocar as palavras e, então, soltou um som animal, como um longo grito pungente, enquanto se apegava a ele, e Joe se aproximou dela e a apertou entre os braços. Tinha cuidado para não lhe machucar a cabeça. Kate, por instinto, sabia o que lhe acontecera, e Joe nada poderia fazer para a confortar. Joe estava satisfeito porque Kate estava viva.

A enfermeira voltou com o médico, e os dois ficaram contentes ao ver que ela recuperara a consciência, mas o médico disse a Joe, no corredor, que a mulher ainda não estava fora de perigo. Tivera uma concussão séria e estivera em coma durante cinco dias. A perna fora muito fraturada e sofrera hemorragia ao perder os gêmeos. O médico previa uma longa recuperação e que Kate teria de convalescer durante vários meses. E estava preocupado que ela não poderia engravidar outra vez. A perda no desastre fora considerável, e não apenas os gêmeos. Mas Joe achava que isso era o de menos, estava mais preocupado com Kate.

Kate ficou tão transtornada ao perceber que perdera os gêmeos que a sedaram, e Joe foi para Nova York. Queria ir ao escritório e pegar algumas coisas em casa, para ambos. Voltou a Greenwich às cinco da tarde. Os pais de Kate saíam, e Elizabeth Jamison nem mesmo se dirigiu a ele. Ao falar com Joe, havia lágrimas nos olhos de Clarke.

— Você devia estar aqui, Joe — foi tudo o que disse, ao saírem do quarto.

Joe nem respondeu. Mas sentiu as palavras de Clarke como uma faca enterrada no coração. Não conseguia entender o que eles sentiam. Embora tudo lhe parecesse um pouco irracional. Fora puro azar ela sofrer um acidente e perder os gêmeos. Apesar de tudo, ele também tinha o direito de fazer viagens de negócios, embora não pudesse desaparecer em um barco durante três dias, com a mulher grávida em casa. Mas pensava que Kate estava bem. E, se estivesse ali, nada seria diferente, a não ser que ele não a deixaria dirigir até Connecticut.

Mas não podia protegê-la durante todas as horas do dia. O motorista que a atingira estava bêbado, os testes provaram. Poderia ter acontecido em qualquer lugar, em qualquer tempo, mesmo que dirigisse o carro. Ele, agora, era um mero bode expiatório, porque viajara. Mas nada havia sido culpa ou ordem sua. Ele era o marido, e não Deus.

No final da semana, Joe conseguiu transferir Kate para um hospital em Nova York. Era mais fácil estar com ela ali, e achava que ficaria animada ao ver as amigas, se viessem visitá-la, mas Kate estava tão deprimida que se recusava a ver qualquer uma. Disse a Joe que queria morrer.

Joe passou o fim de semana no hospital com ela, e conversaram com Reed ao telefone, mas depois só conseguia chorar. Joe não teria confessado a ninguém, mas se sentia aliviado ao voar para Los Angeles, durante três dias, na semana seguinte. Sentia-se totalmente incapaz. E, desta vez, ele telefonava e se informava a todo momento.

Foi no fim de abril que Kate voltou do hospital para casa. Estava de muletas e engessada. De vez em quando, sentia apenas dores de cabeça, e, no princípio de maio, lhe retiraram o gesso das pernas. Ela novamente parecia a Kate de sempre e perdera bastante peso. Mas a mulher que voltara para casa com Joe não era aquela com quem ele se casara. Parecia que a luz brilhante que sempre vira cintilar se apagara. Kate estava cansada e deprimida na maior parte do tempo, recusava-se a sair. E o tempo todo ficava sentada e chorava. Joe não tinha idéia do que fazer por ela, mal conversava, raras vezes falava, estava totalmente desinteressada por tudo o que ele dizia. Vê-la desse jeito deixava-o enlouquecido.

Em junho, as crianças foram passar um mês com Andy e Julie, e isso só piorou as coisas, quando Kate soube que Julie estava novamente grávida.

— Talvez seja melhor assim, estamos velhos demais para ter filhos — afirmou Joe, tentando fazer Kate racionalizar. — Teremos mais tempo um para o outro, e você poderá viajar mais comigo.

Kate, porém, não queria ir a lugar algum. Joe se ofereceu para levá-la à Europa ou à Costa Oeste. Mas Kate vivia sentada em casa.

Durante dois meses, Joe tentou tudo o que podia para animá-la, e então fez o que sabia fazer melhor. Fugiu. Era muito difícil conviver com ela. Estava sempre irritada e deprimida. Era como se o culpasse, exatamente como todos faziam, por não estar ali, no acidente, e pelos gêmeos perdidos. Joe não agüentava mais. O velho demônio da culpa o estava agarrando mais uma vez pelos calcanhares. Reservou todas as viagens que podia, e precisava viajar, porque ficara muito tempo em casa e seu império começava a mostrar sinais de tensão. Quando ia viajar novamente, seus nervos estavam à flor da pele. E, ao telefonar para casa, eles só viviam brigando. Era como um pesadelo que nunca iria acabar. Joe não queria viver assim, mas não sabia mais o que fazer ou como ajudar Kate. Ela se perdera em algum lugar, e a mulher em que se tornara só o afastava.

Joe viajou constantemente durante três meses, e, lá pelo fim do verão, todas as vezes que ele voltava para casa, os dois se sentiam como estranhos. Kate foi para Cape Cod com os pais e os filhos, e desta vez ele não apareceu. Ficou em Los Angeles. Tinha certeza de que a mãe dela tinha várias coisas a falar, mas há muito não se preocupava com isso. Ela o detestava há anos. E ele, há muito, sentia que nada tinha a provar a Elizabeth, nem a Kate. Chegava, ficava por lá, fazia tudo o que podia e já era o bastante.

Em setembro, passou duas semanas em casa, e esperava que ela estivesse novamente de bom humor, mas quando lhe disse que precisava ir ao Japão, Kate teve um acesso.

— Mais uma vez? Quando vai ficar aqui?

Estava se tornando uma megera. Joe se sentia aborrecido por ter ido para casa.

— Sempre que precisa de mim, estou em casa. Fiquei aqui o máximo que pude. Tenho negócios a dirigir. Venha comigo, se quiser. — Joe tinha a voz seca e retraída.

— Não quero.

Estava insatisfeita, infeliz e questionadora, e isso só fazia piorar a situação entre eles.

— Quando vem para casa? — gritou Kate.

E, pela primeira vez, Joe conseguia se imaginar odiando-a. Não queria, mas Kate não lhe dava alternativa. O que ela fora parecia não ser mais. Joe sabia que Kate ficou abalada por causa dos gêmeos, mas o matava e começava a matar-se. E o pior era que ela o queria desesperadamente, precisava dele para melhorar, mas estava tão perdida em seus próprios tormentos, que não sabia como se aproximar dele. Todas as vezes que queria, o próprio desespero e a raiva só faziam afastá-lo. Não conseguiam mais se ajudar, e Kate só o queria. Nunca deixara de amá-lo, a pessoa que de fato odiava agora era ela própria. Repetia isso mil vezes em sua cabeça, dirigindo o carro, perdendo os gêmeos, perguntando a si mesma por que se oferecera para levar Reed a Greenwich naquela noite. Se não se oferecesse, os bebês já teriam nascido. E, agora, nunca mais teria filho com Joe. Ele fora inabalável com ela, não queria tentar outra vez. Odiou-o por isso também, e quando não conseguia achar as palavras que exprimissem sua dor, dirigia sua raiva contra Joe. Ele sabia que não tinha mais uma mulher. Eram estranhos e inimigos vivendo sob o mesmo teto. E era raro ele estar ali.

Em outubro, Joe esteve em casa apenas quatro dias. E quanto mais tempo vivesse fora, pior Kate ficava. Suas ausências a faziam sentir-se abandonada, desesperada e enganada, o que a fazia alimentar-se de raiva, e sua mãe não ajudava, pois vivia instigando-a. Para Liz, Joe estava se servindo de Kate, só a queria como mulher testa-de-ferro. Kate começava a pensar que ele não a amava mais, e, em vez de amá-lo para trazê-lo de volta, só lhe batia com a porta na cara. Depois de algum tempo, Joe não se aproximou mais. Desde o acidente, não faziam amor; no final de outubro, seriam seis meses, e Joe estava farto disso.

— Kate, você está me matando — tentou explicar, o mais tranqüilo que pôde.

Nessa época, só ficava em casa um fim de semana, e Kate sentiu que o marido só fazia fugir. Joe não conseguia mais suportar a raiva, as acusações ou a culpa.

— Não consigo chegar todas as vezes só para ouvir acusações. Você precisa terminar com isso. Sei que para você é doloroso e terrível que tenha perdido os gêmeos, mas não quero que isso nos separe. Você tem dois filhos, por que não podemos ser felizes com eles? Por que não vem a Los Angeles comigo? Há meses não sai de casa.

Joe tentava tudo o que podia para fazê-la sair disso.

— Não quero ir a lugar algum — respondeu Kate, brusca e áspera.

E, desta vez, ele também foi brusco e áspero. Tentara ser paciente, mas nada conseguira, a não ser irritação e ofensas.

— Não, você não quer, não é, Kate? Só quer ficar sentada aqui, sentindo pena de si mesma. Bem, pelo amor de Deus, amadureça. Não posso ficar sentado, segurando sua mão o tempo todo. Não posso trazer de volta os bebês, e quem sabe se isso não foi melhor, talvez queira dizer que não podemos ter mais filhos.

— Era o que você sempre quis, não é? Você queria que eu fizesse um aborto, para não obrigá-lo a vir em casa por mais de dez minutos por mês. Não me diga o que fazer, nem que sou uma mulher feliz, nem de quem foi a decisão de deixar os meus bebês morrerem... não me fale uma besteira dessas, Joe, porque, de qualquer maneira, você nunca está aqui. Levou cinco malditos dias para chegar em casa quando pensavam que eu ia morrer. Então, por que diabo você me diz para amadurecer? Você está longe daqui, voando nesses malditos aviões e se divertindo por aí nesse maldito mundo, enquanto fico sentada aqui com meus filhos. Talvez seja você que precisa amadurecer!

Para Joe, parecia que Kate estava segurando um maçarico, e nada lhe respondeu. Saiu do apartamento e bateu a porta. Nessa noite se hospedou no Plaza. E Kate só conseguiu ficar deitada na cama e soluçar. Ela dissera tudo o que não quisera dizer a Joe. Mas estava muito atormentada e magoada, se sentia abandonada por ele o tempo todo. E Kate só fizera piorar as coisas. Queria Joe mais do que tudo, queria que ficasse preso a ela e o detestava porque não podia ficar. Joe não lhe podia trazer de volta os bebês, não podia ficar com ela em casa, não podia fazer o relógio voltar. Queria muito ter os bebês e ainda queria Joe, e sabia estar fazendo tudo o que podia para afastá-lo, e não sabia a razão. Não havia ninguém com quem pudesse falar. Era como se tivesse caído em um buraco negro, há seis meses, e não conseguia encontrar o caminho de volta. E não havia ninguém para salvá-la. Sabia que tinha de fazer isso sozinha, mas não tinha idéia de como.

No dia seguinte, Joe voltou ao apartamento, mas apenas o tempo necessário para apanhar uma mala e partir para Los Angeles. Kate, só de vê-lo fazer a mala, entrou em pânico. Joe parecia frio como gelo e falsamente controlado.

— Vou lhe telefonar, Kate — informou.

Não sabia mais o que dizer. Achava que Kate o odiava. E a mulher não sabia como dizer que ela se detestava. Apesar de todo ímpeto e tolices que lançava contra Joe, ele ainda era o amor de sua vida. Mas seria difícil convencer Joe disso. Ela lhe dissera coisas tão terríveis, e fora tão grosseira com ele, que, pela primeira vez, Joe começava a se perguntar se deveriam mesmo se encontrar novamente. E a culpa que Kate lhe causara só o fazia querer fugir. Joe se sentia acabrunhado, nunca na vida se sentira tão só ou tão angustiado.

Ficou durante um mês em Los Angeles, e de lá dirigia a empresa. Mandou que Hazel voasse para lá, para que não tivesse de voltar para casa. Voltou quase no Dia de Ação de Graças. Ao entrar em casa, abriu a porta e ficou surpreso quando Reed veio correndo para seus braços.

— Joe! Você voltou!

Joe estava feliz por ver o menino. As crianças eram uma das coisas que mais amava em seu casamento e, quando partira, sentia saudades deles.

— Que saudades de você, meu ás! — respondeu Joe, o sorriso largo.

E Joe também sentira saudades de Kate. Muito mais do que esperava, por isso voltara.

— Onde está sua mãe?

— Saiu. Foi ao cinema com amigas. Vai muito.

Reed tinha cinco anos e achava Joe o máximo. Detestou quando Joe se foi porque a mãe chorava o tempo todo. Chorara por muito tempo.

E quando Kate voltou do cinema, ficou surpresa ao ver Joe. Parecia mais calma do que quando ele partira, e, com cuidado, Joe a

pego
se fo
—
K
melho
Ne
—
do que
Kate
tudo par
que Kate
pedir isso
Conc
dos, e que
em Boston
falou à mul
casa, e Kate ... para ele. Mas,
por mera fal ... antes do Dia de Ação de Graças, Joe
recebeu um telegrama do Japão. Tudo, lá, estava confuso, e insistiam para que fosse. Não era o que queria fazer, mas, no interesse de seus futuros negócios com os japoneses, sabia que teria de ir. Detestava ter de falar isso a Kate.

— Não pode dizer a eles que aqui estamos no Dia de Ação de Graças? Isto é importante, Joe.

Quase chorava, quando Joe lhe explicou, e ambos tentavam não brigar. O ambiente, durante algum tempo, estivera melhor.

— Meus negócios também são importantes, Kate — respondeu Joe, a voz calma.

— Este ano, preciso de você aqui, Joe. Para mim, é difícil. — Ainda estava transtornada com o caso dos gêmeos, embora se sentisse melhor que há meses. — Não me abandone. — Era o pedido de uma criança angustiada, de uma criança que perdera o pai por suicídio, e de uma mulher que perdera recentemente não um, mas dois bebês que desejara desesperadamente.

. que Kate fosse

.onseguia pensar nesse

.s no Dia de Ação de Graças. O

.er uma viagem comigo. Mande-os para

.o queria fazer isso. Queria passar o Dia de Ação .sa, com eles, com ele. Tentou tudo o que podia para , a não ir, e Joe voltou a lhe dizer que queria estar com precisava viajar.

- Dentro de uma semana, estou em casa. Até lá, terei resolvido .io.

Isso, no entanto, nada dizia a Kate. Para ela, Joe punha em primeiro lugar os negócios. Kate parecia uma criança, sentada na cama do casal, chorando na manhã em que Joe ia viajar.

— Kate, não faça isso comigo. Não quero viajar. Mas não tenho alternativa. Não é justo você me fazer sentir culpado por isto. Faça esse esforço por nós dois.

Kate respondeu que sim com a cabeça, assoou o nariz, e, antes que Joe partisse, beijou-o. Queria compreender, mas se sentia abandonada. Joe a convidara a acompanhá-lo, e queria que fosse, mas não podia. Em vez disso, levou as crianças a Boston.

Afinal, a viagem durou duas vezes mais tempo do que tinha dito. Chegou duas semanas depois, em vez de uma. Ao voltar, nem mesmo parou na Califórnia. Mas, ao chegar em Nova York, Kate estava fria como gelo. Nas duas semanas em que Joe estivera fora, a mãe falara muito com ela. Parecia que Elizabeth fazia o possível e o impossível para convencer Kate de que Joe era abominável e que não se importava com ela. Elizabeth jamais esquecera que Joe levara cinco dias para vir para casa quando Kate sofrera o acidente e perdera os gêmeos. E já o detestava muito tempo antes disso. Desde o começo, nunca o aceitara, porque não se casara com Kate, e quando a fizera acabar com o casamento com Andy Scott. Parecia que Elizabeth queria a todo custo destruir o que Joe e Kate tinham. E estava fazendo um bom trabalho. Em duas semanas curtas, conseguira com que Kate se virasse novamente contra ele, e mal se falaram na noite em que Joe chegou.

Joe não se desculpou com Kate, nem se justificou mais uma vez, nem se defendeu por ter viajado. Estava cansado de fazer isso, durante meses. Nessa noite, brincou com as crianças e lia tranqüilo quando foram para a cama. Queria dar a ela tempo para se acalmar e se acostumar à idéia. Sabia que suas idas e vindas eram difíceis para Kate, e que muitas vezes ela precisava de tempo para novamente se tornar mais cordial, principalmente se a mãe estivera conversando muito com a filha.

Quando Kate veio para a cama, Joe falou sobre o Japão e agiu como se nada estivesse errado. Algumas vezes, isso também dava certo, se ele não reagisse. Era muito difícil quando estava cansado após uma viagem longa. Mas tentou o possível ser paciente. Não queria que as coisas voltassem ao que haviam sido durante os seis meses antes de ele viajar. Tudo melhorou por um momento, e Joe queria que continuasse assim. Os feriados eram muito importantes para Kate e sua família. O fato de ele não estar presente ao Dia de Ação de Graças significava muitíssimo mais para a família Jamison do que para ele. Para Joe, era uma viagem de negócios com duração mal calculada. Para Kate, um tapa na cara, ou pior, que ele não a amava, como pensara, nem nunca a amara. A mãe tentara convencê-la disso.

Alguns dias depois, tudo se acalmou, e Joe ficou em casa por mais de duas semanas. Ele e Kate foram comprar uma árvore de Natal com Stephanie e Reed, e a enfeitaram. E, pela primeira vez, Joe viu Kate rir e sorrir, como antigamente. Seu brilho voltara afinal. Foi para eles um ano difícil, mas Kate estava enfim fora de perigo, e Joe conseguia ver à frente a luz acesa. E se sentia muito bem. Era tempo.

Três dias antes do Natal, Joe recebeu um telefonema dizendo que tinha de ir a Los Angeles. Ele, no entanto, não ficou amolado com isso. Não ia ficar muito tempo longe, tinha apenas de ir a reuniões por um dia, e depois voaria de volta. Prometeu estar em casa na véspera de Natal. E, desta vez, Kate não reagiu. Para ambos, Los Angeles parecia uma curta distância. Quando Joe viajou, Kate estava descontraída e cordial, e, pela primeira vez, ele não se sentiu culpado por ter de fazer uma viagem. Até fizeram amor na manhã em que ele viajou.

Tudo correu bem em Los Angeles. Em Nova York, nem tanto. Nevara desde que Joe viajou, e uma das piores nevascas da história atingiu a cidade, na manhã da véspera de Natal. Ele ainda confiava poder aterrissar e, com um pouco de sorte, estaria em casa a tempo. E, então, fecharam o aeroporto de Idlewild e cancelaram o seu vôo minutos antes de decolar. O avião voltou até o portão. Nada podia fazer. Joe estava preso ali.

Voltou para casa e telefonou a Kate, que entendeu. Nada se movimentava em Nova York. Havia sessenta e um centímetros de neve recém-caída no Central Park.

— Tudo bem, amor. Eu entendo — afirmou Kate, para alívio de Joe.

Kate compreendia. Joe nada podia fazer, e ela não queria que ele arriscasse a vida para voltar. Ele teria de pousar em Chicago ou Minneapolis e, depois, pegar um trem para casa. Não fazia sentido. Kate prometeu explicar isso aos filhos. E, de qualquer forma, eles teriam um excelente Natal. Mas, depois, quando pensou nesse assunto, deu-se conta de que, em três anos de casada com Joe, ele não estivera presente a dois Natais. E, ao explicar aos pais, pelo telefone, no dia de Natal, que Joe ficara preso em Los Angeles, a mãe respondeu "Claro". Isso tornava tudo difícil para Kate. Estava sempre inventando desculpas para ele, explicando por que não podia estar ali em ocasiões importantes para qualquer um, e em especial para ela. Às vezes, Kate se perguntava se Joe evitava de propósito os feriados, porque, em criança, o Natal e outras festas haviam sido para ele tão deprimentes. Mas, qualquer que fosse a razão, Kate sempre se sentia magoada quando Joe não estava presente em casa a algum acontecimento importante, não importa que as intenções dele fossem boas ou que fizesse esforço para estar lá. O único que nunca parecia se preocupar era Reed. Na opinião do menino, Joe não conseguia fazer nada de errado. Nem na de Kate, na maior parte do tempo. Mas, de qualquer forma, ficava decepcionada.

E, já que estava preso em Los Angeles, resolveu ficar e trabalhar. Chegou uma semana depois, na véspera de Ano-Novo. Haviam combinado de sair com amigos, mas, ao ver como Joe estava cansado, Kate cancelou o compromisso e foi para a cama. Não parecia justo fazê-lo vestir um *smoking* e sair. Era exatamente assim a vida deles. Viviam em função das viagens de Joe e sua inabilidade em se prender a planos. Estava sempre indo e vindo ou viajando. Kate não se queixava, mas pagava um tributo.

Comemoraram o aniversário de casamento, e então tudo começou outra vez. Joe viajou quase todo o mês de janeiro, metade de fevereiro, o mês inteiro de março, três semanas em abril e quatro em maio. Repetidamente, Kate se queixava disso e, quando se sentou e fez o levantamento de junho, haviam estado juntos três semanas em seis meses. E Kate começava a se perguntar se Joe não fazia isso para fugir dela. Parecia-lhe inconcebível que alguém viajasse tanto como ele. Kate reclamava com Joe. Ele só ouvia críticas, e isso o fazia sentir-se culpado, o que era parte primordial dele. Kate começava a parecer uma mãe a quem ele abandonara. Para Joe, começava a parecer impossível dirigir os negócios e também satisfazer às necessidades de Kate. Tinha de estar em Tóquio, Hong Kong, Madri, Paris, Londres, Roma, Milão e Los Angeles. Mesmo que fosse com ele, Joe nunca ficava em alguma cidade por mais de alguns dias. Nesse ano, ela fora em uma das viagens com Joe, mas viveu sentada em um quarto de hotel esperando por ele, e comendo sozinha a refeição. Era mais sensato para ela ficar em casa com os filhos.

Kate tentou conversar com ele, mas Joe estava farto de ouvir isso e começava a se sentir culpado. Kate o amava como sempre, mas os últimos dois anos começavam a ficar pesados. O acidente que Kate sofrera no ano anterior os afastara e novamente um havia encontrado o caminho do outro, mas não havia mais a mesma centelha. Kate tinha trinta e três anos e vivia com um homem que nunca via. Joe, com quarenta e cinco anos, estava no auge da carreira e acrescentava mais rotas, projetava aviões ainda mais extraordinários e parecia ter menos e menos tempo. Kate não queria mais se queixar sobre esse assunto, mas três semanas em seis meses não eram tempo bastante. Não importa se as razões de Joe eram boas, e elas eram boas na maior parte do tempo, mas ele não estava ali com ela.

— Quero estar com você — explicou Kate, triste, quando Joe chegou para passar alguns dias, em junho.

Era todo um refrão por demais repetitivo. Kate queria achar uma solução conciliatória para que pudessem ficar mais juntos, mas Joe tinha compromissos demais para tratar disso com ela. Mais que nunca, estava envolvido com seus negócios, e gostava que fosse assim. No dia seguinte, viajaria a Londres. Não falou a Kate que, durante o restante do ano, iria viajar ainda mais.

Não era brigar, mas aceitar o que tinham feito. E todos os sentimentos de um pelo outro durante dezesseis anos, nunca haviam tido bastante tempo juntos para os desfrutar, nem construir alguma coisa. Joe há muito parara de tentar levá-la nas viagens. As crianças ainda eram pequenas e precisavam dela, e Kate detestava deixá-las. Reed tinha seis anos. Stephanie, quase quatro. Joe sabia que, durante uns quinze anos ou mais, Kate dificilmente os deixaria. Pelo que podia ver, e via à frente, os dois teriam que se separar mil vezes por mais quinze ou vinte anos. Suas vidas seguiam caminhos separados, e não importa o quanto ela lutava muito duramente para permanecer com Joe, ou o quanto ele se preocupava, um estava longe do outro a maior parte do tempo.

Kate foi à Califórnia para vê-lo em julho e levou as crianças. Levou-as à Disneylândia, e Joe voou com os três em um novo avião que acabara de fabricar. Mas, no meio da viagem, Joe precisou viajar a Hong Kong para uma emergência. Dali, voou direto a Londres, e Kate levou os filhos a Cape Cod. Ele não conseguia mais agüentar Elizabeth e falou claramente a Kate que não iria outra vez lá. E, nesse verão, voltaram mais cedo, porque o pai de Kate ficou muito doente.

Foi em meados de setembro que seus caminhos se cruzaram mais uma vez, quando chegou para passar três semanas em Nova York. Desta vez, ao vê-lo, Kate percebeu que algo havia mudado. A princípio, pensou que fosse outra mulher, mas, depois da primeira semana em casa, percebeu que era algo muito pior. Joe não conseguia mais suportar. Não conseguia ter a carreira que desejava e se preocupar com Kate. No final, escolheu fugir. O preço de amá-la, ou amar qualquer pessoa, era simplesmente alto demais.

Joe fora arrastado pelas marés da carreira, os aviões que construíra tomaram conta da indústria aérea pelo mundo inteiro. A companhia aérea que ele iniciara onze anos antes era a maior e a mais bem-sucedida de seu tipo. Joe criara um monstro que devorara a ambos. Sabia que, a essa altura, tinha de fazer uma escolha, o mundo que criara para si ou para ela. E, no momento em que Kate soube disso e olhou nos olhos dele, sentiu um calafrio. O pior é que Kate tinha certeza de que ele ainda a amava, e ainda sentia por ele tudo o que sempre sentira, mas Joe se afastara tanto que não havia como alcançá-lo mais uma vez. Se a quisesse, Joe precisava achar uma forma de se aproximar. E vários meses antes ele percebera ser isso impossível. Joe a amava muito, mas não conseguia mais se aproximar. Sentia-se também culpado todas as vezes que tinha de deixá-la, ao vê-la raras vezes, explicando-lhe isso, pedindo desculpas e nunca estando com os filhos de Kate. Por isso, Joe percebia, por instinto, que não queria filhos seus, e na verdade sentira-se aliviado quando Kate perdeu os gêmeos. Ele descobrira que não os queria, e, mais do que isso, não conseguiu dar a Kate o que ela precisava e merecia.

Joe pensara nisso todo o verão, e, quando a viu em Nova York, quase ficou com o coração partido, mas sabia estar certo. A resposta levara muito tempo para chegar, porque era muito ofensiva. Se Kate lhe perguntasse se ainda a amava, Joe teria respondido que sim. Mas Elizabeth, a mãe, havia considerado isso corretamente desde o início. E ele também. Na verdade, o amor principal de Joe era pelos aviões. E o que quisera de Kate, e partilhar com ela, fora um sonho impossível.

Joe levou dias para tomar coragem, mas, afinal, falou. Na noite antes de partir para Londres, para comprar uma pequena companhia aérea, viu Kate deitada perto dele na cama do casal. Sabia que nunca mais poderia voltar outra vez para ela. Preferia dar um tiro em Kate a dizer-lhe, mas, exatamente porque a amava, sabia que precisava liberar a si e a ela.

Ao ouvir o seu nome, Kate se virou para Joe, e foi como se soubesse de tudo antes que ele falasse. Há três semanas, Kate via algo terrível nos olhos dele, e, desta vez, fizera todo o possível para não provocá-lo. Tentara parecer humilde e distante, não irritá-lo. Há meses não brigavam. Agora, no entanto, nada havia de luta nem de amor. Tinha a ver com ele. Joe queria viver a sua vida mais do que partilhá-la com Kate. Nada tinha a lhe dar. Em dezesseis anos de amor, Joe dera o que tinha, ou podia. E não queria mais desculpar-se ou explicar ou ter de consolá-la. Joe sabia como Kate se sentia abandonada quando ele viajava, mas não se preocupava mais com isso. Reunir as necessidades de Kate e as próprias era trabalho demais.

Sem nada falar, Kate se virou para olhar Joe. Parecia uma cerva que vai ser morta.

Joe tomou fôlego e arriscou. Nunca mais haveria outra oportunidade melhor para lhe dizer o que queria. Poderia apenas piorar. Havia Dia de Ação de Graças e Natal, e o aniversário do casamento deles, e festas que ele nem conhecia nem se preocupava, e depois, novamente, o verão e Cape Cod. Joe estivera casado com Kate durante três anos e meio, e queria acabar com isso, era tudo o que queria e tudo o que iria propor. Estava certo desde o princípio, não queria se casar nem ter filhos, mesmo com Kate, para ter de amá-los. Mas não amava nenhum deles o bastante para ficar com eles. Tudo o que realmente necessitava e queria na vida eram os aviões. Eram mais fáceis e mais seguros. Só com aviões em sua vida, nunca sairia prejudicado. Os temores eram mais fortes que a falta que Kate lhe fazia.

— Estou indo embora, Kate — declarou, em voz tão baixa que ela não o ouviu na primeira vez.

Kate o olhava fixo e com os olhos arregalados, pensando ter ouvido mal. Há dias, sentia que algo ia acontecer, e pensava que fosse algo como uma viagem longa de que ele tivesse medo de falar, mas nunca esperara isto.

— O que foi que disse?

Por um minuto, Kate sentiu-se mal, como se o mundo inteiro se tivesse descontrolado. Pode ser até que Joe não houvesse dito o que Kate pensou ter ouvido. Mas Joe falara.

— Eu disse que estou indo embora. — Joe não conseguia olhá-la.

Kate o encarava, os olhos arregalados.

— Não agüento mais, Kate — explicou, olhando-a mais uma vez.

Quase não conseguia falar, ao olhá-la nos olhos. Era o mesmo olhar que vira no hospital, em Connecticut, ao descobrir que os bebês haviam morrido. E, talvez, o mesmo olhar em seu rosto, em criança, quando o pai cometera suicídio. Era um olhar de devastação total e de abandono definitivo. E, ao dizer isso a Kate, Joe sentia mais uma vez que a culpa o destruía. Mas, em vez de torná-lo mais próximo dela, a própria culpa os afastava ainda mais.

— Por quê? — foi tudo o que Kate conseguiu perguntar.

Parecia que um escalpelo lhe tivesse cortado o coração. Era como se ele a tivesse esfaqueado e jogado ao solo. Mal conseguia prender a respiração.

— Por que está me dizendo isso? Há mais alguém?

Antes mesmo que Joe respondesse, Kate sabia que era algo muito mais profundo do que isso. Algo que ele não queria, nem jamais quisera. Joe tinha agora tudo o que queria, como no dia em que ela se casara com ele. E apenas um deles estaria pronto para conservar a dádiva que a vida lhes dera. A dádiva que ela lhe dera de coração era um que ele não mais queria dela. Era simples assim. Para ele.

— Não há ninguém. Nunca houve. Você tinha razão. Fugi sempre. A verdade é que não posso ficar aqui. E você não pode ficar comigo.

A verdade completa era que ele queria viver para si mesmo. Queria trabalhar e não amar. O preço que tinha de pagar pelo amor era alto demais. Tinha de se permitir sentir, e nada queria sentir.

— Então é isso? Se eu pudesse acompanhar você, continuaria casado comigo?

Kate estava furiosa, pensando em fazer com que os filhos ficassem tempo igual com Andy. Faria qualquer coisa, até mesmo abrir mão deles, pois não queria perder Joe. Mas o rapaz, com vagar, respondia que não. Precisava ser honesto com Kate. Era tudo o que restara. Joe trocava a honestidade por amor.

— Não é isso, Kate. Sou eu, e quem eu quero ser quando amadurecer. Sua mãe tinha razão. E acho que eu também. Os aviões estão em primeiro lugar. Deve ser por isso que ela sempre me detestou tanto, ou não confiava em mim, porque sabia que sou realmente assim. Escondi isso de nós dois e principalmente de mim. Não posso ser o que você exige. Não posso continuar desse jeito.

— Está falando sério? Assim? Eu sair e achar alguém? Eu te amo, Joe. Amo você desde os dezessete anos. Não se pode fugir disso.

Ao falar, Kate começou a chorar, mas isso não o impressionava. Só piorava as coisas.

— Algumas vezes você precisa fugir. Algumas vezes tem que ver quem você é e quem você não é. Não tenho razão para continuar casado com você, ou com qualquer pessoa, e cansei de me sentir culpado.

Quando se sentara na cama com Kate, Joe tinha certeza de que nunca mais se casaria outra vez. Ao se casar com ela, cometera um tremendo erro. Kate era muito amorosa e muito dedicada, e exigia demais dele. E, na verdade, Joe só queria construir aviões e voar neles. Parecia infantil ao falar em voz alta, e incrivelmente egoísta, mas para ele bastava.

— Não me importo que você viaje — afirmou Kate, razoável. — Posso me ocupar com as crianças. Joe, você não pode me jogar fora. Eu te amo... as crianças amam você... Não me importo que nós nos vejamos pouco, quero ficar casada com você, com mais ninguém.

Joe, porém, não podia dizer o mesmo. Sabia querer a liberdade, mais do que qualquer outra coisa, Liberdade para continuar construindo o seu império e projetar aviões excepcionais, liberdade de não amá-la nunca mais. Dera tudo o que tinha de dar. Nesse verão percebera que, no último ano, ele simulara isso. Não quis fazer tal coisa com Kate ou com ele mesmo. Desaparecera com a fumaça. Detestava telefonar a Kate, detestava ficar ali, detestava chegar em casa para feriados, pedir-lhe desculpas quando não podia vir para coisas que eram importantes para ela. Esforçou-se durante quase quatro anos. Fora o bastante.

Kate se sentou na cama, traumatizada, e quando Joe terminou de falar, ela começou a chorar novamente. Sentia que já o perdera, agora ou talvez há anos. Um dia Joe fora embora calado, e ela nunca mais o viu. E agora pegava e levava os seus pertences. Só não a queria levar com ele. Kate não tinha idéia do que iria fazer com o restante da sua vida. Morrer, esperava. Depois de se casar com Joe e ver os seus sonhos se realizarem, não importa se algumas vezes fora difícil, não conseguia se imaginar vivendo sem ele. Mas, agora, sabia que precisava imaginar isso. Era como se alguém tivesse vindo lhe dizer que ele morrera. De certa forma, sim. Joe escolhera trabalhar e ter sucesso, e não amar. Para ela, parecia uma péssima escolha.

— Você e as crianças podem ficar no apartamento o tempo que quiserem. Vou ficar na Califórnia o resto do ano.

Nesse manhã, Joe pedira a Hazel para se mudar para Los Angeles, até o fim do ano. A secretária tinha netos em Nova York, mas achou que isso seria algo divertido a fazer. Nem passava pela cabeça que Joe queria largar Kate para sempre.

Kate estava horrorizada.

— Já resolveu tudo isso? Quando resolveu?

— Há muito tempo, talvez. Acho que no último verão. E quando voltei a Nova York, achei que seria o momento certo. Não há mais nada pendente. Acho que agüentei muito tempo.

O que acontecera? Que foi que ela fizera? Em que foi que ela falhara? Era impossível acreditar que lhe fizera alguma coisa terrível. Mas, na verdade, não fizera, a não ser se casar com ele. Era uma coisa que Joe não queria, e achava que queria. Mas errara. Ela o fascinava, o amava, o provocava, mas tudo isso era demais para ele.

Kate, ao lado de Joe, chorou calada a noite toda. Passou a mão pelos seus cabelos e o olhou enquanto dormia. Se ele fosse um qualquer, ela o acharia louco. Mas havia algo muito insensível e calculado no que ele dissera. Era a única forma que Joe conhecia de se preservar, e Kate se recordava de anos antes quando terminaram em New Jersey. Sem saber o que fazer, Joe se reprimiu emocionalmente e fugiu. Ao compreender o que havia, que Joe não a queria, Kate não desistiu, foi embora. Foi a coisa mais cruel que alguém já lhe fizera

De certo modo, foi ainda mais cruel do que o suicídio do pai. Aos olhos de Kate, as razões que Joe lhe dera não eram suficientes para justificar o seu afastamento, embora fossem convenientes para ele. Tirá-la do seu coração, não importa que fosse doloroso, era tudo o que ele sabia fazer.

Kate não dormiu a noite toda, e à primeira luz da manhã levantou-se, lavou o rosto e, depois, voltou para a cama. Joe estava deitado perto dela, como sempre, quando despertou. Mas, desta vez, ele nada falou, simplesmente se virou e saiu da cama.

E, ao ir embora do apartamento a fim de voar para Londres, disse-lhe adeus com muito cuidado. Joe não queria levantar quaisquer falsas esperanças de que mudara de idéia. Deixava-a para sempre.

— Eu te amo, Joe — afirmou ela.

E, por um instante, Joe viu a menina que conhecera há muito, de vestido longo, de cetim azul claro, com os cabelos ruivos escuros. Nessa noite, lembrou-se dos olhos dela, os mesmos que via agora. Mas, ao olhar neles, via uma dor imensa. Kate, no entanto, parecia não muito diferente de há dezesseis anos.

— Vou sempre te amar — sussurrou.

Kate se deu conta de que o via pela última vez. Nunca mais estariam assim, juntos, novamente. Joe propositadamente não fizera amor com ela, durante todo tempo que haviam estado em Nova York. Jamais quisera enganá-la, muito menos agora. Queria que Kate vivesse a própria vida, para que ele pudesse viver a sua.

— Cuide-se — Joe desejou, terno, dando-lhe um último olhar.

Era difícil deixá-la ir-se, a seu modo Joe a amara da melhor forma que podia. Seria o bastante para ela, mas não para ele. Joe a queria cada vez menos.

Kate o olhava, gravando na memória o rosto que amava tanto, os olhos, os ossos do rosto, o queixo talhado a cinzel.

— Foi um sonho impossível. Sempre foi.

— Não deveria ser — retrucou Kate, os olhos azuis brilhando.

Mesmo agora, tão magoada, era mais bonita do que Joe esperava. Mais bonita do que ele precisava que fosse.

— Ainda poderíamos resolver isto, Joe. Poderíamos resolver.

O que Kate dizia era verdade, ele sabia mas não queria resolver nada Achava ter resolvido tudo sem ela.

— Não quero, Kate — declarou, cruel.

Queria que Kate entendesse, não queria machucá-la mais ainda. Não conseguia mais suportar a culpa ou a dor.

Kate o olhava sem nada dizer, enquanto Joe saía e fechava a porta.

Capítulo 23

DEPOIS DE DEIXAR KATE, Joe foi para a Califórnia por seis meses, e, cinco meses depois, mudou-se para Londres. Ofereceu a Kate um boa pensão, mas a moça amavelmente a recusou. Tinha fortuna própria, e nada queria dele. Durante dezesseis anos, Kate só quisera ser a mulher dele. E o fora durante quatro anos, que era tudo o que Joe Allbright tinha a lhe dar, ou assim acreditava ele ao deixá-la.

Kate infligira nele uma culpa tão forte que Joe queria apenas desaparecer. Quisera-a mais que tudo, amara-a mais do que até então ousara, dera mais do que soubera ser capaz. E, apesar de tudo, não fora suficiente. Durante todos os anos de seu casamento, Joe sentiu que Kate exigia dele mais e mais e mais. Isso o aterrorizara, e lhe fizera abrir todas as velhas feridas. Todas as vezes que a ouvia, escutava a voz da prima que lhe dizia ser ele uma criança má e que a deixara muito desapontada. Sempre que chegava em casa, lembrava-se de como se sentia inadaptado em criança. Isso o fazia acreditar ser ele um fracasso como ser humano e como homem. Era um demônio de que fugira toda a vida. E nem mesmo o império que construíra conseguia protegê-lo disso. A dor que viu nos olhos de Kate lhe trouxera de volta novamente as piores coisas de sua infância e lhe evocara todas as culpas. Ao fim, preferia ficar sozinho a ser atormentado por

Kate, ou lhe causar sofrimento. Todas as vezes que sabia feri-la ou desapontá-la, ficava angustiado. E havia nele, também, um lado egoísta. Não se interessava pelas necessidades de ninguém, só pelas suas.

Kate levou alguns meses para compreender o que acontecera. A essa época, já haviam pedido divórcio e estavam separados havia quase um ano. Durante esse tempo, ele se negava a vê-la, mas telefonava ocasionalmente para saber como iam Kate e as crianças. Durante meses, andou atordoada pela casa que haviam alugado. A parte mais difícil foi novamente aprender a viver sem ele. Era como aprender a viver sem ar.

Kate pensava sempre no que lhes acontecera, tentando entender a sua participação nisso. E, durante os meses de desespero, a luz começou a aparecer, vagarosa a princípio. Com o tempo, conseguia ver que, ao querer ficar mais tempo com Joe, isso causava pânico no rapaz. Sem perceber, ela o aterrorizava. Sem saber como lidar com ela ou fazê-la parar a dança mortal, Joe só conseguia pensar em fugir.

A princípio, Kate só conseguia pensar no que perdera quando Joe a deixara, e durante meses o próprio medo piorou. Aprendera, anos antes, quando perdera o pai. E sofreu outro golpe quando Clarke morreu na primavera. E, tal como acontecera anos antes, a mãe de Kate se refugiou em seu próprio mundo, a ponto de quase morrer. Kate chorava a noite toda, e a solidão que sentia era esmagadora. Mas, à medida que os meses passavam, começou mais uma vez a se dominar.

Joe sugerira que Kate fosse a Reno para apressar o divórcio, mas ela entrara com o pedido em Nova York, sabendo que iria demorar mais tempo. Sua pretensão final era se manter fiel a ele. Kate ainda se prendia a Joe por um simples fio de linha já roto. E, na verdade, ela não ficara com coisa alguma dele, apenas o sobrenome.

Seria difícil dizer quando houve a mudança em Kate. Não foi repentina. Não foi um súbito despertar. Foi a escalada, lenta e árdua, de uma vertente de montanha em direção à maturidade e ao crescimento. E, à medida que escalava a montanha, dia a dia, se fortalecia. Tudo aquilo que algum dia a havia desesperadamente aterrorizado parecia menos ameaçador. Desaparecera muito do que tinha importância, pois finalmente enfrentara e conquistara sozinha o monstro do abandono. De todos os medos que a haviam apavorado, perdê-lo fora o pior. Kate, no entanto, perdera-o, e vivia.

Os filhos foram os primeiros a ver a mudança em sua vida, muito antes mesmo de ela própria perceber isso. Ria com mais freqüência e chorava com menos facilidade. Viajou com eles a Paris. Desta vez, ao chegar em casa, quando Joe telefonou para saber como eles estavam, ouviu algo diferente em sua voz. Era passageiro e intangível, e difícil para ele explicar o quê. Mas Kate não mais parecia aterrorizada ou desesperada por estar sozinha. Fizera caminhadas intermináveis em Paris, descera ruelas e subira bulevares, pensando em Joe. Nessa época, fazia quase um ano que não o via. Estava bem longe dela e tinha a intenção de nunca mais vê-la novamente, embora houvesse voltado para um apartamento em Nova York.

— Você parece feliz.

Apesar de tudo, Joe não conseguia deixar de pensar que houvesse um novo homem em sua vida. Ao mesmo tempo que desejava que isso acontecesse, não queria. Evitara todas as mulheres acessíveis que conhecera. Não queria se envolver com ninguém. Pelo menos no momento, pensava ele. Como sempre, era mais fácil para Joe ficar sozinho. Mas, durante meses, sentiu saudades de Kate e do calor que ela lhe trouxera à vida. O que o conservava distante dela era o altíssimo preço de estar com ela e amá-la. Tinha certeza de que se se aproximasse dela, ou mesmo a visse outra vez, ficaria novamente com as asas queimadas.

— Acho que estou feliz. — Kate riu. — Deus sabe a razão. Minha mãe está me pondo louca, ela se sente muito sozinha sem Clarke. Stephanie cortou os cabelos na semana passada. E Reed arrebentou dois dentes da frente ao jogar beisebol com um amigo.

— Que ótimas notícias. — Joe riu.

Ele esquecera o que era viver com as crianças. Mas, ao mesmo tempo, não as esquecera.

Como Kate fazia todas as manhãs ao acordar, Joe se lembrava muito de como era despertar perto dela. Não tocara em uma mulher durante um ano inteiro. Kate começara a sair de quando em vez para jantar com outros homens, mas não ia além disso. Todos eles, comparados a Joe, nada significavam. Kate não conseguia imaginar-se com outro homem. E, ao chegar à noite, sentia-se feliz por se deitar sozinha na cama. Na verdade, há muito que estar sozinha não era ameaçador. Tranqüilizava-a, tinha filhos e amigas. Enfrentara isso com bravura, e não morrera. E, demoradamente, percebeu que nada mais a apavoraria tanto como antes. Conseguia ver isso, agora, com clareza. Conseguia ver como o casamento fora assustador para Joe. Queria lhe dizer que se arrependia disso. Mas, por tudo que Joe lhe dissera, sabia que era tarde demais.

Um dia, um mês mais tarde, quando Kate escrevia tranqüila em um diário, Joe telefonou para saber algum detalhe do divórcio. Kate continuava se negando a receber pensão dele. Clarke lhe deixara metade da fortuna, e jamais quisera receber qualquer coisa de Joe. Ele sugeria que seu advogado lhe enviasse alguns documentos. Era sobre uma parte da propriedade que acabara de vender, e queria que Kate assinasse um documento em que renunciava à sua parte. Kate concordou, mas, por um momento ao telefone, sua voz pareceu estranha.

— Nunca mais vou ver você outra vez? — quis saber, parecendo desesperada.

Ainda sentia saudades de vê-lo e de tocá-lo, do seu odor, dos seus carinhos, mas aceitava agora que Joe fora embora para sempre de sua vida. Sabia que não morreria por isso, mas ainda sentia como se tivesse perdido uma parte essencial sua, uma perna ou um braço, ou o coração. Mas estava inteiramente preparada para continuar a viver. Não tinha alternativa e afinal ficara em paz com isso.

— Acha que deveríamos nos ver, Kate? — Joe quis saber, hesitante.

Por mais de um ano, pensara nela como uma pessoa perigosa. Kate não era perigosa, mas temia que, ao vê-la, se apaixonasse por ela mais uma vez, e mais uma vez teria início a dança mortal. Era um risco que não desejava correr mais. E Joe conhecia muito bem a sedução de Kate.

— Talvez não seja uma boa idéia — retrucou, antes que Kate pudesse responder-lhe.

— Talvez não — concordou Kate.

E, pela primeira vez, não pareceu confusa. Não havia desespero na voz. Nem reprimenda penetrante que a fizesse se sentir culpada. Parecia calma, sensível e serena. Continuou a falar com Joe sobre uma nova subdivisão da firma que formara e sobre um novo avião que ele projetara. E, após desligar, Joe se atormentou. Nunca a ouvira falar como agora. De súbito, parecera amadurecida. E percebeu que, ainda mais que antes, se sentia diferente. Kate, afinal, encontrara a liberdade. E, ao perdê-lo, achara a paz. Enfrentara com bravura o pior de seus medos, e enfrentara os monstros e, de alguma forma, conseguira ficar em paz consigo mesma e com ele, e continuara a viver. Sabia que não havia chance de ele voltar. Perdera a esperança de realizar seu sonho. Ficou deitado, sem dormir, a noite toda, pensando nela, e de manhã achou que fora no mínimo indelicado de sua parte não ver as crianças. Não era culpa delas que o casamento não tivesse dado certo. Joe então percebeu que ela nunca o censurara por isso. No ano passado, nada desaprovara nele. Nada lhe pedira. Kate caíra no abismo que sempre o deixara ir embora. Só de pensar nisso, Joe ficava aturdido, e, nesse dia, ao ir trabalhar, só se perguntava a razão da mudança de comportamento. Só conseguia pensar que ela deveria estar amando outro homem. Só podia ser. Joe se sentiu devorado pelas carências de Kate. Mas, naquela tarde, telefonou outra vez. A mesma documentação ainda permanecia na mesa dele. Esquecera-se de entregá-la à secretária para enviá-la a Kate.

Nessa tarde, ao lhe telefonar, ela atendeu. Nesses momentos, Joe sempre ficava apreensivo. Sabia que algum dia seria atendido por outro homem. Mas Kate parecia distraída e calma.

— Oh... olá... desculpe... eu estava na banheira.

As palavras de Kate imediatamente fizeram vir à mente imagens que Joe há meses sufocava. Há muito, não queria pensar nela assim. Não havia razão para isso. No que dizia respeito a Joe ela se fora. Tivera de ser assim. Não houvera alternativa para nenhum dos dois. Joe sabia que fizera a coisa certa. Havia se salvado. Se ele não se salvasse, Kate lhe destruiria a vida, e ficaria louco.

— Ontem me esqueci de lhe enviar aquele documento para você assinar — justificou-se.

Tentava não pensar que Kate falasse nua ao telefone.

Joe se perguntava se Kate estaria enrolada na toalha ou se usaria um robe. Olhou pela janela e, enquanto segurava o fone, só conseguia ver Kate.

— Vou levá-lo.

Podia tê-lo enviado por um portador ou pelos correios. Ambos sabiam disso. Mas Kate parecia despreocupada e sorridente, ao concluir.:

— Quer subir, quando trouxer?

Houve uma pausa longa e vazia, enquanto Joe pensava no assunto e nela. O instinto lhe dizia para desligar o telefone e fugir, para resistir ao que Kate não lhe dissera e aos encantos não vistos. Joe ainda estava casado, e ela era sua mulher.

— Eu... hã... você acha boa essa idéia? Quero dizer, nós nos vermos? — Uma voz lhe segredava ao ouvido que fugisse.

— Não vejo por que não. Acho que posso enfrentar isso. E você?

Kate poderia ter dito "Nada mais tenho com você", e Joe não tinha como saber. Ela, porém, nada mais tinha com ele, e achava que nunca mais teria.

— Tudo bem — respondeu, parecendo novamente distante.

Kate não parecia se preocupar. Joe não a amedrontava. Ele agora não poderia se afastar dela. Já se afastara. Todas as piores coisas possíveis haviam acontecido a Kate, tudo lhe provocava pesadelo, e sobrevivera.

O mais importante, mesmo a distância, é que afinal compreendera quem era Joe. E, apesar de não o ter visto novamente, não havia dúvida em sua cabeça. Sabia que sempre iria amá-lo, ele era o padrão pelo qual ela julgava os outros homens. Joe era o maior e o melhor, o único homem que realmente amara, e o único que aceitara não poder prender. Saber disso, e que em parte era culpa sua tê-lo perdido, fora difícil se recuperar, mas, apesar de tudo, se recuperara. E Kate se livrara disso, não enfraquecida, mas forte. Antes, Joe nunca a ouvira falar como agora. Mesmo ao telefone, sabia que havia algo diferente com ela. Kate em nada se parecia com a mulher de quem se separara, era agora uma velha amiga muito amada. De súbito, Joe sentiu algo por ela, como há meses não sentia.

— Quando quer vir? — perguntou, hospitaleira.

— Quando as crianças vão estar em casa? — perguntou, sentindo-se mais sozinho do que há meses.

Subitamente, era Joe quem sentia o choque total da perda, e não tinha certeza do motivo.

— Esta semana estão em casa de Andy — respondeu, desculpando-se por Stephanie e Reed. — Talvez, se não jogarmos objetos um no outro, você possa vir outro dia para vê-los.

Pela voz dela, Joe conseguia ouvir que Kate ria.

— Gostaria — afirmou, feliz.

De súbito, sentia-se jovem e imprudente, e logo se lembrou de como Kate era perigosa. Por um momento, apesar de tudo, pensou em lhe mandar a documentação por um mensageiro. Mas Kate parecia calma — e estava calma mesmo.

— Que tal cinco? — perguntou Kate.

— Cinco o quê? — Joe sentiu-se em pânico.

Tinha medo de vê-la outra vez. E se ela o responsabilizasse por tudo que dera errado? E se lhe dissesse que ele fora um filho da puta? E se o acusasse de a ter abandonado? Mas, ao rir, nada havia disso na voz de Kate.

— Cinco horas, bobinho. Parece um pouco distraído. Está bem?

— Estou bem. E cinco horas também está bem. Não vou demorar.

— Vou deixar a porta aberta — provocou Kate. — Nem vai precisar se sentar. — Ela sabia que Joe estava em pânico, mas desconhecia a razão. Nunca lhe passara pela cabeça que ele pudesse estar nervoso em vê-la. Fosse como fosse, ela o amava. A vulnerabilidade e os temores dele só o haviam tornado mais cativante. Kate aprendera muito. Lamentava apenas não ter partilhado isso com ele. Sabia que nunca mais teria essa chance, e, depois dessa tarde, duvidava que o veria novamente. Depois que assinasse o instrumento de renúncia, Joe não teria razão para vê-la novamente.

— Vejo você às cinco — respondeu, parecendo muito ocupado. Ao desligar, Kate sorriu. Sabia ser ridículo ainda amar um homem de quem se divorciava. Não tinha sentido, mas nada em suas vidas tivera sentido. Tinha trinta e quatro anos, e, finalmente, amadurecera. Entristecia-a perceber que, ao se casar, ela era uma criança apavorada. Isso fora desleal para ambos. Kate quisera que Joe reparasse todo o sofrimento que sentira em criança. Não havia como Joe fazer isso por ela, e não havia como Kate, ao chorar, poder suavizar-lhe as feridas. Os dois haviam sido duas crianças aterrorizadas na noite, e Joe soubera apenas fugir. Ela o amava apesar disso, e o exame de consciência de Kate a ajudara.

Joe chegou pontualmente às cinco horas, com a documentação em mãos. A princípio, parecia constrangido, mas tudo fazia Kate lembrar quando se conheceram. Ficava a uma distância segura dele, e não fez esforço para se aproximar. Sentaram-se e conversaram tranqüilamente, sobre as crianças, o trabalho dele e um novo avião que queria planejar. Joe há muito sonhava com ele. Estava ali há quase uma hora quando Kate lhe ofereceu um drinque, e ele sorriu. Ver Joe comoveu o coração de Kate. Amava-o a ponto de o rodear com os braços e lhe dizer que sempre o amaria, mas não se atreveu. Kate se sentou no outro lado da sala, admirando-o e adorando-o, como um pássaro lindo que podia ver sem nunca tocar. Se tocasse, ela sabia que ele fugiria. Joe dera essa chance a Kate, mais de uma vez, e o deixara ferido. Agora, só conseguia amá-lo em silêncio e desejá-lo. Era bastante, e Kate tinha de abrir mão. Era tudo o que Joe mais uma vez iria aceitar dela.

Eram quase oito horas quando Joe foi embora. Kate assinou a documentação, e ficou surpresa quando ele lhe telefonou no dia seguinte. Ainda parecia constrangido, mas, desta vez, ficou à vontade mais rápido, e, depois, quase se engasgou ao convidá-la a almoçar. Kate ficou pasma. Não tinha como saber isso, mas a noite toda ela o deixara obcecado. Fora tudo o que sempre amara nela, e não o aterrorizara. Joe não tinha certeza se a independência recém-alcançada era um ardil ou algo que queria ver nela. Mas conseguia sentir que algo mudara profundamente e que a aura que percebia ao seu redor não era mais de desejo ardente, nem de culpa, nem de dor, nem de carência, mas de cordialidade e paz. Joe lembrava agora o que amara em Kate, e se perguntava se poderiam ser amigos.

— Almoçar? — Kate parecia um pouco atordoada. Depois de conversarem por um instante, o convite lhe pareceu possível. Estava apenas ligeiramente amedrontada de mais uma vez se apaixonar por ele, mas, de qualquer maneira, ainda o amava. Nada tinha a perder. Só iria se arriscar a sofrer mais.

Dois dias depois, Kate e Joe almoçaram no Plaza. E, no fim de semana seguinte, foram dar um passeio no parque. Conversaram sobre a confusão que haviam armado, o que acontecera e o que não deveria ter acontecido. E ela, por fim, desculpou-o. Queria fazer isso há meses, e se sentir feliz pela oportunidade de lhe dizer que se arrependia muito da dor que lhe causara. Kate se atormentava ao saber que o aterrorizara e o machucara. No ano anterior, Kate se autopunira mil vezes por tudo o que não entendera em Joe. E ela por fim começara a se perdoar pela própria burrice, e Joe pela dele.

— Sei. Fui muito burra, Joe. Eu não entendia. Agarrava-me a você, e quanto mais eu me agarrava, mais você queria fugir. Não sei porque na época não vi isso. Levei muito tempo para entender. Eu gostaria de ser mais inteligente.

— Também cometi muitos erros — respondeu, honesto. — E eu estava apaixonado por você.

Kate, ao ouvir o verbo no passado, sentiu o coração palpitar, mas isso também era justo. Não foi surpresa.

Depois, ambos voltaram, e Joe viu Stephanie e Reed pela primeira vez depois de ter ido embora. Os dois gritaram de alegria no momento em que o viram. Foi uma tarde feliz. E, depois que Joe se foi, Kate ficou calada, por um longo tempo. Queria acreditar que ainda podiam ser amigos. Não tinha o direito a nada mais dele, e pensava que isso era bastante para ela. A caminho de casa, Joe tentava se convencer do mesmo. Tinha de se convencer. Sabia que não poderiam tentar mais uma vez. Ainda — e sempre — seria perigoso demais e possivelmente doloroso.

A amizade de Kate e Joe continuou durante os dois meses seguintes. De vez em quando, iam jantar, e almoçavam aos sábados. Nos domingos à noite, Kate preparava jantar para ele e os garotos. E, quando Joe viajava, Kate pensava nele, mas não fazia o drama de antes. De fato, não havia drama. Kate não tinha certeza do que compartilhavam, mas, durante dois meses, esconderam-se por trás da máscara da amizade. Para eles, era cômodo.

Foi em uma tarde de sábado, chuvosa, em que as crianças estavam com Andy em Connecticut, quando Joe apareceu inesperadamente para lhe emprestar um livro de que haviam falado na semana anterior. Ela agradeceu e lhe ofereceu uma xícara de chá. Não era o que Joe queria dela, mas não sabia como atravessar a ponte que ia da amizade a algo novo. Ambos sabiam que não poderiam mais voltar ao ponto onde haviam estado. Se se arriscassem a ir além, teriam de ir a um lugar diferente. E para Joe era um desafio saber como agir.

Tudo aconteceu inesperada e naturalmente. Kate acabara de pôr o chá em uma xícara, quando levantou o olhar e viu Joe bem pertinho dela. Joe nada falou quando Kate depositou o bule de chá, e a puxou para mais perto dele.

— Que loucura, Kate, se eu lhe dissesse que ainda estou apaixonado por você?

Ao ouvir isso, Kate prendeu a respiração.

— Loucura mesmo.

Kate se aninhou mais perto dele, tentando não se lembrar das coisas que ambos não conseguiam mais compartilhar, das partes do corpo dele que há muito não via.

— Fui terrível com você — Kate completou, sentindo remorsos.

— Fui um idiota. Me portei como criança. Eu estava apavorado, Kate.

— Eu também — confessou Kate, em um sussurro, enquanto seus braços o rodeavam. — Fomos tão burros. Eu queria que, naquela época, soubéssemos tudo que sabemos agora. Sempre te amei — ela murmurou, sentindo-se mais próxima dele do que há um ano.

— Sempre te amei. — Joe sentia a seda dos cabelos de Kate lhe roçando o rosto, enquanto a agarrava bem perto. — Eu não sabia como fazer. O tempo todo eu me sentia muito culpado. A culpa me fez fugir de você.

Joe fez uma pausa por um momento.

— Acha que realmente aprendemos alguma coisa, Kate?

Ambos sabiam haver aprendido. Joe via isso em Kate e sentia em si próprio. Não sentiam mais medo.

— Você é ótimo do jeito que é, e amo-o assim mesmo — Kate respondeu, sorrindo —, esteja aqui ou não. Nunca mais vou ficar apavorada quando você viajar. Eu queria ser diferente — ela afirmou.

Joe não lhe respondeu, e a beijou. Sentia-se seguro com Kate, talvez pela primeira vez desde que se conheceram. Sempre fora apaixonado por ela, mas nunca se sentira seguro assim. Ficaram na cozinha, beijando-se por muito tempo, e, depois, sem nada falar, Joe pôs um braço ao redor dela e ambos se encaminharam para o quarto de dormir. Joe a mirou, hesitante. Ao beijá-la, haviam voltado muitas lembranças.

— Não estou certo do que estou fazendo... nós estamos malucos... e não vou sobreviver se fizermos mais uma vez a mesma confusão... mas pressinto... que não vamos repetir.

— Nunca pensei que você fosse confiar em mim novamente. — Os olhos de Kate, arregalados, olhavam o rapaz.

— Nem eu.

Ele, no entanto, confiava nela. Ela o conhecia melhor agora do que durante todo o casamento. Joe estava finalmente seguro de Kate, e Kate dele. E ambos sabiam disso. Nunca haviam deixado de se amar. Para ambos, o único pensamento apavorante era como iriam se separar. Haviam ido direto até a beira do precipício e, depois, parado. A mão da Providência lhes fora generosa.

Joe passou um fim de semana com Kate, e, quando os garotos chegaram, ficaram felizes por vê-lo ali. A tranqüilidade entrou novamente nos eixos, como nunca. Joe, meses antes, vendera o apartamento deles em Nova York, e por algum tempo se mudou para a casa de Kate, depois compraram uma casa juntos e se instalaram lá. Joe continuava viajando, e de vez em quando ficava fora durante semanas. Mas Kate se sentia feliz, exatamente como sabia que ficaria. Desta vez, deu certo, e foi como um milagre. E quando tinham discussões, eram trovoadas, e, como os fogos de artifício, iluminavam o céu e, depois, eram rapidamente esquecidos. Sentiam-se felizes juntos, mais felizes que nunca. Assim que voltaram a ficar juntos, cancelaram a ação de divórcio.

Fora uma vida ótima para ambos, e fazia quase dezessete anos, contando o período em que viveram separados. Estavam certos ao se confiar uma última vez. Os anos em que passaram juntos demonstraram estar certos.

Quando os garotos foram viver a própria vida, Kate e Joe passaram a ter mais tempo sozinhos. Kate viajava com ele, mas estava sempre à vontade em casa. Não havia mais demônios na vida. Muito antes, haviam matado os dragões, com muito pesar para ambos. Antes, durante algum tempo, haviam pago pesado tributo, mas, agora, estavam gratos pelo que haviam descoberto. Kate aprendera a não prendê-lo, a não lhe dificultar a vida, a não fazer voltar os fantasmas do passado, a não lhe atiçar a culpa. E, pássaro orgulhoso que era, desceu voando do céu e se aproximou o mais que pôde. Nos últimos anos, estavam bem próximos, o que Kate queria ou precisava. Os ferimentos, por fim, haviam cicatrizado.

Uma excelente dádiva, um amor raro, os havia favorecido, era um vínculo que mesmo eles, em sua loucura, não foram capazes de cortar. A tempestade caíra forte, e a casa que construíram ficou de pé. Joe e Kate se entendiam, como poucos. Era, em última análise, a pérola caríssima que as pessoas levam uma vida inteira a procurar. Encontraram-se e separaram-se, e encontraram-se novamente, em uma dúzia de formas, uma dúzia de vezes. O assombroso é que ambos haviam se dado uma última chance. Uma chance final, e, bem no fim, não ficaram dúvidas em suas cabeças de que haviam vencido ou sido muito felizes. Tinham perdido quase tudo, e a última chance que cada um se dera fora finalmente a correta. Para ambos. Haviam encontrado não só o amor, mas também a paz. Desta vez, cabia a eles manter o milagre.

EPÍLOGO

O FUNERAL DE JOE tivera toda a pompa e circunstância devida a ele. Kate cuidara de todos os pormenores. Era o presente final que dava a Joe. E, ao sair de casa com Stephanie e Reed, na limusine, Kate olhou a janela, viu a neve que caía lá fora e pensou nele e em tudo o que Joe fora para ela. Recordou-se de Cape Cod, da guerra, do tempo que passaram juntos em New Jersey, construindo a empresa dele. Nessa época, ela o compreendia tão pouco. Poderia ter pintado um retrato de Joe, agora, com as cores do arco-íris. Conhecia-o melhor do que qualquer um que conhecera. Era-lhe incompreensível que Joe se fora.

Ao sair do carro com Reed e Stephanie, sentiu o pânico lhe tomar contar da alma. O que faria, agora, com o tempo de vida que lhe restava? Como sobreviveria sem Joe? Ambos haviam se dado uma trégua, há dezessete anos, a meio caminho do tempo compartilhado juntos. E, então, ela quase o perdera. E se o perdesse de fato, sua vida teria sido muito diferente em todos estes anos. Duas vidas transformadas para sempre. Até mesmo Joe reconhecera mais de uma vez que teria sido uma perda terrível para ambos.

A igreja estava cheia de dignitários e homens importantes. O governador pronunciou o louvor, e o presidente dissera que tentaria vir, mas, no final, enviou o vice-presidente.

Kate e os filhos se sentaram no banco da frente, com um mar de pessoas enchendo a igreja. E ela sabia que Andy e Julie estavam ali, em algum lugar. A mãe de Kate morrera quatro anos antes. Kate viu a viúva de Lindbergh, Anne, quando entrou, vestindo conjunto e chapéu pretos, ela própria de luto fechado. Joe falara no funeral de

Lindbergh, apenas quatro meses antes. Parecia uma estranha ironia que os dois maiores pilotos de todos os tempos houvessem morrido em um curto espaço de tempo. Era uma perda cruel para o mundo, mas muito mais para Kate.

O escritório de Joe ajudara Kate a organizar alguns dos detalhes, e o serviço foi bonito, fortes as palavras ditas sobre ele. Lágrimas escorriam vagarosas pelas faces de Kate, enquanto apertava as mãos dos filhos. Isso a fez se lembrar do funeral do pai, quando era menininha, a mãe arrasada e arredia. Fora Joe quem finalmente fizera cicatrizar seu coração. Fora Joe quem lhe abrira os olhos e lhe ensinara tanta coisa sobre si mesma e o mundo. Com ele, Kate conquistara o Everest. E a vida que haviam compartilhado fora de mil formas notável.

As pessoas que vieram homenageá-lo estavam ali em silêncio. Devagar, ela seguia o caixão, carregado pela passagem entre os bancos da igreja, e viu colocarem-no no carro fúnebre. O odor de rosas pesava no ar. Kate, calada, cumprimentava com a cabeça, ao entrar de volta na limusine para a viagem ao cemitério. Mil pessoas estavam caladas no lado de fora da igreja. Haviam ouvido fatos sobre ele, desde os elogios que a maior parte delas já conhecia, os feitos de aviação, os antecedentes de guerra, as muitas façanhas, o gênio, a forma como mudara a face da aviação. Disseram tudo que Joe gostaria que dissessem sobre ele. Mas, na vida dele, Kate era a única a conhecê-lo de verdade. Joe era o único homem que ela amara. E em lugar da dor que um havia causado ao outro nos primeiros anos, compartilharam finalmente de uma vida que lhes trouxera uma felicidade que não se podia medir. Kate aprendera tudo o que tinha de saber. E Joe fora feliz com ela. Saber isso lhe trouxe uma espécie de satisfação. Mas Kate ainda não conseguia imaginar o restante da vida sem Joe.

Stephanie e Reed falavam tranqüilos no carro a caminho do cemitério, e deixaram a mãe sozinha. Kate se sentou pensativa, vendo passar a área rural da cidade, no inverno, recordando-se de tudo o que ela e Joe haviam partilhado. A tapeçaria de suas vidas fora generosa, sem comparação.

Somente Kate e os filhos foram ao cemitério. Quisera ficar sozinha, com eles, e com as lembranças. Por causa da explosão do avião, seria enterrado um caixão vazio. Era um gesto final de respeito, enquanto um ministro fez uma breve oração e foi embora. E, em atenção à mãe, Stephanie e Reed voltaram à limusine e a deixaram só.

— Como vou terminar isso, Joe? — murmurou Kate, olhando o caixão.

Como ia viver sem vê-lo mais uma vez? Era de novo uma criança, como quando haviam enterrado o pai, e Kate sentia antigas feridas voltando a latejar. Ali ficou por muito tempo, pensando em Joe, e foi como se o sentisse de pé, ao lado dela. Era o homem com quem sempre sonhara, o herói por quem se apaixonara quando não passava de uma menina, o homem que esperara que voltasse, depois da guerra, o homem que quase perdera e depois voltara a achar, por milagre, dezessete anos antes. Houvera muitos milagres em sua vida em comum, e ele fora o melhor de todos. E sabia, ali de pé, que Joe levara com ele o coração dela. Nunca mais haveria em sua vida alguém como ele. Ele lhe ensinara todas as lições importantes, cicatrizara todas as feridas de Kate e ela cicatrizara todas as de Joe. Ele lhe tocara fundo na alma. Ele lhe ensinara sobre o amor, sobre a liberdade. Ensinara-lhe a deixá-lo viajar. Quando ela mais o amava, liberara-o, e ele sempre voltava.

Ali de pé, Kate sabia que esta era a última liberdade de Joe, seu último vôo para longe dela. Kate tinha de deixá-lo viajar mais uma vez. E, ao fazer isso, ele nunca a largaria, como na verdade ele nunca a deixara antes.

Kate aprendera, afinal, os passos da dança quase à perfeição. Aprendera com ele. Como afastar-se. Como deixá-lo ser como era. Como amá-lo. Como deixá-lo ir e vir, e estimá-lo por tudo o que ele era. Estava muito grata por tudo o que aprendera.

— Voe, meu amor — sussurrou Kate. — Voe... Eu te amo... — afirmou Kate.

Pegou uma rosa branca e depositou-a no caixão que iriam enterrar com o nome de Joe. E, ao fazer isso, sentiu que os seus temores desapareciam. Sabia que nunca se afastaria dele. Joe iria voar, como sempre fizera, em seu próprio céu, pudesse ou não vê-lo ali perto. Mas aonde quer que fosse, estaria com ela. Lembrar-se-ia de tudo o que ele lhe ensinara, todas as mais valiosas lições de vida. Joe lhe dera tudo o que necessitava para viver sem ele. E lhe ensinara bem.

Haviam se descoberto com perfeição, amando um ao outro da forma que para eles dera certo. O que aprendera com Joe ficaria com ela. Assim como ele ficaria com o melhor de Kate. Kate sabia sem dúvida que Joe sempre a amaria, como ela sempre o amaria. A dança acabara, mas jamais chegaria ao fim.

Este livro foi composto na tipologia
Agaramond em corpo 11,5/14 e impresso em
papel off set 75g/m² no Sistema Cameron da
Divisão Gráfica da Distribuidora Record.